三崎亜記
Aki Misaki

作りかけの明日

On the way
to making the future

祥伝社

作りかけの明日

目次

装幀　國枝達也
カバー写真　Benjamin Regali/Moment/Getty Images

プローグ

◇瀬川《せがわ》さん◇

ちぐはぐな空間だった。

古びた木造家屋の、二階の一室だ。畳表《たたみおもて》は日にさらされて退色し、床板の歪《ゆが》みで不揃《ふぞろ》いに波打っている。壁土は大部分がはげ落ち、内部の板材が顔を覗《のぞ》かせる。窓はひび割れ、外の冬枯れた風景が丸見えだった。

時を経《へ》て朽《く》ち果てたわけではない。この家は初めから廃屋《はいおく》として生み出され、装《よそお》いをまったく変えないまま、ここに建ち続けている。

だが、その空間の醸《かも》し出す雰囲気は、廃屋とはかけ離れていた。

破れた窓からは隙間風《すきまかぜ》一つ入りはしなかったし、外を車が走ろうが、飛行機が飛ぼうが、音は聞こえてこない。静謐《せいひつ》で、周囲と隔絶《かくぜつ》された空間だ。まるで「ここではない場所」に置き換えられたように。

そこで顔を合わせるのもまた、ちぐはぐな、およそ関連性のつかめない四人だった。

年嵩《としかさ》の初老の男性は、白衣がすっかり身体《からだ》になじんだ研究者の風貌《ふうぼう》だ。擦《す》り切れた畳の上よりも、実験器具で囲まれた研究室がお似合いだろう。

風貌からは年齢を判断できない女性は、由来の知れない民族衣装を着て、体重を感じさせない浮世離れした雰囲気で座っている。

もう一人、まだ成人もしていない若い男性は、薄汚れた作業服を着て、胡坐《あぐら》をかいて癖《くせ》っ毛の髪を掻《か》き毟《むし》っていた。

そして瀬川《せがわ》さんにしたところで、その三人とはかかわりがあるとは思えない普段着姿の老婦人だった。

だが四人は、集まるべくして、この廃屋に集まっていた。

「思念誘導実験の責任者でありながら、私は結局、実験の向かうべき先を修正することができないまま、ここまで来てしまった……」

白衣の男性、寺田《てらだ》博士は、心に溜《た》め込んだ苦渋をそのままに、重苦しく言葉を押し出した。秘めた思いを口にできる場所は、ここしかなかったのだろう。

「私が思念誘導実験を統括《とうかつ》する立場に立つためには、実験に積極的に加担するしかなかった。その過程では、何人もの強思念者たちを犠牲にせざるを得なかった……」

瀬川さんは目を閉じて、犠牲となった人々を思った。彼らは実験動物のように拘束され、その特殊な思念を実験で利用された挙句《あげく》、廃人と化して打ち捨てられた。かろうじて救い出すことができた「ヒビキ」ですら、追手から逃れるために、今は遠い異国の地にいる。

「いざ室長という立場に上り詰めてみれば、もはや私には、実験の流れをとどめることはできなくなっていた……。皮肉なものだ。結局私は、思念誘導実験の進捗《しんちょく》を早めてしまっただけなのだからね」

自嘲《じちょう》するように博士は呟《つぶや》いた。あの戦争が終わってから、国民からの余剰思念抽出体制が整うと同時に始まった、国際思念規約に違反した秘密実験だ。寺田博士は、その研究の統括責任者だった。

国内思念研究の最高峰であり、思念誘導実験の第一人者とされる寺田博士。片や瀬川さんは、国家による国民の思念操作に抗《あらが》おうとする「抵抗勢力」と見做《みな》される存在だ。本来ならば、相容《あいい》れないはずの二人なのだ。絶対に知られてはならない、秘密の会合。だからこそ瀬川さんは、この廃屋が、誰からも邪魔されない場所になるように「置き換えた」のだ。

瀬川さんの思念の力は、「置き換える力」だ。文字通り、ある空間を、まったく別の空間に、その空間の中にいる人物ごと、置き換えてしまう。元いた空間は一見何の変化もないが、そこにあってそこにない場所になっている。今この四人は、廃屋の二階に集《つど》っていながら、その姿も声も気配も、この空間からは消え去っている。火山活動が活発化して、立ち入り禁止となっている高原の避暑地の別荘の一室に「置き換えて」いた。誰の邪魔も入らない。人の目によっても、思念解析士による「思念探索」によっても、決して露見することはない。

「『予兆《よちょう》』としての役目を受け継ぐはずだったヒビキ……。十一年前、彼女から抽出した思念によって生み出された誘導基礎思念は、国際機関への発覚を恐れて使い道のないまま、秘密プラントの中で眠り続けるはずだった。だが、供給公社本局は、諦めていなかったようだ。五年前から継続観察という名のもとで放置されていた私とキザシの娘・サユミの思念を抽出して基礎思念と融合させ、誘導思念をつくり出すという決断が、本局で下された。いくら現在の予兆の娘だといっても、サユミの思念には、そこまでの力がないと主張したのだがね……。たとえ私であっても、もはや覆《くつがえ》すことはできない。その流れは、押し寄せる波のようなものだ。もう、誰にも止められない」

現在五歳の幼い娘の思念を抽出し、実験に利用する……。そんな暴挙を、思念利用を監視する国際機関が許すはずもなかった。それでも強行されるということは、それはつまり、実験に利用した後、サユミの「存在」そのものが完全に抹消《まっしょう》されてしまうことを意味していた。逆に言えば、「無かったこと」にしてしまうという免罪符を得て、サユミの思念は徹底的に利用され尽くすことになるはずだ。たとえその精神が破壊され、廃人になろうとも……。

「それで、これからどうする気なんだい、キザシ?」

瀬川さんは、博士と寄り添うように座る民族衣装の女性に尋《たず》ねた。博士と瀬川さんを結び付けたのが彼女、「予兆」に復帰したキザシだった。キザシは、何の感情もその表情に表すことなく、窓の外の空を見上げていた。

「私は、思念供給公社の研究所に向かいます」

キザシの言葉は、風のように軽い。羽毛が、風に乗って向かうべき先を示すように。だがそれは、言葉通りの軽い決断ではなかった。

「何を言ってるんだ。あんたは一度目に予兆だった頃、さんざん供給公社を手こずらせたお尋ね者なんだぜ。敵地に飛び込むつもりかよ」

作業着姿の黒田《くろだ》くんが身を乗り出し、キザシの決意に釘を刺す。

「予兆」とは、思念の強い影響力によって、人の運命を導く役目を担《にな》った女性が受け継いでゆく呼称だ。予兆を名乗る者の思念の力と記憶とは、代々予兆の名を継ぐ女性に受け継がれていく。思念研究者の間では、「単一思念継承者」と呼ばれている。

予兆の力は、人の思念に強制的に介入し、運命を捻《ね》じ曲げてしまう。同時に、大規模な記憶改変の力も備えている。

予兆は常に、使い込まれた「古奏器《こそうき》」を携《たずさ》えている。予兆から次の予兆へと、代々受け継がれる弦楽器だ。予兆による古奏器の弦の爪弾《つまび》きによって生じる音は「音《ね》の色」と呼ばれ、人の思念に絡《から》みついて思念改変をする。遠く離れた特定の「誰か」だけに音の色を聴かせることもできれば、小さな爪弾きを、街全体の空に響かせることもできる。

予兆の力を手に入れれば、人の思念を操ることも容易だ。それゆえ、思念供給公社は常に予兆の捕獲を目論《もくろ》んでいた。

予兆という存在が実在することを知る者は、思念研究者の中でもほんの一握りだ。「思念統制を強める国家に対抗するために庶民が作り上げた幻」とも言われ、その存在が公《おおやけ》になったことはない。その予兆が、自分から、思念供給公社に赴《おもむ》く決断をしたのだ。

「黒田くんの言う通りだよ。いくら寺田博士の後ろ盾があるっていっても、博士も表向きはあんたとは何の関わりもないって態度を取るしかないんだよ。それでも、行くつもりかい？」

歴代の予兆を継ぐ者たちを、瀬川さんは供給公社の追手から逃がし続けてきた。キザシ自身も五年前まで予兆だった。そのキザシが再び予兆として復活し、あろうことか、自分から供給公社に出向くというのだ。

「わかってんのか？　あんたは八年前の国際会議テロの首謀者だって思われてんだぞ」

翻意《ほんい》させようと、尚《なお》も黒田くんは言い募《つの》る。

八年前、先進国の思念管理機関のトップが集まる会合が開かれていた。各国持ち回りで五年ごとに開催され、以後の思念管理の在り方の方向性を決める重要な会合だ。その年はこの国が担当国となって、各国の思念管理者や研究者を招いていた。

各国の思念管理に反対する勢力がこの会合を妨害しようと画策することは火を見るより明らかなので、開催は非公式で、スケジュールも開催場所もトップシークレットとして扱われた。思念供給公社の上層部でさえ、知っているのはほんの一握りだった。

会合は思念探索の網を逃れるために、国防軍の力を借りて、とある山中の富豪の個人別荘で行われた。誰にも邪魔をされない秘密会合……のはずだった。

会合開始五分で、異変は起こった。突然の局地的豪雨によって川が決壊し、流れを変えた。山が地滑りを起こし、別荘の下流側に大量の土砂による天然のダムを形成した。別荘は、周囲すべてを水によって囲まれた、陸の孤島となってしまった。当然、警備を担当していた国防軍地上部隊が救助に入ろうとしたが、そうもいかなくなった。マスコミのヘリが、大挙して押し寄せたのだ。

ちょうど同時刻に、俳優が操縦する自家用飛行機の山中への不時着事故の一報がマスコミに入っていた。不時着地点が不明ということで、マスコミ各社は、いの一番の発見でスクープを狙《ねら》うべく、競ってヘリを飛ばしていた。結局のところ、不時着は誤報で、ヘリ出動は全くの徒労に終わった。そんな無駄足だったヘリが帰路に発見したのが、孤立した別荘と、国防軍による大規模な救出作戦だった。

各国の思念管理の代表者が秘密裡《ひみつり》の会合を行っていた……。それが報道されれば、世界的な大スクープだった。マスコミ注視の中で、「救助」されるわけにはいかない。躊躇《ちゆうちよ》するうちにも、水嵩《みずかさ》はますます増し、別荘は水没するか、天然のダムが決壊して土砂ごと流されてしまうかという瀬戸際に立たされていた。

政府からの強力な圧力によって報道管制が敷《し》かれ、救出が完了したその刹那《せつな》、別荘は土砂と共に藻屑《もくず》と化した。

天候、場所、警備態勢、マスコミへの隠蔽工作、国防軍の調整、すべてを万全に整えた上での会合のはずだった。それが一瞬のうちに瓦解《がかい》し、もう一歩で世界の思念管理の中心人物が全滅するところだったのだ。

気象予報会社スタッフの、あり得ない設定ミスによる、局地的豪雨の見逃し。地滑りを引き起こした、山頂近くの林道工事の不可解な中断。出所不明の飛行機不時着のガセネタ……。さまざまな要因が重なっていた。だが、それを一つずつ突き詰めていけば、偶然では片づけられない、「見えざる手」が加えられた必然だったことが明らかになってきた。

　それがキザシの所業であるという証拠は、何もなかった。だが、その恐怖の只中《ただなか》に貶《おとし》められた思念管理者たちは皆、予兆候補者だったヒビキに手を出したことへの、キザシの報復と判断した。

　予兆は今まで、どんなに追い詰められようとも、思念供給公社に攻撃を仕掛けてくることはなかった。それが、世界の思念管理者のトップを、軒並み命の危険にさらすような「思念誘導」を、あと一歩で実現するところだったのだ。単なる脅《おど》しだったのか、力が不足していたために未遂に終わったのかは、供給公社側は知る由《よし》もなかった。それ以来、キザシは「最強の予兆」として、思念研究者たちに畏《おそ》れられ、同時にその思念をどうにかして研究に利用できないかと、捕獲を切望される存在になった。

「いくら、自分の娘のサユミが犠牲になりそうだからって、あんたが身代わりになってどうするんだよ？　予兆の思念をいいように扱われたら、どんな風に悪用されるかわかったもんじゃない。あんただけの問題じゃないんだぜ？」

「黒田くん、瀬川さん、二人の懸念はもっともだ」

　代わって答えたのは、寺田博士だった。

「ハルカとサユミ……。思念研究に一生を費《つい》やしてきた私が、予兆であったキザシと出逢い、二人の子どもを授かった。予兆の子どもであるということは、それだけで一つの悲運だ。ハルカは国内での探索を逃れて遠く旅空の下にあり、サユミは今、継続観察という透明な檻《おり》の中での拘束状態にある。娘たちの未来を思えば、心が張り裂けそうだよ。だが、キザシの決断は、サユミが私たちの娘であるということとは無関係だ。なぜなら……」

博士は言葉を切り、キザシの姿に目を移した。

「キザシが決めたんだよ。予兆であるキザシ自身がね」

穏《おだ》やかな博士の言葉に、黒田くんは反論の手立てを失ったように黙り込んだ。強大な思念操作の力を持つがゆえ、予兆は自らの意志によってその力を使うことを封じて来た。すべては自らが古奏器によって紡《つむ》ぎ出す「音の色」の導きに従う。それが予兆が予兆であるがゆえの戒《いまし》めだった。その戒めを破る以上、親子の情などという生半可《なまはんか》な感情が入り込むものではないことが、黒田くんにもわかったのだろう。

キザシは相変わらず、まるでその先に高い塔でも立っているかのように、窓の外の冬の青空を見上げたままだ。

予兆は人の運命を翻弄《ほんろう》する。そして予兆自身も、もっとも過酷な運命に身を投じることになる。そこに予兆自身の意志は介在しない。古奏器の爪弾きから導き出される自らの歌のさだめに従うだけだ。だが、供給公社に向かうという選択は、キザシ自身が決めたのだ。

「これは、サユミを助けるなんて、そんな単純な話ではないんです」

キザシが、初めて空から室内に視線を移し、瀬川さんと黒田くんを見つめた。予兆は、「意志を持たない瞳」を持つと言われる。だが今、彼女の瞳には、はっきりとした意志の力があった。

「歴代の予兆たちは、思念誘導計画を阻止するための運命の息吹《いぶき》を芽生《めば》えさせる役目を担いながら、秘密プラントに近づくことすらできなかった。逆に利用されるのを恐れて、逃げ回るばかりでした。ですが、『ヒビキ』の思念が利用されようとしている以上、もはや逃げ回ってばかりでは、事態は収束しないようです。あのプラント自体に、予兆自身がかかわらなければ……。その段階まで来ています」

だからこそ、歴代の予兆の中でも最も思念の力の強い彼女が、予兆として復帰したのだろう。

「過去の予兆たちが、私が自分自身の意志で動くことを支えてくれています。予兆という『運命』を超えて、そのさだめの中に私自身の想いを乗せることを……」

キザシは、自らの心の内を覗くような表情だ。

予兆は、その力が次の予兆へと受け継がれると同時に、予兆として動いた時のすべての記憶を無くし、只の一人の女性に戻る。その代わり、新しい予兆は、過去の予兆のすべてを引き継ぐ。それは記憶として「持つ」のではなく、予兆の中に過去の予兆の思念が常に「住む」感覚だという。心の中の過去の予兆の思念と、語り合った上での結論なのだろう。

「あんた……自分が行って、娘のサユミの身代わりになる気じゃないのか？」

黒田くんが念押しする。供給公社の研究者は、予兆の思念が手に入らないからこそ、藁《わら》にもすがる思いで、予兆の娘であるサユミの思念に手を伸ばそうとしているのだ。そこに予兆であるキザシが出向けば、どうなるかは誰にでも予想がつく。

キザシが黒田くんに微笑《ほほえ》みかける。安心させるようでもあるが、どこか酷薄な笑みだった。

「プラントの思念を、誰にも触れられないように変化させます。ですがそれには大きな危険が伴《ともな》います。一歩間違えば、この国そのものを滅ぼしてしまうような……。サユミには手を出させない。でもそれは目的ではなく、結果の一つでしかありません」

キザシの淡々《たんたん》とした言葉は、定まった未来を紡ぐようだ。

「二度と思念誘導実験は行わないという恐怖と徒労感を、思念研究に携わる者に植え付ける必要がある。小手先の小細工を弄《ろう》した程度では、もはや、この計画を頓挫《とんざ》させることはできない」

寺田博士は、キザシの覚悟をそのまま自分に置き換えるように言った。

「私が行っても、すぐには無理でしょう。でもきっと、いつか……」

そう言って、キザシは黒田くんと瀬川さんを見つめた。自分が見ることができない未来を託《たく》そうとするように。

「私の予兆としての役割は、新たな予兆に受け継がれます。私の意志もまた、次の予兆、その次の予兆へと……。ヒビキも、遠い空の下で、私の動きをサポートしてくれるはずです。そして、私の二人の娘やヒビキの息子も……」

キザシは、子どもたちに待ち受ける未来を見るように、遠い目になる。

「子どもたちには、それぞれの人生を歩んでもらいます。それが私にとっての、微《かす》かな希望なんですから」

「予兆」を受け継ぐ者は、実の娘すらをも過酷な運命に巻き込まざるを得ないのだろうか。

「私やヒビキの子どもたちは、成長して、やがて瀬川さんたちの前に姿を現します。その時は、よろしくお願いしますね」

せめて子どもたちの希望が、運命の息吹に翻弄されて消えてしまわないように、瀬川さんは祈るしかなかった。

「やれやれ、決心は固いようだね。それで、あたしたち『抵抗勢力』は、何をすりゃいいんだい？」

瀬川さんは、敢《あ》えて自分をそう表現した。人から抽出した余剰思念を使った思念誘導実験に反旗を翻《ひるがえ》し、妨害する者は、そう呼ばれて畏怖《いふ》され、そして常に捕獲対象となっている。実際は、思念供給公社から反社会的集団として忌《い》み嫌われるほど組織化されたものではないし、瀬川さん自身も、自分を抵抗勢力だとは思っていない。

抵抗勢力でも何でもなく、まっとうに生きて来た一人の人間として、瀬川さんは、歴代の予兆のこの街での動きをサポートしてきた。それは、キザシに対しても変わらない。

「約束をしてください」

彼女は、自らの心の内を覗くように、ゆっくりと目を閉じた。右手を掲《かか》げて、親指以外の四本の指を立てる。

「瀬川さんと黒田さんには、時が満ちるその時までに、私の後に続く予兆たちと共に、四つの大きな歯車を回してもらいます」

黒田くんが、俄然《がぜん》身を乗り出した。

「なんだってやるぜ。俺は、隠れて秘密プラントなんてものを作り上げた供給公社を、ぶっ潰《つぶ》してやりたいんだ。プラントを破壊するのか？　それとも、この悪事を世間にすっぱ抜くのか？」

正義の味方気取りで、鼻息が荒い。キザシが、四本の指を一つずつ折ってゆく。

「時と場所の隔《へだ》てを越えて響き渡る、鐘を鳴らすこと」

「閉じ込められた物語を解《と》き放つ、暗闇の鍵を開けること」

「希望を携えて飛び立つ、青い蝶の絵を描くこと」

「隔てを越えるバスを動かすこと」

キザシの折られた指を黙って見つめていた黒田くんは、魔法が解けてしまったような表情だ。

「何だよそりゃ。そんなことに、何の意味があるっていうんだ？」

プラントの思念をめぐる、思念供給公社と抵抗勢力の、命がけの攻防。それを終わらせるために自分に託されることが、そんな、まったく無関係にも思える四つの約束であることに、黒田くんは憤《いきどお》る。

「それでホントに、供給公社の思念誘導実験を、止められるっていうのかよ？」

前の予兆の時にも、中学生だった彼が最初に頼まれたのは、別の中学校の図書室に忍び込むことだった。決してページが開かない青い本を本棚に置いてくるという意味不明な行動をさせられたことを、彼は憤っていたものだ。

「わからないんです。私にも」

キザシは、困ったような表情で、首を傾《かし》げる。

人を導き、人の運命を翻弄する役目を担う予兆ではあるが、自らが誰をどんな場所に導くのかは、彼女自身もわかっていない。連綿と続く「予兆」の、ほんの一時期をキザシは担うに過ぎない。彼女の導きがどんな形で実を結ぶのかは、誰にもわからなかった。

「四つの大きな歯車を動かすために、瀬川さんや黒田さんにどんな動きをしてもらわなければならないか。四つの大きな歯車が、どんな未来を連れて来てくれるか……。私に続く予兆たちが街に来て、教えてくれるはずです」

「何を無責任なことを言ってるんだよ。そんなあやふやなことに、俺たちや博士を巻き込むつもりかよ」

黒田くんにとって博士は、父のような存在だった。そんな博士に、無意味な危険に踏み出してほしくはないのだろう。

「博士よぅ。俺は博士と一緒に、これからも地下の秘密通路を探検して、いろんな話をしてぇんだ。あんたにもしものことがあったら、俺は一人でどうすりゃいいんだよ」

寺田博士と黒田くんは、同じ供給公社の職員だ。とはいえ、片や思念研究の最高責任者。片や高卒で昨年保安局に配属されたばかりの新人だ。本来ならば、接点などあろうはずもない。

博士と黒田くんは、五年前、サユミを逃がすための逃走劇のさなかに出逢った。まだ彼が中学生だった頃だ。人にはない思念耐性を持つ黒田くんは、その際に博士に見出され、供給公社の保安局に身を置くことになったのだ。

「これは、私がキザシと共に決めたことなんだ。わかってくれ」

黒田くんが唇を嚙《か》んだ。どうにもならない思いをぶつけるように、癖っ毛の髪をもじゃもじゃと掻き毟る。博士は聞き分けのない孫の姿でも見るようだ。

「それに君には、別の役割も、担ってもらわなければならん」

「別の役割だって？」

「これからキザシは供給公社に向かい、四つの大きな歯車の動きが嚙み合うその日まで、時を刻み続ける。その時が訪れたら、キザシのもう一人の娘・ハルカと、ヒビキの息子を、プラントまで連れて来てほしいんだ。だからこそ君に、私だけが知る秘密通路の図面を託したんだ。私とキザシがやったことを、無駄にしないでくれ」

博士は、対等の相手として、黒田くんに対していた。

「君は、手を汚した者として、供給公社で忌み嫌われることになってしまうかもしれんな。つらい役目を頼むことになってしまうが」

重すぎるものを託され、黒田くんはすっかり老成してしまった顔だ。これから先、背負うものが、彼を大人にしてしまうのだろう。

対照的にキザシは、何物をも背負わない、軽やかな視線のままだ。

「瀬川さん。黒田さん。時が満ちるその時まで、小さな歯車を回し続けてください。その歯車の小さな一回転が、いずれ、四つの大きな歯車を回します。瀬川さんたち以外にも、たくさんの歯車が回るでしょう。それがすべて一致した時、私と博士の選択は、初めて実を結ぶんです」

時空を超えて、音もなく回り続ける歯車。人の営《いとな》みをそうたとえることは、残酷だった。だが、人と人との縁が寄り添い合い、重なり合って、明日の運命は刻まれるのだ。

「わかったよ、キザシ。あんたが蒔《ま》いた種を、あたしと黒田くんが育てていくんだね。十年後に芽吹《めぶ》くように」

それは、十年後に、どんな花となって開くのだろうか。

「もし、私が再び目覚めた時、私が望んだ形での収束ができていなければ、その時は、自分を目覚めさせた者に従うことになります。それがどんな存在で、どんな理由で私の力を欲しているとしても……」

予兆としての戒めを破って行動する以上、そのチャンスは一度きり。それが彼女が自分に課した「戒め」なのだろうか。

「また逢いましょうね。瀬川さん。黒田さん」

キザシが、傍《かたわ》らの古奏器を手にする。弦楽器の形はしているが、瀬川さんが弾《ひ》いても、何の音もしない楽器だった。紡ぎだされる音は、予兆の歌と分かちがたく結びついて、人を導き、そして翻弄する。その向かいゆく先は、誰にもわからない。

「この古奏器も、弾きおさめですね」

キザシは、そっと弦に指を添えた。

「もし、私の身に何かがあったら、私の思念は予兆としての最後の仕事……次の予兆を選ぶという役割を果たします。次の予兆がこの廃屋を訪れる時には、きっと青いトランクを抱えてくるはずですから。瀬川さん、それと引き換えに、古奏器を彼女に渡してくださいね」

「ああ、わかったよ。そのトランクの中身も、いつか役立つ時が来るってことだね」

キザシは、古奏器をこの廃屋に置き去りにして、思念研究所に赴く。次の予兆へと、古奏器は受け継がれてゆく。

抗えない運命に向けての時を、キザシと古奏器が、共に刻む。その音に、瀬川さんは身を委《ゆだ》ねた。

◇南田《みなみだ》さん◇

「プラント内、思念活性化数値、危険域に達しました！　さらに上昇しています！」

オペレーターの声が、緊迫して響いた。切羽詰《せっぱつ》まった表情で、思念研究所の研究員たちがあわただしく行きかう。部外者である南田《みなみだ》さんは、コントロールルームの片隅で身を固くしているしかなかった。

「このままでは、内部思念圧が強まりすぎて、プラント自体が破壊されかねません！」

殺気立ったやり取りに、決して起こってはいけない事態が発生していることが、南田さんにもわかる。

「非常事態だ。研究所全体を、一級アラートで全域封鎖する。一切の出入りを禁じろ」

非常警報が鳴り響き、出入口のシャッターが下ろされる。

「サブプラントの予備思念で希釈《きしゃく》するんだ」

この場の責任者である白髪の博士が、オペレーターに指示をする。思念研究に携わる者なら誰もが知る思念研究の第一人者、寺田博士だった。

「その決定は大臣許可条項だぞ。いくら室長とはいえ、君の判断だけでできることではない」

同じ世代らしい男が、博士の決断を、禁断のもののように否定した。だが、博士の厳しい表情が揺らぐことはなかった。

「副室長、責任は私が取る。このまま手をこまねいていては、思念の希釈ですら間に合わなくなってしまう」

博士は、矢継《やつ》ぎ早《ばや》に指示を与えだす。オペレーターたちが、水を得た魚のように動きを取り戻した。

「南田さん、とんだところに居合わせてしまったね」

泉川《いずみかわ》先輩は、白衣のポケットに無造作《むぞうさ》に手を突っ込んだまま、肩をすくめた。騒然としたコントロールルームで、彼だけが騒動を寄せ付けないように、飄々《ひょうひょう》としている。

「こんな調子で、食事をする暇もなくってね。思念サンプルよりも、手作りカレーでも差し入れてもらった方が良かったかな」

研究室の先輩だった彼は、二年前にこの思念供給公社の研究所に就職した。高校生にしてネット上で思念誘導に関する理論を発表し、思念学会でも注目されていた彼は、大学在学中に発表した「思念による他者求引能力」に関する論文が寺田博士の目に留まり、引き抜かれたのだ。在学中の彼から学んだ思念研究者としての心得は数多い。

南田さんの研究室は、思念供給公社と産学連携した事業も行っている。南田さんは今日、泉川先輩から研究室にある思念サンプルを届けるように頼まれ、この研究施設を訪れていた。最先端の研究施設を覗けるとあって、心を弾《はず》ませて訪問したのだ。その矢先に、この騒動が起こった。

「希釈思念、三万四千タリム。サブプラント容量の九十七パーセント」

思念希釈は、思念が予想外の変化を起こした際の、極めて一般的な措置だった。一般的な思念供給管で提供されているのと同じ精製思念によって異常思念を希釈して、国際思念規約に定められた思念活性化数値まで薄めた上で、大気放出をするのだ。毒性物質が、大量の水で希釈して濃度を低めた上で海洋放出が認められているのと同様だ。だが、これだけ大規模なプラントの思念を、希釈することができるものなのだろうか。

「ゲート、正常動作を確認。非常用操作手順も、確認済みです」

すべてのチェックが終わり、博士の最終判断を待つだけとなった。

「ゲート、オープン」

博士が、最終権限としての起動スイッチを押した。

「思念が突沸《とつぷつ》しなければいいが……」

泉川先輩が呟いた。思念希釈は、沸騰《ふっとう》したお湯の温度を下げるために、水を注ぐようなものだ。水の場合、沸騰直前のお湯に刺激を与えると、急激に沸騰して爆発する「突沸」という現象があり、思念の場合にも同様の現象が見られた。南田さんも、大学での思念実験の初期段階で、何度も突沸させて教授からお目玉を食らったものだ。

だがそれは、オペレーターたちにとって先刻承知のことだろう。南田さんはただ、事態が収束することを祈ることしかできなかった。

「いったい、何が起こったんですか?」

泉川先輩は、口ごもるようだったが、「まあ、隠しても仕方がないな。今さら」と呟いた。

「この研究所の地下には、思念蓄積用の秘密プラントがあってね、五億二千万タリムの気化思念が貯蔵されているんだ」

絶句して、二の句が継げなくなる。思念貯蔵は、国際思念規約違反だ。人々から抽出された余剰思念は、抽出から二週間以内にすべて変換され、使用されなかったものは、無害化して放出することとされている。

違反はもちろんだが、その貯蔵量は途方もなかった。南田さんの思念実験での最大取り扱い思念量は〇・〇三タリムだというのに。国内での年間使用量の五年分に匹敵《ひってき》する。

「そんなに大量の気化思念を、いったい何に使っていたんですか?」

泉川先輩は、日常会話の続きのように、「知ってはならないこと」を話し続ける。

「きわめて特殊な思念誘導実験だよ。人の思念を自在にコントロールして、思念誘導されていることすら知らずに国家に忠実な人生を歩まされる、『無意識の奴隷《どれい》』を作り出すためのね」

「そんな実験に、先輩は加担していたんですか？」

思念研究に携わる者は、常に倫理観を求められてきた。その最先端施設が、倫理のかけらもない実験に手を染めていたのだ。

「戦後の思念供給体制が整うと同時に始まった国家規模の研究だよ。むしろ、思念供給体制自体が、この実験のために構築されたといっても過言ではないだろうね。もはや、誰にも止められないんだよ」

先輩は率先して加担していた雰囲気さえ漂《ただよ》わせる。この研究所は、来るべき思念供給体制の「データ化」に向けての研究をする場だと説明されていた。彼もその研究をしているのだとばかり思っていたのに。

「十二年前、供給公社は誘導思念精製用の画期的な基礎思念を手に入れたんだ」

基礎思念は誘導思念のベースとなる。基礎思念に様々な思念調合を施《ほどこ》して、誘導思念を完成させるのだ。

「画期的って、どういうことですか？」

「誘導状態の長期持続化だよ。理論値では一度の人体投与で、二十年は効果を持続させることができる」

「二十年……」

誘導思念の精製自体は、思念研究者にとってはありきたりなものだ。だが、その効果は数時間から、せいぜい数日だ。二十年という持続期間は途方もなかった。

「ですけど、たとえ画期的な誘導思念を精製できたとしても、それを使用すれば、国際機関の抜き打ちでの思念検査で、すぐに不正が露呈《ろてい》してしまうんじゃないですか？」

思念の取り扱いは、国際思念規約によって厳格に定められている。思念供給管網を通じて使用すれば、国民の思想を容易《たやす》く操作することが可能になるからだ。

国の将来を占う選挙の直前に、全国の思念供給管に、人の意識を改変し得る誘導思念を流したとしたら……。民意は、いとも簡単に捻じ曲げられてしまう。だからこそ、国際機関が抜き打ちで気化思念のチェックを行っている。誘導思念による国民操作が明るみに出れば、この国は国際的な批判にさらされ、思念利用の権利すら剝奪《はくだつ》されてしまう。

「その通りだよ。その懸念があって、せっかくの基礎思念は、宝の持ち腐れ状態で、プラントに眠り続けていたんだ」

よどみなく説明する泉川先輩は、どこまでを知った上で、この研究機関に就職したのだろうか。

「だが、一年前に、再び転機が訪れたんだ。その基礎思念から誘導思念を作りだす態勢が整ってね」

話しぶりからすると、彼自身も、その思念精製に大いにかかわった様子だった。

「この誘導思念は、思念本体に影響を及ぼし、思念を改変してしまうんだよ」

「そんなことが……」

誘導思念は、あくまで人間の思念に「付加」するものだ。一種、催眠術的に作用し、「誘導」が解ければ、思考も行動も元通りになる。思念本体の中に組み込まれる誘導思念など、聞いたこともなかった。

「それはもはや、誘導思念とは言えないね。人の思念に憑依《ひょうい》して、その人の思念そのものになってしまうのだから」

「誘導思念ではなく、憑依思念ですか……」

つまり、本人も誘導の自覚なく、意思に反した思考や行動をしてしまう……。いや、意思に反した思考や行動が、本人の意思そのものになってしまうのだ。そうなれば、国際機関の検査など、問題なくクリアされる。

「でもそんな思念を、どうやって作ることが……?」

誘導思念の長期持続化にしろ、憑依思念にしろ、それを通常の思念加工で行えるようなら、南田さんが研究室で取り組んでいる実験課題などたやすく実現できる。思念学会で大騒ぎになるはずだ。

泉川先輩は解答を与えようとはせず、南田さんを見つめた。研究者として演繹《えんえき》し、類推しろと言っているようだ。

「そんな思念が人工的な加工で実現するはずがない。つまり、特異な強思念者から、強制思念抽出を行ったということですね?」

思念研究を専攻する学生の間で、公然と囁《ささや》かれている噂《うわさ》……。最先端の思念研究機関には、動物実験のように思念を強制抽出される強思念者が拘束されており、それを捕まえる専属の捕捉者すら存在するという。

だが、泉川先輩の言う憑依思念の特性は、今までの思念研究の成果を覆《くつがえ》すものだった。そんな思念を保持する存在とは……。思い当たる存在は、一人しかいなかった。

「もしかして、予兆の思念を……?」

思念研究者の間で伝説のように語られる、単一思念継承者だ。泉川先輩の言う、「思念誘導の長期持続化」や「憑依思念化」を実現化させるとしたら、予兆の思念を利用したとしか考えられない。

「どうやら、君を今日、ここに呼んでいたのは、正解だったようだね」

泉川先輩らしい正解の伝え方だ。その口ぶりからすると、彼は今日、この騒動が起きることを予期していたのかもしれない。

「十二年前、その当時の予兆であるキザシは、役目を終えて次の予兆に代替わりしようとしていた。供給公社は、予兆を受け継ぐ直前の女性、ヒビキの捕獲に成功した。その思念を強制的に抽出した結果、画期的な誘導基礎思念の精製に成功したんだ。キザシは予兆を受け継ぐはずだったヒビキを海外へと逃がし、自らが予兆としての活動を続けることになった。まあ、予兆候補に手を出したことで、キザシからは手痛いしっぺ返しを受けたそうだがね」

そう言って、彼は白衣のポケットに手を突っ込んだまま、肩をすくめた。

「新たな予兆候補に予兆の役目を引き継ぎ、姿を消していたはずのキザシが、一年前、再び予兆として返り咲いた。前代未聞のことだね。そして、この研究所にやって来たんだ」

「予兆が、自分から？」

賞金首のお尋ね者が、自ら警察に出頭するようなものだった。

「何か、特別な理由があったんでしょうか？　私には、キザシが思念誘導実験を阻止しようとして、この研究所に近づいたとしか思えないんですけど」

泉川先輩の表情もまた、どこか納得していない風でもあった。

「おそらく、サユミを助けるため……なのだろうね」

「サユミって？」

「キザシの実の娘だよ。キザシには二人の娘がいる。父親が誰かはわからないがね。一人は現在十三歳のハルカ。キザシの力を受け継いだ思念の力を持っていると期待され、最重要捕獲対象だったが、ヒビキと共に海外へ逃亡してしまったそうだよ。そしてもう一人が、現在六歳のサユミだ。こちらは母親には似ず、平凡な思念の持ち主だったたし、キザシもそこまで警戒していなかったようでね。確保することに成功していたんだ」

自らの携わる思念研究の「裏の側面」を突きつけられた気分だった。

「そんな中途半端な存在ゆえ、サユミは継続観察状態のまま、ずっと放置されていた。だが昨年、供給公社本局が急に方針転換してね、サユミの思念を抽出して基礎思念と融合させ、誘導思念をつくり出すという決定が下されたんだ」

それは、そうした存在にすら望みをかけなければならないほどに切羽詰まった状況だということなのか。それとも、やるだけのことはやったとの組織としての大義名分を立たせるためなのか。いずれにしろ、サユミという娘の未来が明るくなかったことだけは確かだ。

「その直後だよ。キザシがこの研究所にやって来たのは」

「それではキザシは、娘を思念実験に使われるのを阻止するために、この研究所に来たということですか?」

泉川先輩は、曖昧な表情のまま頷いた。

「キザシは、サユミに手出しをしないことを条件に、思念誘導実験に協力することを約束したんだよ。とはいえ、相手は最強の予兆と恐れられるキザシだ。反対も多かったが、寺田博士の一存で、思念供給公社と予兆との前代未聞の共同研究が始まったんだ」

「予兆の協力によって、人の人格そのものを変化させてしまう誘導思念……憑依思念の精製実験が始まったわけですね」

「寺田博士の思念精製の技術は、まさに神業だ。予兆の思念という誰も触れたことのない抽出思念を手懐《てなず》けて基礎思念と融合させ、見事に画期的な誘導思念を作り上げたのだからね」

泉川先輩の声は、研究者としての興奮を伝えていた。

「それなのにどうして、思念が異質化して、異常な活性化を示しているんですか?」

思念活性化を示すインジケーターは、高い数値で一進一退を繰り返していた。

「異質化」とは、人に投与するに適しない形で変質化してしまった状態だ。端的に言えば思念が毒性を持ったということである。

「プラントの中の誘導思念が突如変質して、異常増殖してしまったんだよ」

「どうしてそんな、初歩的なミスを?」

それはすなわち、抽出した思念の「漂白」が完全ではなかったということだ。大学の研究室の新人ですら冒《おか》さないレベルのミスだった。

「思念の取り扱いは完璧だった。どんな測定数値から判断しても、異質化するような要素は何もない、完璧な漂白が施されていたはずなんだ。だがそれは、一般的な人の思念を扱う前提での『完璧』でしかなかったんだろうね」

第一級の思念研究者ですら発見できないような、思念の「毒」。それがプラントの中に送り込まれ、プラントの思念全体を異質化させてしまったのだ。

「もしかして予兆は、最初から、それを狙っていたんでしょうか?」

今度は泉川先輩は、判断がつかないというようにしばらく考えていた。

「予兆は娘を救う交換条件として、誘導思念の完成に協力した。だが、予兆の心には、娘を人質に取られて実験に参加したという負い目が、無意識のうちに生じていたのだろう。その負の感情が、思念の中に込められてしまっていたのかもしれないね」

「憑依思念の異質化は、どのレベルまで?」

泉川先輩は、意味ありげに流し目を送った。

「8プラスだよ」

「そんな馬鹿な！　8ですら、理論値レベルでしかないのに、さらにその上だなんて……」

「研究者として、こんな言葉は使いたくはないんだが……。それだけ、予兆の思念というものは、人知を超えたシロモノだったということだろうね」

「レベル8プラスの異質化思念って……。どんな影響を人体に及ぼしてしまうんでしょうか？」

研究室で、取り扱いを誤《あやま》って異質化させてしまった思念は最大でもレベル2で、それでも人体投与すれば嘔吐《おうと》や頭痛が生じる。それがレベル8ともなると、想像すらつかない。

「何しろ、実際に人体投与実験できるレベルではないからね。推測に基づく反応でしかないが」

泉川先輩の淡々とした説明が、かえってその思念の危険性を際立《きわだ》たせるようだ。

「おそらく初期反応としては、思念の急激な萎縮《いしゆく》状態に陥《おちい》る……。つまりは、生きる希望すべてを失うほどの絶望が植え付けられてしまうだろうね」

「それが初期反応……。その後に起きる本反応は？」

「絶望を抱えたまま、人々は理性のタガを外され、凶暴性を剝《む》き出しにしてしまう。つまりは……」

泉川先輩が、言葉を途切れさせた。それは躊躇《ちゆうちよ》ではない。南田さんにそれを聞く覚悟があるかを確かめるようだ。南田さんは小さく頷いて、先を促《うなが》した。

「痛みも、恐怖も、罪悪感も失わされて、殺し合いを始めてしまう。最後の一人になるまでね」

「そんな……」

キザシの思念が強力な分、反作用も途方もないものになるようだ。

「そんな危険な思念が、まずいことに、異常な活性化状態になっているということだよ」

泉川さんの視線は各種モニターの数値を、抜かりなくチェックしている。異常な思念活性という状態は深刻だった。実験に用いる思念は、活性化を五パーセント程度に抑えるのが常識だ。というより、人間から切り離された抽出思念が、そこまでの高い活性化を示すことが「ありえない」のだ。実際に生きて行動している人間の思念活性化ですら、二十パーセントほどでしかないのだから。

「それで、こんなにあわただしく、思念を希釈しようとしているんですね」

たとえ異質化したとしても、思念活性化を抑えて封じ込めてしまえば、取り敢えずの問題は回避される。

「ん……おかしいな？」

泉川先輩が、初めに声を上げた。

オペレーターも、何かの異変に気付いたように、何度も二つのモニターを見比べている。

「思念活性化が、むしろますます高まっています！」

悲痛な声が響き渡る。コントロールルームは静まり返った。

「触媒思念を与えたわけではない。思念希釈をしただけだぞ。活性化が高まるはずがないだろう！　突沸しただけではないのか？」

副室長が苛立《いらだ》たしげに声を荒らげる。希釈用の思念までもが、即座に活性化することは、通常ではありえない。

インジケーターの数値は、六十パーセントを超えていた。このままでは、思念封鎖壁の硫化フラジノイドの強度がもたずに崩壊し、内部の異質化した思念が流出してしまう。

「室長、判断をお願いします」

主任研究者が、判断を放棄したように、室長を振り返った。その青ざめようで、事態の深刻さが嫌でもわかる。

「さて、どうする？」

寺田博士は、そばに控《ひか》えていた女性に、すべてを託すように尋ねた。

「この事態を、どうおさめればいいだろうか?」

彼女だけは、研究者風ではなかった。白衣すら着ておらず、どこの地域のものとも知れない民族衣装を身にまとっている。思念制御の知識を持ち合わせているようにも思えなかった。

「私がプラントに行って、直接思念を鎮静化させます。この思念は、もはや誰の言うことも聞きません。私の思念によって、無理やり抑え込むしか……」

はかなく、それでいて、けっして汚されない声だった。言葉が先にあって、それによって意志が決まるような、不思議な声音だ。

「そうか……。やむを得んな」

寺田博士が、重い決断を下すように口にした。一瞬、ざわめいていた室内が静まる。

「こんな女をプラントに行かせるなど、許されるものか。何を企《たくら》んでいるかわからないんだぞ」

副室長は、博士の決定を頭から否定した。

「やむを得んだろう。今の状態の思念がプラントから漏《も》れ出したら、周辺住民はその影響を受けざるを得ない。完璧に隠し通すには、住民を片っ端から処分するしかない。それができない以上、我々が国際思念規約に違反して思念誘導実験を行っていたことは必ず露見《ろけん》してしまう。国際調査機関が介入してくることは必定だ。こうなった時点で、この計画は破綻《はたん》したと判断せざるを得ないのだ」

何十年にも及ぶ実験を台無しにする決断だろうに、博士の言葉は淡々としていた。

副室長は、忌々《いまいま》しげに、博士の隣に立つ女性をにらみつけた。

「だから私は、最初から反対だったんだ。こんな思念異常者の思念を使うことなど」

女性は何の感情も表さず、一か所だけある窓から、外の青空を見つめていた。

「使うにしても、こいつの思念だけを抽出して、こちらの思うままに扱えば、こんなことにはならずに済んだんだ」

相手を人とも思わない発言だったが、コントロールルーム内に、同意する雰囲気が漂うことに驚かされる。どうやら彼女は、全面的に受け入れられてこの場所にいるわけではないようだ。

博士が、副室長をゆっくりと振り返った。

「予兆の思念を、予兆のサポートなしで扱える筈《はず》もないだろう。最初から我々は、後戻りできない細い吊り橋の上を渡っていたんだ」

「彼女が予兆？」

思わず声に出していた。彼女は私の声に反応して顔を向けた。微笑み……。愚かさを嗤《わら》うようでも、悲しむようでも、憐《あわ》れむようでもある微笑みだった。

「プラントには、私が同行しよう」

室長が立ち上がった。

「何を言うんだ、室長。その思念異常者だけならいざ知らず、君は何の思念プロテクトもないんだぞ。プラントに向かったら、すぐに君が異質化思念の餌食《えじき》になってしまうぞ」

副室長はとんでもないというように、室長に詰め寄った。

「それでは、あなたが一緒にプラントに来てくれますか？」

彼女は顔に浮かべた微笑みをそのまま副室長に向けた。副室長は、たじろぐように後ずさる。

「キザシだけを行かせるわけにはいかんのは、当然のことだ。管理局側へも釈明できん。だとしたら、私がけりをつけるしかあるまい。もともと、私がキザシを研究に関わらせることを決めたのだ。私が最後まで、キザシと共に思念の行方を見守る」

室長の言葉は、穏やかであるが故《ゆえ》に、誰も異議を挟むことなどできなかった。

「保安局に、思念耐性のある新入りがいたな？　至急、こちらに向かわせなさい」

室長が指示した。セキュリティが一時的に解除され、作業着姿の保安局員がやってきた。

「黒田です。何か？」

ぶっきらぼうに名乗る若い男は、保安局に配属されたばかりなのだろうか。態度は大きい。博士が、この場の最高責任者だとも認識していないのだろう。

「黒田君。私たちを、プラントの地下制御室まで連れて行ってくれ」

「はあ、何で俺が？　今は緊急アラートで、立ち入り禁止のはずだろう？」

黒田保安局員は、あからさまにむくれ顔だ。

「命令だ、言う通りにしろ」

副室長が命じるが、彼は怯《ひる》む気配もなかった。

「あんたら研究者は、プラントの思念のことは何でもわかってるような顔してここに横柄《おうへい》に座りこんで、プラントには近づこうともしやしねえ。俺たちが保守してやらなきゃ何もできないくせに、でかい顔で命令ばかりしやがって」

研究員たちは、その非難が自分に向けられたもののように、顔を背《そむ》けている。

「黒田君。君の怒りはもっともだ。君たちがいてくれたからこそ、このプラントは維持できてきたんだ。だが、そのプラントが今、危機に瀕《ひん》しているのはわかっているね。私は、それをなんとかしたいんだ。たのむ」

寺田博士に素直に頭を下げられ、保安局員は鼻白《はなじろ》んだように、癖っ毛の頭をぼりぼりと掻いている。

「まあいいさ。連れて行ってやるよ。その前に、規定通り、身体チェックさせてもらうぜ」

保安局員は無造作《むぞうさ》に言って、室長とキザシに近づいた。

「おい、何を言っているんだ。相手は室長だぞ」

副室長の叱責《しっせき》も、彼は意に介していない。

「総理大臣だろうが神様仏様だろうが、プラントに近づく奴は誰だってそうする。あんたが室長なら、余計にしっかり守るべきなんじゃないのかね？」

室長は苦笑して、保安局員の身体検査に身を任せていた。

「変なモンは何も持っちゃいねぇようだな。じゃあ、行くぜ」

保安局員は、身体検査を終えると、室長とキザシを急《せ》かした。

「副室長、後は、よろしく頼んだよ」

室長は、歩きかけて、副室長の前で振り返った。

「キザシがプラントに行くことで、プラントの思念活性化は鎮《しず》まるだろう。だが、それはあくまで一時的なものでしかない。諸君には、これから長い間、先の見えない異質化思念との闘いを続けてもらうことになるだろう」

研究員たちは、室長との突然の別れに、声も出せずにいる。

「どの未来も、どのみち、破滅を迎えたのかもしれんな。予兆の思念には決して手を出さない。その戒めが、この一件で、思念研究者の心に刻まれればいいが……」

室長の言葉は、彼自身は見ることがないだろう、予兆の思念を使った実験の帰結を見据《みす》えるようでもあった。

「副室長、まずは管理局への釈明だな。もっとも、管理局側とのパイプが太い君なら、うまくやってくれるだろうが」

「それは……」

副室長が、額《ひたい》の汗を拭《ぬぐ》った。

「長い闘いになるかもしれんな、副室長」

室長の穏やかな眼差しに耐えられぬように、副室長は顔を背けた。

一瞬、キザシは南田さんと視線を合わせた。予兆の瞳は「意志を持たない瞳」と呼ばれる。だが、その瞳には強い意志を感じた。

「副室長、お願いがあります」

キザシが振り返った。

「な、なんだ……?」

副室長は、たじろぐように言葉を詰まらせた。

「サユミを、プラントの真上に住まわせてもらえないかしら?」

「何だと?　どういうことだ?」

「サユミの存在を常にそばに感じていれば、私も、プラントの思念の安定を長引かせることができそうな気がするの」

娘を思う気持ちは、普通の人間も予兆も変わらないのだろうか。

だが逆に言えば、サユミの身に何かが起きれば、キザシはプラントの思念をすぐに暴走させると脅迫しているに等しい。すなわち、娘の無事を担保する言葉でもあった。

彼女はもしかすると、自分の娘に手出しをさせないために、自らが犠牲になる気ではないのだろうか?

ゲートの向こうに、博士とキザシ、黒田保安局員の三人が消えていった。

「プラントの異常活性化した異質化思念と、キザシの思念との直接対決か……。果たして、どんな結末を迎えるのだろうな」

泉川先輩は、自分が一緒に行けなかったことをもどかしがるようでもあった。

思念活性化数値が危険域を保ったまま、三十分近くが経過した。

「サユミ、プラント上部に移送完了しました」

その報告がされた途端、アラートを示す赤いランプが消える。

「プラント思念活性化数値、低下しています」

オペレーターも、ようやく声を落ち着かせて、操作パネルの数値を読み取ってゆく。副室長は、白衣の下のネクタイを緩めるようにして、大きく息を継いだ。

「ふん、あの女もサユミも、多少は役に立ったというわけか」

副室長は、何かを納得するように、何度も頷いていた。

「プラントの状況を再チェックしろ」

オペレーターに居丈高《いたけだか》に命じる。

「思念活性化、四十三パーセントに低下、四十二パーセント、三十九パーセント……」

まだまだ危険域ではあったが、少なくとも、プラントが物理的に崩壊してしまう危険は遠ざかった。予兆の思念は、途方もない量の異質化思念すら鎮静化するほどの力があるのだろうか。

地下プラントから戻ってきたのは、黒田保安局員一人だけだった。

「室長とキザシはどうした？」

副室長は、黒田保安局員に厳しい視線を向けた。

「二人とも、地下の制御室からプラントに向かって、戻ってこなかったよ。俺が制御室で待つのは三十分って約束だったからな。いつまでも待ってるような義理はないね」

「それでお前は、室長の無事も確かめずに一人で戻ってきたのか？　それではお前が、室長を見殺しにしたようなものだぞ」

副室長が、ことさらに声高に言い募る。若い保安局員に責任のすべてを押し付けるようだ。

「俺は規則に従ったまでだよ。知ったこっちゃねえな」

黒田保安局員は、そううそぶいた。だが、その手がかすかにふるえているのに、南田さんは気付いていた。

「プラント内の生体反応は？」

「生体反応……ありません」

オペレーターの声は、沈痛だった。それは、二人の尊い犠牲によってプラントの思念が鎮静化したということを意味しているのだろうか。

やがて、一つの変化が訪れた。それはモニター画面の数値でも、監視映像の中でもなかった。

「これは、何の音だ……？」

副室長が、訝《いぶか》しげに呟いた。

聞こえてくる音……。それは、いったいどこから、そして何の音なのだろう？　地の底から響いてくるようだ。もしかして秘密プラントから？　だが、地下深くからどんなに音が響こうが、ここまで届くはずがなかった。

やがて南田さんはわかった。それが「音」ではないことに。

「これは、音じゃなくって……歌です！」

部外者にもかかわらず、南田さんは口にしていた。静まり返ったコントロールルームに、その声は響き渡った。

「歌だって？」

副室長が、不吉な予感を抑え込むように、押し殺した声を発した。

思念研究者なら誰もが知る噂……。予兆の歌は、人の運命を翻弄するものだと。

「まさか……、そんなはずはない。あんな地下からの歌声が、ここまで届くはずがない。それにもう、キザシは死んでいるはずだ」

副室長は、その歌をこれ以上聞くことを拒むように、首を振った。耳を塞《ふさ》ぐ研究員もいる。だが、それを嘲笑《あざわら》うように、その歌は変わらず響き続けている。

「この歌は、聴覚によって聞こえているのではないようですね」

泉川先輩は、自らの心に響く歌を吟味《ぎんみ》するように腕を組み、目を閉じている。

「耳ではなく、心に直接響いています。誰も、それに耳を塞ぐことはできません。なるほど、これが予兆の歌なのですね」

歌は心まで染み込んでいった。言葉としては理解できない。だが、心が理解してしまう。異質化した思念がプラントから放出されてしまった際に起こることを伝えていた。

強い毒性を持った異質化思念によって、人々は理性のタガを外されて凶暴化し、動くものすべてに襲い掛かる。最後の一人が倒れるその時まで殺し合うことになる。

まさに、地獄の光景だった。

誰もいない、血に染まった荒野の風景が、まざまざと記憶に刻まれる。このプラントの管理を一瞬たりとも怠《おこた》れば、それは現実となってしまうのだ。

やがて歌は、霧が晴れるように、次第に頭の中から薄れていった。

「なんだ？　あの数字は？」

一人のオペレーターが、壁面を指さす。

四桁の数字が、そこには浮かび上がっていた。

ついさっきまで、何の数値も示されてはいなかったのだ。

「もしかしたら、予兆の思念が描き出した文字かもしれませんね」

泉川先輩は、数字になんらかの意味を見出そうとするようだ。

予兆は、強い思念の力によって、文字や絵を様々な場所に出現させることができるという。それは消そうとしても消えないし、上からペンキを塗っても再び浮かび上がってくる。決して消えない文字なのだ。

「もしかして、あの数字は、カウンターなのかもしれない」

南田さんはプラントに向かう直前の、キザシの瞳を思い出していた。彼女の瞳は、終わりを告げてはいなかった。何らかの時の「始まり」を示していた。

「あの数字が日にちのカウンターであるならば、あれが0になるのは、十年後の二月二十五日……」

泉川先輩が呟く。

あの数字が0になるとき、いったい何が起きるのだろう。

第一章　海から遠い場所

カナタ　9月27日（土）　あと151日

存在するものは、隠すことができる。

それでは、存在しないものは、隠すことができるだろうか？

カナタはまっすぐに歩き続けた。首都の片隅の、古くからの雑居ビルが建ち並ぶ一角に足を踏み入れる。四方から襲い来る再開発の波状攻撃から奇跡的に見逃され、時代の変遷《へんせん》の波に乗ることを拒《こば》んだ空間だった。

「このあたりだな……」

ターゲットは、この近くにいるはずだ。思念供給公社に先んじて接触することが、カナタに課せられた任務だ。

思念供給公社の作業着を羽織《はお》り、路地裏のマンホールを開けた。思念漏出防止用のフラジノイド鋼でコーティングされた金属管が姿を見せる。水道管やガス管と同じように、街の地下にくまなく配管されている、気化思念供給管だ。

腰に下げたスティック状の検思管《けんしかん》を手にしてグリップを握り、鋭く旋回させる。スライド構造の先端が突出し、身長ほどの長さに変貌《へんぼう》する。検査口に検思管の先端を食い込ませた。

耳を澄《す》ます。感覚器としての「耳」ではない。自身の思念の「聞く」を固定し、倍率のつまみを回すように、感度を上げる。ターゲットである「彼女」の思念パターンは、思念供給公社本局の思念管理システムから掠《かす》め取っていた。「彼女」の位置そのものはわからない。だが、その思念にぶつかれば、「エコー」が返ってくる。その速さによって、どれだけ近づいたかがわかる。

エコーは、ほんの数秒で戻って来た。半径二百メートル以内に、「彼女」はいる。「耳」を閉じようとしたその矢先、供給管の中を走る特殊な思念が、ドップラー効果のような残響を与えながら過ぎ去った。

「思念解析士が探索思念を走らせているな……」

別の追手もまた、同じ手段で「彼女」を追っている。どちらが先に肉薄できるかの勝負だ。路地を出て百メートルほど歩き、再び思念供給管に思念を走らせる。「エコー」は、先ほどより戻りが遅い。明らかに、目標を通り過ぎている。

「やっぱり、『鎖《くさり》』が張ってあるか……」

カナタは焦《あせ》りを濃くした。思念の「鎖」によって、「彼女」は世界を閉ざし、近づくことを許さない。

視界の隅には盲点があり、「見ているのに見えていない場所」がある。だが人は通常、その「見えない場所」を気にせずに生きている。彼女の力は、自分の居場所を、他人の思考や行動上の「盲点」にしてしまう。一本の道の入口を思念の鎖で閉ざせば、人々はそこに道があることすら気付かず素通りしてしまう。強い思念を持った者だけに可能な、遮断《しやだん》の力だ。

「悪いが、無理やり入らせてもらうぜ」

太い鉄条網の鎖を焼き切るレーザーカッターの映像イメージを、思念の中に凝縮《ぎようしゆく》して、カナタは進んだ。五分ほど歩くうち、唐突にそれはやって来た。「鎖」が焼き切れ、弾《はじ》け飛んだイメージだ。思念の「鎖」を断ち切ったのだ。

周囲を見渡す。雑居ビルの一階にある、古ぼけた雑貨店の前だ。この道は何度も往復した。それなのに、今の今まで、そこに店があることに気付きもしなかった。

看板には控《ひか》えめながら店名が記されており、営業中のようだ。白い塗装が半ば剝《は》げかけた窓枠の奥には、自らが商品であることを忘れてしまったような品々が並ぶ。それらは、誰かに見せるためのものでも、客を呼び込むためのものでもない。

扉は、侵入を精一杯に拒むように、軋《きし》んだ音を立てた。

間口が狭く、奥に細長い空間だった。中央に古びたテーブルが置かれ、香蠟灯《こうろうとう》を中心にパミールオイルやその調合器、サブサイドパウダー、そしていくつかの食器たちが並んでいた。奥の壁面の飾り棚には、異国の装《よそお》いの工芸品が並ぶ。

カウンターには、一人の女性が座っていた。

「いら……っしゃいませ」

控えめに声をかけて立ち上がる。外向きに巻かれた髪が肩先で揺れる。一瞬、視線が交錯《こうさく》した。小さな顔の輪郭《りんかく》の中で、黒目がちの瞳が何度か瞬《しばた》かれた。瞳の意志がはかなく、そして強い。それは突き抜ける力ではない。乗り越える力だった。

「あなたは？」

カナタが誰かを問うものではない。誰であれ、ここを「訪れることができた」理由を確かめる言葉だ。

「話してる暇はない。逃げるぞ！」

彼女は眼を見開き、わずかに後ずさった。不思議に、驚きは感じ取れない。

「まあ、初対面で信じろって言う方が無理か」

カナタは首を振り、気を取り直した。幸い、まだ追手の気配は近づいていない。

「いいか？　あんたの思念の『鎖』は、もう通じない」

警戒を解くには、彼女が隠れ住む状況を知る者であると告げるしかない。だがそれは、別の警戒を抱かせるだけだった。

「どうしてそれを？」

心の動揺を写し取るように、首に着けたペンダントが揺れる。青い蝶のペンダントヘッドだ。

「あんたの思念は思念供給公社に解析されちまった。公社は思念コードを把握してる。どんなに『鎖』を張ろうが思念解析士は突破してくるぞ」

説明するまでもない。カナタが現に目の前にいることこそが、彼女の「鎖」が破られた証《あかし》だった。

「あんたの居場所がバレるのも、時間の問題ってことだ。すぐにあいつらが……」

その時、確かにカナタは感じた。追手の放った探索思念が、天井近くに配された思念取入口を通じて、この空間に届いたのを。

「思念供給公社も、一級の思念解析士を駆り出したみたいだな」

気合いの入り様がわかるというものだ。是《ぜ》が非《ひ》でも彼女を捕獲したいということだろう。

「俺の言葉を全部信じろとは言わない。だが、あんたはもう、ここでひっそりと生きていくことはできなくなった。それは逃れようもない事実だ」

瞳の困惑は増すばかりだ。今までの生活を激変させる言葉だ。素直に受け入れろと言う方が無理な話だろう。

「だけど……あなたも、思念供給公社の方なんですよね？」

マンホールを開ける際に羽織っていた作業着がそのままだった。カナタの特殊な立場を説明している暇はない。だが、彼女が気にしていたのは上着ではなく、胸に付けていた身分証の名札だった。

「カナタさん……ですか？」

「え、ああ……そうだが」

彼女は息を呑《の》むようにして動きを止め、眼を閉じた。青い蝶のペンダントヘッドを、しっかりと握り締める。再び眼を開けた彼女の表情からは、戸惑《とまど》いは消え去っていた。

「私の名前は、ハルカです」

彼女は自分の名前を告げた。信頼し、すべてをカナタに委《ゆだ》ねるように。

「ここを離れる準備をするんだ。すぐに、駅に向かうぞ」

「準備は、できています。いつでも」

二つ返事で、彼女はカウンターの裏から旅行バッグを取り出した。


外へ出ようとして、カナタは立ち止まった。

「待て！」

大通りの向こう側で、数人の男性が、周囲の建物を一軒ずつ確認しながら、こちらに近づいて来ていた。検思管を手にして、地下の思念供給管の思念残響《エコー》を辿《たど》り、周囲を見渡して首を捻《ひね》っている。

「予想以上に早かったな」

カナタは、歯噛《はが》みするようにして呟《つぶや》いた。

「あの人たちは、何者なんですか？」

ハルカも初めて、自らに迫る危機を現実のものとしたようだ。

「思念解析士だ。あんたの思念コードが確認された以上、どこまでも追ってくる。今はまだ、あんたの『鎖』があいつらを素通りさせたが、すぐに場所は特定されちまう」

彼らは、地図の上で一軒一軒の家をチェックしだした。

「やつらも、あんたの防御策は織り込み済みだ。消去法で捜し出すつもりだな」

たとえここを捜し当てることができなくとも、周囲の家々が「違う」とチェックすることはできる。地図の上に記される「×」に囲まれた、空白の場所……。それが、この店になるはずだった。

「それならこっちにも、考えがある」

カナタは店の椅子《いす》を借りて、天井近くの思念取入口に顔を寄せた。

「何をするんですか?」

椅子を支えながら、ハルカが尋《たず》ねる。

「ちょっと、あいつらを混乱させてやろうと思ってね」

カナタは、意地悪い笑みを浮かべて、思念供給管を通じて「追手」と対峙《たいじ》した。

「思念供給管を切断するのさ」

物理的な意味での「切断」ではなかった。カナタは自らの思念の「蓋《ふた》」を一瞬だけ開けて、吹き出し口を通じて、管内の気化思念を一気に吸い取った。この周囲の思念供給管の中を、思念の「真空」状態にしてしまう。

「これで二十分やそこらは、あいつらは立ち往生させられるはずだ」

供給管を通じた探索は、真空部分ですべて跳《は》ね返されてしまう。新たに気化思念が充満して思念真空状態が解消されるまでは、この地域一帯の探索は不可能になる。

「よし、出発しよう」

「はい！」

ハルカは、カナタにすべてを任せるように力強く頷いた。


ハルカと共に裏口から出て、駅に向かった。

「飛行機で行きたい所だが、今頃は思念供給公社があの店を突き止めてる。思念コードと住民コードが突合されて、個人情報も把握されているはずだ。空港のセキュリティチェックで捕まっちまう」

警戒しながら前を歩くカナタに、ハルカが何かを確かめる視線を向けた。

「もしかして、カナタさんも、思念の力を……？」

「俺自身は、あんたみたいな力はない。思念過敏体質のせいで、周囲の思念を人の何千倍も感じるし、受け取めちまうってだけなんだ」

カナタの思念過敏状態では、放っておけば周囲の人の思念が常に自分の中に流れ込んでくる。だから普段は思念に「蓋」をして、他人の思念が自分の中に流れ込んでくるのを防いでいる。

アレルギー症状を持つものが、ほんのわずかなアレルギー起因物質を身体に取り込んだだけで過剰な反応を示すように、カナタは思念に対して、人とは違う鋭敏な反応を示し、思念の「出所」を特定できる。だからこそカナタは、特殊な訓練によって供給管を通じて様々な情報を得ることができる思念解析士よりも先に、彼女のもとに辿り着くことができたのだ。

「広軌高速軌道には、思念供給システムが完備されている。新造の特急列車や通勤列車もだ」

その列車に乗ってしまえば、すぐには発見されないにしても、いずれ逃走先が割り出されてしまう。危険はできるだけ排除しておきたい。

「それじゃあ、私たちが使えて、遠くまで逃げられる手段って？」

「寝台列車だ」

交通機関としてより、懐古《かいこ》や趣味の領域でしか活躍できない夜行寝台特急だ。敢えて始発駅ではなく、思念供給システムのない途中駅に駆け込んだ。発車直前だったが、無事に寝台を二人分、確保することができた。

二等寝台の座席に座り、ようやく落ち着いて二人は向き合った。

「あんたは、自分のことを、どれだけ知っているんだ？」

ハルカは、白紙の履歴書でも前にしたように、視線を落とした。

「自分の名前や血液型。年齢が二十三歳だっていうこと。母親が予兆として思念供給公社に追われて、命を落としたらしいこと。母から思念の力を受け継いだ私も、探索の対象になっていること……。それ以外は何も知りません。父親が誰なのかも、他に兄弟や姉妹がいるのかも……」

市街地を抜けた列車は、ロングレールの上を線路の刻みもなくひた走る。

「今まで、どうやって暮らしてきたんだ？」

余剰思念の抽出は、十五歳から国民に義務付けられている。それを潜《くぐ》り抜けて、「力」を隠し通して生きるのは、容易ではなかっただろう。

「私は物心つく前にこの国を離れて、それからずっと、ヒビキと名乗る女性と旅を続けていたんです」

「何か、目的のある旅だったのか？」

ハルカはあいまいに首を振った。

「もちろん、私を国内の探索から逃がすためだったんですが、彼女は、他にも様々な使命を帯《お》びていたみたいです。『ここではない場所への扉を捜す旅』とも、『絵の具を渡す旅』だとも言っていました。それが何を意味することなのかは、私にはわかりませんが……」

ヒビキとの旅は、世界中に及んだという。

「旅の間に、私は『世界を閉ざす力』を強めるための訓練を、ヒビキから受けていました。この国に戻っても、一人で暮らしていけるようにと」

そうして、十年以上にも及ぶ旅を終えて、ハルカは密かに帰国した。

「あの店は、私のまったく別人としての戸籍と共に、居留地の人々が用意してくれたんです。ヒビキは再び旅に出て、それっきり、二度と姿を見せることはありませんでした」

「それからずっと一人で、あの店を守り続けたってわけか」

彼女の店はいっさいの宣伝をしておらず、看板もなければ電話もない。彼女の力で店を外界から閉ざしている以上、通りすがりにふらりと立ち寄る客などいるはずもない。

それでも、店は成り立っていたという。

年に数度、居留地の服を着た、腕に虹と絡み合う龍の刺青《いれずみ》のある初老の男が店を訪れた。恐ろしく無口なその男が、ヒビキから託された品々を納品していったそうだ。それは古ぼけた人形であることもあれば、名も知らぬ鉱石や古い書物、楽器など様々だった。

「客が来ることはあったのか？」

「年に二、三回、居留地から紹介された客が訪れていました」

訪れた者は、法外とも思えるお金を置いて、店の品々を買い取ってゆく。それでハルカは、生計を立てていたのだという。

「ヒビキって女性は、両親のことは、何か話してくれたのか？」

カナタの問いには答えず、彼女は車窓の光を見つめた。家族の団欒《だんらん》を象徴《しょうちょう》する家々の明かりが流れ去ってゆく。

「私はきっと、捨てられたんだと思います」

形をもった「寂しさ」を、少しずつノミで削っていくような日々だったのだろう。削《そ》ぎ落とされて欠片《かけら》のようになった寂寥《せきりょう》の記憶だけを、彼女は抱えていた。

車内は閑散としており、車掌《しゃしょう》の検札も、切符を確認するだけのおざなりなものだった。ひとまず、虎口《ここう》は脱したようだ。

「カナタさんは、どうして私を見つけ出すことができたんですか?」

「俺は思念供給公社に勤める、ただの事務員だ。いや、『事務員だった』って言った方が正しいかな」

水道局が水を、ガス会社がガスを供給するように、思念供給公社は「思念」を人々に供給している。

人は日々、日常を過ごし、仕事や学業に専念していながらも、脳内は様々な思念に満ち満ちている。脳内で有効に利用されている思念は、ほんの五パーセントほどだとされ、残りの雑多な思念は生じたと同時に、煙のように漂い、消え去ってしまう。

だが、日々の生活の中で使われることも、消え去ることもなく脳内に蓄積される思念もまた存在する。それが、「余剰思念」だ。

余剰思念の抽出・再供給システムが確立したのは、九十年ほど前のことだ。余剰思念が体内蓄積されることによる自家中毒を防ぎ、同時に、均質化された気化思念を取り込むことによって体内浄化を促進することが、その目的だった。この国では三十年前から採用されている。

余剰思念の抽出は国民の義務の一つとなっている。過去に強い心理的圧迫を受けて、抽出思念に瑕疵《かし》が生じるおそれのある者や、先天的な特殊思念保持者以外は、すべての国民が、十五歳になれば思念抽出の義務を負っている。

十五歳からは一年に一度、二十歳からは半年に一度、人々は定期的に思念供給公社の「抽出センター」を訪れ、余剰思念を「抽出」する。抽出された思念は、数千人分が蓄積されたのち、攪《かく》拌《はん》して均質化され、地下に張り巡らされた供給管を通じて各戸に還元される。公社は、市民の抽出スケジュールの管理、思念貯蔵、供給管の敷設・維持管理、供給までの、思念供給に関わる全般を司《つかさど》っている公営企業だった。

「思念供給公社に勤めているのに、どうして私を供給公社から逃がすようなことを？」

「思念供給公社の職員ってのは、俺にとっては仮の姿でしかないんだ」

「カナタさんの、本当の姿って？」

「俺は本来、管理局側の人間だ。思念供給公社の思念管理に不穏な動きがあったらすぐに察知して阻止するスパイとして、俺は潜入していたんだ」

「管理局……って、何ですか？」

思念供給公社とは違い、管理局は一般市民が直接に接する組織ではない。彼女の反応は当然だった。

「思念供給公社は、人の思念っていう、使いようによっては人の思想すら自由に操《あやつ》れる、危険なシロモノを扱っているんだ。適正に使われているか、国際思念規約に違反していないかをチェックする外部機関を設置することが定められている。それがこの国では、管理局ってわけだ」

管理局は、思念供給公社の監督機関として位置付けられている。だが、公社と管理局の関係は、簡単な図式では表せないほどに複雑だ。

加工次第で軍事転用も可能な「思念」を扱うが故《ゆえ》に、思念供給公社は管理局の監視下に置かれている。同時に、公社は思念を簡単に外部利用されないための不介入特権を持っている。

とはいえ、時を経て、二つの組織の関係性も変化してきた。思念供給公社の十年前の地下プラントでの秘密実験は、管理局側に隠し通せるものではなく、以後、管理局側の介入は強まっている。それは、互いの権益と独立性を守るための暗闘がより強まったことを意味していた。カナタのような潜入調査員すら送り込み、互いの機密を探り合っている。

「あんたは今まで、自分の力をうまく隠し通してきたんだな」

「一緒に旅をしたヒビキに教わりました。一時的な思念抑制方法について。思念抽出が始まる十五歳までに身に付けるようにって」

特殊な思念の力を持った者が、余剰思念抽出の際だけ一般人を装うために、一時的に思念の「出力」を弱める思念操作法がある。抵抗勢力たちが、摘発を逃れるために身に付ける力だった。

「前回の思念抽出で、あんたは何か間違いを犯した。それで、思念供給公社の思念変質者チェックで捕捉されたんだ。覚えはあるか？」

心あたりがあったのだろう。彼女は青ざめた表情で頷《うなず》いた。

「つかまったら、私はどうなっていたんでしょうか？」

一般人にとって、思念供給公社とは都市インフラを保守する公共機関にすぎず、何ら危険な組織ではない。

「俺は、あんたがなぜ探索対象になって、公社が追っているのか、本当の所は何も知らない」

真実を隠して近づいている以上、今はそう言っておくしかなかった。それにカナタも、彼女を巡る秘密の全貌《ぜんぼう》を知る立場にはない。

「だが、力を隠し続けてつかまった奴らの末路は知っているよ」

「末路」という言葉に、ハルカは微《かす》かに肩を震わせた。

「思念を過剰抽出されて廃人になるか、思念矯正《きようせい》を受けるか……。二つに一つだ」

思念矯正を受けるとはすなわち、反抗心や自立心を骨抜きにされ、供給公社に従順な奴隷《どれい》と化すということだった。

「これから、私たちはどこに向かうんですか？」

窓の外は遠くに侘《わび》しい光が流れゆくだけだ。警報機の物悲しい音が近づいては離れ、二度と戻れない場所に向かうように、カナタの心をすら心細くさせる。

「俺が聞かされているのは、第一ミッションが成功した時……。つまりは、供給公社よりも先にあんたを確保できた時に、次のミッションに移れってことだけだ。それが、この移動ってことさ」

「移動した先には、何があるんでしょうか？」

「さあ、俺は知らされていない」

無責任な言葉に聞こえたのだろう。ハルカが眉《まゆ》をひそめる。

「末端の工作員ってのは、そんなもんだ。敵対する組織につかまった際に、不必要な情報まで喋《しゃべ》ってしまわないようにね」

自分がそうした諜報《ちょうほう》の中心に立たされていることに慄然《りつぜん》としたのだろう。ハルカは凍えるように身震いした。心の内を写し取るように、青い蝶のペンダントヘッドが揺れる。

「カナタさん、思念抽出って、いったい何のために必要なんでしょうか？」

「何のためって、そりゃあ……」

説明しようとするカナタの言葉を、ハルカは首を振って遮《さえぎ》った。

「思念供給公社のパンフレットに書いてあるようなことは、私もわかっているんです。でも本当に、言われているような効能があるものなんでしょうか」

思念供給管は、水道や下水道等と同じ都市インフラとして、カナタが生まれる前から機能しているのだ。それを、改めて「必要か」などと考えたこともなかった。

「思念抽出システムによって、この社会がどう良くなっただとか、人の暮らしがどれだけ快適になったなんていう話を、聞いたことがなくって」

「それは……、もう何十年も前から、この国は思念供給率百パーセントなんだから、思念供給を受けていない人との比較なんか、できるはずもないじゃないか」

ハルカは黙ったまま頷いた。納得しているようには見えなかった。

カナタ自身、管理局に属し、思念供給公社に潜入していながら、思念供給システムが個人や社会に及ぼす「効果」について、具体的なデータとして見た覚えはなかった。

「効果もないものを、先進国が軒並《のきな》み採用して、国内隅々にまで、思念供給管を張り巡らせたりすると思っているのか？」

ハルカに向けながらも、まるで自分に言い聞かせているような気分になっていた。

「私には、私みたいな特殊な思念の持ち主を探し当てるためだけに存在しているような、そんな気がしてならないんです」

「それはあくまで、思念供給システムの裏の側面だよ」

カナタが関わって来たのは、常に「裏の側面」だった。そして、ハルカが発見されたのも……。それが「表」であることなど、あるはずがなかった。


列車は長いトンネルを抜けて、駅に停車した。十一時を過ぎたので車内放送も途絶《とだ》えている。列車は動き出す気配がなかった。

「長い停車ですね」

ハルカが不安そうに身じろぎする。カナタは明かりの反射を手で覆《おお》って外を確かめた。駅名表には「静ケ原《しずがはら》」と記されている。

「州境を越えた所だ。手続きのための運転停止ってだけだろう」

そう言いながらも不安を抑えられず、駅舎の様子をうかがった。駅長らしき小柄な女性と、数人の同じ作業着を着込んだ人物が話し込んでいる。彼らはゆっくりと、列車に近づいてきた。侘しい光の中に、一瞬映り込んだその服は……。

「検問だ。思念解析士が乗り込んでくる」

開放式の二等寝台に、隠れる場所などあろうはずもなかった。しかも運転停車なので、乗客は降りることができない。

「万事休すか……」

カナタの呟きとは裏腹に、ハルカは冷静に考えを巡らせている。

「カナタさんは、思念過敏体質だっておっしゃいましたよね？」

「ああ、それがどうかしたのか？」

「壁の向こうの人の思念を、つかまえることができますか？」

隣の寝台の乗客は中年サラリーマンだった。乗り込むなり備え付けの浴衣に着替えてカーテンを閉ざした男は、今頃は熟睡中だろう。

「そういうことか……」

カナタは寝台に寝転び、壁に身体を押し付けた。薄い壁を隔てて数十センチ横に、男が寝ているはずだ。

自分の思念を守るための「蓋」を敢えて開けて、隣人の思念を流し込む。睡眠中特有の、不定形のアメーバのような男の思念が、カナタを包み込んだ。

「よし、つかまえたぞ」

ハルカは躊躇《ちゆうちよ》も見せず、カナタの寝台に身を滑《すべ》らせる。狭いベッドの上で抱き合う形になった。それくらい密着しなければ、カナタが引き寄せた隣の乗客の思念で、ハルカまでを包むことはできない。

「それじゃあ、思念の『鎖』をつくります」

大きく息を吸い込んだハルカは、何かを嚙み切るように力を込めて、眉間《みけん》に皺《しわ》を寄せた。

巨大な……一軒の家ほどもある立方体の岩の塊《かたまり》が、空の彼方から次々と飛来した。地響きをたてて落下した岩石が次々と積み上がり、カナタとハルカの周囲に、頑強《がんきょう》な壁が構築された。

一瞬で到来したそのイメージは、現実そのもののリアルさでカナタに迫る。

——こいつの力は……

カナタは改めて、ハルカの力に震撼《しんかん》させられた。

周囲の「壁」は、ハルカの思念の力で出現したものだ。表面は、隣の見知らぬ乗客の思念でコーティングされている。相手が睡眠状態だからこそできる、簡易的な思念の「宿借《やどか》り」だった。

追跡者はハルカの思念コードを把握しているので、ハルカ自身の思念での「鎖」は通用しない。だが今は、隣の乗客の思念によって「鎖」を張ったも同然だった。

ハルカを抱き寄せたまま、カーテンの隙間《すきま》から、通路の様子をうかがう。複数の足音が、こちらに近づいてきた。

「鉄道公安の者です。ご協力お願いします」

寝静まった寝台で、一人ずつ丹念に乗客を確認しているようだ。

それなのに彼らは、隣の寝台と、カナタたちの寝台だけは、あっけなく素通りしてしまった。

カーテンが閉まり、中に人がいるのは目視ですぐにわかるのに、気付きもせずに……。

「もう大丈夫だ……」

ハルカの耳元で、そっとささやく。彼女は腕の中で、安心しきったように眠っていた。幼い女の子のようなあどけない姿に、カナタは思わず眼を逸《そ》らした。

カナタ　9月28日（日）　あと150日

翌朝九時すぎに、列車は終点のターミナル駅に辿り着いた。

首都から一千キロ西に離れた、人口百五十万人の地方都市だ。

「ここが、目的地なんですか？」

不安げなハルカに、カナタは黙って頷いた。思念供給公社への潜入時に、暗号通信によって伝えられた場所、「野分浜《のわけはま》」は、この街にあるはずだ。

「野分浜って、どんな場所なんでしょうか」

「さあ、行ってみなきゃわからないな」

地下鉄や在来線の路線図には、目指す場所は見当たらない。カナタは駅を出ると、売店で街の地図を買い求めて広げてみた。街は東西に十二キロ、南北に十キロほどの大きさのようだ。街を南北に貫く遠羽川《とおのはがわ》によって形成された平野に、駅を中心に市街地が広がっていた。

市街地の中にある掘割《ほりわり》に囲まれた地区は、かつての領主の居城があったのだろう。今は文教地区になっているようで、博物館や図書館などの文化施設が集められている。

目の前を、全面を動物たちのイラストでラッピングされたバスが通り過ぎて行った。地図で見ると動物園は駅の南西の小高い丘の上にあるようだ。

街の東部の丘陵《きゅうりょう》地は、市街地の拡大と共に開発された新興住宅街が広がっているらしく、涼《すず》風台《かぜだい》や朝日《あさひ》ヶ丘《おか》といった、いかにもな地名が並んでいる。

南には海が広がり、海を渡ればすぐに西域《さいいき》や居留地だ。砂嘴《さし》でつながった小島が外海の波風を遮るため、天然の良港として栄えた側面もある。かつてはこの国の唯一の、国外へ開かれた窓だった時期もあり、今も海外向けの貿易港としての役割を担っている。街には渡来人《とらいじん》の姿も多く、街の西の外れには、渡来人のコロニーが発端だとされる異国情緒あふれた地、異邦郭《いほうかく》があり、この街随一の観光地となっている。

駅から五キロほど南東の一画は、最近町名が変更されたのか、旧町名の上に新しい町名のシールで修正されていた。「ひかり地区」のシールが剝げかけていて、その下の「渦ヶ淵《うずがふち》」という古い地名が顔を覗かせていた。

「野分浜……、あったぞ」

駅から北東に三キロほどの場所に、その地名を見つけた。地図の色分けからすると、何の変哲もない住宅地のようだ。カナタは、駅に隣接したバスターミナルに向かった。

バスターミナルの十二番乗り場で、経由地に「野分浜」の文字を発見した。ちょうどやって来たバスの最後部に座る。休日の午前中のバスは、まばらな乗客を乗せて発車した。住宅街へと向かう路線なのだろう。車内は普段着姿ばかりだ。

どこの街でも見られる風景が、車窓を流れてゆく。街並みの背後には、街を取り囲む城壁のように、都市高速道路の高架橋が見え隠れしている。

「次は野分浜、野分浜です。お降りの方は、バスが完全に停まってから、席をお立ちください」

男性運転士のアナウンスに、カナタは自らの運命を引き寄せる気分で、降車ボタンを押した。

「ご乗車、ありがとうございました」

丁寧《ていねい》な言葉に見送られて、バスを降りる。運転席の横に吊《つ》るされた紙ひこうきが、バスの振動で揺れていた。

一戸建てとマンションとアパートとが秩序なく林立する、どこにでもある住宅街の一角だった。

「この場所が、俺たちを守ってくれるってことか？」

　ここに逃げるように指示されたということは、野分浜が追手の手が及ばない安全地帯であることを意味していた。守られているとは、「見られている」と同義でもある。二人を見つめる「誰か」がいるようには思えない、平和な街の姿だった。

「これから、どうするんですか？」

　足を止めたままのカナタに、ハルカが次の行動を促す。

「どうもしない」

　突然の無責任な言葉に、ハルカは戸惑いを見せた。

「俺の受けた指令は、ここにあんたを連れてこいってことだけだ。そこから先は、ここに来ればわかるとしか知らされていない」

「だけど、迎えるべき人は、私たちが来たことを把握されているんでしょうか？」

　目的地を指定されてはいても、ここは大きな街の一角に過ぎない。誰が、二人の到着を即座に感知できるというのだろう。

　――住民安全生活モデル地区――

　電柱に掲《かか》げられた看板に眼が留まる。電柱の中ほどに、電柱の機能とは無関係の、一つの装置があった。次の電柱、そしてその次の電柱にも。すべてを見逃さない人工の瞳が、二人を見つめている。

　思わず目を逸らす。いつのまにか、一台の車が目の前に停まっていた。黒塗りの国防特殊車両だ。運転席までもが特殊反射ガラスで覆われ、内部が見通せない。反射する窓が、二人の不安顔を映し込む。ガラスがゆっくりと下げられ、二人の顔が消えた場所に、白髪の老人の顔が現れた。

穏やかな表情に、すべての感情を封じ込めたような男だった。顔に刻み込まれた深い皺から「老人」と判断されるが、実際は、絶えず押し寄せる苦悩が、年齢以上に彼の容貌を風化させてしまったのではないか。そう思わせるほどに、瞳には活力が覗く。

「お待ちしていました」

善意へも悪意へも、いかようにも変化させることができるだろう、真意をつかませない声だ。

助手席から降りた黒服の若い男が後部座席の扉を開け、老人はゆっくりと外に出てきた。

「ハルカさん、でしたね。よくぞ、ここまで来てくれました」

探し求めていた相手に巡り合えたように、しみじみとハルカを見つめる。

「そしてカナタ君、よく彼女を、無事に導いてくれました」

老人は、カナタへも深々と頭を下げる。すべての事情を知った上で二人を迎えたにしては、状況の切迫度を理解していないようだ。警戒して周囲をうかがうカナタに、老人は鷹揚《おうよう》に頷いた。

「大丈夫です。ここには、追手は来ません」

不安はすぐには拭《ぬぐ》えない。野分浜と周囲との境に、城壁や検問があるわけでもないのだ。

「あんたは……？　いったい誰なんだ」

警戒心を露《あら》わにした声を、カナタは老人に向けた。

「これは申し遅れました。私は、管理局の統監《とうかん》です」

「統監だって？　そんな馬鹿な……」

絶句するカナタに、ハルカは要領を得ない表情だ。

「統監ってのは、管理局を統括する立場……、つまり、一番のお偉いさんってことだ。かつては思念誘導実験の副室長を務めたにもかかわらず、その方針に異議を唱え、供給公社に反旗《はんき》を翻《ひるがえ》したっていう伝説の人物だ」

　ハルカは心持ち眉をひそめるようにして、統監と名乗る老人を見つめた。

「どうして、私たちが来るのがわかったんですか？」

　ハルカが尋ねる。管理局統監と名乗られてはいるが、彼女にとっては、今の段階では彼が本当に味方なのかどうかもわからないだろう。

　統監は、自らの過去すべてを封じ込めるような懐《ふところ》深いまなざしだった。

「ここは特殊な街なのです。ここで起こったことは、私たちはすべて把握できます。この街にはあなた方を追う思念解析士は入り込めません」

　自信を持った言葉は、騙《だま》そうとしているようにも思えない。

「すぐには信用ならねえな」

　せっかくハルカを導いてきたのだ。ここでみすみす敵の手に渡しては元も子もない。

「もっともです。簡単に信用するようなら、ここに辿り着くまでもなくつかまっていたでしょうからね」

　老人は、カナタの警戒に余計に安心できた様子だった。

「この地が、お二人を守ります。詳しい説明は後日させていただきますので、今は、旅の疲れを癒してください。お二人のために用意した宿舎に、ご案内いたします」

「どうする、ハルカ？」

　ハルカはもう一度周囲を見渡し、ゆっくりと頷いた。

「こんな部屋で、どうやって俺たちを守るって言うんだ」

　カナタは思わず、そう毒づいてしまった。

案内されたのは、ありきたりなマンションの十階の一室だった。思念供給公社の追手を煙《けむ》に巻く「隠れ家」である以上、思念供給システムへの接続が無いことはもちろん、外敵からの思念攻撃をシャットアウトし、同時に内部の思念の動きを外部に知らせないための、双方向性の「遮断室」であることが必須条件だった。

それなのに、部屋には当然のように思念取入口が組み込まれている。エントランスもオートロックではなく、思念遮断対策どころか、一般的なセキュリティが万全というわけでもない。

「これじゃあ、こっちの思念は筒抜けだ。すぐに露見しちまうぞ」

ハルカは、予《あらかじ》め生活用具が整えられた部屋を、物珍しそうに見渡していた。

「統監という方の言われることを信じて、しばらく様子を見ることにしましょうか」

案外に気楽な様子で、ここでの生活に順応しようとしているようだ。彼女を安心させることもカナタの「役割」の一つだったが、こうも順調だと、却《かえ》って拍子抜けしてしまう。

「外は自由に歩いていいって言っていたな。ただし、野分浜からは一歩も出るなって」

「野分浜の中にいる限りは、安全ってことなんでしょうか?」

「まあ、警戒は怠《おこた》らないで生活するしかないだろう。何にしろ、当座の生活用品を買いにいかなきゃならないからな」

いつでも逃避行に移れるように、貴重品を身に着けたまま出かける。マンションの前の通りは、小さな商店街だった。

「今日はキャベツが安いよ。買って行ってよ。早く買わなきゃ、世界が終わっちまうよ!」

ハルカはさっそく八百屋《やおや》の店主につかまってしまった。勢いに負けて、食べきれない野菜を買わされてしまう。

「あんたら、この辺じゃ、見ない顔だね」

「ええ。そこのマンションに引っ越してきたばっかりなんです」

隠れ住む身としては極力避けるべき話題だったが、ハルカは気にする様子もなかった。

「ここは住むにはいい所だよ。バスの便は多いし、商店街もあるしね。まあ、埋め立て地だから、地震が来たら液状化って奴が起きるかもしれないけどね」

「このあたりは、昔は海だったんですか？」

海の気配は、遥《はる》か彼方に遠ざかってしまっているようで、周囲の街並みから感じ取ることはできない。

「四十年も前には、このあたりは松林が広がる砂浜だったんだよ」

店主は子どもの頃の海の思い出を辿るように、眼を細める。

ホームセンターやスーパーで日用品を買い込み、荷物がいっぱいになったので、マンションに戻ることにした。行きとは違う道を通ると、古くから鎮座《ちんざ》しているだろう神社があった。朱塗りの塗装も剝げかけてはいたが、境内《けいだい》は手入れが行き届いて清潔だった。幹の太い古木が、夏は涼しい木陰《こかげ》を広げることだろう。ハルカはお賽銭《さいせん》を入れて、長い間何かをお願いしていた。

裏通りを歩いていて、ブロック塀の落書きに、カナタは思わず足を止めた。

――終わりの時が、近づいている――

そういえば、八百屋の店主も、そんな言葉を口にしていた。

「これって、何だと思う？」

ハルカを振り返ると、彼女は背を向けたまま、その場に立ち尽くしていた。

「どうしたんだ？」

彼女は道路の端に佇《たたず》み、しばらく眼を閉じていた。かと思うと、今度は反対側に身を移し、同じように眼を閉じた。

眼を開けた彼女は、歪《ゆが》んだ大地に立たされたように、身体を傾《かたむ》けた。戸惑いを顔に貼り付けたまま、周囲を見渡す。

「道の両端で、記憶が違う気がするんです」

「どういうことだ？」

ハルカは首を振って、見えない「何か」を感じ取ろうとするように、空を見上げた。


夕食には、ハルカが簡単にパスタとサラダ、スープを作った。テーブルに食器を並べる彼女は、弾《はず》んだ様子だった。

「誰かと食事するのなんて、久しぶり……」

ずっと隠れ住み、恋人はおろか友人と共に過ごすことさえできなかっただろう彼女にとって、誰かと囲む食卓というありふれたことこそが、「幸せ」の象徴なのだろう。その相手が自分であることに、微かな罪悪感を覚えてしまう。

食事を終え、どちらからともなくベランダに立つ。街の風景に一つずつ明かりが灯《とも》ってゆくのを、飽きることなく眺め続けた。

「昨日までと違う、こんな場所にいることが、なんだか今でも信じられない……」

彼女は、夕闇が訪れはじめた風景に眼を細めている。

「カナタさん。ありがとうございました」

改まった様子で、カナタに頭を下げる。

「やめてくれ。俺はただ、命じられたことをやっただけだ」

ハルカの感謝の分だけ、後ろめたさは増大する。カナタは、ハルカが従わない時のための「非常手段」すら手筈《てはず》を整えていたのだ。話題を変えようと、外の風景に目を向けた。

「このあたりは空港が近いから、十五階建て以上のビルは建てられないそうなんだ」

「だからこんなに、ビルの高さが揃《そろ》っているんですね」

それはまるで、この街をすっぽりと包み込む防波堤のようにも思える。夕闇の中の光が滲《にじ》む。風景がぼやけ、防波堤を越えて、大きな波が押し寄せるイメージが襲いかかった。カナタは思わず、風景に背を向けて顔を覆った。

「どうしました？」

「いや……、何でもない」

めまいにも似た症状が襲う。何度も経験した、思念混濁の前兆だった。

——まずいな……

前回の処置から二か月が経っていた。そろそろタイムリミットだ。ハルカをここに連れて来るために、無理をして力を使ってきた。そのツケが回って来たようだ。


カナタは、ハルカの入浴中に屋上に向かった。向かいのマンションの屋上にも一人の女性が立っていた。何かを見守るように、大通りを見下ろしている。バスジャック対策なのか、「３０９５」と大きく屋根に記されたバスが、空港方面へと向かっていた。

ハルカの前では隠していた携帯電話を取り出した。

「対象の様子は？」

電話の相手は、すべての感情的交流を無用とするように、すぐに用件を切り出した。

「落ち着いていています。この場所での生活も、受け入れだしているようです」

「対象が安定していなければ、この計画は水泡に帰《き》すわけだからな。これからも、注意深く観察するように」

人に命じることに慣れた声音が、カナタに更なる努力を強《し》いる。

「二重供給管については、さっそく反応を示しました」

ハルカの力は、「世界を閉ざす力」だ。だが、母親から強大な思念の力を受け継いでいるだけに、この地の「思念の謀《たばか》り」には否応《いやおう》なく気付いてしまったようだ。

「まあ、それに気付かんようなら、使えはせんだろうからな」

ハルカの人間性ではなく、「性能」を吟味《ぎんみ》する口ぶりだ。ついさっき、ハルカの前で慈悲深《じひぶか》い眼差しを見せていた老人と同一人物だとは、とても思えない。心を相手と同じ場所に置く必要がありながら、心がそれを拒むのを感じていた。

「……ところで、前回からもう二か月が経ちました。そろそろ、お願いしたいのですが」

知らずのうちに声が卑屈になるのを、抑えることはできなかった。

クロダさん　9月30日（火）　あと148日

「クロダ。そろそろなくなりそうだ、また買っといてくれ」

アパートに帰るなり、ダンナさんはくしゃくしゃの作業着と一緒に、そんな言葉を放ってきた。ダンナさんは、いつもぶっきらぼうだ。クロダさんにとってそれは、洗いざらしのシャツの着心地と同じで、心地良く肌に馴染《なじ》む。

「わかったヨ。今度、買っておくネ」

ダンナさんの匂いがしみついた作業着。胸の「黒田」の刺繍《ししゅう》を愛《いと》おしく指でなぞって、洗濯機に放り込む。

「タクサン買っておこうカ？　外国のお菓子だカラ、いつか突然、なくなっちゃうカモしれないしネ」

「ああ……そうだな」

ダンナさんのギョロリとした眼が、クロダさんを見つめる。

「どうしたノ？　アタシのコトバ、ドコかおかしかった？」

自分ではきちんと喋れているつもりだけれど、まだまだこの国の言葉には慣れない。これから十年も住めば、きっとおかしなイントネーションも治るんだろう。

「いや……。クロダも、いつか突然いなくなっちまう気がしてな」

そう言って、クロダさんの頭に手を置く。ダンナさんの大きな手は、ヘルメットのようにすっぽりと、頭を覆ってしまう。

「アタシは、ドコにも行かないヨ」

そう言うと決まって、ダンナさんは悲しそうな顔をする。叱《しか》られた仔犬みたいだ。クロダさんの方が悲しくなって来る。

ダンナさんは思念供給公社って所で働いている。クロダさんの生まれた国には思念供給システムなんかなかったし、外国人は思念抽出を免除されているので、ダンナさんがどんな仕事をしているのか、クロダさんはよく知らない。知っているのは、仕事から帰るなりパンツ一丁になってくつろぐ姿だけだ。

壁に飾られた、一枚の絵。クロダさんが三年前に描いた、ダンナさんの絵だった。

――アタシはもう、ドコにも行かないヨ……

絵の中の「ダンナさん」に向けて、クロダさんは心の中で呟いた。

「どうしたんだ、クロダ？」

パンツ一丁のダンナさんは畳の上に寝転がり、クロダさんの顔を下から見上げた。生まれ故郷から遠く離れた異国の地で、自分が「黒田クロダ」なんて冗談みたいな名前になって暮らしているだなんて、旅立つ前は想像もしていなかった。

「なんでもないヨ、ダンナさん。ごはんの用意するネ」

クロダさんはしゃがみ込んで、黒田さんのもじゃもじゃの癖っ毛に両手を突っ込む。そうすると、わけもなく安心する。

南田さん　10月1日（水）　あと147日

「プラント内の異質化思念、活性化数値が危険域に達しました」

オペレーターの声が、事態の切迫性を如実《にょじつ》に伝えていた。

「思念封鎖壁の崩壊限界値まで、八十二パーセント……、八十三パーセント……」

コントロールルームは、密度の高い緊張に支配されていた。息を吸うごとに、緊張の成分が身体を侵食《しんしょく》していくようだ。誰しもが呼吸することすら忘れ、静まり返っていた。

「希釈《きしゃく》用の気化思念利用の許可は、まだ管理局から下りないのか……」

プラントの管理責任者である調整官が、報告を待ちながら、無意識に爪を噛みだす。カリカリと乾いた音は、命綱の繊維《せんい》が一本ずつ切れてゆく音のようだ。

思念供給公社は、各州にある地方供給公社と、首都にある供給公社本局から構成されている。南田さんが所属する思念供給公社特別対策班は、地方都市にありながら、供給公社本局の組織だった。

表向きは、首都にある本局と、地方供給公社との業務連携のための部署だ。だが実際は、このひかり地区の地下に極秘に建設され、十年前の「実験」の失敗によって常に暴走の危機にある巨大思念プラントの維持管理が使命だった。この場にいるのは全員、十年前にここに存在した「思念研究所」に勤めていて、プラントの「思念誘導実験」に立ち会っていた研究者ばかりだ。

すべては、地下秘密プラントの機密を守るためだった。

時刻は午後六時を過ぎた。息子の駿《しゅん》のシッターさんには、九時までお願いしている。九時までに帰れなければ、延長をお願いするか、それとも実家の母に来てもらうか……。緊急事態の合間にも、家庭のことは考えざるを得ない。プラントの思念が暴走したなら、そんな日常などすべて崩れ去ってしまうというのに。

「南田君。今回の継続観察対象者の区域外離脱は、長くなるのか？」

調整官が棘《とげ》のある声で確認した。昨日からもう何度目だろう。

「離脱は三日間。部活の州外遠征だそうです」

「部活だと？　のん気なものだな。戻らせる手筈は？」

「整えています。審判は既に国家介入済みです。今日の第三試合で判定負けしました。明日には戻る予定です」

調整官の漏らす鼻息は、納得からは程遠かった。

「なぜ三日もここから離れさせるんだ。さっさと負けて帰らせればいいものを。そもそも、部活になど参加させなければ……」

「檻《おり》に閉じ込めておけということでしょうか？」

調整官はむっとした表情になりながらも、爪を噛む手を止めた。

「まあ、本人には『蓋』の自覚などないんだ。仕方がないか」

ため息をついた調整官は、椅子に身体を預けるようにして座り直した。

プラント内の異質化思念の活性化濃度は、上昇し続けている。濃度が極限値を超え、プラントを破壊して街に溢《あふ》れ出してしまえば……。レベル８に異質化した思念は、いともたやすく人の思念を乗っ取り、凶暴化させる。人々は、理性のタガを外された凶暴な暴徒と化してしまう。この国の最後の一人が死滅するまで、「死の行軍」は続くだろう。すべては十年前の、思念によって人を意のままに操ろうとした実験の、強烈なしっぺ返しだ。

十年前の実験の失敗は、国民に知らされることもなく、国と管理局、思念供給公社の上層部だけが知るトップシークレットだ。まだ学生だった南田さんは偶然、その場に居合わせた。機密を外部に漏《も》らさぬために、この職場に就職することを運命づけられていた。

そして今、南田さんは特別対策班に属し、十年前と同じ危機を目の前にしている。ブレーキの壊れた車に乗っているようなものだ。景色の流れがどんどん速くなってゆくのを、ただ手に汗を握って見つめ、祈る以外にない。

管理局からの連絡を伝える点滅ランプが光った。調整補佐官が素早く受話器を握る。

「管理局から希釈用思念の使用許可出ました。五万七千タリム、市内循環経路から融通できるそうです」

この百五十万都市の二週間分にあたる思念量だ。

「また管理局側に借りを作ることになるが、それも止む無しか」

調整官は、自らを納得させるように何度も小さく頷いていた。

十年前は「大臣許可条項」だった思念希釈が、あの事件以来、管理局にお伺いを立てることになった。それは、臨機応変な措置がとれるよう手続きが簡略化されたとも取れるし、管理局による統制が一段と強まったとも取れる。

「よし、すぐに、プラントに強制注入するぞ」

「サブプラントへの思念充満準備。ゲート確認します」

オペレーターたちが、一斉に息を吹き返したように、それぞれの役割を果たしだす。サブプラントは、いわば、海面の高さの違う海をつなぐ海峡に設けられる「閘門《こうもん》」だ。市内循環経路の思念供給管から送り込まれてくる精製思念は、一旦サブプラントに溜め込まれる。プラントの思念と圧力が違うと、希釈思念としての用をなさない。調整してプラントの思念に最適化しなければならない。

「サブプラント内の精製思念、圧力調整、正常に機能しています」

「メインプラントとの思念同調完了まで後三十秒、二十秒、十秒……五、四、三、二、一」

「放出ゲート開放」

全員の視線が、モニターの思念活性化濃度表示の上に集まった。

先ほどまで、絶望の量を示すように、振り切れる寸前まで上がっていたゲージだが、ある時点から急に、まるで水底の栓を抜いたように、ゲージが下がっていった。

「思念活性化数値、低下しています」

オペレーターの声が、緊張で聴力すら低下した耳に、いつもと違う響きで届いた。遠い洞窟の奥から聞いているようだった。

「活性化数値、封鎖壁崩壊限界の、六十七パーセント。危険ゾーンを脱しました」

誰もが、声にならないため息を漏らした。

「毎回、きわどくなっているな。『蓋』が小学生の頃は、一週間の離脱でもここまで上昇しなかったものだが」

調整官はため息と共に、椅子に深く座り込んだ。だが、コントロールルームに漂う安堵《あんど》は、束《つか》の間《ま》のものでしかなかった。誰もが、この安息が仮初《かりそ》めのものでしかないことを知っている。

プラント内の異質化思念を浄化する手立てがない以上、緊急時には、ひたすらに大量の思念を送り込んで希釈するしかない。十年の時を経ても、抜本的な解決策すら見いだせず、「応急処置」をして最悪の事態を引き延ばすしか術《すべ》がないのだ。この不毛な戦いは、いったいいつまで続くのだろう。

もっとも、十年前の「あの日」は、希釈用の思念すら、あっという間に異質化思念に同化して、「希釈」の意味をなさなかった。それを考えれば、今もキザシの思念は確実にプラント内に残り、鎮静化の役割を果たし続けてくれているのだ。

「ハルカの思念が手に入っていればな……」

調整官は無いものねだりのように呟いた。ハルカは継続観察対象者サユミの「姉」であり、特別対策班にとっての最重要人物だった。思念の力の発現が見られない妹のサユミとは違い、母親の強大な思念をそのままに受け継いだ可能性が高く、プラントの思念浄化の切り札として、常に最重要捕獲対象となっていた。

昨年、サユミがようやく十五歳になって、思念抽出を受けた。南田さんは、その思念に「炙《あぶ》り出し」用の加工を施《ほどこ》し、密かに全国の抽出センターでサユミの特定作業を進めていた。

それが監督機関である管理局に知られたなら、供給公社本局のトップが更迭《こうてつ》されかねない。第一、思念利用の国際規約違反で国際的な非難にさらされ、思念抽出・供給システムそのものを剝《はく》奪《だつ》されかねない。そんな危険を冒してまで、ハルカを捜していたのだ。

全国の抽出ルームで密かに炙り出し作業を進めて一年半。首都の片隅の抽出センターで、ようやく「炙り出し」に異常な反応をした一人の女性に行き着いた。おそらく彼女は、抵抗勢力がするように、普段の思念抽出では「思念抑制」をして、自らの思念の特殊性を隠し通していたのだろう。

情報を確認して、南田さんはすぐに、首都の思念供給公社本局の思念解析士を動かし、ハルカの居場所を急襲させた。だが一足遅く、ハルカの確保は、何者かに一歩先んじられてしまった。

「まあ、次の鎮静化実験に期待するしかないか」

調整官の声に、焦りと諦めが入り混じる。

「さてと……。私は管理局側に、今回の件を釈明してこなければならないな」

聞こえよがしな調整官の声は、南田さんへの当てつけだろう。

あの事件から、管理局との関係性も大きく変化した。監督機関という枠《わく》を超えて、積極的に介入してくるようになったのだ。

この組織の責任者が、「調整官」と名称が変わったことが、その関係性すべてを象徴しているのかもしれない。プラントの思念鎮静化の「調整」の責任者という位置付けだが、その実態は、管理局との関係性の「調整」に多くの時間を割《さ》かれているというのが現実だった。

かつては「室長」という、この研究機関すべてを統括する存在がいた。南田さんが、最後の室長と過ごしたのは、彼がプラントの中に消えるまでの、ほんの数時間ほどだ。それでもなお、室長であった寺田博士の、穏やかでありながら透徹した意志を湛《たた》えた眼差しを、忘れることができない。

もっとも、今のこの場所は、新しいものを生み出す場所ではない。十年前の事件の残務処理をしているに過ぎなかった。その「残務」が、いつまで続くのかは誰にもわからない。そんな組織に、責任感のある上司など願うべくもないのだろう。

南田さんは、コントロールルームの隅の壁を見つめた。手書きのような数字「１４７」が浮かび上がっている。その数字は、決して消えることはない。

「あと147日か……」

毎日正午に、数字は一つずつ減ってゆく。それと反比例するように、思念活性化数値が危険域に達する回数は増加していった。サユミの「蓋」をもってしても、プラント内の異質化思念は制御が難しくなってきている。おそらく数字が0になる頃には、度重なる思念活性化の「圧」の影響で、プラントが物理的に維持できなくなってしまうだろう。

もちろん管理局側にも、この謎の数字については把握されているものの、何の意味も持たないものと説明してきた。だが実際は、何かの運命を告げるような「カウントダウン」が0になるまでにプラントの思念を鎮静化させることが、特別対策班にとっては至上命題となっていた。

その最後の切り札として特別対策班が捜しているのがハルカだった。管理局からはすべての情報の開示を迫られているが、ハルカの探索に関する情報だけは隠し通している。ハルカの存在自体、知っているのは特別対策班でもほんの一握りだ。

十年前、キザシと寺田室長が命をかけて阻止した、異質化思念の暴走。その遺志を継ぐことが、南田さんに託されていた。

持田《もちだ》さん　10月3日（金）　あと145日

畳の上で正座して背筋を伸ばし、855機めの紙ひこうきを折り終えた。大きく息を吐いて時計を見ると、時刻はちょうど、午前零《れい》時を過ぎたところだった。

「今夜は、どこに旅をしようか？」

それが持田《もちだ》さんの、「おやすみ」の挨拶《あいさつ》代わりだ。パジャマ姿で準備万端の奥さんは、大きな枕を抱え込み、まぶたをこすりながら首を傾げる。

「どこか暖かくって、景色のいいところに行きたいなぁ」

夏が終わったばかりだというのに、夜の冷気は早々に居座り、招かれざる客のように我が物顔で寝室を占拠《せんきょ》していた。

「そうだな。それじゃあ……」

使い古した全国バス路線地図を手にして、目をつぶった。適当なページを開くなり、右手の人差し指を一カ所に置いた。

「ここなんか、どうだろう？」

二人で地図を覗き込む。ずっと南の海沿いの街だ。岬《みさき》の突端までバスが通じている。

「洲南《しゅうなん》交通、進徳《しんとく》駅－矢田《やだ》岬《みさき》線だ」

「うん、上出来」

「それじゃあ、今夜はここに行こう」

電気を消した奥さんは、冷気を一片《いっぺん》たりとも寄せ付けまいと、持田さんの横に滑《すべ》り込んだ。布団の中に頭まですっぽり潜《もぐ》り込んで、冷えた身体を温めている。

「暖気運転完了！」

長い潜水から水面に飛び出すように、奥さんは布団から上気した顔を覗かせる。

「それではお客様、発車いたします。お立ちの方は、吊り革におつかまりください」

奥さんの左手が、持田さんの右手をしっかりと握った。

「右安全、左安全」

「発車！」

帽子を目深《まぶか》にかぶり、白い手袋をしっかりとはめ直す。ハンドルを握り、アクセルをゆっくりと踏み込んだ。

「ご乗車ありがとうございます。このバスは、公会堂《こうかいどう》経由、矢田岬行きです」

バスは地方駅の小さなロータリーから、駅前通りへと進んだ。窓際に掲《かか》げた運行表《スタフ》に眼を通し、一つずつ停留所に止まってゆく。バスを待つ人の姿は見えないが、停車のたびに持田さんは中ドアを開く。整理券確認ランプが点灯し、車体が揺れて乗客が乗り込む気配がする。車内にはミラーが一つもないので、乗客の姿を確認することはできなかった。

バスはわずかばかりの繁華街《はんかがい》を抜け、岬へと向かう一本道に差し掛かった。

「皆さま、右手をごらんくださいませ」

白い手袋をはめた左手が、視界の隅に鮮《あざ》やかに翻った。

「あちらにきれいな雲を抱いております山は、二俣荒神山《ふたまたあらがみ》。千二百年ほど前まで、この国で最も規模の大きかった『本を統《す》べる者』の営巣地《えいそうち》があったとされております。山麓《さんろく》には、『本を統べる者』が岩盤を削《けず》り取って造ったとされる天然の本棚の跡が今も残り、格好のロッククライミング地として、登山客に人気となっております」

初めての場所のはずなのに、奥さんのガイドは澱《よど》みない。路線バスにガイドが乗っているはずもないが、十八歳から六年間、バスガイドとして観光バスに乗っていた彼女にとっては、その場所が定位置になってしまうようだ。

岬の突端の灯台に向けて、バスはゆっくりと走り続けた。二人の旅路は、夢が途切れるその時まで、どこまでも続く。

目覚めると、持田さんは右手を確かめる。眠りについた時と変わらず、奥さんの左手はしっかりと結ばれていた。どんなに寝相が悪くとも、どれだけ寝返りをうとうとも、二人の手は決して離れない。

手をつないだまま、奥さんの左手を引き寄せ、手の甲にそっと口づける。それが「おはよう」の挨拶代わりだ。奥さんはゆっくりと目を開け、お返しに、持田さんの手の甲にキスをする。

「まるで、手をつないだまま生まれてきたみたいだね」

「きっと、手をつないだまま生まれてきたんだろうね」

手をつないで眠ると、二人は必ず望む場所へと導かれた。夢の中とは思えないほど、現実感に満ちた世界だった。

自由な左手で、パジャマの上から奥さんの身体に触れる。つないだ手から肩へ、そして首筋から胸に、そしてお腹に……。

かつてそこにあった命の息吹《いぶき》を、二人は今も探してしまう。「つばさ」と名付けられた、飛び立つことのできなかった命を。

カナタ　10月5日（日）　あと１４３日

野分浜での生活が始まって一週間後、管理局の統監が二人の「隠れ家」を訪れた。

「何か、変わりはありませんか？」

ソファに座り尋ねながらも、二人の無事は確信していたようだ。

「どうやら、この場所が安全だってのは、嘘《うそ》じゃなさそうだな」

隠棲《いんせい》していた雑貨店を突き止められた以上、ハルカの思念コードは各地の供給公社に渡され、探査の手は全国に伸びている。それなのに、追手の気配は微塵《みじん》も感じられない。

「この地は次世代型の監視システムによって守られておりますからな。野分浜に入る者は、高精度監視カメラの顔認証システムによって自動的に思念コードが照合され、個人が特定されます。供給公社の思念解析士や、反体制思想保持者、そして抵抗勢力と見做《みな》される存在……。そんな者が野分浜に入り込めば、すぐさま排除することができる体制が整っているのですよ」

統監の淡々とした説明が、監視体制の揺らぐことのない盤石さを伝える。

「信頼いただけるようになったところで、話してもらえますか、ハルカさん。力を隠し通して生きてきたあなたが、供給公社に発見されてしまった理由を」

何かを思い出すように、ハルカは宙を見上げた。

「あの日……、思念抽出中で眠っている時、私は夢を見ました。夢の中で、一人の女の子と出逢ったんです」

余剰思念抽出中には、夢は見ないよう設定されている。抽出される思念に「濁り」を生じさせないためだ。それにもかかわらず、ハルカは「夢」を見てしまったのだ。

「その女の子は、どんな子でしたか？」

「存在しないはずの夢」の記憶を、ハルカが紡ぎだす。

「学校で、授業を受けています。多分、高校生かな……」

友達もいて、部活をして、普通の青春を送る、高校生の女の子なのだという。

「だけど彼女は時々、教室の窓から空を見上げています。まるで籠《かご》の中の蝶が、望みようもない外の広い世界を思い描くように」

ハルカは自らの胸の青い蝶のペンダントヘッドに手を添えた。

「自由なのに、自由じゃない。そんな場所に、彼女はいるみたい」

老人は、ハルカの夢から心の深層に辿り着こうとするように、ゆっくりと頷いていた。

「ハルカさんは、その女の子に、見覚えはありますかな？」

「一度も会ったことがないはずです。でも、あの子はきっと、私と何か関わりがある子なんだって、そう感じました」

胸に手を置いたまま、ハルカはそっと眼を閉じた。

「彼女は、彼女自身もわかっていない、言葉にできないSOSを発している。それをわかってあげられるのは、きっと私だけなんだろう……。そう直感したんです」

「やはり、供給公社の特別対策班は、各地の思念抽出ルームで、秘密裡《ひみつり》に『炙り出し』を行っていたようですね。あれだけ管理局が釘を刺していたにもかかわらず……」

統監は、過去を悔《く》いるように言葉を詰まらせた。

思念抽出中は夢遊状態に置かれるため、本人には気付かせないまま、思考や行動に影響を及ぼすことができる。それは、サブリミナル効果を潜ませた映像広告が制限されるのと同様、厳しく禁じられた行為だった。

だが供給公社は、管理局の監視の目を掻《か》い潜《くぐ》るようにして、ハルカを炙り出すための裏工作を続けていたのだろう。気の遠くなるように地道で、執拗《しつよう》な探索だったはずだ。そうして、一億人以上の思念から、ただ一つの、ハルカの思念を捜し出したのだ。

「それで、今まで隠し続けてきた力を、思念抽出の際に漏らしてしまった、というわけですね」

身に付けた思念抑制術によって、過去の思念抽出を「一般人」としてクリアしてきた彼女は、自らの思念の特殊性を、供給公社の謀略によってあからさまにしてしまったのだ。

「夢の中の女の子は、あなたの妹、サユミさんです」

ハルカは統監の言葉を、自らに引き寄せるような表情だ。

「この街には、渦ヶ淵……。いえ、それは古い地名でしたね。ひかり地区という場所がありま
す。野分浜と同じような、何の変哲もない住宅地です。そこで、奇妙なことが起こっています」

窓の外の景色に眼を細める。ひかり地区の方角なのだろう。

「ひかり地区に二つあった小学校が、中心市街地の人口が減るドーナツ化現象の影響で、四年前
に一つに統合されたのです。廃校となった方の小学校の学校施設はそのまま残され、新たに中学
校として活用されることになりました」

そこまで聞く限りでは、特に不思議な話とも思えない。

「しかし一年前、移って来たばかりの中学校は、再び移転しました。もともと、隣の地区に新築
されるまでの三年間、小学校用地を使うという暫定《ざんてい》的なものではあったのですが」

老人は理解の程を量るように、二人を見比べた。

「そして、中学校が移転した後、再び抜け殻《がら》となった校舎に、今度は高校が移転してきました」

カナタはその変遷を、頭の中で辿ってみる。

「……ってことは、その高校の生徒の中には、小中高と、まったく同じ校舎に通っている子がい
るかもしれないってわけか」

そこで初めて、事態の不可思議さが見えてきた。

「それは、一人の子どもをひかり地区にずっと留めておくための、苦肉の策なのですよ」

「一人の子……。それって、もしかして？」

「ええ。それこそが、ハルカさんの妹、サユミさんです」

ハルカの妹が、何か不穏な状況に巻き込まれているのだということだけはわかってきた。

「彼女はひかり地区で、『蓋』としての役割を果たし続けています。最悪の事態を引き起こさな
いための、切り札としての『蓋』です」

「妹が切り札って、どういうことですか」

ハルカは色を失った。両親を知らない彼女にとって、妹とはたった一人の肉親なのだから。

「十年前のひかり地区……その当時はまだ渦ヶ淵という地名でしたね。そこでは、秘密の実験が行われていました」

統監は、ハルカの心の静まりを待つようにして話しだす。

「ひかり地区の地下には、余剰思念を大量に蓄積する巨大なプラントが隠されていた……。いえ、今も依然として残されたままです。もちろん、重大な国際規約違反ですけれどね」

「それは、何のために？」

「言わずともわかるでしょう。さまざまな思惑あってのことです」

余剰思念には、まったく別の使用法がある。特別な製法によって、違法思念薬物を作ることも、その一つだ。思念を高純度精製した「ハイ・ポジション」は向精神薬として地下流通している。海を挟んだ「居留地」は、その一大密造拠点でもある。

使いようによっては、国民を意のままに誘導することも可能となる、国家にとって誘惑の多いシロモノでもある。だからこそ国際思念規約によって厳しい制約が課せられている。

だが、二大強国を筆頭に、閉鎖主義や強権主義を掲げる国々で、思念が国家利用されているという噂は消えることはない。この国も、秘密裡に大量の思念を蓄積していたということは、その「思惑」がどんなものだったかの想像は容易《たやす》い。

「ハルカさん。あなたの母親のキザシが、予兆と呼ばれる存在だったことはご存じですね？」

ハルカはだまったまま頷いた。

「プラントへの思念蓄積は、あの戦争の前から連綿と続いていた国民思念を意のままに操る計画の、集大成とも言えるものです。あなたの母親……キザシは、プロジェクトを成功させるためのキーパーソンでした」

「キーパーソン？」

自分の母親がそんな計画にかかわっていたことに、ハルカは戸惑っているようだ。

「……ですが、実験は失敗しました」

押し殺した統監の声は、「失敗」が取り返しのつかないものだったことを告げていた。

「蓄積された思念が、制御不能になったのです」

ハルカの母親の思念は、誘導思念を作り出すはずが、制御の利《き》かない「異質化思念」を生み出してしまったのだという。

「最悪の事態を食い止めるために、キザシは計画の責任者である寺田博士と共にプラントに向かい、思念と直接対峙するしかなかった。自らの命に代えて、異質化思念の暴走を抑え込んだのです」

二人の犠牲によっても、すべてが終わったわけではなかった。

「キザシの強力な思念をもってしても、思念の完全な封じ込めは不可能でした。プラント内でのキザシの力が弱まれば、異質化思念は封鎖を破って暴走してしまう。キザシの思念を安定化させるために、サユミさんは、プラントの真上に住まわされているのです」

「娘の思念が寄り添うことで、母親の異質化思念を抑え込む力が安定化したってわけか」

そうして、ハルカの妹サユミの、プラントの「蓋」としての役割が始まったのだという。

「サユミさんは、自分が思念安定化のための『蓋』として生かされていることなど知りません。自分の通う学校が十年間も同じ場所になってしまったことを、不思議に思ってはいるはずですがね」

何も知らないまま、一カ所に縛り付けられている生活。それは果たして自由と言っていいのだろうか。

「高校三年生までは、確かに妹はひかり地区に留まるでしょう。ですが、その後はどうなるのでしょうか？」

ハルカの疑問は当然だ。進学するにしろ、就職するにしろ、単なる住宅街だろうひかり地区を離れる可能性は高い。

「今のサユミさんは、表立った束縛をされてはいません。本人にも自覚はないでしょう。一週間程度でしたら『蓋』の役目を離れても、何とか持ち堪《こた》えると、過去のモニタリングでも実証されています」

本人に束縛の自覚がないということに、わずかながら救いを感じたのだろう。ハルカは安堵のため息を漏らす。

「ですが将来、彼女がひかり地区を離れる決断をした場合、それを封じるために、拘束するなり軟禁するなりの手段を取ることを考えざるをえないでしょう。プラントの思念が浄化されない限り、彼女はあの場所を離れるわけにはいかないのですから」

隠れ住むことを余儀なくされたハルカとは違う意味で、妹もまた、厳しい運命の下にあるのだ。

「サユミさんは、母親の強大な力を受け継ぐことなく、平凡な女の子として育ちました。だからこそ、プラントの『蓋』という形でしか利用価値……いえ失礼、プラントを現状維持することしかできませんでした。ですがあなたは、キザシの力をしっかりと受け継いでおられるようです。あなたの思念を使えば、サユミさんの人生を犠牲にせずとも、異質化思念の鎮静化が可能になるはずなのです」

「もし今、妹の『蓋』が無くなってしまったら、プラント内の思念はどうなってしまうのでしょう?」

老人の瞳が、膜《まく》がかかったように感情を排した。

「コントロールできない凶暴な思念が、人々を襲います。その蓄積量と伝播《でんぱ》力からすれば、この国の国民すべてが凶暴化し、理性によるコントロールを失って殺し合うことになるでしょう。痛みも、恐怖も、良心の呵責《かしゃく》も失った無辜《むこ》の市民が、ただただ殺戮《さつりく》の衝動だけを抱えて、国中に散らばってゆく……」

淡々とした言葉が、この国を襲う惨劇をまざまざと物語る。

「すでに少しずつ、プラントの思念はこの街に影響を与えているのかもしれません。ここ最近、この地は、この世界が終わってしまうのではないかという終末観に覆われております」

八百屋の店主の言葉や、塀の落書きがよみがえる。街の人々は、「終わりの時」が近づいていることを、無意識のうちに感じ取っているのだろうか。

「プラントがタイムリミットを迎えるまでに、ハルカさんの思念によって、プラントの思念を鎮静化させたい……。その願いは、我々も供給公社も変わりません。ですが、彼らの考える手法は、我々とは大きく異なります」

納得できないとでもいうように、統監は重く首を振った。

「ハルカさんを拘束して、思念改造を施した上で、直接プラントの中に送り込むつもりのようです」

「そんなことをしたら、ハルカは」

カナタは思わず立ち上がっていた。老人は、驚愕は無理もないというように頷く。

「異質化思念は安定するかもしれません。いいえ、もっとも効果的でしょう。ですがその代わり、ハルカさん自身は……」

老人はその先を言葉にすることを避けた。供給公社は、母親と同じ道をハルカに辿らせようとしているのだ。

「ですから我々は、ハルカさんの思念から作り出した鎮静化思念を送り込むことで、プラントを安定化させ得るということを証明しなければならないのです。供給公社からあなたの身を隠したまま行う以上、極めてゲリラ的手法を使うことになりますし、この管理局でもほんの一握りしか知らない、極秘のプロジェクトとして遂行せざるを得ないのですが……」

厳しい表情が、計画の難しさと、決意のほどを伝える。

「どうしてそこまでして、私を救おうとするんですか?」

統監にとって、ハルカは縁もゆかりもない他人のはずだ。

「私も十年前の実験に関わっていました。何の罪悪感もなく、当然のこととして。あなたの母親と寺田博士の犠牲が出るまでは……」

彫りの深い顔が、過去を悔いるように苦渋にゆがむ。

「私はもう、プラントの犠牲者を、一人も出したくはないんですよ」

長く戦い続けた者だけが発し得る声音が、厳しく、そして優しく、ハルカに向けられた。

「状況を理解していただいた上で、一つ、ハルカさんにお願いしたいことがあります」

統監は、相談を持ちかけるように膝《ひざ》を乗り出す。

「この野分浜の地下には、他の地域と同じく、思念供給管が存在します。ですが同時に、まったく別の役割を持つ思念供給管も敷設されているのです」

「思念供給管が二つ……。どうしてそんなことを?」

「ハルカさんはおそらく感じているでしょう。この野分浜が少し不思議な状態にあることを」

野分浜の路上での奇妙な感覚は、ハルカの心を揺らし続けていた。

「二本目の思念供給管には、人の意思を操り、行動を制限する誘導思念が常時、流されているのです」

「それは、国際思念規約違反じゃないのか?」

思わずカナタは口を挟んだ。思念による意識誘導を避けるために、供給される思念は無個性化されることが、国際思念規約で定められている。

「この地は、そうした制約を超えた場所です。人々は何も知らないまま、記憶に影響を与えられているのです」

彼の言葉によって、この地の特殊さが詳《つまび》らかにされていった。

「住んでみられて気付かれたかと思いますが、野分浜には、古くからある建物や、何百年も時を経た古木も存在します」

ハルカが手を合わせていた神社を、カナタは思い出していた。

「この地の住民は、皆こう言います。四十年ほど前に海が埋め立てられ、陸地になったと……。それでは、歴史ある建物や古木は、海の底にあったというのでしょうか?」

「つまり、昔は海だったと、思い込まされているってわけか」

「一つの場所の記憶を、どれだけ人為的に置き換えることができるか。物理的な矛盾を超えて、どれだけ記憶を操作し得るか……。それが、この地で行われている実験なのです」

「残酷な話だな。住民たちは何も知らされていないんだろう?」

カナタが毒づくと、統監は毒を甘んじて受け入れるように頷いた。

「確かに残酷かもしれません。ですがこの実験で、思念の有効利用について、今後新たな未来が開けてくる可能性があるわけです」

それは、国家が自由に国民の思想を操る未来だった。国民にとって決して良い方向ではないだろう。

「その現実は止められない。管理局統監である私ですらね。だからこそ、実験をより良いものにして、一刻も早く野分浜の住民を見えない束縛から解放してあげたい。それが偽《いつわ》らざる気持ちですよ」

人の思念を操ることに、統監は供給公社とは別の価値を見出そうとするようだ。

「それで、私にお願いというのは、何なのでしょうか?」

ようやくハルカも、具体的な話を聞く気になっていた。

「まずはハルカさんの思念が、どれほどの『力』を持っているかを、検証させてほしいのです。どれだけ人に影響を及ぼし得るかを確かめる上では、この地、野分浜がうってつけなのです」

滝川《たきがわ》さん　10月7日（火）　あと141日

西山《にしやま》くんは、何の夢を見ているんだろう。時々、鼻をぴくぴくとひくつかせている。朝、滝川《たきがわ》さんは先に目覚めて、彼の寝顔を眺めていた。

もうすぐ目覚まし時計が鳴り響く。そんな無粋《ぶすい》な音で彼の睡眠を破りたくはなくって、滝川さんはアラームを解除し、形の良い耳にそっとささやく。

「おはよう、西山くん。時間だよ。起きなさい」

目を覚ました彼は、何かを探し求めて手を伸ばした。その手は、滝川さんの髪に触れ、頰《ほお》に触れ、そして唇に触れる。滝川さんの姿を、手触りによって現実のものと確かめるように。

「……おはようございます。滝川先輩」

恋人同士になって二年も経つのに、彼は今も、滝川さんをそう呼ぶ。使い慣れた木箱の手触りのようなその声を、滝川さんはいつも心の中でこだまさせて、余韻を楽しんでいた。

西山くんは大きく伸びをすると、アイマスクを外して、光に眩《まぶ》しそうに目を瞬かせた。


一時間で身支度と朝食を済ませ、七時五十分に一緒にアパートを出て、バスターミナルに向かう。

「行ってらっしゃい、西山くん」

「行ってらっしゃい、滝川先輩」

西山くんは十二番乗り場から、ひかり地区行きのバスに乗る。

「じゃあ次は、三日後に私の部屋ね。何時頃になりそう？」

二人は週に何度か、交互にどちらかの部屋で会うことにしていた。

「ちょっと残業すると思うから、遅くなるかもしれません」

西山くんは思案するように言って、さりげなく目を逸らす。

「そう……。それじゃあ、晩ごはんを作って待ってるよ」

滝川さんは、先に発車する西山くんのバスに向けて手を振った。

三番乗り場で、発車しようとしていたバスに駆け込む。職場までは地下鉄が直結しているので、バスの便はそれほど多くはない。一本乗り損なうと、降りてから走ることになる。

バスを降りて、職場への道を歩く。滝川さんの勤める中央図書館は、街の文教地区として位置付けられている昔の城跡の一角にある。お堀端の遊歩道を歩く足元に、乾いた枯葉の音がする。

もうすぐ冬が来る。二人で過ごす、二度目の冬だ。

三度目の冬は訪れない……。漠然と、そう思い込んでいる自分に驚かされる。誰が言い出したのだろう。街には、もうすぐこの世界が終わってしまうという噂が流れるようになっていた。誰も表立ってそれを口にしはしない。根拠も何もない。それでも、終わりの予感はなぜか、街の人々の心に住み着いて離れない。

職場に着いて、更衣室で着替える。普段着での仕事なので、ロッカーに入れてあるエプロンをつけるだけだ。

シフト表を確認する。総務係長が決めたシフトを見ることから、一日は始まる。

滝川さんは一般室の勤務だが、時には移動図書館などへの応援に入ることもある。

「おはよう、滝川さん。あら、私は今日は、第五分館の応援なのね」

隣に立った小柄な女性が、シフト表を横から覗き込んでくる。

「おはようございます、鵜木《うのき》さん」

今日は第五分館の係長が休みを取るようだ。分館の職員が休む際には、中央図書館から職員が交代で応援に行かなければならない。

「それじゃあ、滝川さん、中央館の方はよろしくね」

鵜木さんはもう十年以上勤める、図書館の主のような女性だった。

「鵜木さんがいないと不安だなあ。常連さんたちもがっかりするだろうし」

勤めて一年半が経ち、ようやく図書館にも慣れて、一人前になってきたところだった。

「何か、やっておく作業はありますか？」

「そうねえ、閉架書庫の七類の大判芸術書を移動していたから、その続きを……」

そう言いかけて、鵜木さんは失敗したように慌《あわ》てて口を押さえた。

「そうだったわね。アルバイトの子にお願いするわ」

「……すみません。お役に立てなくて」

「いいのよ。それじゃあ今日は、西山くんから、いろいろとのろけ話を聞いてくるからね」

鵜木さんは取り繕《つくろ》うように言って、ウインクしてくる。二人の関係は、すっかり公認になっていた。

「鵜木さんからも言っておいてもらえませんか。あんまり根《こん》を詰めて残業しないようにって」

「残業？　第五分館に、残業するような業務があったかしら？」

鵜木さんが、思案顔で首を傾《かし》げた。滝川さんの心に、小さな不安の影が落ちる。

南田さん　10月9日（木）　あと139日

駿を保育園に送り届けて、南田さんは中央区《ちゅうおう》の市民抽出ルームに向かった。

市民が思念抽出の義務を果たすべく訪れる場所だ。ここで抽出された思念は、一日分がまとめて思念供給公社に送られる。思念供給公社で、思念を気化精製した上で攪拌して均質化し、思念供給管を通じて各家庭に還元される。

本来ならば特別対策班には縁のない場所だ。だが今日は、コントロールルームには最低限の保安局員だけを残し、ほとんどの職員がここに集まっていた。

「今日の被験者は？」

調整官が、今日の実験の責任者である南田さんに尋ねる。

「東区《ひがし》の四十八歳の女性です。今日の十時三十分に予約しています」

過去の抽出で問題が生じたことが無く、思念が安定しやすく耐久力がある女性。その選択肢から導き出された被験者だった。

十時二十分に、女性が姿を見せた。落ち着いた印象の、上品な奥さまだ。南田さんはアテンダントを装って、彼女を出迎えた。

「すみません、今日はこちらの抽出ルームの装置がメンテナンス中ですので。奥の別室でお願いできますか？」

「あら、そうなの。構いませんけど、時間は大丈夫かしら。二時に、孫を幼稚園に迎えに行かなくちゃならないの」

手を振って別れたばかりの駿の顔が浮かぶ。「被験者」もまた、家族がいて、生活がある一人の人間なのだという現実が、重くのしかかる。

「大丈夫ですよ。思念抽出にかかる時間に変わりはありませんから。それではこちらにどうぞ」

動揺を抑えて、南田さんは被験者に背を向けた。外から見えない別室の抽出装置に案内する。受け答えの様子からも、思念の安定度は申し分ないようだ。

「誘導睡眠開始。思念安定化の確認まで二分ほどかかります」

オペレーターが、彼女の思念の状態をモニタリングしている。

「これが三回目か……。今度こそ、うまくいけばいいが」

調整官の声に入り混じる、焦燥と期待。それは、対策班すべての心の声でもあった。

昨年、サユミは十五歳になった。国民は皆、十五歳になったら思念抽出を受ける義務を負っている。「継続観察対象者」であるサユミも例外ではない。彼女の思念は、供給公社にとっては待望の、「プラントの暴走を食い止める希望」だった。彼女の思念をベースに、様々な加工を施し、プラントの異質化思念を抑え込む鎮静思念を作りだすこと。それが南田さんの最重要課題だった。サユミがもっと幼い頃から、思念抽出を本局に提言してきたが、そのたびに管理局からの横槍が入り、計画は頓挫《とんざ》させられてきた。

満を持して行った過去二回の投与実験では、サユミの思念は何の効果も上げられなかった。今回は、今までとはまったく違う観点からの加工を施した。南田さんにとって悲願とも言うべき日だった。

「被験者の睡眠状態、安定しました」

オペレーターが思念波形を注意深くモニタリングしている。

「身体拘束します」

胴体、胸部、首、両手、両足。被験者の身体を、拘束具でシートに縛り付ける。今、被験者は実験動物と同じだった。

「疑似プラント思念、投与します。投与限界は、二分三十七秒」

対策班メンバーに緊張が走った。女性に投与したのは、プラント内の異質化思念の思念構造に似せて作られたサンプル思念だ。

「まもなく、『覚醒《かくせい》』しま……」

オペレーターの言葉を待つ間もなく、それは起こった。

女性の口があり得ないほどに開かれ、雄叫《おたけ》びが湧き上がった。上品な奥さまが上げる声ではなかった。何度も経験していることなのに、人の精神が捻じ曲がる様は、見ていて鳥肌が立つ。

彼女は全身を痙攣《けいれん》させ、拘束具を振りちぎらんばかりの勢いだ。拘束していなければ、彼女はその存在理由すべてを破壊と殺戮に変えて、南田さんたちに襲いかかったはずだ。

プラントの異質化思念が溢れ出せば、街の人々すべてがこの状態に陥る。それはまさに、抑止力のない人間兵器そのものだ。

「鎮静思念、投与します」

サユミの思念がベースとなった加工思念を投与する。半年をかけた成果だ。これでわずかでも被験者の思念の暴走を食い止めることができたなら、プラントの思念鎮静化への希望が生まれる。

祈るような時間が、一秒一秒過ぎて行った。被験者の雄叫びは、まったく変わらない。投与限界まで、残り十秒しかなかった。

「疑似プラント思念、除去！」

南田さんは、実験の中断を宣言した。これ以上続けたら、被験者の心が焼き切れる。女性は、電気ショックのように身体を痙攣させた後、動きを失った。思念が安定値に戻る。

注入されたのがサンプル思念だからこそ、簡単に除去することができた。だが、プラント内の本物の異質化思念は、人の思念の奥底に寄生植物のように絡み付く。除去は不可能だ。

「今回も、効果は無かったか……」

調整官の言葉に、南田さんは唇を噛んだ。

「カウントダウン0まで時間がない。何としてもハルカを見つけ出して、強力な鎮静思念を完成させなければ……」

調整官が、苛立《いらだ》ちを抑えきれぬように爪を噛みだす。その音を寄せ付けたくなくて、南田さんは勢いよく首を振った。

「思念解析士に、ハルカの逃走の痕跡を調べさせています。調査結果が出たら、ただちに奪還計画を実行します」

抵抗勢力によってハルカは奪われたと考えられている。逃走先には必ず思念の痕跡を残しているはずだ。

「被験者、覚醒します」

オペレーターの声で我に返る。被験者の予後を確認するまでが、南田さんの仕事だった。

「お疲れ様でした。思念抽出、終了しました。ご気分はいかがですか？」

誘導睡眠から覚醒した被験者は、今しがたの自分の「暴走」で暴かれた凶暴な自我など知る由もなく、上品な奥さまに戻っている。

「なんだか、いつもの抽出と違って疲れたわあ。それになんだか、喉が痛くって……」

「どうぞ、ゆっくり休んで行ってください。休憩室に飲み物を用意していますので」

被験者はまだ頭をふらつかせながら、休憩室へと向かった。

瀬川さん　10月14日（火）　あと１３４日

「おじいさん、風邪をひきますよ」

テレビの前で、座椅子に座ったままウトウトしだしたおじいさんに、瀬川さんは薄手のカーディガンをかけてあげた。

「ああ、そうかい……。もう、十年にもなるかい。早いもんだねえ」

「嫌ですよ、おじいさん。何を寝ぼけているんですか？」

瀬川さんが揺り動かすと、おじいさんはようやく目を覚ました。

「明日は朝から、野分浜のマンションの解体工事の打ち合わせがありますからね。あれはおじいさんの名義なんだから、立ち会ってもらわなきゃ困りますよ」

瀬川さんは父親から受け継いだ土地を、この街の各所に所有していた。アパートやマンションの家賃収入で暮らす「大家さん」だ。

「おばあさん。解体と言えば、あの家はこの冬を越せるだろうかね」

瀬川さんが淹《い》れたお茶を抱え込むようにして、おじいさんが呟く。

「借り手がいるとは思えないし、いくら畑の中とはいえ、崩れたら危ないから、そろそろ撤去したらどうだろうかねえ？」

遠慮がちに言うのは、もう何回目だろう。つい最近、「入居者募集中」の看板を瀬川さんが出したので、気になっていたのだろう。

「ダメですよ。あの家だけは壊さないで。そうねえ、あと十年くらいはね」

「十年もかい。その頃まで、二人とも生きていられるかねえ。この世界ももうすぐ終わるなんて噂もあるからねぇ」

めっきり足腰も弱くなったおじいさんにとって、十年とは、永遠に訪れることのない未来のように思えているのかもしれない。

「あたしはともかく、おじいさんは生きていてもらわなくちゃ困りますよ」

「おばあさんの方が、よっぽど元気じゃないか」

「私が元気でいられるのは、おじいさんをちゃんと見守らなきゃって気を張ってるからですよ」

「そうかい」

「そうですよ。だから、いつまでも、元気でいてくださいよ」

おじいさんの困ったような笑顔に微笑みかける。もう何十年も連れ添った、おしどり夫婦だ。

「あの家は、おばあさんがお父さんから受け継いで、守り続けた大事な家だからね。これからも守っていかなきゃいけないね」

おじいさんはお茶を飲みながら、一人合点したように何度も頷いていた。

「お父さん、この家はなぁに？」

幼い瀬川さんは、父親に連れられて、初めてその家の前にやってきた。まだ戦争が始まる前の、束の間の陽だまりのような平和な時。いつ一気に燃え広がるかわからない小さな炎を前にしたような焦燥や不安は、幼い瀬川さんも感じていた。すべてが戦争に向けて傾き、坂を転がろうとしていた。

「これは、お父さんがつくった家だよ」

目の前の家は、建ったばかりなのに、廃墟のような装いだった。

「この世界には、誰にも知られることなく、大切なもののために戦っている人たちがいる。お父さんは、そんな人たちを守り続けてきたんだ」

教え諭《さと》すような言葉が、優しく瀬川さんに向けられた。

「その役目は、お前も受け継いでもらわなきゃならない。お父さんに何かあった時は、お前がこの家を守らなくちゃいけないんだよ」

畑の中の一軒家だ。そんなに大事なものには思えなかった。だけど父親の言葉は、決して汚してはならないものを前にしたように、切実なものに聞こえた。

「わかったよ、お父さん。あたしがこの家を守るよ。ずっと、ずっと先まで」

瀬川さんの言葉に、父親は優しく頷いた。

「お前が必要だと思った時に、この家を使いなさい。必要じゃない人には、ぜったいにこの家を使わせちゃだめだよ」

「うん、わかった。約束するよ、お父さん」

父親は、希望を託すように、幼い瀬川さんの肩に手を置いた。彼は、自らの運命を予感していたのだろうか。戦争が始まるのを待たず、瀬川さんは廃屋を受け継ぐことになった。もしかすると父親は、この特殊な家をつくることで、命をすり減らしたのかもしれない。

それから六十年以上、瀬川さんは父親との約束を守り続けた。廃屋のような装いは、つくり出されたその時から変わることはなかった。劣化しない建物であることを隠すために、廃墟としてつくられたかのようだった。

クロダさん　10月17日（金）　あと131日

結婚生活って、もっとちゃんとしたものだと思っていた。もちろん国籍も違うし、暮らし方が違うことは百も承知だ。それにしても、二人の生活は気ままで、自由すぎた。

もともとダンナさんはずっと一人暮らしで、夜勤や緊急呼び出しも頻繁《ひんぱん》にある不規則な仕事をしている。だけど、そんな「不規則」とがっぷり四つに組んでうっちゃりを決めるように、ダンナさんは自由気ままだった。その「自由気まま」の広々とした野原は、クロダさんが隣に寝そべってもまだ、充分な広さがある。

「よし、行くぞ、クロダ」

「はい、ダンナさん」

ダンナさんの休みの日には、二人で散歩をする。ダンナさんの大きな影に寄り添うクロダさんの影は、ふわふわと漂う蝶のようだ。街は、この世界がもうすぐ終わってしまうってウワサでもちきりだった。だけどダンナさんと一緒なら、そんなウワサなんか吹き飛ばしてくれそうだ。

ダンナさんは散歩の途中でホームセンターに立ち寄った。工具が並ぶコーナーで、つるはしをいくつも手に取っては使い勝手の良さを吟味《ぎんみ》していた。

散歩の帰り道で、突然ダンナさんが立ち止まった。目の前には、雑多な野菜が栽培されている畑が広がっていた。

「どうしたノ、ダンナさん？」

「いや……ちょっと、今日はこっちに行ってみるか」

ダンナさんは道を離れ、畑の畦道《あぜみち》をずかずかと歩きだす。クロダさんは靴を脱いで、土の感触を楽しみながら、後を追いかける。二人の散歩は、いつもそんな風だった。

目の前に一軒の家が現れた。家に通じる道はなく、誰かが住んでいる様子もない。二人はしばらく黙って、家を見上げ続けた。身体を斜めに傾かせて。屋根瓦《がわら》から雑草が伸びる二階建てのその家は、斜めに立たないとまっすぐに見えないくらい、傾いて建っていた。

クロダさんは言葉を失って、傾いた姿勢のまま、家の周りをぐるりと一回りした。

「どうしたんだ、クロダ？」

「昔、住んでイタ家に、似てイル気がするノ」

両親と住んでいた家は煉瓦《れんが》造りで、二階もない平屋だった。まったく違うのに、なぜか目の前の廃屋は、懐《なつ》かしく胸に迫る。

「この看板ってテ、何て書いてあるノ？」

この国の言葉にもすっかり慣れたけれど、漢字はまだ、うまく読めない。

「入居者募集中だとさ」

「住む人を探してますってコト？」

「まあ、こんなオンボロの家じゃ、借り手なんかいないだろうがな」

「オンボロで悪かったねえ」

いつのまにか、おばあさんが背後に立っていた。二人と同じように、家の傾きに合わせて体を傾けて。

「あんた、よく、ここまで辿り着いたもんだねえ」

おばあさんは、クロダさんの姿に眼を細める。畦道を辿って来たことを言っているのだろう。何だかその言葉は、長い旅を終えた旅人を迎えるみたいだった。

「ばあさん、古い家だな。あんたがここの大家なのか？」

初対面とは思えない無遠慮さだが、おばあさんは気にする様子もない。ダンナさんは買ったばかりのつるはしを担《かつ》いでいるので、解体に訪れたみたいだ。

「ここは将来、バイパス道ができる予定なんだよ。新しい家を建てるわけにもいかないし、どうせ立ち退《の》きの時には崩されちまうからね。そのまま放っておいてるんだよ」

「おいおい、ばあさん。そんなトコを人に貸そうってのか」

「いいから、ちょっと中を見てごらんよ」

有無を言わさず背中を押され、玄関に立たされた。外見はオンボロだけど、中は掃除が行き届き、床にはチリ一つ落ちていない。

「どうせいつか崩しちまう家なんだ。どんな使い方をしたって、構いやしないよ」

「ここには、昔は誰が住んでいたノ？」

クロダさんが尋ねると、お婆さんは曖昧な表情になる。

「どうだったかねえ。最後に住んでたのは、若い女じゃなかったかねぇ。あんたみたいなね」

その人は、道も通じていないこの家で、いったい何をしていたんだろう？

中に入ると、生まれ育った家を思わせる気配がますます強まり、思わず立ち尽くしてしまう。

そんなクロダさんの様子を、ダンナさんは無精《ぶしょう》ひげをぞりぞりとなぞりながら眺めていた。

「ばあさん、この家、借りられるのか？」

思いがけないことを、ダンナさんは言いだした。

「特別サービスで、月三千円でいいよ」

「そうか。じゃあ、借りるぞ」

即決だった。そんなところも、ダンナさんらしい。

南田さん　10月20日（月）　あと１２８日

バッグの中の通信端末が、相手の接近を伝えた。自分の見守る存在が「監視対象」であることを、無情に知らしめる。

「もう、何なのよ！」

端末で位置情報を確かめずとも、声が居場所を知らせた。彼女の口癖だ。それは、「飛び立てない蝶」である彼女の、無意識の心の叫びなのかもしれない。

「サユミさん」

制服姿の、学校帰りの女子高生が振り返った。

「あっ、南田さん、こんにちは」

前髪が揺れて、照れ臭そうな笑顔の上に、短い影が落ちる。

「なんだかご機嫌斜めみたいね。この前の大会、どうだったの？」

不機嫌の種はそれだったらしく、サユミは表情を曇らせた。

「残念ながら、決勝大会には残れませんでした」

彼女は背丈以上に長い、棒の先端が反《そ》った特殊な道具を担いでいる。

「微妙な判定だったんですよね」

今もなお、判定に納得できないというように、頬を膨《ふく》らませる。

彼女は、「掃除部」に所属している。彼女が背中に担いでいる「長物《ながもの》」を使って、「模擬塵芥《もぎじんかい》」を空中に打ち上げ、その華麗《かれい》さや正確さを競う競技だった。

「そうか……。採点競技は、審判によって変わってくるみたいだから、難しい判定もあるものね」

彼女は決して勝ち進むことはできなかった。日程が延びた分だけ、プラントの「蓋」としての役割を長期間離れることになるからだ。

両親は、彼女と血のつながりはない。ただ、身寄りのない赤ん坊だった彼女を、児童養護施設で引き取り、我が子同然に育てている。サユミもそのことは両親から知らされてはいるが、引き取られたのが物心がつく前のことなので、わだかまりは何もないようだ。彼女は、両親の愛を一身に受けて育つ、十六歳の高校生だった。

彼女の両親が不妊に悩んだ結果、養護施設を訪れ、サユミを引き取るまでには、供給公社の裏操作があった。彼女の両親は、サユミを引き取るよう「仕向けられた」のだ。

彼女は南田さんを単に、偶然仲良くなった、近所に住む奥さんとして認識している。出会ったのも、仲良くなったのも、仕組まれた偶然だった。

「サユミさんは、将来はどうするつもり？」

彼女は、見果てぬ未来を思い描くように、遠くの空に眼を細めた。

「そうだなあ。高校を卒業したら、私はどこにいるのかなぁ？」

大学生になるか。社会人になるか。それとも、世界を巡る旅に出るか……。彼女の前には、限りない自由が広がっているはずだった。

「まあ、もうすぐ世界が終わっちゃうなんてウワサもあるし、そうなったら、将来なんてなくなっちゃうんですけどね」

やるせなさそうに肩をすくめる。その噂が街に蔓延《まんえん》しだしたのは、半年ほど前からだろうか。出所不明のその噂は、プラントの思念漏出のせいではないかと、管理局からの恰好の攻撃ネタになっていた。

「それじゃあ、南田さん、失礼します」

部活用具を担ぎ直した彼女は、軽いスキップを一つして振り返り、手を振った。南田さんも手を振り返す。彼女は何も知らず、プラントの「蓋」としての役割を果たし続けている。通う学校を無理やり移転させてまで、直下にプラントがあるひかり地区の上で家庭生活、学校生活を送らされているのだ。

旅行や学校行事などで、彼女がひかり地区を離れることもある。それが長期間に及ぶ場合は、しかるべき手段を取って、彼女が戻るように仕向ける。それも南田さんの業務の一つだった。

彼女は自分の意思で高校を選び、友人をつくり、部活を楽しんでいる。彼女は自由だ。だがそれは、見えない手によって操作されていた。

サユミを拘束してプラントの上部から動かないようにすることも可能だし、その方が手間もからないはずだ。だが、もしそうすれば、サユミが抑圧下にあることをプラント内のキザシの思念が敏感に察し、プラント内の思念はたちまち不安定になってしまうだろう。それでは何の意味もなかった。

カウントダウン０まで、あと１２８日。それが０になる時、透明な籠《かご》の中で暮らす蝶は、自由に羽ばたけるのだろうか？

早苗《さなえ》　10月23日（木）　あと125日

「そんじゃあ、今日は大仕事するからよ。気合い入れてかかれよ、みんな」

浩介《こうすけ》が集まったメンバーを叱咤《しった》する。今日は礼拝所の外壁の、落書きを除去する予定だ。集まった十名ほどのメンバーは陽気に声を上げて、やる気満々だ。説明が苦手な浩介に代わって、早苗《さなえ》が皆の前に立つ。

「今日は、塗料除去の専門家の田中《たなか》さんに参加していただいています。危険な溶剤を使用しますので、田中さんの指示に従って、各自分担表に従って、持ち場についてください。除去剤は、田中さんのご厚意で提供していただきました」

皆が拍手を送り、田中さんは晴れがましげに頭を下げる。

「早苗、まだ言葉がかてぇなあ」

浩介に言われて、早苗は小さく咳払《せきばら》いをして気持ちを入れ替えた。

「高くて届かない場所は、クライミング経験のある西村《にしむら》さんに担当してもらいまーす！」

西村さんが、すでに壁によじ登る準備を万端整え、サーカスの空中ブランコの乗り手のように優雅にお辞儀をした。

二人にとって、浩介は大事な恩人だった。

知り合いの食堂の出前配達を手伝っていた浩介は、暗い夜道で女子高生が痴漢被害に遭っていたのに遭遇し、ラーメン丼を投げつけて撃退した。それが田中さんの娘さんだった。開かずの踏切につかまって、奥さんの出産に間に合いそうもなかった男性を、バイクの後ろに乗せてギリギリで産婦人科に到着させた。それが西村さんだ。そんな人物が、壁の落書きを除去する専門家だったり、クライミング技術を持っていたりして、この活動に快く参加してくれている。

浩介はまさに、人を惹《ひ》き寄せる強烈な磁石だ。集まったのは、浩介のピンチにはひと肌でもふた肌でも脱ごうと意気込むメンバーばかりだ。

「あんた、すげえなあ」

壁に張り付くようにして移動する西村さんに、浩介は心底感心して感嘆の声を漏らす。打算は一切ない。子どものように純粋な好奇心と、呆れるほどの前向きさ。それが浩介の持ち味だ。

早苗は思い出していた。ここで初めて浩介と出逢った時のことを。

二十年もの間放っておかれた礼拝所は、外壁は半ばまで蔦《つた》に覆われ、前庭には不法投棄された粗大ゴミがうずたかく積み上がっていた。鍵が壊されて自由に侵入できる内部は、壁一面にスプレーで卑猥《ひわい》な言葉が殴《なぐ》り書きされ、椅子や扉はことごとく破壊されていた。窓は割られ、ホームレスがたき火をしたあとが残る。この街の悪意と失意のすべてが堆積《たいせき》したような場所だ。人々は礼拝所を忌み嫌い、避けるように遠ざかっていた。

早苗はたった一人で、少しずつ掃除をし、ゴミを運びだし、蔦を払い、背丈以上に伸びた雑草を刈り取った。

世間の目は冷たかった。人々はこれ見よがしに空き缶を投げ入れ、壁につばを吐きかける。子どもたちは「お化け屋敷やーい！」と囃《はや》し立てて泥団子を投げつけた。主婦たちはあらぬ噂をささやき合い、集団で押しかけては、「ここに関わるな」と早苗に迫る。

一日ゴミを片付けて、翌日訪れると、昨日までの倍の不法投棄のゴミが散乱し、元の木阿弥《もくあみ》となっていた。二度と日の光を浴《あ》びさせまいとする呪縛がかかっているかのようだ。吹き溜まる悪意を、早苗のちっぽけな力では押し返せそうもなかった。

放心して、瓦礫《がれき》の中に座り込んで、礼拝所の高い天井を見上げた。ステンドグラスは埃《ほこり》が堆積し、一条の光すら投げかけなかった。

——もう、諦めよう……

ノロノロと立ち上がった早苗の前に、数人の男が立ち塞《ふさ》がっていた。ここをたまり場にしていた少年たちだ。思わず立ち竦《すく》む。彼らとかち合わないように、日が暮れる前にはこの場を離れるようにしていたのだ。襲われても、誰も助けに来てはくれない。この場所に向けられた悪意が、人の形となって出現したような気がした。

「誰か……」

出口を塞がれ、逃げ場はなかった。下卑《げび》た笑いを浮かべて、男たちが迫る。羽交《はが》い締《じ》めにされ、口を塞がれ、服に手をかけられた。

その時、威嚇《いかく》するような甲高《かんだか》いエンジン音が近づき、礼拝所の前で止まった。

「お前ら、何してるんだ？」

入ってきた男の声が、少年たちに釘を刺す。夕陽を背にした逆光で、男はシルエットでしかわからない。

「何だよ、お前」

少年たちも、さすがに怯《ひる》んだ様子だったが、まだ数を恃《たの》む余裕はあるようだ。早苗は押さえつけられたままだ。

「お前ら、蒲田《かまた》ん所の下っ端だよな。いいのか、こんなトコで油売っていて？　蒲田は見逃してくれても、異邦郭の虹龍《こうりゅう》は甘くねぇぞ」

出された名前に、少年たちが青ざめる。

「おい、あのバイク……」

男の背後に停められたバイクに、少年たちは驚愕を示した。二十年前の暴走族が使っていたような、改造バイクだった。

「まさか、あんたが虹龍に見込まれたっていう……」

少年たちは、男に恐れをなしたように後ずさりし、裏口から散り散りに逃げていった。

「おい、あんた、大丈夫か？」

心の中にまでずけずけと入り込んでくるようだ。お礼を言おうとして息を呑んだ。金髪に耳にピアス。腕にはタトゥーがものものしい。少年たちよりも、もっとたちの悪い相手に違いない。

「泉川博士の実験のせいかな。突然、ここに行かなきゃって思うようになったのは」

意味不明なことを呟き、男は何か余計なものが詰まっているように、自分の頭を叩《たた》いた。

「……勝手に入って来ないでください。警察を呼びますよ」

「あんただって、勝手に入っているんだろう？」

男は早苗の言葉などお構いなしに近づいてきて、周囲を見渡す。

「あたしは……」

母につながる場所だという確信もないままだ。自分のやっていることの無意味さを突き付けられた気がした。

「かわいそうだよな、こいつも」

男はそう言って、礼拝所の煉瓦の壁に手をやった。

「お前は何にも悪くないのに、ずっと一人ぼっちだったんだよな。ごめんな、気付いてあげられなくって」

礼拝所が幼い子どもででもあるかのように、男はやさしく壁を撫《な》でる。その瞬間、虐《しいた》げられてきたこの場所、そして母親への思いが、初めて報《むく》われた気がした。

「お、おい、どうしたんだよ」

知らずのうちに、早苗は涙を流していたらしい。男は、どうすればいいのかわからないというように、オロオロしている。こわもての面相からは予想もつかない困り様だった。

「わ、悪かったよ、驚かせちまってよ。な、泣くなよ、なあ……。困ったなあ」


そんな浩介との出逢いは、もう半年以上も前の話だ。

「だいぶ、綺麗《きれい》になってきたな」

タオルで汗を拭いながら、浩介が満足げな言葉を漏らす。

早苗も、心地よい労働の疲れを全身に感じながら、礼拝所の中を見渡す。数人の男たちのシルエットが、入口を塞いでいた。

「あなたたちは……」

早苗を襲おうとした少年たちだった。足が竦む。あの時の仕返しをしに来たに違いない。浩介が、早苗の震える肩に手を置いた。

「お前たち、早苗に言いたいことがあるんだろ？」

少年たちはきまり悪げに顔を見合わせていた。

「あの時は、すみませんでした」

三人揃って頭を下げられて、早苗はあっけにとられた。

「ここをたまり場にしてたのは、ここにいると、何だか自分が自分以上の力を持ってるみたいな気分になって、それでつい……」

「誰からも相手にされなかったつまはじき者の俺たちの気持ちを、ここだけはわかってくれるって気がして」

「それに、あの頃ちょうど、この世界がもうすぐ終わってしまうってウワサが広まりだしたのもあって、なんだかむしゃくしゃしてて……」

どうやら浩介は、あの後、彼らに会って何度も話をしていたらしい。あの時の憑《つ》かれたような凶暴さは、少年たちの表情からは消え去っていた。

「昔のここは、わけもなく気持ちがすさんじまう場所だったからな」

礼拝所の壁を撫でる浩介は、流行り病に罹った子を心配するようだ。浩介の言う通り、この場所は、何かの呪縛がかかったみたいに、消えることのない負の瘴気《しょうき》がたち込めていた。少年たちは、それに毒されていただけなんだろう。

今もまだ、礼拝所は人を寄せ付けない雰囲気をまとい続けている。だけど、浩介の能天気とも思える、くじけることを知らない心が、それを跳ね返してくれている。

「こいつらも、根は悪い奴らじゃねぇんだぜ。やりたいことがみつからねぇで、力を持て余してるってだけなんだ」

「わかりまし……」

そう言いかけて口をつぐんだ。礼拝所の呪縛を破るために、まずは自分を縛っていた几帳面で真面目な「呪縛」を拭い去ろう。

「わかったよ。それじゃあ、お詫びのしるしに、礼拝所を片付けるのを手伝ってくれる？　人手が足りないの」

戸惑って顔を見合わせている少年たちに、浩介が掃除道具を無理やり持たせた。

「いいぞ、早苗、その調子だ。こいつら、どんどんこき使ってくれていいぜ」

浩介の言葉は、不思議に人を巻き込み、仲間が増えてゆく。

まだまだ人が賑《にぎ》わう場所にするには道半ばだ。それでも今は、少しずつ山を登り、景色が開けていくような昂揚感《こうよう》があった。かつての荒廃が嘘のように、この場所は再び蘇《よみがえ》ろうとしている。

「お母さん、もうすぐだよ。ここを昔みたいに、たくさんの人が集まる場所にするからね」

汚れを落としたステンドグラスから差し込む光は、昔と変わらないはずだ。母もこの光を気に入っていたのだろうか。

カナタ　10月25日（土）　あと123日

「カナタさん」

ハルカが呼ぶ声がする。リビングにいたカナタが振り向くと、姿が見えない。キッチンでうずくまっているようだ。

「どうしたんだ？　怪我《けが》でもしたのか」

「何か、模様が浮かんでいるんです……」

ハルカの指差す先には、確かに模様があった。何かの「文字」のようにも見えてくる。

「前からあったんじゃないのか？」

言いながらもわかっていた。そこに文字は存在しなかったことを。賃貸マンションで前の住民が住んでいたとはいえ、退去時にすべて、痕跡は消されてしまう。落書きなど残っているはずがない。

記されたわけではない。空間に刻まれた文字だ。どんな溶剤でも、この文字を消すことはできない。たとえ壁を塗り替えても、すぐに同じ文字が浮かび上がってくる。この街の秘密プラントのコントロールルームに現れたとされる「カウントダウン」の数字と同じだ。

「これって、何でしょうか。何か文字のようにも見えますけど」

ハルカは首を傾げ、模様を判読しようとするように、指を伸ばす。

「気にしなくてもいいだろう」

「でも……」

尚もハルカは気になるようで、視線を外そうとしない。

カナタは横にあった机を強引に動かし、模様を隠した。青ざめた顔を悟られないように、背を向けてベランダに出る。

――思念投影文字か……

それを出現させたのは、抵抗勢力か、それとも今の予兆か？　これからは、供給公社本局と、彼らからも逃げる日々が続くことになる。どこまでハルカは、真の目的に気付かずにいてくれるだろうか？

ベランダの外の、同じ高さのマンションが建ち並ぶ姿が、そのまま、自分を取り囲む人々の姿となって襲いかかる。

――まずい！

御《ぎょ》しがたい思念混濁が、カナタの抱える後ろめたさを増幅する。彼らはカナタに指を突き付け、蔑《さげす》み、糾弾した。

自己防衛本能が、カナタの意識を飛ばした。

第二章　偽《いつわ》りの雨

カナタ　10月26日（日）　あと122日

闇の中、青い蝶が、カナタを導く。

真の闇なのに、なぜかその青だけははっきりと見える。いくつもの季節を越えて来たように羽はボロボロだったが、力強く、風に逆らって飛び続けている。たとえ世界が終わる瞬間ですら、その蝶は力を失うことはないだろう。

蝶の姿を追いかける。導かれた先は、石造りの尖塔《せんとう》が印象的な建物だ。青い蝶は、尖塔の頂《いただき》を目指すように羽をはためかせて昇ってゆく……。

目覚めたカナタの視界には、夢の中と同じ青い蝶が揺れていた。ハルカの胸のペンダントヘッドだ。その向こうに、心配そうなハルカの顔が覗《のぞ》く。彼女は横たわるカナタに覆《おお》いかぶさるようにして、両手をカナタの頭に添えていた。

「何を……していたんだ？」

ハルカの優しい匂いに包まれた心地良さに、居心地悪く甘んじるしかなかった。

「ヒビキから教わりました。思念混濁の時の、心の癒《いや》し方を」

ハルカを連れて旅をしていたヒビキも、時折、心の均衡《きんこう》を失うことがあったそうだ。

ヒビキとは、まったく同じ行動をし、同じ言葉を同時に喋《しゃべ》る二人の女性だった。まるで、本来一人の女性として生まれるはずだったのに、何かの間違いで二人に分かれてしまったとでもいうように。しかもハルカ以外の人々は、二人いる筈《はず》のヒビキを「一人」としか認識しないのだという。

「二人のヒビキは、時々、まったくの別人に戻ってしまったように、人格が分離してしまうことがありました。そんな時のヒビキは、カナタさんみたいな思念混濁に陥《おちい》ってしまったんです。私はヒビキの苦しみを和《やわ》らげるために、自分の力でキザシを包み込んでいたんです」

思念混濁から抜け出した時にはいつも、泥濘《ぬかるみ》の中から這《は》い出すような強烈な虚脱感が伴《ともな》い、しばらくは起き上がることもできない。だが今は、深い眠りから目覚めたように心が静まっていた。ハルカの余りある思念の力が、彼女自身も意図せぬうちに周囲の思念の「流れ込み」を遮断してくれたようだ。森の中の静謐《せいひつ》な一室で目覚めたように、心が癒されていた。

「すまない。助かったよ……、ハルカ」

初めて彼女を名前で呼んだ。今まで敢《あ》えて壁をつくるように、自分に禁じていたことだった。

「私はカナタさんに助けてもらったんです。だから、今度は私の番。そうでしょう？」

「その蝶は？」

「母の形見……だと思います。物心つく前から身につけていました。絶対に手放しちゃいけないって、ヒビキに言われていたんです」

ハルカは身を起こし、蝶を握り締める。

「そのペンダントと同じ色の蝶が、夢の中に現れて、俺を暗闇から導いてくれたんだ。あれはいったいどこなんだろう？」

「もしかして……。その蝶が現れた場所って、石造りの塔のある建物ですか？」

カナタに思念を寄り添わせていたハルカにも、同じ光景が見えていたようだ。

「カナタさんのご両親のことを、話してもらえますか」

「話すようなことは、何もない」

カナタはそっけなく言った。わだかまりがあると告げるようなものだった。

「私のことだけ知っているのは、ずるいですよ」

拗《す》ねるように言うのは、カナタに話しやすくさせるためだろう。寝物語でも待つようなハルカに、ため息をついて口を開いた。

「俺の母親は、違法思念の常用者だったんだ」

違法思念精製薬「ハイ・ポジション」は、海を隔《へだ》てた居留地の地下工場が一大生産拠点だ。この国にも地下ルートで流通している。

「売人から粗悪な思念でもつかまされちまったんだろうな。違法思念を常用した挙句《あげく》に頭を乗っ取られて、廃人になっちまったらしい」

矯正《きょうせい》施設に入院させられた際には、すでにカナタを身ごもっていたという。

「母親は思念混濁の状態で俺を産んだ。俺はその影響を受けて、思念過敏体質になっちまったってわけさ」

「それじゃあ、お母様は？」

「さあな、どっかで野たれ死んだんじゃないか。父親は、顔すら知らない」

だからこそ、カナタは思念の欠落を抱えて生きる運命を抱えることになった。

「生きる価値の無い親から生まれたんだ。俺も同じようなもんさ」

「そんなことはありません」

彼女はきっぱりと言って首を振った。

「カナタさんが、そんな思念体質になったのも、きっと何か、意味があるんだと思います」

「気休めはよしてくれ」

「だって、そうじゃなかったら、私はカナタさんに出逢うことはできなかったんですから」

彼女はカナタとの出逢いを、運命的なものと考えていた。それなのにカナタは、彼女を利用して自らの運命を変えようとしている。いっそすべてを打ち明けてしまおうか……。できもしない思いが頭をもたげる。

「カナタさんは、夢の中で、私に謝っていましたよ」

「それは……」

言い訳を封じるように、彼女は人差し指をそっとカナタの唇の上に置いた。

「私がどうして、カナタさんについて行くことを決めたか、わかりますか？」

「いや……。どうしてなんだ？」

「長い旅を終えて、ヒビキが別れを告げる時、母が私に残した言葉を告げられたんです。あなたはいつかきっと、再び旅立つ時が来る。その時に、この言葉を思い出しなさいって」

だからこそ彼女は、いつでも旅立てるように準備を整えていたのだろう。

「その言葉って……？」

「ハルカ・カナタへ、共に向かう……って」

心の鍵を開けるように、ハルカは自らの胸の蝶を握りしめる。

壁の時計が午後二時に差し掛かっているのに気付き、カナタは慌てて起き上がった。

「ハルカ。少し、外を散歩してくるよ」

「一人で、大丈夫ですか？」

倒れたばかりでの単独行動に、ハルカは不安を隠せないようだ。カナタはわざとおどけて、今にも走り出しそうに身体を揺らした。

「一日寝ていて、すっかり身体がなまっちまったからな。三十分ほどで帰るよ」

カナタは上着を着て、一人で部屋を出た。

野分浜四丁目の交差点に立つ。黒塗りの車が背後から近づいた。ここに来た日、二人を迎えた車だ。カナタは、ハルカがいる時とは違う慣れた様子で、後部座席に座った。

「何か、ハルカの様子に異変はないだろうな」

「思念投影文字らしきものが、部屋の壁に現れました」

「抵抗勢力に居場所が知られた、ということか？」

思念の強い力によって出現する文字。それは、抵抗勢力が使う意思の伝達手段だった。

「まだ直接の接触はありません。向こうも正確な場所は把握できていないのかもしれません」

隣に座る男……管理局統監は、思案するように沈黙した。

「計画を早める必要があるのかもしれんな」

知略こそが人生そのものであるかのように、彼は顎《あご》に手をやる。不服を敏感に感じ取ったのか、カナタを冷ややかに見やった。

「道具に感情を注《そそ》ぎすぎないことだ」

静かに、言葉の意思が強められる。

「ハルカの犠牲は、確かに人道的に許されるものではない。だが、それによって、より多くの犠牲が生じる悲劇を防ぐことができる。賽《さい》は投げられた。そして出る目は決まっている。誰にも止められないのだ」

「……わかっています」

カナタは自らを納得させるように、無理に頷いた。

「よかろう。約束のものだ」

アンプルケースに入れられた液体が渡される。カナタは慣れた手つきで注射器にセットし、針を腕に刺した。

液体が身体に入り込む。カナタをこれから二か月、思念混濁から遠ざけてくれる、特殊精製された思念だ。これがある以上、カナタは奴隷《どれい》だった。

「プラントの思念が鎮静化《ちんせい》できれば、お前の思念状況を改善させる高純度精製も可能になる。何も余計なことを考える必要はないだろう」

カナタに希望を与え、同時に、がんじがらめに縛る言葉だった。

クロダさん　10月28日（火）　あと120日

「ダンナさん、あの家、ドーするつもりナノ？」

月三千円で、畑の中の壊れかけた家を借りたものの、ダンナさんは使おうともせず、自ら足を運ぶこともなかった。

「クロダ、お前が愛人でも囲うといいさ」

ダンナさんは、いつもそんな風だ。もちろん冗談だけど、実際にそうなっても、ダンナさんは平気な顔だろう。愛人と意気投合して一杯やり出すのがオチだ。それに、本当はわかっている。

ダンナさんは、クロダさんがあの廃屋で故郷の家を思い出したから借りてくれたんだって。

今日のダンナさんは、職場から持ち帰りのお仕事中だ。古い図面を重ね合わせたり、光に透かしたりして、真剣に考え込んでいる。クロダさんの前では決して見せない、厳しい顔だ。

「ダンナさん、マダ寝ないノ？」

太い首に抱き着いて、後ろから覗き込む。ダンナさんは照れ隠しのようにおどけた顔をして、図面を脇に追いやった。

「クロダ、旅の話をしてくれ」

「うん、いいヨ」

さすがにパンツ一丁では寒くなったのか、ダンナさんはスウェットの上下を着込んで畳の上に寝転んだ。頭はクロダさんの膝《ひざ》の上だ。

「今夜は、寒い国の話がいいな」

「そうだネ。それジャあ……」

ダンナさんの髪の毛に指を絡《から》ませる。もうすぐ世界が終わってしまうなんてウワサのせいで心に居座った不安も、そうしていると薄らいでゆく。

「凍った森の、木の幹まで凍ッテしまう音の話はドウ？」

「ああ、それでいい」

「森の中を旅していてネ、突然カミナリみたいな音がしたノ。雲一つない、トッテモ寒い日だったワ。そのカミナリは、寒さが呼んだ、氷の雷ダッタノ。木の幹にしみ込んだ水が凍ッテ、木を内側から裂いてしまうノ。カミナリは、木々が上げる悲鳴だったノね。とっても、トッテモ悲しい声……」

長い長い、十年近くに及ぶ旅の話だ。ダンナさんはいつも、その話を寝物語にして眠りにつく。クロダさんが子どもの頃、母親にそうされたように……。

山の中の、切り立った崖に守られた小さな山村。それがクロダさんの生まれ故郷だ。小さな家で、クロダさんは両親と共に、ひっそりと暮らしていた。

絵を描くのが好きな子どもだった。

人から「うまい」と褒《ほ》められたことはない。むしろ、稚拙《ちせつ》だとけなされてばかりだった。技術を学んだわけではないし、クロダさん自身にも、うまくなろうという気はなかった。

クロダさんが描く絵は、写実でも抽象でもなかった。それでも、クロダさんが魚を描けば、それはどうしても魚にしか思えなかったし、跳《は》ねる水音や、せせらぎの音すら聞こえてくる。

わかってくれる人は、ほんの一握りだった。学校の先生は、彼女の絵をただの手抜きとけなし、一度も褒めてくれはしなかった。

だけど、外で絵を描いていると必ず、立ち止まる人がいた。それは決まって旅人だった。クロダさんの絵は、一所に留まらず漂泊《ひょうはく》する心の持ち主にしか、魅力は伝わらないようだった。

十九歳になり、クロダさんは母親の最期《さいご》を看取《みと》った。すでに父親は五年前に亡くし、クロダさんは、天涯孤独の身の上となっていた。

それでもクロダさんは、生活に困ることはなかった。時々通りかかる旅人たちが、絵を買ってくれたから。気ままに絵を描けば、生活していくだけのお金は得ることができた。絵で糧《かて》を得ながら、両親の思い出の詰まった家で生きていくのだろう。そう思っていた。

そんなある日、クロダさんは旅する女性に出逢った。彼女は、クロダさんより五歳ほど年下の女の子を連れていた。

「病気なの？」

年嵩《としかさ》のヒビキという女性は、意識がもうろうとした様子で、ハルカという女の子に支えられていた。見過ごすことはできず、クロダさんは、二人を家に泊めてあげた。女性を両親が使っていた部屋に寝かせて、クロダさんはハルカに食事を作ってあげた。

話し声が聞こえてくる。何かを非難するような声と、それを諫《いさ》める声。両親の部屋には、ヒビキ一人しかいないはずなのに、確かに「二人」での会話だった。ハルカは言葉が通じず、クロダさんが尋ねても、悲しそうに首を振るばかりだ。

翌朝には、ヒビキはすっかり元気を取り戻していた。昨夜の「二人の声」などおくびにも出さずに、一夜の宿の礼を言う彼女に、理由を尋ねることもできなかった。

去り際にクロダさんは、ヒビキからあるものを手渡された。小さな瓶《びん》に入った、緑色の絵の具だった。

「ごめんなさい」

「どうして謝るの？」

ヒビキもハルカも、答えてはくれなかった。

二人が去った後、何かを考える間もなく、クロダさんは絵筆を取っていた。緑の絵の具はカンバスの上で、一本の木の姿に変化した。小さなカンバスの上だが、その木は、人を圧倒する巨大さを持つものだということがわかった。

――探しに行こう！

すぐに旅立った。クロダさんにとって、初めての旅だった。どこへというあてもなくさすらい、路銀が底を突けば、絵を描いて、立ち止まってくれた旅人に買ってもらう。それを繰り返して、クロダさんは街から街へと、移動を続けた。

旅を続けること二年。クロダさんは、ようやくその「木」に辿《たど》り着いた。クロダさんを包み込むように葉陰を優しく落とす大樹だった。木陰《こかげ》には貧しい身なりの人々が列をなしている。医者にかかることができない人々を無償で診《み》る女性医師の、青空医院だった。

クロダさんはそこで一年半の間、医師を手伝った。医師の片腕となり、人々もクロダさんを慕《した》った。忙しいけれど充実した日々だ。そんなある日、怪我の治療に来た貧しい女の子が治療費の代わりに持って来たのは、小さな瓶に入った茶色の絵の具だった。

受け取った途端、クロダさんは再び絵を描いた。絵の具は煉瓦《れんが》造りの教会の姿で画用紙の上に現れた。描き上げると、医師には何も告げずに旅に出た。八か月後、辿り着いた煉瓦造りの教会で、クロダさんは老いた牧師と共に、戦災難民の炊《た》き出しと救済に追われた。

そこでも居着いたのはほんの一年だった。救済バザーに持ち寄られ、買い手もなく手元に残った古びた画材道具の中に入っていた水色の絵の具が、クロダさんに新たな旅立ちを促した。

次なる運命の絵は、船だった。失踪《しっそう》するように旅立ったクロダさんは、半年の放浪の末、自分の描いた通りの船が舫《もや》われているのを見つけた。豪華客船だった。偶然、港でクロダさんの絵を買った船員のツテで、クロダさんは洗濯要員として船に乗り込んだ。

数えきれないほどの、かけがえのない出逢いがあった。それと同じだけの、さよならすら言わない別れがあった。クロダさんにとって、描くことは「旅」そのものになった。

絵は、自分の未来につながっていた。クロダさんは、抗《あらが》えない運命を自覚した。一旦絵を描いたら、すべての想いやしがらみを振り捨てて、新たな場所に旅立たなければならないことを。

もしかするとそれは、絵の具をクロダさんに渡したヒビキという女性によって運命づけられたのかもしれない。

三年前、クロダさんは、船が寄港した港の岸壁に流れ着いた小さな瓶を拾った。中に入っていたのは、黒い絵の具だった。クロダさんは、筆がどう進むかもわからないまま、すぐに絵筆を握った。

もじゃもじゃと、ひたすらもじゃもじゃと、画用紙の上で、絵筆は絡まったように動き続けた。今回ばかりは、何を描いているのか、自分でもまったくわからなかった。

「行こう！」

クロダさんは、もじゃもじゃの絵を抱えて、そう呟《つぶや》いた。

それが、最後の旅の始まりだった。

カナタ　10月30日（木）　あと118日

その日、管理局の迎えの車が向かった先は、野分浜の住宅街の片隅にある、古びた洋館だった。

「こんな所で何をするつもりなんだ？」

最新の抽出設備を備えた施設に向かうものと思い込んでいただけに、拍子抜けしてしまった。

「こんな所で、申し訳ありませんね」

二人を迎えたのは、三十代の研究者風の男性だった。白衣のポケットに無造作《むぞうさ》に突っ込んだ両手のせいで、常に肩をすくめているように見える。

「ハルカさんを担当させていただく泉川です。どうぞこちらへ」

奥まった一室に案内されて、二人は呆然《ぼうぜん》として周囲を見渡した。リクライニングシートにヘッドコンデンサが備えられた誘導抽出システムはもちろん、完全密閉式の思念攪拌《かくはん》機まで存在する。部屋の壁は双方向反射式の思念封鎖壁で、思念を遮断する完璧な設備が整えられていた。

「こんな所に、これだけの設備が揃っているとは、思っていなかったでしょう？」

二人の心を言い当て、彼は屈託《くったく》なく笑った。研究者らしからぬ柔らかな瞳が、ハルカに向けられる。

「あなたが、あの、キザシのお子さんですか」

「私の母のことを、知っているんですか?」

ハルカは、勢い込んで尋《たず》ねる。

「十年前、私は供給公社側に所属していましてね。まだ思念研究に携わったばかりの新米研究員だった頃に、お会いしました」

彼の眼差しは、ハルカに母親の姿を重ねるようだ。

「……どんな人だったんですか?」

「立派な方でした」

十年の時を、彼は偽りのない声で振り返った。

「十年前のプラントの暴走は、思念供給公社側の印象操作によって、実験に介入したキザシがすべての元凶であるとされていますが、私はそうは思っていません。思念の異質化による暴走は、誰にも止めることができませんでした。キザシは寺田博士と共に、身を挺《てい》して最悪の事態を食い止めたのです」

ハルカは博士の言葉から、母親の姿を思い描くようだった。

「あなたの母親は、この国を救ったのです。誇りに思ってください」

ハルカは深く頷いた。

「それでは、実験をはじめさせてもらいます。座ってください」

気持ちを整えるように、ハルカは一つ大きく息を継ぐと、思念抽出用のリクライニングシートに座った。彼はハルカの不安を包み込むように語りかける。

「今から、ハルカさんには、一つの夢を見ていただきます」

「夢……ですか？」

「一つのストーリーを持った夢です。その夢に反応したあなたの思念を抽出して増幅し、第二供給管を通じて、野分浜全体に行き渡らせます。ハルカさんの思念が、住民たちに果たしてどんな変化を及ぼすのか。それを検証するのが、実験の目的です」

　供給公社本局に勤めていたカナタは、思念利用に携わる研究者も多く見て来た。彼はハルカに、「実験対象」ではなく、一人の人間として接するようだ。

「妹さんが『蓋《ふた》』の役割を果たすようになったのは、六歳の頃からです。私の息子の駿も、今ちょうど六歳なんですよ」

　片隅の執務机の上に、男の子の写真が飾られていた。無機質な空間にそこだけ、暖かな太陽が降り注《そそ》ぐようだ。

「ですから、妹さんの十年を、息子のこれからの十年と、つい重ね合わせてしまうんです。妹さんが自由を取り戻せるよう、微力ながらお手伝いさせていただきます。一緒に頑張《がんば》りましょう」

　彼は、ハルカの胸の上で揺れる青い蝶を見つめていた。

「……わかりました。よろしくお願いします」

　泉川博士の言葉に安心したように、ハルカは睡眠誘導によってゆっくりと眠りについた。

「役目を果たしたようだね。カナタ君。統監《とうかん》の前での初対面の演技も、堂に入ったものだったそうじゃないか」

　ハルカの思念安定を示すモニターの数値から目を逸《そ》らすことなく、淡々と話しかけてくる。

「泉川博士。本当に、ハルカの身に危険が及ぶことはないんでしょうね？」

　それを条件に、カナタはハルカを、ここまで導いたのだ。

「ほう、ハルカに、使命以上の感情を抱いているようですね？」

「自分のために、誰かを犠牲にしたくはないってだけです」

カナタの言葉に頷《うなず》く博士は、なぜだか面白そうに唇の端を持ち上げた。学生時代から思念誘導を研究し続けてきた彼にとって、カナタは恰好の研究対象だった。彼の進言があったからこそ、カナタは統監に引き合わされ、「利用価値」と引き換えに、今まで生き延びることができた。その意味では、彼はカナタの恩人だった。

「大丈夫。私が必要なのはハルカの思念であって、ハルカ自体には何の興味もありませんよ」

泉川博士は、モニター画面を見ながらそっけなく言った。カナタはまだ、彼がどんな人物なのかをつかみきれないでいた。彼の机の、駿君のあどけない笑顔の写真は、血の通った父親としての人間性を表すものだ。だが彼が時折垣間《かいま》見《み》せるすべてを超越したような眼差しには、我が子ですら犠牲にしかねないような計り知れなさがある。

「ハルカさんの思念が、終わりのない供給公社と管理局の暗闘を終結させる希望につながるといいんですが」

微かな可能性を手繰り寄せるように、泉川博士は眠るハルカの姿を見つめて呟いた。

「今からでも、供給公社と情報を共有しあって、プラントの思念の安定化に向けて協力し合うというわけにはいかないんですか？」

もちろんカナタには、思念研究についての詳しい知識などない。だが、素人《しろうと》考えでも、二つの組織が対立せずに研究を進めれば、前向きな一歩になるだろうことはわかった。そうすれば、ハルカとカナタも、隠れ住む必要もない。

「ほう、カナタ君も、そんな疑問を持つに至りましたか」

「ハルカの姿を見て、空《むな》しくなっただけです。目的は同じなのに、どうして二つの組織が敵対して、情報を隠し続けなきゃいけないんだろうって……」

ハルカの安らかな表情を見ていると、その思いはより強まった。彼から教えられた、カウントダウンが0になる日は、もう真近に迫っているというのに。

「例えば、隣り合う国どうしが手を取り合えば、様々な問題が解決できるし、国際的な発言力も増す。それがわかっていながら、歴史的背景、民族的感情からいがみ合い、国家的損失を招いている……。そんな例は多々あります。理屈ではわかっていても、感情がそれを許さない。思念研究者としては、興味深い事例ですね」

感情を超越したような博士の口調を前に、カナタは口を閉ざすしかなかった。

南田さん　11月1日（土）　あと116日

「さて、やりますか！」

気合いを入れて腕まくりをした。時刻は午後五時半。今日ばかりはシッターさんにも早く帰ってもらい、南田さんが夕食をつくる。

「お母さん、ボクも一緒につくるよ」

駿がダイニングテーブルから椅子を引きずって来て、キッチンに立つ。

「それじゃあ、玉ねぎの皮を剝《む》いてもらっていい？」

「うん、わかった」

駿は、自分の握りこぶしよりも大きな玉ねぎと格闘しだす。その間に、ニンジンを切って、ジャガイモの皮を剝いて、肉を刻む。カレーの準備だ。

本当は、もっと凝《こ》った手料理を作ってもいい。たとえカレーにしても、本格的に香辛料を調合してもいいし、キーマカレーやスープカレーなど、手のかけようはいくらでもある。

だが、三か月に一度の「特別な日」の料理は、いつもカレー。市販のルーに、ジャガイモ、玉ねぎ、ニンジンに豚の細切《こまぎ》れ肉。スーパーでレジにカゴを出すのが恥ずかしいほどの、王道で正統派で庶民的でありきたりな「カレー」だった。

大学の研究室で、徹夜で実験を続けている頃に、大鍋で三十分でつくり上げて三日間食べ続けたカレー。夫をまだ「泉川先輩」と呼んでいた頃の、思い出のメニューだ。

「お母さん、玉ねぎ剝けたよお」

涙で眼をしぱしぱさせながら、駿は剝きあがった玉ねぎを差し出した。

「ありがとう。それじゃあ、今度はサラダのトマトを洗って」

「わかったよ」

冷蔵庫を開けて、野菜室からトマトを取り出す。まだ六歳なのに、駿は本当に手がかからない。南田さんは時折、幼い息子を一人前の成人男性として扱ってしまうことがある。

「お父さん、まだ帰ってこないのかなぁ」

時刻は六時を過ぎた。一緒にいられるのは明後日の朝まで。あと三十八時間しかないのだ。

「そうね。いったいいつになったら帰ってくるんだかねえ」

夫が帰ってくる日の、いつも通りの駿との会話だった。透明な壁に隔てられたように、離れ離れに暮らす日々。夫がこれから先もずっと帰らなかったとしても、二人はずっと、同じ会話を繰り返すような気がしていた。

「ねえ、お母さん。この世界が終わっちゃうって、本当なの?」

「……それって、誰が言ってたの?」

「ユウスケくんも、コータくんも言ってたよ。僕たちが大人になる前に、この世界は終わっちゃうんだって」

　こんな幼い子どもの心にすら、この街の見えない終末観は根を張ってしまっているのだ。

「そんなことないわよ。駿が大きくなるまで、お父さんやお母さんが頑張って、この世界は終わらせない。だから、安心して」

　絶望を寄せ付けない輝きを瞳にとどめて、駿は頷いた。

　小さな果物ナイフでトマトを切っていた駿が、何かに気付いたように顔を上げ、ナイフを置いて玄関に走った。扉が開くのと、駿がそこに立つ人物に飛びつくのは同時だった。チャイムなど鳴らされなくとも、駿はいつも、父親の帰還がわかる。

「おかえりなさい！」

「ただいま、駿、元気だったかい？」

　まるでビジネスの挨拶《あいさつ》のように、握手をし合う。離れて暮らす間、母親を守りとおした「六歳の紳士」への、夫の信頼の証《あかし》だった。

　三か月ぶりに顔を見た夫は、優しい眼差しで、鼻をひくつかせた。

「今夜はカレーだね」


　お風呂を上がって、洗面所で髪を乾かす。少し窓を開けているので、夫と駿が二階のベランダで話をしているのが聞こえる。丘陵《きゅうりょう》地を切り開いて造成された新興住宅街「涼風台」の最も高い場所に建つ家のベランダからは、街を一望することができる。

　街の夜景は、猥雑《わいざつ》さも混沌も、人の孤独も疎外も、すべてを闇の中に消し去り、ただ、人の暮らしの温かさだけが、光に形を変えて静かに語りかけてくる。

　もうすぐ世界が終わる……。街の人々の意識に居ついてしまったそんな噂を打ち消そうとするように、その光は精一杯、変わらぬ人の営みを凝縮して輝かせている。

街の光の帯の背後には、夜の海が広がる。沖合にある小島との間が砂嘴《さし》でつながって外海の荒々しさを遮《さえぎ》り、懐深い湾は天然の良港となって街が栄える礎《いしずえ》を築いた。休日には、小島にある遊園地で、毎晩九時に花火が上がる。冬は二人で毛布に包《くる》まって、花火の上がる姿を眺めるのだ。

距離が遠いので、音は一切せず、ただ空中にひっそりと花開く花火は幻想的だった。

「お父さん、音が聞こえるよ」

「音？　駿は、花火の音が聞こえるのかい？」

夫の声は、駿との束《つか》の間《ま》の逢瀬の記憶すべてを心に刻もうとするように、優しく、そして静かだ。

「ううん、花火じゃないよ。楽器かな？　とってもきれいな音」

南田さんも思わず耳を澄ます。街の雑多な音が聞こえるばかりで、特別な音は耳に届いてこない。

「ずっと遠くから聞こえてくるみたいだ。何だか、楽器の音が喋っているみたいだよ」

「その楽器は、なんて喋っているんだい？」

夫の声は穏やかではあるが、研究者としての探究心が滲むようだ。

「楽器の持ち主が代わるみたいなんだ。それでね、元の持ち主にさようならって、新しい持ち主に、よろしくお願いしますって……」

「そうか……。楽器が、新しい持ち主に受け継がれたんだね」

夫の静かな声は、聞こえない楽器の音色に乗って、どこか遠くへ漂って消えてしまいそうだった。

早苗　11月2日（日）　あと115日

「さて、それじゃあ、今日も行こうか、早苗」

礼拝所での一日の作業を終え、浩介は早苗にヘルメットを放った。

「うん……。今日は、話を聞いてくれるかしら」

「あたって砕《くだ》けろさ」

気楽に言って、浩介はヘルメットをかぶる。早苗はバイクの後ろにまたがって、風でまくり上がらないようにスカートを足の下に押し込んだ。

「しっかりつかまってろよ」

早苗の腕をつかんで、自分の腰に抱きつかせる。バイクの二人乗りなんて、自分がするとは思ってもいなかった。大学を卒業して、就職活動をして、どこかの企業に勤めて……。想像していた人生の「まっとうな道」からは、今の早苗は遠かった。大学の友人たちからは、人生を踏み外したと思われているだろう。就職もせず、大学を卒業しても「ふらふらしている」のだから。

浩介は呆れるほど、世の中の事情に疎《うと》かった。この国の地図もかけないし、今の首相の名前すら覚束《おぼつか》ない。

「なあ早苗、就職活動って何なんだ？」

そんな質問をされたのは、大学四年生になって、初めてのリクルートスーツ姿を浩介に披露《ひろう》した時だった。

「大学を卒業してから、自分が働く場所を決めるために、いろんな会社の面接を受けるんです。

今は就職難ですから。何十社も面接を受けなきゃいけないから、大変なんですよ」

あの頃は、浩介の前で話す時も、そんな風に杓子定規《しゃくしじょうぎ》だった。

「え～っと、つまり、会社があんまり働く人はいらないよって言ってるんだな。求められてないところに、自分を押し売りするのか？」

「押し売りって……。企業側に自分らしいところを見ていただいて、それを評価してもらうための活動なんですから」

「早苗らしさを見てもらうのかぁ。それじゃあなんで、そんな他の奴と同じようなスーツを着てるんだ？」

浩介は、リクルートスーツなんて知らない。それが、就職活動での「制服」のようなものだということも。

「なあ、就職活動って、早苗が会社を選ぶのか、会社が早苗を選ぶのか、どっちなんだ？」

まだ何者でもない自分の長所を書き連《つら》ね、人を蹴落《けお》として内定を得ることが、ひどくあさましいことに思えてくる。浩介は、就職活動を馬鹿にしているわけじゃない。まったく知らないから、その「風習」を奇妙に思ってしまうだけなんだろう。

浩介と一緒にいると、自分が当然と思っていたことが、どれだけ歪《ゆが》んでいて、つくられた常識なのかを思い知らされる。会うたびに何かを発見させてくれる、そんな相手は初めてだった。

そんな浩介に惹《ひ》かれて、礼拝所に集まって来た仲間たちもさまざまだ。仕事も年齢も学歴も、考え方もまったく違う。普通なら絶対に交わることのない、素通りする間柄だったろう。浩介がいるから、みんなここにいる。髪型や服装、喋る内容に気を遣《つか》って、仲間外れに対して敏感なセンサーを働かせてきた「友人づくり」というバランスゲームとは、仲間たちはほど遠かった。

浩介と共に過ごすうち、早苗は次第に、就職活動に身が入らなくなっていた。そしていつしか、就活シーズンは過ぎ去っていた。

「もうすぐ世界も終わっちゃうんだから、就活なんてテキトーでいいや」なんて軽口を叩いていた友人たちも、次々と堅実な企業へ、公務員へと身の振り方を決めていった。友人たちからは就職戦線からの脱落と見做《みな》され、距離を置かれた。人生から逃げているんじゃないかと落ち込んだこともある。でも今は、一度立ち止まって、自分の立っている場所をしっかりと見つめたかった。

今の自分は、まだ何者でもない。それがはっきりわかってから、歩きだせばいい。浩介と共に過ごす日々は、その一歩を踏み出すための、大切な時に思えていた。

丘の中腹の早苗の家までは、バイクで二十分ほどだ。浩介のバイクは排気音が大きいので、それが父親へ訪問を知らせているだろう。

「工房の方にいるみたいね」

ヘルメットを脱ぐと、早苗は一つ深呼吸をして、家の裏手に向かった。自分の家なのに、真剣勝負の立ち合いに臨《のぞ》む気分だ。

「こんにちは！」

早苗の気後れを吹き飛ばすように、浩介が勢い込んで挨拶する。

「早苗さんとの交際を認めてもらえるように、ご挨拶にまいりました！」

近所にも聞こえる大声に赤面してしまう。浩介は、恥ずかしさとは無縁で、真っ直ぐだ。浩介の日参には、打算も何もない。目の前に超えるべき壁があるから、毎日挑んでいる。それだけのことだ。

父は振り向こうともしない。ただ、浩介を娘の相手として認めないという頑固な意思だけは伝わる。

工芸家である父親は、作品を前にして、磨《みが》きの工程に没頭《ぼっとう》していた。先日来、磨き続けている一つの作品に、最近の父親はかかりきりだった。細長い棒のような形で、下部が球状に盛り上がるその鋳物《いもの》は、何かの部品の一部のようでもあった。今までの父親の作品とは明らかに違う。この作品と向き合いだしたのは、ちょうど早苗が礼拝所に通い始めた頃だった。

何かと対話するように、父親は磨き続けている。作品の中に自らの心を研《と》ぎ出そうとするかのような父の姿は孤高で、早苗ですら近寄りがたい。浩介は直立したまま、父親の働く姿を長い間、見つめ続けていた。浩介の人を惹きつける力も、父親には通用しない。

「それじゃあ、また来ます」

浩介は気を悪くした風もなく、父親の背中に向けて、深くお辞儀をした。父親は身じろぎ一つしない。

「じゃあな、早苗。また明日だ」

「うん、今日はごめんね」

浩介は手を振って去り、バイクの爆音が遠ざかってゆく。

「お父さん。どうして、浩介の話を聞こうともしないの」

夕食も取らずにいた父親が、作品を磨き続ける手を止めたのは、夜もふけた頃だった。

「お前に人生を踏み外させようとしている男に、どうして私が心を開かなければならない？」

「自分の育てた娘が、そんなに信じられないの？」

「彼のあのバイク、腕の刺青《いれずみ》……いまはタトゥーとでも言うのかな。それに耳のピアス。娘があんな男と付き合うと言い出して、素直に賛成できる親がいると思うかい？」

早苗は言葉に詰まる。浩介は、その風貌《ふうぼう》や態度から、不良少年を脱し切れていない中途半端な若者と見られがちだ。

　彼の乗る時代遅れの改造バイクは、かつてこの街を守るために陰で大きな働きをした人物が街を離れる際に譲り受けたものだ。金髪やピアスやタトゥーも、美容師や彫り師見習いの練習台になってやったからで、純粋すぎる好奇心でしかなかった。彼は、前進しかギアがない大出力エンジンを備えた車のようなものだ。なにがあろうと進み続けるが、その分、傷も多い。

　反論の言葉はある。だが、何を言っても、たかだか二十数年を生きただけの小娘のたわごとでしかない。

「今、私と浩介は、礼拝所を、昔みたいに人が集まる場所に戻そうとしているの」

「私には関係のないことだ」

　一言の下に否定される。二人のやろうとしていることに、何の価値も見出せないというように。

「それは、礼拝所が、お母さんが関係した場所だから？」

　早苗を見つめるその瞳は、失った妻の面影《おもかげ》を捜しているのだろうか。

「あの場所は、もう、そっとしておいた方がいいんだ」

「それは、お母さんがいなくなった過去に、あの場所が関わっていたからなの？」

　答えはなかった。だが、答えないことが、答えにつながることもある。

「過去は、未来をつくるためにあるものでしょう？　私たちに必要なのは、今であって、これから先の未来なんだから」

「過去にこだわらざるを得ない人間もいるんだ。それはお前も、知っておかなければならない」

「だけど……、私はお母さんのこと、何も教えられていないよ」

　父親は一瞬だけ肩を震わせ、背を向けた。

南田さん　11月3日（月）　あと114日

三十八時間は、瞬《またた》く間に過ぎていった。

朝、三人で家を出る。駿を真ん中に、親子三人で手をつないで、駿の保育園に向かった。

「それじゃあ、駿、お母さんをよろしく頼むよ」

「うん、まかせておいて！」

駿と夫は、保育園の前で握手をする。相変わらずそれは、互いの信頼を込めた厳粛《げんしゅく》な儀式だった。

バスターミナルへと、夫と二人で歩く。並木道の街路樹は、紅葉の時期を迎え、秋の装いに街を彩り始めていた。

前回会ったのは八月のはじめ。夏の猛暑が続く日だった。季節の変化を夫と会うたびに感じるのは、果たして幸せなことなのだろうか。

「次に帰れるのは二月のはじめか……。お互いに忙しくなければいいけれどね」

「そうね……」

カウントダウンは、もうすぐ百日を切ろうとしている。夫の言う「次」は、果たして訪れるのだろうか。街に蔓延《まんえん》する終末観に影響され、弱気になった自分を振り払うように首を振った。それを食い止めるのが、自分の使命なのだから。

「ちゃんと、食事は取れてる？」

「ああ、賄《まかな》いつきの宿舎だからね。健康管理はしっかりしてくれているよ。ただ、いささか運動不足気味ではあるけどね」

夫はそう言って、南田さんの手を握った。

仕事のことは尋ねない。思念供給に関わる別々の組織に属するからといって、互いの動きに疑心暗鬼になる必要はない。それを避ける術《すべ》を、二人は学んできた。

守秘義務があるからというだけではない。夫婦が、すべて相手のことをわかっていなければならないとは、二人とも思っていない。

大学の研究室の先輩、後輩として共に学び、同じ志《こころざし》を持ちながら、対立する組織に勤務することになった以上、いずれこうなることは覚悟していた。結婚して泉川姓になったにもかかわらず、旧姓の「南田」で通しているのも、そうした配慮の一つだった。

「最近は、忙しいの？」

仕事の内容には触れない、ギリギリの言葉だった。

「ああ、今はいつも夜中までだね」

「休みは取れているの？」

「いや、しばらく無理だろうね」

彼はそう言って、握った手に力を込めた。

「一段落したら、家族三人で、遊園地にでも行きたいものだね」

同じ街に住んでいるのに、まるで単身赴任のように、離れて暮らすしかない。黒田さんたちほどではないにしても、二人もまた、異端な夫婦だった。

「私が帰らない間も、駿のことをよろしく頼むよ」

そう言ってバスへと向かった彼は、不意に振り返った。

「青い蝶に、気を付けなさい」

「青い蝶？」

南田さんの疑問には答えず、夫はバスに乗った。


職場に着くなり、南田さんはスクリーニングルームに向かった。

「機密守秘事項に関わる接触をしましたので、スクリーニング検査をお願いします」

皺《しわ》の寄った白衣を着た検査官は鷹揚《おうよう》に頷いて、顎の動きだけで促《うなが》す。

三か月に一度の恒例行事だ。南田さんは指示を受けるまでもなく、てきぱきと準備を整える。上着を脱いで、備え付けの思念防護服を着込んだ。右手の指先に生体反応モニタリング用のチップを付けて、左腕に思念負荷軽減用の「避雷針」ともなる、硫化フラジノイド鋼のアームリングをはめる。

「スクリーニング、開始」

検査官の言葉で、南田さんは誘導睡眠に入った。

スクリーニングとは、機密防衛のための手段だ。南田さんが、今のセキュリティレベルで漏らしてはいけない機密に対して、スクリーニングの「模擬思念」は反応する。外部に機密が漏れたと判断されれば、模擬思念の「機密」に該当するコードが置き換わる。それによって、南田さんは機密漏洩《ろうえい》者と見做される。

「スクリーニング、終了しました」

ほんの一瞬だけ、目をつぶっていたように感じる。実際には、三十分が経過していた。スクリーニングは脳に負荷を与えてしまうため、三か月に一度しか受けることができない。だからこそ南田さんは、三か月に一度しか夫に会うことができないのだ。

「機密漏洩は、特に確認できなかった」

検査官はそう言いながらも、検査結果の出力を見ながら、首を捻っていた。

「一つだけ、識域下の思念透過で、引っ掛かってきたワードがあるんだが」

「それって、何ですか？」

夫と、特別対策班の機密にかかわる一切の会話はしていないはずだ。南田さんもそうだが、夫はそれ以上に気を遣っている。

「『青い蝶』だよ」

「青い蝶？」

「何か心当たりはあるかね？」

夫が最後に言った言葉だ。だが、それがなんらかの機密にかかわる情報であるはずはなかった。

「……いえ、何も」

「まあ、気にすることもないだろう。仕事への復帰を許可しよう」

彼は一拍の間を置き、南田さんを通じてその向こうの「誰か」を見る視線を送った。

「君は特殊な事情を抱えているのだから、守秘義務は厳格に求められる。注意して仕事にあたって欲しい」

一礼して部屋を辞した。廊下には、機密漏洩防止強化月間のポスターが貼られていた。スパイ映画の主人公がサングラス姿で拳銃を握り、機密漏洩者を追い詰めている。

スパイ映画を観るたびに、映画では描かれない主人公たちの家庭に思いを馳せてしまう。国家のために危険を顧みず潜入作戦を敢行し、命ギリギリのやり取りをする彼らは、娘に疎まれ、奥さんに小言を言われ、嫁姑《しゅうとめ》の愚痴《ぐち》を聞かされ、親の介護に悩む「日常」と、どう折り合いをつけているのだろうと。

国家の危機と、家族のささやかな日常を、二重生活ではなく、一つのものとして受け入れ、心の均衡《きんこう》を保つこと。それもまた、南田さんの仕事の一つだった。

滝川さん　11月5日（水）　あと112日

西山くんは午後八時過ぎに、滝川さんの部屋にやって来た。古いラジオを抱えて。

「ごめんなさい、滝川先輩。遅くなっちゃって」

「仕事だから仕方がないよ。晩ごはん、用意するね」

滝川さんはキッチンに立って、すっかり冷めてしまった食事を温め直した。

食事を終え、二人で夕食後の時を過ごす。西山くんは、紙を広げて持ち帰りの仕事をしている。

「何をやっているの？」

「第五分館だよりを書いてるんです」

背中を丸めて作業に没頭《ぼっとう》している。お世辞にもうまいとは言い難いが、愛嬌《あいきょう》のある丸っこい文字で、自分の想いを閉じ込めるように紙面を埋めている。

「今どき手書きなの？　良かったら、私がパソコンで打ち直してもいいけど」

中央図書館の「図書館通信」は、各担当が持ち寄った原稿を、滝川さんがまとめて打ち込んでデザインし、印刷している。

「ありがたいけれど、それじゃ何だか、温かみがないからね」

西山くんはいつもそんな風だ。今時携帯電話も持っていないし、メールもしたことがない。

「だけど、そんな作業こそ、残業時間にやればいいんじゃないの？」

「まあ、いいじゃないですか。滝川先輩」

顔を上げた彼は、屈託なく微笑《ほほえ》んだ。残業についてそれとなく問い質《ただ》そうとするたびに、見えない手で口を塞がれてしまう。

恋人になった今、いつまでも「西山くん」と呼ぶのもおかしい気がしていた。それは「滝川先輩」という呼び方もそうだろう。いつか自然に変化していくものなのだろうか。

「ところでそれって、西山くんの私物なの？」

「ああ、このラジオは、利用者の方からいただいたんです」

常連のおばあさんが、西山くんのことを気に入って、持ってきてくれたのだという。古いラジオだった。彼は第五分館周辺に住むお年寄りのアイドルでもあったので、お菓子や野菜をもらって帰ってくることもたびたびだ。だけど、電化製品は初めてだ。

「つけてみていい？」

古いラジオのせいか。最新のヒット曲すら、なぜだか十年前の曲のように懐《なつ》かしい音になって聴こえてくる。

「お茶を淹《い》れるよ」

西山くんがキッチンに立ってお湯を沸かす。彼は自分の茶器セットを持ち込んで、お茶も豊富に取り揃《そろ》えていた。その手際はなかなかのものだった。

――心の居場所――

西山くんはまさに、そんな存在だった。

原稿を書きながら、時折、思いついたように西山くんは滝川さんに触れる。滝川さんも、西山くんが淹れてくれたお茶を飲みながら、手にした文庫本の一区切りごとに顔を上げ、微笑みかける。街に漂う、もうすぐ世界が終わってしまうなんていう黄昏《たそがれ》の空気も、この部屋までは入り込めない。

——彼が、私の「居場所」なんだ……

心の片隅に、そう言い聞かせている自分がいることに、滝川さんは気付いていた。


光の中で、西山くんと抱き合う。

裸身が蛍光灯の光を遮り、滝川さんの上に影を作る。

うっすらと額《ひたい》に汗を浮かべた西山くんの切なげな表情に胸が苦しくなる。すべてがあからさまな光の下での交わりは、自分の心の内すら暴かれるようで、滝川さんは彼にしがみついた。

シャワーを浴びてベッドに戻ると、西山くんは思いつめたように天井を見つめていた。

「何を考えているの？」

「昔のことです。滝川先輩が、第五分館に、初めて来たときのこと」

西山くんが二十五歳、滝川さんが二十六歳の春だった。

図書館に配属されたその日、滝川さんは中央図書館と分館との連絡用の車に便乗して、総務係長と共に、五つの分館に挨拶に向かった。

「私、図書館に配属されて良かったんでしょうか？　皆さんにご迷惑をおかけしてしまうのに」

係長は、持ち前の眠そうな瞳のままハンドルを握り、首を振った。

「まあ、閉架書庫に入れないということは、鵜木さんにも伝えてあるから、みんなでフォローするよ。心配しなくていい」

第一分館から順に挨拶を済ませ、最後が第五分館だった。

「随分、古い施設なんですね」

第四分館までは、市民センターに併設された真新しい建物だった。第五分館だけは、良く言えば重厚で、悪く言えば古めかしい。

「一番古くからある分館……、と言うより、昔はこの第五分館が、この街の唯一の図書館だったんだ」

係長は、蔦《つた》の絡《から》まる分館の煉瓦の壁を、気だるげに見上げた。由緒《ゆいしょ》正しい分館なのに、「第五」と後回しにされているのは、この分館がいつか閉鎖された際に、他の分館の名称を変更しなくてもいいようにとの配慮だろう。第五分館は見捨てられようとしているのだ。

「滝川先輩、よろしくお願いします」

分館に勤める若い男性が、はつらつとした声で滝川さんを迎えた。ちょうど下校時間だったので、子どもたちが彼にまとわりついている。名札には「西山」と書かれている。

「よろしくお願いします。西山さん」

総務係長は分館長と話し込んでいるので、彼が案内してくれた。もっとも、狭い分館の中に、それほど案内するような場所も無かったが。

「僕の方が一年後輩なんだから、西山くんでいいですよ」

「じゃあ西山くんも、先輩はやめてよ。図書館では、西山くんの方がずっと先輩でしょう?」

「でも、中学の頃はずっとそう呼んでたんだから、今さら変えろったって無理ですよ」

謎かけをするように笑いかける。その笑顔に面影があった。

「……もしかして、あの西山くん?　図書委員だった」

中学の後輩だった。西山くんは市役所に採用されて初の配属先が、この図書館第五分館だった。滝川さんは採用されたのは西山くんより一年早いが、最初の配属先は市民課だ。そこでの三年間の勤務を経て、図書館に異動してきた。市の職員としては滝川さんの方が一年先輩だが、図書館員としては西山くんの方が先輩になる。

彼は滝川さんを、事務室の奥まった場所に案内した。

「ここって、倉庫か何かなの？」

西山くんはあいまいに頷いて、奥のカーテンを開けた。見るからにぶ厚さを感じさせる金属の扉が立ち塞がる。船を操舵《そうだ》する舵輪《だりん》を思わせる、巨大なハンドルがついていた。

「第五分館は、もともとは銀行だったんですよ」

百年以上前の建物を、そのまま流用して使っているのだそうだ。

「それじゃあ、このハンドルって」

「ええ、銀行の金庫の扉です」

滝川さんが力を振り絞《しぼ》っても、びくともしなかった。分厚い扉の奥に、かつては大金が収められていたのだろう。

「十年前までは、この金庫の中は、閉架書庫として使っていたらしいんですけどね」

彼の何気ない呟きに、滝川さんの動悸が、少し高まった。

「今は、どうして使っていないの？」

「十年前、誰かが扉を閉じちゃったらしいんです。誰も開け方を知らないそうなんですよ」

滝川さんは息苦しさを覚え、金庫の前から遠ざかろうとした。

「金庫の中には、３０９５冊の本が、閉じ込められたままになっているらしいんです」

「３０９５冊の本……。閉じ込め、られた……」

解放される希望もなく、光一つない空間に閉じ込められ続ける本たち……。その姿を自分に置き換えてしまい、滝川さんはその場に倒れ込んだ。

「滝川先輩！」

西山くんが叫んだその瞬間、総務係長が駆け込んできた。

「しまった！　この金庫も入れないとはいえ、閉架書庫だったか」

うっすらとそんな声を聞きながら、滝川さんは意識を失った。

幼い頃、滝川さんは廃屋《はいおく》の地下室に閉じ込められた。友人のいたずらだったのか、それともだれか大人にかどわかされたのか、はっきりしなかった。気付けば、真の暗闇の中だった。

暗闇の恐怖。自分がもう誰にも、どんなに声を張り上げても気付かれない場所に、永遠に引き離されてしまうかもしれないという恐怖。滝川さんは絶叫しながら、扉を叩《たた》き続けた。

彼女が保護されたのは、二日後だった。幼い滝川さんにとって、その記憶は決して修復できない心の傷として残り続けた。思念に大きな衝撃を受けたため、思念抽出も免除されている。

それ以来、滝川さんは暗闇や閉鎖空間を極端に恐れるようになった。映画館には一度も入ったことがないし、地下鉄も同様だ。だからこそ滝川さんは、地下鉄が便利な職場にもバスで通っている。

そして、図書館の閉架書庫にも入ることができなかった。

しばらく事務室のソファで横になっていた滝川さんは、西山くんにタクシーで送ってもらい、そのままアパートに戻ることになった。

「すみません、滝川先輩」

「ううん、閉架書庫に近づけない人間が、図書館に勤務しようって方が悪いんだから」

一緒に図書委員をやっていた中学校の図書室には、閉架書庫は無かった。彼が滝川さんの状況を知らなかったのも仕方のないことだ。

アパートに着く頃には、滝川さんは落ち着きを取り戻していた。送ってくれた西山くんに部屋に上がってもらい、お茶を飲みながら、中学時代の思い出話で盛り上がった。それ以来、二人はたびたび会うようになり、互いに惹かれあうのに、時間はかからなかった。

閉架書庫の金庫に閉じ込められた本たちが、二人を結びつけた。その代わり、滝川さんは二度と、恋人の職場に近づくことができなくなった。

「それじゃあ、おやすみなさい。滝川先輩」

西山くんは枕元に用意していたアイマスクをして、一人だけの「暗闇」に入った。滝川さんは電気を消して眠ることができない。その分、西山くんに負担を強いることになる。

「そうだ、滝川先輩、来月の第二日曜日、休みでしたよね？」

図書館は月曜日の休館日以外はすべて開いているので、職員のシフトもさまざまだ。来月の第二日曜日はたまたま、二人揃《そろ》っての休日だった。

「連れて行って欲しい場所があるんです」

瀬川さん　11月7日（金）　あと110日

黄色いヘルメットが、マンホールの穴の中から飛び出してくる。

「瀬川のばあさん、準備はできたぞ」

黒田さんはヘルメットを外すと、収まり切れていなかったもじゃもじゃの頭を、太い腕で掻《か》き毟った。

「配管は、うまく細工しておいた。予兆の『人を遠ざける思念』が循環配管の中で回り続けるから、この場所にはもう、供給公社も管理局も干渉できない。バスターミナルの西口は、『どこでもない場所』になるんだ」

思念供給管の配管は、水道やガスの配管と同じだ。供給源である気化思念の製造所から圧をかけて、各家庭や事業所等に送り出す。気化思念は常に、供給管の中をゆっくりと移動している。水道やガスは、高低差や圧力をかけなければ管の中で移動しないが、思念は一旦一方向に流れを作れば、永遠に同じ方向に流れ続ける。細工次第で、循環型のクローズドの配管を作ることができる。

何も知らない人々は、ここに何かがあることも知らず、ただ通り過ぎてゆく。供給公社や管理局などの関係者は、この場所に来ると、「通れない場所」として踵《きびす》を返してしまう。供給公社の公式な記録では、「工事により半年間通行止め」と記載されることだろう。

「苦労かけたね。黒田さん」

「まあ、前の予兆が去り際に言い残していったことだからな。次の予兆が街ん中で、誰にも気付かれずに居られる場所を作ってくれって……。意味がわからずとも、俺たちは従うしかねぇさ。それに……」

黒田さんは、汚れてもいない自分の両手を見つめる。

「もともと俺の手は汚れてるんだ。汚れ仕事は、今に始まったことじゃないしな」

彼自身は、その口癖の本当の意味を覚えてはいないはずだ。

予兆であったキザシと、寺田博士の間に生まれた二人目の娘、サユミは、存在が露見《ろけん》してすぐに、思念供給公社の捕獲《ほかく》対象となった。瀬川さんは、まだ赤ん坊だったサユミを抱いたキザシと共に、「置き換える力」を使って逃走中だった。

そこに、一人の少年が立ち塞がった。「置き換え」の力で、追いかけることができないはずの瀬川さんたちを、少年はいともたやすく見つけ出した。それが、まだ十四歳の頃の黒田少年だった。そんな思念耐性を持った存在など、予兆ですら予測していないことだった。

少年にとっては、追っている供給公社の思念解析士の方が、「正義」に見えてしまったのは仕方のないことだろう。思念解析士たちの「赤ちゃんを誘拐した悪いおばさんたち」という言葉に騙《だま》されて、追跡に加担し、キザシの手からサユミを奪ってしまったのだ。

サユミは思念解析士たちの手に引き渡された。公的に捕獲されてしまった以上、寺田博士も手出しをすることはできなかった。

寺田博士は、一言の恨み言を言うでもなく、特殊な思念耐性を持った黒田さんを、陰ながら支え続けた。自分のせいでサユミが「透明な檻《おり》」に閉じ込められることになった出来事は、予兆によって記憶を封じられている。黒田さんの心に残っているのは、ただ自分が「手を汚した」という理由のない罪悪感だけだった。そんな彼が今、抵抗勢力としてサユミを自由にするための影なる動きに奔走《ほんそう》している。

「プラントの方はどんな具合だい。辿り着く手筈《てはず》はついたのかい?」

「ああ、戦前の軍部のものを含めて、古い図面はあらかた確保した。もっとも、図面にはない注送路もあるし、侵入者防止で、わざとフェイクが入った図面もあるから、油断はできねえがな」

「事前に歩いてチェックすることはできそうかい?」

「とても無理だ、今やったら、間違いなく足がつくし、思念耐性のある俺でさえ、異質化思念でイチコロだ」

黒田さんは、やるせなさそうに肩をすくめた。

キザシは、娘のハルカに希望を託していた。ハルカをプラントの思念と向き合わせるためには、正攻法ではない手段でプラントに近づかなければならないはずだ。黒田さんはあらゆる事態を想定し、準備を進めていた。

「カウントダウン0ギリギリでの、一発勝負ってことになるのかもしれないね」

「まあ、覚悟はしてたさ。後は、運を天に任せるしかねえな」

黒田さんは、楽天的ではない言葉を、楽天的に言い放ち、作業車の助手席のカバンからスナック菓子の袋を取り出した。彼のお気に入りの居留地のお菓子だ。昼ごはん代わりなのだろう。

「キザシと寺田博士との、最後の約束だからな」

黒田さんは、スナックを指で弾いて、口の中に放り込む。

「いよいよ、来年の二月二十五日だね」

キザシの「カウントダウン」が0になる、この街の運命が大きく変わる日だった。

「二月二十五日か……」

黒田さんは、思わせぶりにその日付を繰り返した。

「来年の二月二十四日から二日間、管理局が突然、供給公社特別対策班の施設利用監査をねじ込んできやがった」

「管理局側が、地下プラント操作の主導権を手にするってことかい」

「管理局は、表向きは予兆のカウントダウンなんざ問題にしてないって立場だがな。そこであのジジイが何かを企《くわだ》ててるだろうってことは、予測するまでもないけどな」

管理局は、本来ならば、供給公社の専横や独走を防ぐ管理監督機関として存在する。それがいつの間にか、供給公社の情報を利用して暗躍する別の思惑が生じ、いつしか陰の動きこそが存在意義と化していた。

「それで……、新しい『予兆』は、いつごろ来るんだ?」

キザシから数えて、三人目の予兆だった。

「もうすぐだろうね。ある日突然やって来るはずだよ。先代の予兆から受け継いだ古奏器だけを抱えてね」

予兆の名と共に受け継がれる「古奏器」は、特殊な響き「音の色」によって、人の運命を操り、向かうべき道を示唆《しさ》する。時に、破滅に至る動きすら人に課し、耳にした者は決してそれを拒めない。

予兆を、人の運命を翻弄する疫病神《やくびょうがみ》扱いする者もいる。だが、予兆自身も、古奏器の音の色がどう響くかはわからないのだ。導く先に何が待ち構えるかも。

何より予兆自身が、古奏器の奏《かな》でる「運命」に最も影響されるのだ。予兆を受け継ぐとは、漂泊者として彷徨《さまよ》い続けることであり、人の運命を捻《ね》じ曲げる罪悪感を背負い続けることでもある。

「しかし、カウントダウン0は間近に迫ってるってのに、なんだって予兆は、ギリギリまでハルカたちに手だしをするなって言うんだ？　俺たちは、成長して姿を現したらよろしく頼むって、キザシに言われてるんだぜ？」

ハルカたちがこの街に密かに潜伏しだしたことは、前の予兆から知らされていた。いつまでも手をこまねいていることに、黒田さんは我慢ならないのだろう。

「まだ今は、カウントダウンを止めるだけの力は持ってないってことだろうさ。その準備が整うまでは、管理局側に身を置いておいた方がいいってことなのかもしれないね」

「やれやれ、相変わらず俺たちは、何も考えずに四つの歯車を回すためだけに動けってことかい」

黒田さんは馬鹿にされたようにむくれて、髪を掻き毟る。キザシの後に訪れた二人の予兆の導きのままに、二人はこの十年の間、無意味とも思える行動を強いられ続けてきた。

「そうだよ。あたしたちは大きな歯車を回すための、さらにちっぽけな歯車なのさ」

卑下しているわけではない。人は誰しも、大きな歴史の流れの中の歯車であり、何が待ち構えているかがわからないからこそ、愚直に、律儀《りちぎ》に、見えない明日に向けて日常を回し続けるしかない。歯車が一つでも狂えば、未来は変わる。小さな歯車が少しでも逆に動けば、未来は大きく動く。「ちっぽけな歯車」として回ることこそが、この十年間、二人には求められていた。

「まあ、会う分には構わないだろうさ。そのうち、『置き換える力』を使って野分浜に入って、顔を見に行ってこようかね」

瀬川さんは、まだ見ぬ二人の姿を思い描いた。

早苗　11月10日（月）　あと107日

「ふん、飽きもせず、よくやるもんだね」

コンビニの袋一杯のおにぎりやサンドイッチ、ジュースを抱えたおばあさんが、礼拝所の尖塔《せんとう》を見上げて不満げな声を漏らす。

「わかってるだろうね。あんたと約束した一年まで、あと三か月しかないんだよ」

嫁いびりをする姑のように意地悪く念押しする瀬川さんは、礼拝所の土地と建物を所有する大家さんだ。

「ええ、頑張ります。ここは母にとっても、大切な場所だったのかもしれないんですから」

早苗はずっと、母は幼い頃に死んだのだと思っていた。早苗の家には、母親の位牌《いはい》も写真もなく、「命日」すら、早苗は知らなかった。母のことは聞いてはいけないのだと、自然に思い込まされて育ってきた。

そんなある日、父が夜中の工房で、一枚の古い写真を取り出して見つめているのを、偶然見てしまった。父親の不在の時に、早苗は引出しをこっそり開けてみた。一番奥にしまわれた写真に写るのは、煉瓦造りの建物を背景に微笑む三人の女性だった。その一人は、早苗によく似ていた。

「この建物って、もしかして……礼拝所？」

写真を手にして、眼下に広がる街の風景を見下ろした。

早苗も、礼拝所の噂は耳にして育った。「礼拝所」と名が付いてはいるが、宗教施設でも公共の建物でもなく、昔は人々が集《つど》う集会所として賑《にぎ》わっていたという話だった。だが、早苗が物心つく前から、礼拝所は閉鎖されたままだ。

管理人と愛人との愛憎の末の殺人。尖塔からの飛び降り自殺。お決まりの幽霊譚《たん》。違法薬物の密売所としての役割……。真偽のはっきりしない噂のせいだ。この街の子どもは、悪いことをすると、親から「礼拝所に捨てに行くよ！」と言われるのが一番の恐怖だった。

だが早苗は、父親から一度も、礼拝所のことを聞いたことはなかった。たまたま遊びに来ていた友達に、「そんなこと言うと、礼拝所に連れてっちゃうぞ」と軽口をたたいた早苗は、父親に頬を叩《はた》かれた。父親に手を上げられたのは、それが最初で最後だ。

――あの時、父さんはどうしてあんなに怒ったんだろう？

それは礼拝所が、母と深くかかわった場所だったからではないのだろうか。そう思って礼拝所にやって来た早苗は、その荒廃《こうはい》ぶりに愕然《がくぜん》とした。

「あんた、この場所に、何か用かい？」

棘《とげ》のある声が向けられた。一人のおばあさんだった。

「ここはあたしの持ち物だよ。勝手に入るんじゃないよ」

思いがけず、出会ったのは建物の所有者だった。

「この礼拝所は、ずっと閉鎖されたままなんですか？」

「そうだよ。昔は街の人たちが集まる、憩《いこ》いの場だったんだけどね」

今の惨状《さんじょう》からは、そんな過去は信じられないほどだ。

「それがどうして、こんなに寂《さび》れてしまったんでしょうか？」

おばあさんは腕組みをして、鼻息を漏らす。

「ちょうど、あんたみたいな年頃の女に管理を任せていたんだけど、いきなり消えちまってね。それからだよ。ここがこんな風になっちまったのは」

「その女性のこと、何か覚えていらっしゃいますか？」

「そんな昔のことは、覚えちゃいないよ。その女が放っぽりだしたせいで、ここはこんなことになっちまったんだからね」

おばあさんは何かを確かめるように、早苗を忌々《いまいま》しげに睨《にら》んだ。

「そういやあんた、あの女にちょっと似てる気がするね」

早苗にまで憤懣《ふんまん》の矛先《ほこさき》を向けてくる。この地にまつわるすべての記憶を忌み嫌《い》うようだ。

「ここは嫌な噂ばっかりあるからね。変な奴らのたまり場にもなって、周りから苦情も出てるんだよ。放置してるわけにもいかないから、さっさと更地《さらち》にして、マンションでも建てようかと思ってるんだよ」

母につながるかもしれない場所が消え去ってしまうことを意味していた。

物心つく前から父と二人だけで暮らしてきた早苗にとって、母への想いとは、空を飛べない鳥の背中に残る、退化した羽のようなものだった。大空を自由に飛んだ記憶を持たぬ鳥は、背中に残る羽が風を受けて震えても、飛べない悲しみを感じはしないだろう。

悲しみはない。ただ早苗にあるのは、自分の家庭が、他の家と比べて「欠けている」という感覚だけだ。欠けたものを補《おぎな》うことはできない。できることは、欠けていても皆と同じだと、自分に思い込ませ、皆と同じように振る舞うことだけだった。早苗は殊更《ことさら》に、「普通」であることを自分に強《し》いた。踏み出すのは皆と同じ一歩であり、歩むのは皆と同じ速さで……。そうして早苗は、「普通の」大人になった。高く飛ぶことなど、望むことも夢想することもなく。

「取り壊すのは、考え直してもらえませんか?」

とっさに、そう口走っていた。その瞬間、早苗は、自分でもわかっていなかった、母との絆《きずな》を求める心の強さを知った。母への想いそのものも、自ら「届かぬもの」と封をしていたようだ。

「お願いします。礼拝所を残してください。どんなことでもしますから」

おばあさんは取り合おうともしなかった。だが、早苗は必死だった。「普通」を望み続けた早苗にとって初めての、自分の足で踏み出す一歩だった。飛べないと思い込んでいた羽に、今、この場所から風が吹いている。もしかすると早苗の羽は、退化したのではなく、羽ばたくことを忘れてしまっただけなのかもしれない。

「そんなこと言ったってねえ……」

おばあさんは、困惑して礼拝所の尖塔を見上げた。

「それじゃあ、あんたが昔みたいに、この場所に人を呼び戻すことができたなら、その時は考え直してもいいさ」

根負けしたおばあさんは、条件付きで、撤去を保留してくれた。

「ただし、一年しか待たないよ」

おばあさんは、皺の刻まれた指を、早苗に突き付けた。

「ここは二十年も、街の人にそっぽを向かれていた場所だよ。今さらあんたが何をしたって、人が戻るはずなんかないだろうがね」

　それから、もう九か月が経とうとしていた。

「言っちゃ悪いけど、あんたみたいな線の細いお嬢さんが、ここまで続けられるとは思ってなかったよ。ずいぶんとたくましくなったもんだ。これも、浩介君のおかげかね」

「ええ。私一人じゃ、絶対に挫《くじ》けてましたから」

「なんだ、瀬川のばあさん、また差し入れに来てくれたのか。いつもすまねえな」

　浩介は、礼拝所の命運を握る瀬川さん相手でも物怖《ものお》じしない。そんな浩介が、瀬川さんの心を少しずつ軟化させていることも確かだ。

「何を言ってるんだい。あたしゃコンビニの土地も持ってるからね。賞味期限の切れた奴を捨てようと思って……」

「まあまあ、いいから、いいから」

　そう言って瀬川さんから袋を奪うと、おにぎりを出してさっそくぱくつきだす。

「そういや、ばあさん。尖塔の鐘がねぇんだが、どこに行ったか知らねえか？」

「さあねえ。あたしゃ、あそこに鐘があったなんて覚えはないんだがねえ」

　二十年前に、一度だけ鳴ったという噂だった。おそらく鐘が鳴った直後に、礼拝所は閉鎖されたのだろう。

「まあ、ここを昔みたいな賑わった場所に戻せば、鐘だって戻って来るかもしれないぜ」

　浩介はいつだって楽天的だ。だけど浩介が言うと、本当にそんな気分になって来る。

「この世界が終わるだなんて言ってる奴らも、鐘の音を聞かせてやりゃあ、希望を取り戻すかもしれねぇからな」

「それじゃあ、鐘が戻ったら、私が毎日鐘を鳴らすね」

瀬川さんは、二人を皮肉を含んだ眼差しで見つめて、釘を刺した。

「あんたら、気を抜くんじゃないよ。この場所は二十年も見放され続けた場所だよ。見栄えをよくしたぐらいで、街の人の心がそう簡単に変わるだなんて、思わないことだね」

カナタ　11月12日（水）　あと105日

買い物から戻ると、マンションの廊下を、何かを探すようにうろうろするおばあさんがいた。

「おばあさん、どうされたんですか？」

誰かを訪ねてきて迷っているのだろうか。手には蜜柑《みかん》が入ったビニール袋を提げている。

「近所のマンションのオーナーなのよ」

昔からの知り合いのように、親しげに話しかけてくる。

「老朽化したマンションの撤去をしてるんだけど、騒音の苦情が入ってね。音がどれくらいか、少しベランダから確かめさせてもらえるかい？」

さも当然のように、玄関の前に立つ。思わずハルカと顔を見合わせた。二人は追手から逃れて隠れ住む身だ。部外者を部屋に入れるのはためらってしまう。とはいえ、こんなおばあさんを疑う必要もないだろう。

「……わかりました。どうぞ」

「すまないねえ」

ちっともすまなそうではなく言って上がり込むと、おばあさんはベランダに通じる窓に向かい、鍵を開けた。

「このあたりも、すっかり変わっちまったねえ」

騒音を確認するそぶりも見せず、周囲の風景をのんきに見渡している。

「子どもの頃は、このあたりの野原を駆け回って遊んでたもんさ。今は遊び場もなくなって、可哀そうなもんだね」

「そういうおばあさんだって、自分の土地にマンションを建てちゃったんでしょう？」

カナタが指摘すると、おばあさんは、初めてそのことに気が付いたように目を丸くした。

「そういやそうだったねえ。あたしも、ここをおかしくした張本人の一人ってことだね」

しみじみと言って、後悔を含んだ眼差しで遠くの一点を見据《みす》える。

「ところであんたたち、新婚夫婦かい？　それにしちゃお互いよそよそしいし、兄妹ってわけでもなさそうだしねえ」

今度は興味をカナタたちに向けて来た。じろじろと眺められるのは気分のいいものではない。

「まあ、長い長い旅だからね。最初っからうまくはいかないさ」

おばあさんは、何事かを呟いて、自らを納得させるように何度も頷いていた。

「まあ、お邪魔様でした。工事では迷惑をかけるけど、マンションが撤去されりゃ、ちっとは見晴らしも良くなるだろうさ」

おばあさんは道路を見下ろして、何かを見つけたように、小さくため息をついた。

「さてさて、帰りも鬼ごっこをしなきゃならないようだね」

あらぬことを呟いて、風のように去って行った。蜜柑の入ったビニール袋が玄関に置かれたままだ。慌ててハルカが追いかけるが、廊下の角を曲がった途端、おばあさんの姿は忽然《こつぜん》と消え去っていた。

「どういうことなんでしょうか？」

蜜柑の袋を提げたまま、ハルカは途方に暮れていた。

「まあいいさ。それより、もうすぐ六時になるぞ、検証実験が始まる時間だ」

二人でマンションを出て、商店街の雑踏の中に佇《たたず》む。

ハルカの「世界を閉ざす力」とは、「人の認識を歪ませる力」でもある。ハルカから抽出された思念にどれほどの「力」があるのか。今日がその検証日だった。野分浜の地下に施《ほどこ》された、第二の思念供給管が、ハルカの思念から生成された「誘導思念」を放出しているはずだった。

「何も変わった様子はないですね……」

帰宅の途につくサラリーマンや、夕餉《ゆうげ》の買い物に向かう奥さまがたが行き交う。どこの街に置き換えても変わりのない、夕暮れの風景だ。この地の見えない束縛を知らぬ人々が、家路を急いでいる。世界が終わると無意識のうちに刷り込まれたしまった街の人々にも、一日の終わりは変わりなく訪れる。

「泉川博士の実験では、どんな夢を見させられたんだ？」

「夢の中でも、私は夕暮れの野分浜の街を歩いていました。しばらくして、突然にわか雨が降り出したんです。傘を持っていない私は、慌てて軒下に逃げ込んで、雨宿りをしました」

「なんてことのない夢だな」

隕石《いんせき》が落ちてくるだとか、戦争が始まるだとか、非日常的な「パニック」を起こして反応を見るのだと思っていたので、拍子抜けしてしまった。

「博士は、日常的であることこそが大事だって言っていました。これは、人々の日常が続くための実験なんだからって」

「その日常だって、野分浜の人たちは騙されているっていうのにな」

第二供給管の誘導思念によって、野分浜の人々は、この地が四十年以上前は海の底だったと思い込まされているのだ。何かを思い出したように、ハルカが振り返った。

「さっきのおばあさん、子どもの頃からここで遊んでいたって言っていましたよね」

「ああ、それがどうかしたのか？」

単なる老人の思い出話だ。何も不審に思う必要なはい。

――子どもの頃から？

おばあさんの「子どもの頃」とは、六十年以上前だろう。その頃は海の底だったと、住民は思い込まされているはずなのに。

突然、前を歩く男性が立ち止まった。空を見上げ、眼の前に手を掲《かか》げる。何かを掌《てのひら》で感じ取ろうとするように。

道行く人々の足取りが、俄《にわ》かに速まった。一様に俯《うつむ》いて、ある者は手近な家の軒先に、またある者はコンビニに駆け込む。コンビニに入った男はビニール傘を購入し、おろし立ての傘を開いて、ようやく安心したように歩きだす。

突然のにわか雨の襲来に、皆は大慌てでだ。雨を避けようともせず呆然とたたずむ二人に、人々は怪訝そうな視線を向けてくる。

「……みんな、雨が降り出したと思い込んでやがる」

路面は乾いており、空には雲一つない。雨など一滴も落ちていなかった。

「ハルカが実験で見させられた夢が思念抽出されて、誘導思念として加工され、第二思念供給管を通じて住民の思念に流れ込んだ……。雨が降り出したってイメージが、みんなを動かしているってわけか」

今、野分浜は完全に、ハルカの思念によって操られていた。影響を受けないよう、事前に泉川博士に処置を施されていなければ、今頃カナタも慌てて雨宿りをしているはずだ。

異変は、道行く車にも生じていた。フロントガラスに水滴一つついていないのに、どの車もワイパーを忙《せわ》しなく動かしている。

「これが、ハルカの思念の力か……」

カナタは改めて、この地で行われている実験の非情さ、そして不条理さに憤りを覚えた。その効果を及ぼしているのが、他ならぬハルカなのだ。カナタは、ハルカが潜在的に持つ、受け継がざるを得なかった「力」に慄然《りつぜん》とさせられた。

もう、後戻りのできない場所にいるのだ。

一台のバスだけが、ワイパーを動かすことなく通り過ぎていった。カナタは、救いを求めるような気分で、バスの側面に記された「３０９５」の文字を見送った。

持田さん　11月13日（木）　あと１０４日

玄関脇には、互いの勤務のシフト表が貼ってある。運転士としての勤務形態は多岐に渡る。持田さんたちはそれを、「ハヤハヤ」「ハヤ」「ナガイチ」「ナガニ」「オソ」「オソオソ」と呼び慣《なら》わしている。その日の勤務は、持田さんが「ハヤ」、奥さんが「オソ」だった。

「それじゃあ、行ってくるよ」

持田さんは右手を上げ、奥さんは左手を上げ、互いの手のひらをぴったりと合わせて握り合う。それが二人の、「行ってらっしゃい」の挨拶代わりだ。

「朝イチは、どの路線？」

「空港線だよ」

奥さんは何かを案じるように首を傾《かし》げ、片頬を持ち上げた。

「花形路線だね。頑張って」

素直に受け止めて、持田さんは玄関の扉を開ける。

「それじゃあ」

つないだ手が互いを引き寄せる。導くのは持田さんであり、奥さんだ。そして、唇が触れ合う。

「安全運転で」

温かく、冷たい唇が、持田さんを送りだす。


出発点呼、呼気検査を受けて、運行表《スタフ》を手にしてバスに向かう。

持田さんはバスの前に立ち、帽子を二センチほど上に向けた。

「頼んだよ、３０９５号」

友人の肩に手を置くように、持田さんは運転席横の窓に手を添えた。バスと運転士にも「相性」というものがある。もちろん、車体の大きさ、サスペンションの違い、低床車など、運転のしやすさや取り回しには違いがある。それとは別で、同じ会社の同じ年式・型式のバスでも、はっきりと違いがあった。

バスにもまた、個性があるのだ。持田さんと３０９５号は相性が良かった。

「さて、行こうか！」

バッテリースイッチを入れ、キーを回す。ゆっくりと３０９５号を発車させた。バスの運転は、前輪タイヤよりも前に座っていることもあって、他の車とは違う独特の感覚だ。３０９５号と自分が一体化する。持田さんが３０９５号であり、３０９５号が持田さんだ。

目的地の華々《はなばな》しさとは裏腹に、空港線は閑散路線の代表格だった。乗客は普段使いの地域住民ばかりで、空港まで乗り通す客は少ない。空港ターミナル前の道路をぐるりと大回りする頃には、乗客は誰もいなくなった。

「次は終点、国内線ターミナルです。ご乗車ありがとうございました」

無人の車内に向けて丁寧にアナウンスする。運転士の中には、客がいないのを幸いに、車内をカラオケボックスに見立てて大声で歌う猛者《もさ》もいる。だが持田さんは、どんなに客がいなくとも、終点まできっちり運転士としての業務をこなす。それがバスとの約束だった。

「国内線ターミナル。終点です。皆さま、翼の導く新たな旅路へと、行ってらっしゃいませ」

その代わり、無人の際には、自分の好きなはなむけの言葉で、「乗客」を送りだすことができる。

折り返し運転までの二十分間、待機場を兼ねたバス転回場で時間を潰す。運転席に座り、次々と飛び立ってゆく飛行機を眺め続ける。大空を自由に飛ぶ飛行機と、一つの街の中の決まりきった路線しか走れないバス。「運転して、乗客を目的地へと導く」という役目は同じなのに、パイロットは、子どもの将来なりたい職業の常連だ。

「だけど、バス運転士だって、捨てたもんじゃないぞ」

いもしない小学生を前にしたように、持田さんは胸を張った。

「大空を自由に」と形容されるものの、実際の飛行機は、管制官の指示通りにしか飛べないのだ。空港混雑時に、着陸順番を待って上空で旋回《せんかい》している飛行機を見ていると、自由な翼にもいろいろと苦労がありそうだ。

「つばさ、か……」

その響きは、持田さんを三年前のある日へと引き戻す。

「……名前は、何にしようかな？」

病院を出て、手をつないで歩きだした奥さんの第一声だった。

「少し、気が早いんじゃないかい？」

「だって、名前がないと、なんだかイメージがわかないんだもの。え～っとね……」

彼女はバスガイドだった頃も、乗車するバスを愛称で呼んでいた。やがて生まれ出ずる命に尋ねるように、お腹の上に右手を置く。

奥さんは立ち止まり、空を見上げた。まっすぐに貫《つらぬ》く想いそのもののように、飛行機雲がきれいな線を描いていた。

「つばさ……ってどうかな」

「つばさ？」

「そう、男の子でも、女の子でも、つばさ」

持田さんは、鞄《かばん》の中から折り紙を取り出し、日報の台紙を下敷きにして、紙ひこうきを折りだした。

——あと、105機……

日々は、新たな命が翼を失ったこととは何の関わりもなく、滞《とどこお》りなく流れていった。持田さんはただ、紙ひこうきを折ることで、記憶を刻み続けるしかなかった。折り続ける一日一日が、紙ひこうきの一機一機となって、持田さんと奥さんの前に積み上がる。その一機ずつに、二人が手をつないで歩んだ日々の記憶が込められていた。

紙ひこうきが折り上がった瞬間、何かのメロディを聴いた気がした。強烈な印象を残すのに、後から振り返れば、決して思い出せない……。そんな夢の中の風景にも似た印象だった。

車体がわずかに揺れる。一人の女性が、バスに乗り込んで来た。

「このバスは、どこに向かうんですか？」

彼女は行く先も確かめずに、バスに乗ってしまったようだ。

「野分浜経由の、バスターミナル行きですよ」

「この街の中心部に向かうんですね」

「ええ、あと三分ほどで出発しますよ」

「それにしては、お客さんが少ないんですね」

女性は、誰も乗っていない車内を見渡した。

「中心街には地下鉄が直結していますからね。急ぐ客はみんなそっちに乗りますよ」

彼女は頼りなげに立ち尽くす。空いたままの席に、自らの座る場所を見つけられないようだ。

「地下鉄に乗り換えられますか？」

「うん、急ぐわけじゃありませんから」

「ご旅行ですか？」

彼女が携《たずさ》えているのは、使い込まれた風合いの弦楽器だけだった。

「まあ、そんなものでしょうか」

身軽すぎる自分を持て余したように、彼女は肩をすくめた。

「まだ、行き先がわからないんですけどね」

観光客に対しての案内ならば、いくらでもできる。だが、彼女の求める「行き先」とは、何かまったく別の場所のように思えた。

「この街で、行き先が見つかるといいけれど……」

言葉とは裏腹に、「行き先」が決まることをためらうようにも聞こえた。

発車時刻になっても、彼女以外に乗客は訪れなかった。

閑散路線とはいえ、乗客が一人ということは初めてだ。とはいえ、時刻が来た以上、来るかどうかもわからない乗客を待つわけにもいかない。

「お待たせいたしました。バスターミナル行き、発車いたします」

手袋をはめ直し、ハンドルを握る。その瞬間から、持田さんが３０９５号になり、３０９５号が持田さんになる。持田さんはその意味で、「運転士」ではない。３０９５号と共に手を携えて乗客を目的地へと送り届ける、道先案内人だ。

ゆっくりとアクセルを踏み、道路へとバスを進ませる。警笛を鳴らす。聴き慣れた音のはずが、その音は心の表面にヤスリをかけられるように鋭かった。

――どうかしたのか？

ハンドルを握る手に違和感があった。夢の中で怪物に襲われて、逃げようとしても足がうまく動かないようなもどかしさだ。

それを引き起こしているのは……、彼女の弦楽器の爪弾きと、口ずさむ歌だ。ささやくような声にもかかわらず、それは持田さんの耳にまっすぐに届いた。人を導き、そして、人の運命を翻《ほん》弄《ろう》する歌だった。

翻弄されているのは、持田さんだけではない。バスもだ。いや、持田さんと一体化した３０９５号だからこそ、持田さんが受けた影響を、そのまま受けてしまうのだろう。

歌は、いつの間にか街の人々の心を覆っていた、世界が終わってしまうという悲しみを、そのままに写し取るようだ。見慣れた風景なのに、どこでもない場所へと導かれる気分で、持田さんと３０９５号は「旅」を続けた。折りあげたばかりの８９６機めの紙ひこうきが、窓際で心細げに翼を揺らした。

結局、乗客は彼女一人きりだった。終点のバスターミナルで、彼女はバスを降りた。

「ご乗車、ありがとうございました」

彼女は、体重を持たないようにふわりと着地すると、バスターミナルの外れ、十二番乗り場を見つめた。

「行き先が、決まったみたい」

一歩を踏み出すことを躊躇するように、彼女はその場に立ち尽くしていた。

瀬川さん　11月14日（金）　あと103日

「おじいさん、ちょっと街まで出かけてきますね」

おじいさんは、庭の手入れをしていた。瀬川さんが父親から受け継いだ庭を、おじいさんは丹《たん》精《せい》込めて世話をしている。

「どこに行くんだい？」

麦わら帽子をかぶったまま、腰に手をやって、おじいさんが立ち上がる。

「大切な、お客様がいらっしゃったの」

「そうかい。そりゃあ大変だ。しっかりお迎えしておいで」

瀬川さんは日傘をさして家を出た。十一月にしては日差しの強い日だった。

バスターミナルの十二番乗り場。一人の女性が、待合所の椅子に座っている。携えた荷物は、使い込んだ風合いの弦楽器だけ。瀬川さんが待っていた人物の証だった。

「いよいよだねえ」

瀬川さんは、女性の隣の椅子に腰かけた。

「ええ、いよいよですね」

世間話のように言葉を交わした。この日常の延長上に、「その日」はやって来るのだから。

二人は初対面だ。だが、歴代の予兆からの記憶の受け継ぎによって、彼女は瀬川さんのことを何もかも知っている。古くからの友人のように。キザシのあとから数えて三人目の予兆になっていた。

「さて、始めましょうか」

瀬川さんは、大掃除でも始めるように言って、歩きだした。

彼女は、何かを感じたように、バスターミナルの西口側で足を止め、周囲を見渡した。

「あんたのために前の予兆が用意した場所だよ。ここであんたは、この街に来た目的を果たすんだ」

しゃがみ込んで歩道の上に手をあてた彼女は、何かを測るように首を傾げた。

「私は、これから、どうなるんでしょうか？」

すでに動き始めた運命の上の歩みに、彼女はまだ慣れていないようだ。

「予兆を受け継いで、まだ日が浅いからね。無理もないさ」

彼女はまだ、予兆として自分がどうすべきかを判断できかねているようだ。古奏器を担ぐ姿も様になっていない。

「大丈夫だよ。前の予兆、その前の予兆……。歴代の予兆たちが、その日のために少しずつ、この街に仕掛けを施していったんだ。あんたは最後のページを開いて、そこに書かれたストーリーを読み上げるだけなんだよ」

瀬川さんがそう言うと、予兆は寂しげにも見える表情で頷いた。

「そのストーリーを、私が書くわけではないということに、今は救いを感じてしまいます」

未来は、予め定まっているのだろうか。自ら未来を切り開いたつもりでも、それが運命として決まっていたとしたら、人の想いとはいったい何なのだろう。

ずっとこの街で生きてきた。その間、何人の予兆を匿《かくま》い、運命を見定めてきただろう。思い返せば、いくつもの予兆の顔が浮かぶ。一人一人違うが、同時にどれも同じでもあった。

瀬川さんが初めて予兆に出逢ったのは、「あの戦争」が始まった頃だ。当時の予兆は特殊警察による捕獲対象であり、逃走劇は今よりもずっと厳しいものだった。

「お姉さん、どうしたの？」

物陰に身を潜める女性に、まだ小学生だった瀬川さんは、思わずそう尋ねていた。

「誰かに追いかけられてるの？」

弦楽器だけを担いだ彼女は、周囲をうかがうようにして頷いた。

「あたしと一緒にいれば、大丈夫だよ」

手を握って走りだす。追手が、すぐ背後に迫っていた。女性は運命を託したように、瀬川さんの導きに身を委《ゆだ》ねている。

「あたしね、鬼ごっこしても、ぜったいにつかまらないんだよ」

二人で角を曲がる。すぐそばに迫っていた追手がすぐに姿を現し、腕をつかまれるはずだ。だが、足音はいつまでも近づかない。

「ねっ、大丈夫だったでしょ？」

友達との鬼ごっこもそうだった。一つ角を曲がるだけで、鬼は絶対に追ってくることができない。まるで、どこか違う世界に消えてしまったように。瀬川さんの父親は、その力を「置き換える力」と呼んでいた。

「ありがとう、私を助けてくれたんだね」

彼女も、瀬川さんの力をわかってくれたようだ。

瀬川さんは彼女を、父親から託された畑の中の廃屋に匿うことにした。瀬川さんが廃屋を「置き換える」限り、彼女は決して追手には見つからなかった。

彼女はこの街で、何をやっていたのだろう。それは、過去の予兆が残した「宿題」を解決することであり、同時に、未来の予兆へ「宿題」を残す行為でもあっただろう。そんな予兆を、瀬川さんはずっと手助けしてきた。時に匿い、時に逃亡の手助けをし、手を差し伸べ続けた。

「これからも、お姉さんみたいな人がこの街に来たら、助けてくれる？」

別れの挨拶は、幼い瀬川さんを「同志」として対等に扱う言葉だった。

「うん、わかったよ」

最初に出逢った予兆との約束。それは父との約束を果たすことでもあった。今思えば、父もまた、誰からも理解されない働きをし続ける者を守っていたのかもしれない。

瀬川さんはこの街で暮らし続けた。数年に一度、予兆と名乗る女性はやってきた。予兆は、顔も年齢もさまざまだ。だが、瀬川さんには、いつも予兆がわかった。

彼女たちが一様に携えた、意志を持たない瞳のせいだ。

人の運命を翻弄する役割でありながら、自分はその最も大きな「翻弄」の只中《ただなか》に身を置かざるを得ない。そんな悲しい宿命に、瀬川さんは寄り添って生きてきた。

さまざまな、予兆との出会いがあった。

予兆とはいったい何者で、何をしようとしているのか？　それもわからないままに。だが、瀬川さんはそれで良かった。大きな「何か」のためよりも、目の前の一人の翻弄される女性を助けることの方が、自分にとって大事なことに思えたから。

成長して知ることになる。自分のような存在が「抵抗勢力」と呼ばれていることを。顔も知らぬ「誰か」が、今も自分のように、この世界のどこかで戦っている。誰に対してだろう？　それは、人の想いを蔑《ないがし》ろにし、捻じ曲げてしまおうとする人々に対してだ。瀬川さんは、抵抗することを運命づけられた人生を受け入れた。

目の前を、「３０９５」とナンバリングされたバスが走り去って行った。彼女はその姿を、予兆として受け継がれた意志を持たない瞳で見送っていた。

「昨日、この街に着いてすぐ、古奏器の音の色が、３０９５バスとあの運転士とを分ちがたく結びつけました。あの運転士には、現実の制約を超えてバスを走らせる力があります。たとえどんなに渋滞していても、あの運転士と３０９５バスは、必ず定刻にバス停に停車します。たとえ別の世界に行ってしまっても、隔てを越えてこの世界とを結ぶ懸け橋になるはずです」

「あのバスと運転士は、四つの大きな歯車の一つとして回り始めたってことかい」

それが誰にどんな悲劇を与えることになるかは、今は考えないようにしていた。

「これから、私はどうすればいいんでしょうか？」

予兆になったばかりの彼女は、手にした古奏器を持て余したように視線を落とす。

「心配ないさ。あんたが予兆である限り、あんた自身があんたを導く、そうだろう？」

「そうか……、そうですね」

「人の運命を翻弄する」力の影響をもっとも受ける予兆は、小さく頷いた。

クロダさん　11月17日（月）　あと100日

畳の上をぞうきん掛けする。畳はこの国に来て初めて触れたけれど、手触りも座り心地も気に入っていた。たとえ傾きかけた廃屋でも、ここはダンナさんが用意してくれた、クロダさんのための場所だ。

ここで過ごすうち、生まれた家に戻ったような親密感は、ますます強くなった。風の噂で聞いていた。クロダさんが両親と共に住んでいた家は、崖崩れで倒壊してしまったことを。絵の具は、クロダさんを容赦《ようしゃ》なく旅に連れ出す。だが、それがなければ、クロダさんは家と運命を共にしていたはずだ。

部屋の隅には、古い型のラジオが置かれていた。スイッチを押してみる。まだ使えるようだが、合わせせられた周波数では、雑音しか聞こえてこない。同じ型のラジオがあと二つあったらしく、畳の上にはラジオの形の跡が残っていた。

「おやアンタ、来てたのかい。精が出るねえ」

やって来たのは、大家さんのおばあさんだった。

「せっかく借りたんだカラ、楽しく使おうと思ってマス」

「そうしてくれりゃあ、家も喜ぶさ」

おばあさんは嬉しそうに言って、掃除を手伝いだす。

「押入れの中モ、掃除しますカ？」

おばあさんは、厄介者《やっかいもの》を前にしたように腕組みした。

「それがねえ、その押入れは開かなくなっちゃってるんだよ」

何げなく、引き手に手をかける。

「アレ？　開いちゃいましたヨ？」

「おやおや、アンタ、見かけによらず力持ちだね」

力を入れたつもりはなかった。押入れは、開けてくれる人を待ち続けていたように、何の抵抗もなく開いたのだ。

押入れの隅に、荷物が一つだけあった。青いトランクだ。何年もそこにあっただろうに、冬の晴れた空のような青は、埃一つかぶっていない。何か荷物が入っているのか、とても重たかった。

「何が入ってるんだろうね。確かめてくれるかい？」

おばあさんがそう言うので、二人でトランクを開けることにした。

「はてさて、どんなお宝が入ってるもんかね」

「楽しみですネ」

二人で「せーのっ！」で開く。中に詰まっていたのは、紙の束だ。

「札束……じゃないねえ」

「画用紙……ですネ」

それは、何千枚もあるだろう画用紙だった。

「あらあら、重たいから金銀財宝でも入ってるかと思ったら、とんだ見当違いだったねえ」

おばあさんは拍子抜けしたようだ。

「前に住んデタ人は、絵描きサンだったンですカ？」

「どうだったかねえ、もう何年も前の話だからね」

おばあさんは、元の持ち主を思い出すように遠い眼をする。

「まあ、邪魔にならないように、そのへんに置いておけばいいさ。画用紙は、あんたが好きに使って構わないよ」

厄介払いでもするように言って、おばあさんは去って行った。

カナタ　11月19日（水）　あと98日

閉ざされていた視界が、突然開いたようだった。

先日やってきたおばあさんがオーナーだったという、老朽化したマンションの取り壊しが終わった。防音用のシートが無くなり。ビルとビルの間に、見通し良く開けた空間が広がっていた。

「あれって、教会でしょうか？」

ハルカが指差す先に、今まで見えていなかった、尖塔が印象的な石造りの建物のシルエットが浮かぶ。

「あれって、どこかで……」

ハルカの胸で揺れる青い蝶を見て思い出す。思念混濁に陥った際、夢の中に現れた尖塔だった。

「聞こえる……」

ハルカがそう呟いて、見えない何かを探すように目を凝らす。

「聞こえるって、何が聞こえるんだ？」

街の音に耳を傾けてみる。都市高速を走る車の風切り音、私鉄電車の、少し間延びして聞こえる警報機、車のクラクション……。町の雑多な音の積層の中に、ハルカの注意を引くような特別な音は聞こえなかった。

「弦楽器の音と、女性の歌声です、これは……」

ハルカは、放心した表情で呟いた。まるで、長年探し求めていたものを探し当てたように。

どんなに耳を澄ましても、カナタの耳には届かなかった。

それは、聴く人を選ぶ歌だ。どれだけ離れていても、届くべき人には届く。逆に、どんなに近くにいても、届くべきではない人には聴こえない。「彼女」が紡ぎ出すのは、そんな調べだった。

「私を呼んでいます。ずっと遠くから」

ハルカは両耳に手をやって耳を澄ます。すぐにでも、歌声の源に駆け付けたいようだ。

「野分浜の外からってことか？　それは無理だ」

この街にいるからこそ、二人は守られている。ハルカを外へおびき出そうとする意図があると見て間違いないだろう。

「頼む。ここから勝手に出られたら、俺はもう、ハルカを守ることができない」

ハルカは唇を噛み、心に呼びかけてくる歌声に、耳を澄まし続けていた。

第三章　忘れられた鐘の音

持田さん　11月20日（木）　あと97日

持田さんは右手を上げ、奥さんは左手を上げる。手のひらをぴったりと合わせて、互いに握り合う。それが二人の「行ってらっしゃい」の挨拶《あいさつ》だ。

「朝イチは、どの路線？」

「バスターミナル—渦ケ淵線だよ」

地域名称は「ひかり地区」に変更されたが、業務上の路線名は今も、「渦ケ淵」のままだ。奥さんは首を傾《かし》げ、意味ありげに片頰《ほお》を持ち上げる。

「言い間違えないようにね」

「気を付けるよ」

握り合った手が互いを引き寄せ合うようにして、唇が触れる。

「安全運転でね」

温かく、冷たい唇が、持田さんを送りだす。奥さんは、半年に一度の思念抽出に行くための公休日だった。

営業所までは、車で十五分ほどだ。制服に着替えると、勤務開始まで十分ほど時間があった。

ロッカールームの隅に置かれた小さな机につき、背筋を伸ばして気持ちを整える。

「よし！」

気合いを入れるように頬《ほお》を叩《たた》き、紙ひこうきを折りだした。

「あ〜、今日も散々だった！　何だよあの渋滞は……」

「ハヤハヤ」での勤務を終えた木村《きむら》さんが、盛大にぼやきながらやって来た。三十年以上勤めているベテラン運転士だ。

「お疲れさまです」

挨拶しながらも、持田さんは顔を上げない。紙ひこうきを折る時は、集中して一気呵成《いっきかせい》に。それが持田さんの流儀だ。

「そういや、３０９５号は、結局あんたの専属になったそうじゃないか？」

「ええ、私以外の乗車だと、機嫌が悪いみたいで……」

一機の紙ひこうきを折り上げ、静かに息を吐く。木村さんは、顎《あご》を撫《な》でながら、そんな持田さんを眺めていた。

「奥さんは、元気にしてるかい？」

彼は以前、観光バスの運転士として勤務していた。奥さんとも何度も乗車経験がある。

「ええ、元気ですよ」

「そうかい。そりゃあ良かった」

三年前、不採算部門の整理で、会社は観光バス事業から撤退した。バスガイドだった奥さんも、職を失うこととなった。

「相変わらず、すげぇことになってんな」

木村さんが、持田さんのロッカーの中を覗《のぞ》きこむ。

「今日で、９０３機めですからね」

一日一機、折り上がるごとに糸を通し、五十機ごとに一本の束《たば》にして、それが十八本。既にロッカー内のほとんどを占拠《せんきょ》し、脱いだコートは、紙ひこうきに押されてロッカーの隅にへばりついていた。

「そうか……。赤ちゃんが残念なことになって、もうそんなになるかい」

「つばさ」が翼を失ったその日から、持田さんは紙ひこうきを折り始めた。一日に一機ずつ。

「まあ、奥さんも、あれを機に運転士になったんだからな。何が幸いするかってのは、わからねえもんだよな」

「正式に運転士に採用されて、もう一年ですからね。すっかり仕事にも慣れて、楽しく働いていますよ」

「つばさ」を失って数か月経った頃、奥さんは宣言したのだ。自分もバス運転士になると。運転が得意だった奥さんは、三度目の受験で二種免許に合格した。社内での研修期間を経て、一年前から、子会社のバス運転士として勤務しだしていた。

「冬が終わるころには、目標の１０００まで折り上がりそうですね」

「この世界が終わっちまう前に、折り上がりゃいいな。千羽鶴……じゃなくって、千羽紙ひこうきか。いや、千羽ってのはおかしいか」

木村さんは、一人合点するように何度も頷いた。

「１０００機折り上がったら、なんか願掛けでもしてんのかい？」

事務所で今日の運行状況をチェックする。

通勤渋滞の他は、大きな事故や交通規制の情報はない。バスターミナルからの出発口のある西側歩道が、思念供給管敷設工事で閉鎖されている。出発の際には注意が必要だろう。

事務所備え付けのコーヒーサーバーで、紙コップにインスタントコーヒーを注ぐ。お湯の温度が低いのか、コーヒーの粉が溶けきれずに表面に浮かんでいる。

奥さんは今頃、思念抽出のために、アーケード商店街の中にある市民抽出ルームに向かっているはずだ。持田さんは思念抽出を一度も受けたことがない。十五歳の頃の最初の思念抽出の際の事前検査で、血液型で言えば、「RHマイナス」のような、特殊な思念の持ち主であることが発覚したからだ。持田さんの思念は、いくら精製されようが他の思念とは混じり合わないため、思念抽出を免除されている。

マンションの天井近くには気化思念取入口があり、思念供給による精神安定化の効果は享受しているというのに、自分の思念が抽出免除されているというのは、サービスにただ乗りしているようで、後ろめたくもある。

紙コップの中で溶けきれぬコーヒーの「だま」が、自分の思念の「だま」のように思えて、持田さんはそれを一息に飲みこんだ。

制帽を目深《まぶか》にかぶり、バスに乗り込む。

「今日もよろしく頼むよ。３０９５号」

あの日、弦楽器を持った女性が空港線で乗車して以来、３０９５号は他の運転士の乗車では、原因不明の故障を繰り返すようになった。それが、持田さんの乗車に限って、何事もなかったように定時運行なのだ。今ではすっかり、持田さん専属のバスになってしまった。

バスターミナルまでバスを回送させ、業務を開始した。

「次は、野分浜交差点です。お降りの方はお知らせください」

野分浜交差点は、この街の交通の要所だ。

バスターミナルとひかり地区を結ぶ道路は「州道停車場―渦ヶ淵線」があり、そちらを直進すればずっと近い。沿道にも住宅や工場が連なり、バスの需要も高いはずだ。それなのにバスは、わざわざ遠回りするように野分浜経由で走らされている。空港線と同様の閑散路線だった。今日も、乗客はほんの数人だ。

「さすがは、交通の要所だ」

マイクを切って呟くと、野分浜交差点を右折し、ひかり地区へとバスを向けた。バックミラーに、奥さんと暮らすマンションが一瞬だけ映り込む。かつては海だった場所だが、同じ高さのマンションが壁のように連なり、海は見通せない。

空気を運ぶような充実感のない乗客数のまま、バスは終点へと近づいて行った。建物の隙間《すきま》から、煉瓦《れんが》造りの尖塔《せんとう》が見え隠れする。古参の運転士によると、二十年以上前までは、ここには「礼拝所前」という停留所があったという。それがいつの間にか停留所名は変わり、礼拝所は近寄ってはいけない場所になってしまった。

「次は、ひかり中学校前、お降りの方は……。失礼いたしました。ひかり高校前でございます」

運転士が停留所名を間違えるなどもってのほかだ。

「仕方がないわよねえ。こんなに頻繁《ひんぱん》に変わるんじゃ」

降車したおばあさんが同情するように言って、持田さんを励ます。

「いえ、間違えまして、申し訳ありません」

その停留所名は、確かに一年前まではひかり中学校前だった。更に三年前には、そこにあったのは小学校だった。ひかり高校に学ぶ生徒の中には、小中高と、まったく同じ場所に通っている子もいるのかもしれない。

運転席の横では、折ったばかりの９０３機めの紙ひこうきが揺れていた。翼があるのに空を飛ぶことを知らない姿は、一つの学び舎《や》から離れることのできない子どもの姿と重なった。

早苗　11月21日（金）　あと96日

早朝、まだ家で眠っていた早苗は、携帯電話の着信に起こされた。礼拝所を片付けている仲間の一人からだった。

「すぐに来て！　礼拝所が大変なの！」

ただならぬ剣幕に、早苗はすぐに礼拝所に向かった。すでに仲間たちが集まり、呆然《ぼうぜん》と立ち尽くしていた。

「どうしたの、いったい……」

説明されるまでもなかった。つい先日、磨《みが》き上げてきれいにした壁は、以前を超えるスプレーの落書きにあふれ、内部にはゴミがまき散らされている。

「最近、うちのポストに、これが入っていたんだ」

礼拝所の近くに住む仲間が、決まり悪げにチラシを差し出す。

「なに、これ……」

殴《なぐ》り書きしたような文字で、礼拝所の「悪い噂《うわさ》」がこれでもかと書き連《つら》ねてある。ここに集まる仲間たちまで、夜な夜な礼拝所でいかがわしい行為に及んでいるだとか、違法薬物の取引をしているなどと、根拠のない噂が真実めかしてほのめかされていた。ご丁寧に、隠し撮りした浩介の写真まで……。

「以前からポスティングされていて、気になっていたんだけど、早苗さんや浩介さんには見せられなくって……」

登校途中の小学校低学年の子たちが、礼拝所を遠巻きにしていた。

「どうしたの、みんな？」

早苗が声をかけて近づこうとすると、子どもたちは慌てて遠ざかった。汚いものを避けるような怖がりようだ。

「おばけやしきの、おばけが出たー！」

「近寄ったら、呪い殺されちゃうよー」

口々に叫んで駆け去ってゆく。大人たちの噂話に、子どもたちまで毒されてしまっていた。諭《さと》すこともできず、遠ざかる後ろ姿に唇を噛《か》みしめるしかなかった。

道行く人々が、冷ややかな視線を注いで、足早に通り過ぎる。無言のまま蔑《さげす》まれている気分になる。お前たちは無駄なことをやっているんだと。仲間たちも、気まずそうな顔をして、一人、また一人と去ってゆく。浩介と早苗だけが、その場に残された。

「やっぱり、駄目なんだ……」

二十年も忌避《きひ》されていた場所だ。長年向けられ続けた人々の悪意は、分厚い地層のような呪縛となって圧《の》し掛かる。半年や一年、表面だけを取り繕《つくろ》ったところで、解けるはずもない。

やっぱり自分は、母親に見捨てられたのだ。いくら早苗が求めても、母との絆《きずな》など初めからあるはずがないのだ。暗い感情ばかりが、心の中に渦巻く。

「さぁて、また最初っから、やり直しだな」

浩介は、普段と変わらない楽天的な声で、腕まくりをした。さっそく不法投棄された錆《さ》びついた自転車を抱えて、片付けを開始した。浩介はいつだって、言葉よりも行動だ。だが早苗はまだ、心を新たにすることができずにいた。

「浩介……どうして？」

「何が？」

「ここは、浩介には縁もゆかりもない場所でしょう。どうしてそんなに一生懸命になれるの？」

振り向いた浩介は、そんなこと考えもしなかったのか、何度も目を瞬《しばたた》かせる。使い慣れない機械でも扱うように、頭を何度か叩いた。

「ここは早苗のお母さんが守ってきた場所だろう？　守り続けたことには、きっとなんか意味があるんだろう。俺は、その場所を守りたいんだ」

浩介の言葉は率直だ。深く考えていないわけではない。それが浩介なりの、人生との向き合い方だ。

「おーい！　浩介君！」

派手な色に塗られたライトバンがクラクションを鳴らし、運転席の男が浩介に手を振った。駆け寄った浩介は、しばらく陽気に話して、何かお土産《みやげ》をもらって戻って来た。

「ほら、早苗。元気出して、これ食べろよ！」

差し出されたのは、手作りのピザだ。ワゴンは、ケータリングサービスの車だったようだ。

「どうしたの、これ？」

「昨日、中央広場で店を開いてたんで、手伝ったんだよ。そのお礼だってさ」

昔は首都で人気レストランを開業していた男性らしい。五十歳を機に店を閉め、ワゴン車を改造して全国をまわり腕を振るっているのだそうだ。

「俺の呼び込みで、昨日は売上がいつもの三倍だったんだぞ」

「相変わらず、浩介はいろんな人と結びついちゃうのね」

就職活動を始めた頃、友人たちは「人脈」という言葉を口にし、就職に有利になる起業家や大企業の重役と接点を持とうと躍起《やっき》になっていた。

浩介は人脈なんて言葉は知りもしない。だけど、老舗《しにせ》企業のご隠居と茶飲み友達になり、地元ベンチャー企業の雄《ゆう》と言われる若手社長とカラオケで肩を組んで絶叫する仲だ。出世も栄達も考えもしない浩介を、人々が放っておかない。

就職活動は、自分の将来の扉を開けるもののはずだった。だけど志望動機を書くうちに、早苗は気付いた。無意識のうちに、やりたいことではなく、やりたいと人に言っても恥ずかしくないことを探している自分に。

昔からそうだったのかもしれない。子どもの頃は、いろんなものに憧れていた。歌手になりたい、女優になりたい、芸術家になりたい……。だけど実際は、自分には無理だって、諦める理由を探していた。自分から、扉を閉ざしていたんだ。

そんな自分が、初めて自分からやろうと決めたことが、母が関わったかもしれないこの礼拝所を、昔みたいに人々が集う場所にすることだった。その扉が多少重たいからって、もう諦めたくはない。

それに今は、扉を開けるのを手伝ってくれる浩介がいる。

鼻歌交じりに、荒らされた礼拝所の片付けを始めた浩介の背中に、早苗は頼もしさを感じた。

「待って、浩介、あたしも手伝うよ」

南田さん　11月22日（土）　あと95日

「降るはずのない雨ぇ～、ってかぁ」

保安局員の詰所《つめしょ》から、調子の外れた演歌のような節《ふし》をつけて、野太い男性の声が漏《も》れ聞こえて来る。南田さんは思わず苦笑しながら、詰所のドアを開けた。

「どうかしたんですか？　黒田さん」

彼は湯呑《ゆの》み代わりのビーカーにお茶を注ぎながら、無精《ぶしょう》ひげに覆《おお》われた口元に皮肉そうな笑みを浮かべる。野放図な態度と豪放な性格とで、黒田さんは保安局の名物男だ。

供給公社における保安局とは、地下に張り巡らされた思念供給管からの「思念漏れ」などに対応する維持管理部署だ。だが、この特別対策班における保安局は位置付けが異なる。地下プラントの存在自体が秘密なのであるから、そこにつながる地下の配管や、一般供給施設との接続管も当然、「存在しない」ことになっている。故に保安局は、「存在しない」はずの地下配管の維持管理をすることになる。その分、偽装工作も必要だし、思念汚染を受ける可能性も高い。「汚れ仕事」を担当する部署でもあった。

「昔々……はるか十日前のお話です。この街のある地区で、夕立が起こりましたとさ。住民たちは慌てて軒先に駆け込んで雨宿りをし、コンビニにビニール傘を買いに走ったのです」

昔話めいた語り口だが、特におかしな点のある話ではない。保安局の業務は、天候にも大きく左右されるため、地区ごと、時間ごとの天気を民間の気象予報会社から購入している。

「ところがどうでしょう。気象観測データによると、その時間には雨は一滴も降っていなかったのです」

「それって……」

彼の心に浮かんだものと、南田さんが昨日の報告書で確認した内容とは同じだったろう。

「思念誘導の実験をしていたみたいだな」

「ある地区」がどこかなど、互いに口にせずともわかる。

「どうして、あの場所には干渉《かんしょう》できねぇんだかな」

南田さんは、物の道理をわきまえない発言でも聞いたように、眉をひそめるしかなかった。

「管理局の管轄ですからね」

「そんなこと言ってる場合か？　一般人への事前通知のない思念誘導実験そのものが、国際思念規約違反なんだぞ。他国に知られでもしたら……」

黒田さんはようやく、南田さんの困り顔に気付いたようだ。誤魔化《ごまか》すように伸びをして、頭をぼりぼりと掻《か》いた。

「まあ、あの場所を突っついたら、こっちも痛くもない腹を探られちまうしな。いや、痛い腹を、かな」

黒田さんは唇を歪《ゆが》めるようにして笑った。供給公社側にも負い目はある。深刻度でいえば秘密プラントの方が段違《しっつい》いだ。表沙汰《おもてざた》になれば、この国は国際的な批判にさらされ、信頼を失う。国家の権威は失墜し、損失は計り知れない。

「いつまで、こんなことをしてるのかしらね」

供給公社と管理局、それぞれが情報と技術とを共有し合えば、プラントの思念浄化は飛躍的に進むはずだ。事態の緊急度を鑑《かんが》みれば、そうあって然《しか》るべきだろう。現実は、理想とは逆にしか進んでいない。互いの腹を探り合い、機密の壁を高く高く積み上げることが、どれだけ組織を消耗《しょうもう》させてきただろう。

「さて、一仕事してこなくっちゃ」

「おっ、気合が入ってるな。管理局と対決でもしようって顔だぜ？」

図星を指された驚きはおくびにも出さず、南田さんは立ち上がった。

「まあ、組織なんて、何かをきっかけに大きく変わるもんさ。十年も経ってみろ。供給公社と管理局が一緒になって、供給管理公社なんて名称になってるかもしれないぞ」

笑えない冗談に手を振って、南田さんは更衣室に向かった。黒の細身のパンツスーツに、毒々しいほどに赤い口紅とサングラス。そして金髪のウイッグ。すべてを身に着けると、鏡に映しても、自分とは思えなかった。

どんなに奮い立たせても、心は南田さんのままだ。だけど、せめて今は姿だけでも、映画の中の女スパイになりきってみせる。

地下車両庫に向かった。六人の上級思念解析士は、すでに用意された車に乗り込んでいた。一般の大型ワゴン車だ。この作戦は、供給公社が関わっていると露見するわけにはいかない。完璧な偽装が必要だった。解析士たちも、制服ではなく私服姿だ。

「すぐに作戦を開始するわ。車を出して」

思念解析士たちは、声を聞いて初めて、南田さんと認識できたようだ。思念抑制を受け、感情の起伏を抑えられているにもかかわらず、一様に驚きの表情を浮かべる。

「すでに伝えてある通り、今日のミッションは、管理局からハルカを奪うこと。いいわね」

ハルカの思念探索の調査結果は、残酷なものだった。ハルカの逃走先は、この街。しかも「野分浜」だったからだ。

野分浜は管理局の管轄であり、供給公社の職員は、立ち入ることができない。不用意に一歩でも入った場合は、協定違反として厳しいペナルティが科せられる。

野分浜は、「住民安全生活モデル地区」に指定され、高精度の監視カメラが公称で二千基、実際はその五倍の一万基が設置されている。まさに「神の眼」のごとく、猫の子一匹の動きすら見過ごされない。

その野分浜にいる以上、ハルカを奪ったのは抵抗勢力ではない、管理局だ。思念供給公社本局に管理局からのスパイが入り込み、情報を掠《かす》め取られたのだ。調査の結果、ハルカが連れ去られた日に、思念供給公社から遁走《とんそう》した男、「カナタ」が、解析士にも勝る追跡能力を完璧に隠し通して、ただの事務職員として働いていたことが分かった。彼は、供給公社本局がハルカの存在を確認したのを察知して、わずかな情報から解析士に先んじてハルカを確保し、逃げた。

管理局と供給公社との関係は、単純に、「監督し、監督を受ける」というだけではない。互いの腹の内を探りあい、情報を掠め取る。裏では、熾烈《しれつ》な暗闘が繰り広げられているのだ。

しかし、その事実以上に南田さんを憤《いきどお》らせたのは、それを主導したのが、夫である泉川博士に違いないということだった。

「ハルカは野分浜に潜伏している。今から潜入して、奪還するわ」

思念解析士たちが、戸惑いで顔を見合わせている。彼らの懸念《けねん》は承知の上だ。

「思念コード探索は、別動隊が攪乱《かくらん》している。私たちは野分浜で、三十分間だけ別人になるのよ。抵抗勢力を装うの」

「しかし……」

「もう正攻法でやっている時間はない。覚悟を決めなさい」

南田さんは思念解析士たちに厳しく言い渡した。だがそれは、自らの心のためらいを封じるためでもあった。カウントダウン0まで、あと九十五日しかないのだから。

映画の中の、敵の監視を掻い潜《くぐ》って作戦を遂行するスパイたち。自分の日常とは離れたスクリーンの中だからこそ、それは娯楽として楽しむことができる。折り合いのつかない、日常と非日常。それが境目を失って、今、目の前にある。南田さんは、保育園のお迎えのことも、夕食の献立のことも心の奥底に封じ込め、「非日常」へと心を切り替えた。

野分浜交差点は目の前だ。「神の眼」の影響範囲ぎりぎりまで近づき、車を止める。南田さんはキャリングケースを開いた。内部は、思念の簡易培養ケースだ。アンプルの中に、ハルカの思念コードが記録された探索思念が封入されている。

解析士たちは、ケースからの配線でつながったチップをこめかみにあて、それぞれに、頭の中に記憶している。香水のブレンダーが、匂いの微細な違いを正確にかぎ分けるようなものだ。数式や記号によっては表せない、解析士独自の「思念」のカギがあるのだ。

「思念コード、インプット完了しました」

解析士たちが、独自の技法で、ハルカの思念コードを認識する。一時間ほどは、認識は持続するはずだ。

供給公社の職員にとっての「禁断の地」へと足を踏み入れた。監視カメラが届かないマンホールは、すべて把握していた。「神の眼」の死角になった路地に入り込む。

「ここを、基準点にするわ」

供給管のマンホールを開く。腰に下げた検思管を手にして鋭く旋回させて伸ばし、供給管の検査口に先端を食い込ませた。

「それじゃあ、始めましょう。潜入なんて肩肘《かたひじ》張ってると、『神の眼』に怪しまれるから、散歩でもしているような足取りでね」

思念解析士が一人ずつ散って行った。私服姿なので、すぐに街に紛れてしまう。

「さて、追いかけっこの始まりよ」

思念解析士の思念探索の及ぶ範囲は半径二百メートルほどだ。だからこそ彼らは機動部隊として、常に相手に肉薄し続けなければならない。

待つ間もなく、デバイスに、思念解析士たちからの探索情報が次々と表示されてゆく。

追Ｅ―３　　地点ＹＫ―３４５７
　　　　　　エコー６・７秒
追Ｆ―１　　地点ＹＬ―５２８９
　　　　　　エコー７・２秒
追Ｈ―２　　地点ＪＫ―６７６７
　　　　　エコー５・２秒

各地点での、追跡思念のエコーの戻った秒数から、相手の位置を探る。その変化から、相手がどんな手段で移動し、どこへ向かっているかを推測するのが、南田さんの役割だ。

指示に従って思念解析士は移動し、次々に情報を更新してゆく。相手の存在位置自体は確認できずとも、その思念の「近さ」と「遠さ」を測ることで、ターゲットに肉薄できる。

「やはり察知されてるわね。ターゲットの動きが速まったわ。管理局側が感知した様子はないし。だとすると、知らせたのは抵抗勢力か、それとも予兆か……」

南田さんは展開する一人一人に、矢継《やつ》ぎ早《ばや》に指示を出す。

「さて、楽しませてくれるかしら」

雑踏の中で、細い糸を辿《たど》るような神経戦が行われていることなど、道行く人々は誰も知らない。

突然、デバイスの探索情報がすべて「エラー」になる。

「思念切断されました！」

思念解析士の一人から、連絡が入る。

「やっぱり、そうきたか」

思念供給管内を真空状態にして、エコーでの追跡を阻む思念操作技術だ。首都でハルカを奪われた際にも、同じ攪乱で煙に巻かれた。やはり今も、カナタはハルカと行動を共にしている。

「復元まで数分かかります」

思念解析士が、焦《じ》れたような声を発する。

「焦《あせ》っても仕方がないわ。思念コードの攪乱が利くのは五分ほどよ。回復を待つことね」

心の内では焦れていたが、思念解析士たちの前ではそれをおくびにも出さなかった。

サユミやハルカも、キザシが予兆としての運命の導きによって生み出した子どもたちなのだろうか？　その自問に意味はなかった。キザシ自身にその意図があろうと無かろうと、娘たちは否応なしにキザシの運命に翻弄《ほんろう》されるのだから。

それでも南田さんはこだわってしまう。人の親として。たとえ予兆であっても、そこに親子の何気ない日常や、ささやかだけれどかけがえのない生活があったのではないかと。

その時、南田さんには、何かが見えた。

「青い、蝶……」

確かに見た、青い蝶が、街の片隅を飛んでいるのを。

蝶が飛んでいるような季節ではない。だがその蝶は、躍動するように、街の風景の中を飛び去っていった。

――青い蝶に気を付けなさい……

夫の言葉が蘇った。夢の中で幻をつかむように、南田さんは蝶に触れた。しっかりとした形と重さを伴った、「実在」だった。

蝶をつかまえた途端、誰もいなかったはずのその場所に、いないはずの人が「いた」。一組の若い男女だ。南田さんがつかんだ青い蝶は、女性の首飾りのペンダントヘッドだったのだ。

南田さんは一歩近づいた。二人が、眼を見開くのがわかる。

「どうして……」

男は言葉を飲んだ。南田さんに、自分たちが「見える」ことが信じられないように。

背後から、各所に散っていた思念解析士たちが迫っていた。彼らにはまだ、二人が「見えて」いないようだ。「意識の外」にあるものは、どんなに眼の前にあろうとも、人は見えない。

「逃げるぞ、ハルカ」

男はハルカの腕を取り、強引に引っ張った。南田さんは青い蝶をつかんだままだった。

「あっ！」

女性が小さな悲鳴を上げた。チェーンが千切《ちぎ》れ、青い蝶が南田さんの手の中に残る。逃げようとした女性は、蒼白《そうはく》な表情で、南田さんに一歩を踏み出しかけた。

「ハルカ、諦めろ。捕まりたいのか？」

彼女は唇を嚙み締め、男に引っ張られるようにして走りだした。

「待って……。待ちなさい！」

「神の眼」の捕捉範囲内だ。不用意な動きはできない。焦れるような思いで、南田さんは二人の後を、無関係の他人の振りをして追った。

映画の中でスパイの危機に間一髪のタイミングで飛び込んでくる仲間の車のように、バスが止まる。二人は一瞬の躊躇《ちゅうちょ》の後、バスに飛び乗った。バスに記された「３０９５」という識別番号が遠ざかってゆく。

「逃げられたわね」

一緒にいた男は、供給公社本局から消えたカナタだろう。やはり彼は、ハルカと共に行動していたのだ。

「時間切れね。撤退するわ」

南田さんたちはあくまで、抵抗勢力として動いていた。管理局側に露見するわけにはいかない。それに、ここにいることがわかっただけでも収穫はあった。

追跡をあきらめ、南田さんは「神の眼」の死角に入った。野分浜の外で待機する別動隊に連絡し、バスの捕捉を命じた。野分浜の外に出てくれれば、むしろ好都合だ。南田さんは、手の中の青い蝶を、強く握り絞めた。

クロダさん　11月23日（日）　あと93日

「さて、楽しむぞ、クロダ！」

「はい、ダンナさん！」

二人は勇《いさ》んで、仮装した集団の中に飛び込んだ。今日は、街の繁華街《はんかがい》で仮装パレードの日だった。人々は、それぞれ思い思いに着飾り、アーケード商店街を闊歩《かっぽ》している。

ダンナさんは、そのどっしりとした体形から、西域《さいいき》の有名なものぐさ神様をモチーフにして、金剛杖《こんごうづえ》を振り回しながら、のっしのっしと練り歩く。

クロダさんは、エキゾチックな風貌《ふうぼう》と小柄な体形を最大限に生かして、水着の上に、スパンコールをあしらった更紗《さらさ》の布を巻き付けていた。天女がふわりと舞い降りた風情《ふぜい》で。クルクルと回り踊るクロダさんに、観客たちから歓声が巻き起こる。

「楽しいな、クロダ！」

「そうだネ、ダンナさん！」

街の人もみんな、もうすぐこの世界が終わるなんてウワサを今日だけは忘れたみたいにはしゃいでいる。

ダンナさんは、何だか眠そうだ。昨夜だって、持ち帰りの仕事で遅くまでコンピューターのプログラミング画面とにらめっこしていた。仕事が忙しくって残業続きなのに、どうして突然、パレードに出ようなんて言い出したんだろう。

「クロダの姿を、街のみんなに覚えておいてほしいのさ」

ダンナさんはそんなことを言って、観客に手を振った。クロダさんも精一杯の舞いで、観客を盛り上げる。

廃屋の押入れの青いトランクから出てきた画用紙。それを手にした時から、心がざわめいていた。再び訪れる旅の予感に……。今は一時でも、それを忘れていたかった。

二人の仮装は大好評で、街頭審査員の特別賞を受賞した。クロダさんは、ダンナさんの肩に乗せられて、商店街をパレードする。

「こんにちは。クロダさん」

南田さんが、沿道から手を振っていた。

「南田さん、お久しぶりネ」

「相変わらずね。あなたもダンナさんも」

この街に来て、最初に出会った友達だ。彼女と手をつなぐ小さな男の子も、元気に飛び跳ねてクロダさんに笑顔を向ける。

「駿君、元気だっタ？」

この街に、クロダさんは居留地から船で渡って来た。路銀も尽きかけていたので、道端で自分の描いた絵を広げた。異邦郭の入口だ。異国の風を感じる場所では、旅人も多く訪れる。

一か月が過ぎた頃、小さな男の子が、クロダさんの前に駆けて来た。絵の前に座り込む。この旅に出るきっかけになった、もじゃもじゃの絵だった。

「ぼく、この絵の人を知ってるよ」

それが、「人」だと言ったのは、男の子が初めてだった。澄《す》んだ瞳は、絵のずっと向こうにあるものを見透《みす》かすようだ。こんな小さな子が、漂泊《ひょうはく》する旅人の心を持っているのだろうか？

「駿、どうしたの？」

母親らしき女性が、慌《あわ》てて駆け寄ってきた。

「ごめんなさい、この子、時々、こんな風なんです」

母親が手を引っ張っても、駿君は頑《がん》として動こうとしない。

「この絵の人のところに連れていってあげる。ついて来て！」

男の子がクロダさんの手を握った。右手を母親と、左手をクロダさんとつないで、男の子は進む。小さな男の子とは思えない、強い力だった。

辿り着いた場所は、道路にぽっかりと開いた丸い穴だった。マンホールのふたが外され、穴の中で何かの作業をしているようだ。

三人で、暗い穴の中を覗き込む。穴の中から上って来た頭が、ひょっこりと覗いた。

「ほら、もじゃもじゃでしょ！」

確かに、癖っ毛のもじゃもじゃ頭だった。

「ねえおじさん、これって、おじさんでしょう？」

クロダさんは、抱えていた「もじゃもじゃの絵」を見せた。それを受け取った男は、しばらく絵を眺めていた。

「うん、確かに、俺の頭だな」

男は満足そうに無精《ぶしよう》ひげをなぞると、頭をぼりぼりと掻き毟《むし》った。ますます、絵の中のもじゃもじゃとそっくりになる。

「アナタは、だあれ？」

「俺か？　俺は黒田だよ」

「……あたしも、クロダだヨ」

男は目を丸くした。体つきには似つかわしくない、つぶらな瞳だ。

「それじゃあお前、俺と結婚したら、黒田クロダになっちまうな」

男は豪快《ごうかい》に笑った。その瞬間、クロダさんは呟いた。

「やっと、着いたンダネ……」

クロダさんはわかった。ここが、旅の終わりなのだと。そして、その日のうちに黒田さんのアパートに住みついた。黒田さんは、クロダさんの「ダンナさん」になったのだ。「黒田クロダ」なんて名乗っても冗談としか思われないので、ファミリーネームの「アヤーカ」をもじって、表札は「黒田彩香《あやか》」としている。

「クロダ、走るぞ、振り落とされるなよ！」

「はい、ダンナさん！」

肩の上で揺られながら、クロダさんは、ダンナさんのもじゃもじゃの頭にしがみついた。決して離さないように、強く。

カナタ　11月26日（水）　あと91日

「来たぞ、あのバスだ」

マンションの近くのバス停だ。ハルカとカナタの前に、「３０９５」とナンバーが記されたバスが滑《すべ》り込む。行き先は「ひかり地区」となっている。カナタはこの一週間、通るバスをマンションのベランダからチェックし、「３０９５バス」の運行状況を調べ上げていた。

「ひかり地区行き、発車します」

定刻通りに、運転士の男性の丁寧《ていねい》なアナウンスでバスは発車した。

「大丈夫でしょうか？」

信号待ちで、ハルカがそっと呟いた。信号を越えれば、そこはもう、管理局の影響範囲外だ。

「このバスに乗れば、野分浜を抜け出しても、管理局にも供給公社にも察知されないはずだ」

ハルカを励ます言葉だったが、自分自身の気後れを紛らわすためでもあった。

部屋の壁に浮かび上がっていた「思念投影文字」は、文字の姿も判然としないまま、明滅を繰り返していた。だが、カナタが思念供給管を通じて、何者かの野分浜への侵入を察し、部屋から逃げようとしたその刹那《せつな》、強い光を放ちだした。「３０９５」という数字の形で。

追手に捕獲されそうになった際、二人は目の前に現れた３０９５バスに飛び乗った。思念投影文字の「３０９５」が頭に残っていたからだ。

野分浜は管理局の特殊な実験区域であり、その中にいる限り、二人は「神の眼」とも呼ばれる監視カメラと思念監視網によって安全だと説明されてきた。逆に言えば、野分浜を一歩出ればそこは、抵抗勢力や供給公社という「猛獣」が大手を振って活動するジャングルのようなものだった。

　バスは追跡をあっけなく振り切り、野分浜の外へと向かった。二人は終点まで乗り通した後、折り返し便で再び野分浜に戻って来た。その間、二人には何の干渉もなかった。それどころか管理局ですら、野分浜離脱を感知していなかったのだ。

　その理由は、バスにあるのではないか。３０９５バスは、何らかの「力」の影響を受けて、「ここではないどこか」を走っている。だから安全なのだ。二人はそう結論づけた。

　先日は抵抗勢力に追われた際の非常手段だったが、今回は自分の意思で野分浜を離れるのだ。管理局からは絶対にこの地区を出るなと言われている。それでも二人は、心の衝動を押し止めることはできなかった。

「本当に、あの尖塔は、二人の心に浮かんだものと同じなのかな?」

　カナタの言葉には、期待と不安とが入り混じっていた。

　思念混濁に陥《おちい》った時、ハルカは少しでも苦しみを和《やわ》らげようと、カナタの思念の深層に入り込んでいた。それ以来、二人の心に同じイメージが繰り返し訪れるようになった。煉瓦造りの教会のような建物の尖塔だった。記憶には存在しない場所にもかかわらず、その姿が二人の心に住みついてしまっていた。

　古いマンションが撤去されて、二人は驚いた。ぽっかりと空いた空間に、心に思い描く姿のままの尖塔が出現したのだから。

「カナタさん、もう思念混濁は大丈夫なんですか?」

　カナタはあいまいに頷いて、窓の外に視線を移した。あれ以来、カナタの不調は鳴りを潜《ひそ》めた。ハルカによる鎮静化はあくまで一時的なものでしかない。思念混濁がおさまった理由を、ハルカに語れるはずもなかった。

――ハルカ・カナタへ、共に向かう……

ハルカの母親がたった一言だけ、ハルカに残した言葉だという。ハルカとカナタは、出逢うべくして出逢ったのだと、ハルカは信じていた。だけどまだ、二人の歩みは揃《そろ》わない。カナタが心に抱え込んだ秘密が、共に歩くことを拒ませていた。

３０９５バスは、律儀《りちぎ》なアナウンスを繰り返しながら、二人を未知の場所へと導く。なぜだか、不思議な感覚に陥る。まるでここではないどこかを走っているように思えてくる。

バスは遠羽川にかかる橋を渡り、停留所のたびに何人かの客を乗降させながら進んで行った。大通りから細い通りに入った時、尖塔が住宅街の低い屋根の向こうに姿を現した。降車ブザーを押して、次の停留所で降りる。

「このバスの、折り返し便の到着時刻は？」

カナタが尋ねると、運転手は運行表の上を、手袋をした指でなぞった。

「四十五分後に、向かい側の停留所着ですね」

「わかりました、必ず乗りますので」

管理局に黙って野分浜から出てしまったことを把握されないためには、帰りも３０９５バスに乗るしかなかった。バスを降りてすぐに、ハルカは力を使い、世界を閉ざした。思念コードを把握されていても、世界を閉ざしていれば時間は稼げるはずだ。

民家の間の路地を抜けると、目の前が開け、二人は思わず立ち止まっていた。

「間違いない、この尖塔だ」

心の中に繰り返し現れる姿そのままだった。

「この尖塔は、俺たちに何を訴えかけているんだろう？」

ハルカもカナタも、この場所に来るのは初めてだ。

「カナタさん、あのおばあさんは……」

近所のマンションのオーナーだと名乗って、部屋に上がり込んできたおばあさんだ。おにぎりやサンドイッチの入ったコンビニの大きな袋を抱えている。二人には気付きもせず、ニコニコと笑って尖塔を見上げていた。

「西山くん、この建物はねえ、二十年以上、ずっと放置されていたんだよ」

おばあさんは連れている若い男に、尖塔の来歴を語りだす。

「尖塔から飛び降り自殺があったとか、管理していた女が、男を連れ込んでる最中に旦那と鉢合《はちあ》わせして殺傷事件になっただとか、いろんな噂があってね。人が遠のいてしまったんだよ」

二人の記憶に刻まれた建物は、あまり良くない噂が残る、人々に疎《うと》まれた場所のようだ。

「だけど、なんだか人が出入りしているみたいですけど……」

西山くんと呼ばれた男が言う通り、若い男女が何かの作業をしているらしく、忙しく立ち働いている。

「あの子らは、ここをきれいに整えて、昔みたいに人々が集まる場所にしようって言って、集まってる連中だよ。あたしゃ、時々差し入れに来ているのさ」

リーダーらしき二人の男女が、おばあさんに手を振った。女性はハルカより少し年上だろうか。腕まくりをして、大きな荷物を粗大ゴミに出したところらしい。

「あの二人は恋仲なんだけど、早苗さんのお父さんが交際に反対しててね」

尖塔を見上げるおばあさんの瞳は、過去を俯瞰《ふかん》するようでも、未来を見据えるようでもある。

「昔みたいに人が集まるようになれば、あの鐘が鳴るのかね。鳴るとしたら、二十年振りだねえ。なんとも、因果な鐘だよ」

「でも、鐘なんかないじゃないですか？」

尖塔の屋根の下には、鐘が安置されるべき空間がぽっかりと空いている。

「この場所が再び、街の人が賑《にぎ》わう場所になったら、あの鐘は戻ってくるって噂なんだよ。早苗さんは知らないけど、あの子の母親が、尖塔の鐘をつくったんだよ」

「僕も聴いてみたいなぁ。それじゃあ僕も、礼拝所が昔の活気を取り戻せるように、ひと肌脱ごうかな」

西山くんと呼ばれた男性は、見えない鐘の姿を尖塔に探すようだ。

「この場所は、二十年間、人を遠ざける呪縛に覆われていたんだ。あの子たちが、少しずつそれを解こうとしてるんだよ。誰かが亀裂を入れてくれりゃ、一気に呪縛が解けるかもしれないね」

おばあさんは希望を託《たく》すように、見えていないはずのハルカとカナタを一瞥《いちべつ》すると、西山くんと共に去って行った。

「二十年振りって、言ってましたね」

「あのおばあさんは、鐘が鳴った時のことを覚えているのかな？」

二人は、世界を閉ざして「存在」を消したまま礼拝所に入り込んだ。狭《せま》い螺旋《らせん》階段をのぼり、尖塔の頂上に辿り着く。

「ここにあった鐘が、私たちに何か関係しているんでしょうか？」

カナタは、記憶の奥を探るまでもなく、首を振った。自分に関係のある場所だとは思えない。

ハルカの瞳が輝くこともなかった。

「私はもう、母の記憶を取り戻すことはないんでしょうか」

「ハルカ……」

ハルカがカナタに理由も聞かずに従ったのは、母親からたった一つだけ残された言葉が、カナ夕と共に進むことを示唆《しさ》していたからだ。二人で向かう先が、母親の記憶につながっていることを期待していたはずだ。

後ろめたさはあった。だがそれ以上に、漂泊し続けたハルカが、自らが生み出された理由を求める心は、誰よりも理解できた。その想いはそのまま、自分と同じなのだから。

「ハルカ……。俺も知りたいよ。自分の母親がどんな人だったのかを」

初めて、心が寄り添いあう。カナタは知らぬ間に、ハルカを抱きしめていた。それは、求めるものを失った未来を、互いに支えるためだったかもしれない。

その瞬間、二人の中に、過去の記憶が怒濤《どとう》のようになだれ込んできた。二十年前の、最初で最後の鐘の響き。この鐘をつくるために集まった三人の女性が、鐘の音に封じ込めた想いが……。鐘が鳴る時、幼いハルカとカナタは、鐘の前でしっかりと手をつなぎ合っていた。

「亀裂が入った……」

カナタはわかった。自分たちが記憶を取り戻すことこそが、この場所の呪縛に亀裂を生じさせるための「スイッチ」だったことに。

早苗　11月27日（木）　あと90日

「あそこは、いろんな悪い噂があるからさ。殺人事件なんかもあったんじゃないの？」

扉の隙間《すきま》から覗く瞳には、警戒の色がありありとうかがえる。

「それだったら尚《なお》のこと、近所のそんな場所が幽霊屋敷みたいになってたら気持ち悪いでしょう？」

「そりゃそうだけどさぁ」

「僕らが明るい場所に変えて人が戻って来れば、そんな噂、気にすることもなくなりますよ」

中年の奥さんは、浩介の能天気さに警戒を解いて、いつのまにか外に出てきていた。

「礼拝所の復活を記念したイベントをやる予定なんですよ。良かったら、来てもらえますか？」

「そうだねえ……」

戸惑いながらも、奥さんはチラシを受け取ってくれた。

「あんたさぁ、聞いてた話ほど、悪い人じゃなさそうだね」

奥さんは、ぎこちなく浩介に笑いかけた。

「見えないモンに踊らされる奴は、会って話をするのが一番さ」

礼拝所に人を呼び戻すためにイベントをやろうと言い出したのは浩介だった。浩介は、自分がビラに掲載された「有名人」なことを逆手に取って、中傷ビラが配られた礼拝所周辺の家々を一軒ずつ回って宣伝する作戦に出たのだ。

「イベントの告知にもなって、一石二鳥だしな」

礼拝所の名前を出した途端、扉を閉める人もいる。そんな家にも根気強く足を運び続け、浩介は少しずつ、信用を勝ち取っていった。

礼拝所に戻ると、待っていた白衣姿の男性が、浩介に近づく。

「浩介君、こんにちは」

「なんだよ、あんたか」

浩介は、面倒臭そうに言って、そっぽを向く。浩介が人にそんな態度を取るのは珍しい。

「浩介お兄ちゃん。こんにちは」

小さな男の子が、白衣の男性の背後から、ひょっこりと顔を出す。

「おっ。駿坊じゃないか。元気だったか?」

「うん!」

男の子は元気なあいさつと共に、浩介の胸に飛びついてくる。

浩介は、十五歳で国民が一斉に受ける予備抽出の際に異常が見つかったらしく、思念抽出を免除され、専属の研究者がついている。それが彼、泉川さんだ。

「俺って、なんだか、かっこいいな」

浩介は、そんな自分の境遇《きょうぐう》を、決してマイナスには捉《とら》えていない。だが、施《ほどこ》される実験には辟易《へきえき》しているようだ。いつも泉川さんから逃げ回っている。

「早苗さんからも、彼にお願いできるかな」

浩介と遊ぶ息子の駿君に向けられた彼のまなざしは穏《おだ》やかだ。実験対象へ向ける冷たいものではない。しっかりと人を見る温かさがあった。だからこそ浩介は、面倒臭がりつつも、彼の実験に付き合っているのだろう。

「あんたの実験を受けると、アタマん中がイガイガすんだよ」

泉川さんの実験は、痛みを伴《ともな》うものではなかったが、記憶を様々に揺り動かす副作用があった。あの日、浩介が突然礼拝所を訪れる気になったのも、前回の実験で、心の中に礼拝所の姿が浮かび上がったからだった。

「浩介お兄ちゃん、お願い、お父さんのお願いを聞いてよ」

浩介は、困ったように駿君を見下ろした。

「きたねえぞ、おっさん。自分じゃ言うこときかせられないってわかってて、駿坊をつれて来たんだろう?」

泉川さんは笑って答えない。駿君は父親と浩介のやり取りを、澄んだ瞳で見上げていた。

「じゃあ、お兄ちゃん、約束だよ」

駿君はそう言って、浩介に手を差し出す。

「わかったよ、握手で約束な」

浩介はしっかりと握手して、実験を受ける約束をさせられていた。

「ねえ、早苗さん。あの鐘は、もう鳴らないのかなあ」

駿君は、手の届かない場所にある礼拝所の尖塔に向かって、ぴょんぴょん飛び跳ねている。

「あそこにあった鐘は、二十年前に一度鳴ったきり、姿を消してしまったそうなの。だから、鳴らすことはできないの」

駿君は、残念そうに口を尖らせている。まるで彼には鐘の姿が見えているようだった。

「鐘が鳴ったら、街の人も、この場所を好きになってくれるんじゃないかなあ」

鐘が鳴ったのは生まれる前のはずだ。それなのに駿君は、鐘の音をしっかりと心に刻んでいるようだった。

滝川さん　11月29日（土）　あと88日

土曜日、西山くんと駅で待ち合わせた。待ち合わせの八時を五分ほど過ぎた頃、西山くんが駆け込んでくる。

「西山くん、何だか眠そうだよ？」

髪が寝癖《ねぐせ》でぼさぼさなのを、無理やり登山帽の中に包んで体裁を整えている。西山くんは、バツが悪そうに頭を掻いた。

「借りた本が面白くって、つい夜更《よふ》かししちゃったんですよ」

それもきっと、昨夜遅くまでの「残業」の言い訳なのだろう。

「そう……。疲れてるなら、また今度にしようか？」

西山くんから誘ってくれた旅だったが、今日の行程はなかなかにハードなはずだ。

「何を言ってるんですか。さあ、行きますよ！　滝川先輩」

彼は滝川さんの手を引いて、勇んで改札に向かった。

在来線の特急列車に一時間半乗車し、そこから長距離路線バスに乗り込み、山に向かう。一時間弱の乗車の後、「内堀農協前《うちぼりのうきょうまえ》」でバスを降りる。農機具倉庫として使われている廃バスが、登山道入口の目印だ。

「さて、ここからは、結構ハードな登山になるから、覚悟してね」

登山靴の紐を結び直し、手袋をはめて歩きだした。

人気の登山コースというわけでもないので、すれ違う人もいない。冬枯れた風景の中、落ち葉を踏みしめる二人の足音だけが響く。

「そういえば滝川先輩、写真の件、大丈夫でしたか？」

「ええ、館長の許可はもらえたから、鵜木さんに閉架書庫の資料を見繕《みつくろ》ってもらったわ。来週には第五分館に連絡便で送るから、西山くんは、特別貸出の書類を作っておいてね」

二人の息遣《いきづか》いだけが聞こえる場所で、二十分に一度、二人は立ち止まって休憩し、温かいお茶を飲み、そしてキスをした。

最後の岩肌には鎖が楔《くさび》で打ち込まれて、それを伝って登らなければならなかった。滝川さんが先に登り、西山くんが後に続く。

一時間半ほどの登山を経て、二人はようやく山頂に辿り着いた。三つの山の頂に囲まれ、すり鉢《ばち》状の広大な空間が広がる。目の前の一大パノラマに、西山くんは息を呑《の》んで立ち竦《すく》むようだ。

「ここに昔、『本を統《す》べる者』が棲《す》んでいたんですね」

はるかな昔、まだ「図書館」というものがこの世界に存在しない頃、本たちは、「本を統べる者」に支配されていた。その頃の「本」とは、人に書き記されて作られるものではなく、自然に生まれてくるものだったという。「本を統べる者」は、多くの本を引き連れて、世界に君臨していた。統べる本の多寡《たか》で覇権を競いあい、空を飛び交っていたのだ。この山は、「本を統べる者」の営巣地《えいそうち》の跡だった。

かつてこの地を睥睨《へいげい》した「本を統べる者」と、率いられた本たちの姿を想像する。本たちは、「統べる者」に庇護《ひご》されて伸び伸びと飛び回り、人々に物語の雫《しずく》を落としたはずだ。

「ここに来たのは、大学一年生の頃以来ね」

滝川さんは、古代図書館の研究を、人生の目標としていた。

荒ぶる野性を持った「本を統べる者」が、図書館という場所に収まり、野性を失うに至った理由については、まだまだ謎が多い。それを調べるのが、滝川さんの夢だった。

だが、夢は諦めざるを得なかった。閉鎖された暗闇への恐怖からだ。「本を統べる者」の息吹《いぶき》を感じることができる唯一の場所、閉架書庫に入れない者に、図書館史の研究ができるはずがなかった。

滝川さんは、大学で研究を続けることを諦め、市役所に就職した。だが、志《こころざし》は捨てがたく、全国の「本を統べる者」の営巣地の痕跡《こんせき》を巡る旅をしていた。そんな話に西山くんが飛びついた。そして、案内してくれとせがんだのだ。

「滝川先輩が『本を統べる者』に興味を持ったきっかけは、僕といっしょに活動していた中学生の頃の図書委員だったたんですよね？」

放課後に本棚の整理をしていて、図書室の本ではない一冊の本が紛《まぎ》れ込んでいるのを見つけた。冬の澄み切った空のような、青い表紙の本だった。

「どんな本だったんでしたっけ？」

もう何度も話しているのに、西山くんは何度も、その話をせがむ。

「題名は『閉ざされた世界の話』」

自らの境遇になぞらえたようなタイトルに、中学生の滝川さんはその本を開いた。

――ここは閉ざされた町。どこでもなく、どこでもある場所。人々は、見えない壁に阻《はば》まれ、外の世界へは逃げ出せずにいる。人々は物語を知らず、泣くことも、笑うことも、怒ることも忘れ去り、表情を失ったまま毎日を過ごしていた。

不思議な物語だった。ファンタジーであるはずが、まるで現実にある町を切り取ったように、中学生の滝川さんには感じられた。

「その閉ざされた世界に新たな息吹を吹き込んだのが、一人の女の子の強い思いが呼び寄せた、『本を統べる者』だったの」

――女の子に導かれ、「本を統べる者」は壁を越えて町の空に姿を現した。率いる本の群れから文字の雫を落とし、町に物語を生み落とした。「本を統べる者」の息吹が、町の人々に感情を蘇《よみがえ》らせたのだ。

本を読み終えると同時に、下校を促すチャイムが鳴った。図書室の蔵書でもないので持って帰ることもできず、心を残したまま、滝川さんは本棚に戻して下校した。

翌日、朝一番に図書室を訪れると、本は姿を消していた。まるでどこかへ飛び去ってしまったかのように。それ以来、二度と本棚で見かけることはなかった。

購入しようと思っても、書店にも見当たらない。もう一度読みたいと公共の図書館を巡っても、本は見つからなかった。そうして図書館を訪ね歩くうち、次第に滝川さんは図書館と「本を統べる者」に惹かれるようになったのだ。

「その本の世界に、金庫に閉じ込められた本たちを連れて行ってあげられたらいいのになあ」

西山くんは、岩の上で立ち上がり、そう呟いた。本が翼を得て自由に空を飛び回り、求める人の心に届く世界だ。十年間閉じ込められ続けた本たちは、光に向けて力の限り羽ばたき続けるだろう。

「先輩は、覚えていないんですよね?」

「え、何を?」

「子どもの頃、先輩がどうして閉じ込められたのか」

恐怖が、幼い滝川さんの記憶を奪ってしまったのだろう。閉じ込められる直前の記憶は失われていた。たった一つだけ覚えているのは弦楽器の音と女性の歌声だった。滝川さんは、その歌声に導かれて、その場所に向かったのだ。

「ええ……。だけど、どうして今頃、そんなことを聞くの?」

「滝川先輩が、『閉ざされた世界』を恐れるようになったのにも、何か意味があるのかもしれないな、と思って」

「意味って、どういうこと?」

「だって、『本を統べる者』を研究することを夢見ていた先輩が、閉架書庫に入れなくなったんですよ。もしかすると滝川先輩が、本の中の女の子みたいに、閉ざされてしまった世界を開く役割を持った人なのかもしれないでしょう？」

西山くんは、生まれたばかりの何も文字が記されていないまっさらな本に、物語の息吹を吹き込むような表情だ。

「……私はそんな大それた役割は背負っていないわ」

滝川さんがどう言っても、彼はそう信じて疑わないようだ。滝川さんは、その記憶の結果、夢を諦めざるを得なかったというのに。


――閉ざされた町の人々は、「本を統べる者」によって、初めて「悲しみ」を知った。閉ざされた自分たちの悲しい境遇に、涙を流した。

人々は、こんなことなら、感情など知らなければ良かったと、「本を統べる者」と女の子を責めた。

町の人々に感情を取り戻させるために力も本も失った「本を統べる者」は、人々の投げる石に打たれ、命を失った。そして女の子もまた……。

西山くんは知らない。「閉ざされた世界の話」が、そんな悲しい結末だったことを。

早苗　12月2日（火）　あと85日

「中央図書館の滝川さんに話をしていますから、写真は市役所と郷土資料館の分もまとめて、この第五分館に送られてくる手筈になっています。仕事帰りに僕が礼拝所まで運びますよ」

図書館第五分館の西山さんが、関係部署に話をつけてくれて、礼拝所や、周辺地区の古い写真を借り受けることができた。

「ありがとうございます、西山さん」

「イベントまで、あと二か月ですね。僕も必ず行きますから」

西山さんは、人懐っこい表情で早苗に笑いかける。浩介はお礼に、第五分館のクリスマス会のサンタさん役を買って出ていた。

「次は、異邦郭との交渉ね。居留地の商品が並べば人を呼べるし、秋のお祭りで披露《ひろう》される舞いは人気が高いからね」

「異邦郭か……。そろそろ、借りを返してもらってもいいかもな」

浩介は早苗を乗せてバイクを走らせる。異邦郭の楼門《ろうもん》前にバイクを停め、異国情緒溢《あふ》れる大通りから、路地の奥に入り込む。その先はまさに異国の装いだった。

太い二の腕に虹と絡み合う龍の刺青《いれずみ》をした男と、まるで店の置物のように身動きしない老婆が、浩介の交渉相手だった。浩介は男と、胸に拳を置く居留地様の挨拶を交わした。

「恩返シダヨ。阻止デキタカラネ、異邦郭ヲ通サナイアレノ流通ヲ。イタカラコソダ、オ前ト坂《さか》田《た》ガ」

虹龍という綽名《あだな》の男は、居留地からの渡来人独特の、主述の入れ違った話し方だ。手の甲にあるタトゥーは、浩介とお揃いだった。

坂田という人物のことは、浩介から聞いていた。海を隔てた居留地は、人の余剰思念から作られた違法薬物であるハイ・ポジションの一大製造拠点だ。この国には存在していない建前になっているが、実際はこの異邦郭を通じて、密かに流入している。異邦郭が裏で管理することで、粗悪なシロモノが流通して、思念崩壊を起こす中毒者が出るのを防いでいるという側面もあったという。

だが、居留地内の勢力争いの余波で、異邦郭を通さない粗悪なハイ・ポジションがこの国に持ち込まれた。坂田という男性は、自分の束ねる若者集団が、粗悪なハイ・ポジションに汚染されたことに激怒していた。裏の事情を知らない彼は、ハイ・ポジションの流入イコール異邦郭の仕業と思い込み、異邦郭に殴り込みをかけた。坂田と虹龍の死闘の仲介に入ったのが浩介だった。浩介は二人を和解させ、異邦郭にとっても愁眉の急だった粗悪なハイポジションの根絶にも成功したのだという。

浩介は、虹龍に付き従うように立つ少年の肩に手を置いた。

「双龍《そうりゅう》、ようやくお前も、いっぱしになって来たじゃないか」

まだ線描だけの双頭龍の刺青を腕に入れた少年は、緊張した面持ちで浩介に頭を下げた。

居留地の物産の出張販売と、居留地の舞いの踊り手の手配は、とんとん拍子に進んだ。

老婆は、時の流れから置き去りにされたようで、会話を聞いているようにも思えなかった。

「婆さん、頼んだぜ？」

浩介が目の前にしゃがみ込んでも、何の反応も示さない。遠慮がちに早苗が頭を下げると、突然、老婆が震える手を、早苗に伸ばした。老婆は皺《しわ》に埋もれた眼をいっそう細めて、早苗の手を握る。

「スマナカッタネ……」

謝罪の言葉。自らの想いとは別の決断を下さざるを得なかった者の苦衷《くちゅう》が伝わって来る。

「スルシカナカッタ。放逐《ほうちく》ヲ。守ルタメニハ。音ニ不安定ナオ前ヲ」

誰かと勘違いしているのだろうか。老婆は早苗を通して、他の誰かの姿を見ているようだ。もしかしてそれは、早苗の母親なのかもしれない。

「渡セルトキガクル。イツカキット。待ッテイテオクレ。ソノトキマデ」

「は……はい……」

何かはわからない。それでも早苗は、老婆の想いを受け止めた。受け止めるべきだと感じた。


「なあ、早苗、次は何をすりゃいいんだ？」

「人を集めるんだったら、宣伝をしなきゃいけないでしょ？　浩介、印刷とか広告の方面で、力になってくれそうな人はいないの？」

「宣伝かぁ……、よし、任せろ！」

浩介びいきの印刷会社の社長、そして人出が足りない時に浩介が助っ人を頼まれている新聞販売店に交渉して、宣伝チラシの印刷と、新聞へのチラシの折り込みを頼む。

「浩介君にはお世話になりっぱなしで、今まで何にも恩返ししてなかったもんでね。声をかけてくれて嬉しいよ」

印刷会社の社長さんは、浩介のために何かができることが嬉しくて仕方がないようだ。

「あっ、３０９５バスだ！」

終点の転回場に停まっていたバスに、浩介が駆け寄る。運転士の男性は休憩中らしく、真剣な表情で紙ひこうきを折っていた。折り終えるのを待って、浩介は運転士に声をかける。

「わかったよ、業務違反にはなるけれど、ひかり地区への乗車の際には、こっそり、車内放送で宣伝しておくよ」

運転士の男性は以前、交通事故に遭った際、浩介に奥さんの介抱をしてもらったのが縁で、親しくしているのだそうだ。

浩介が夢を語り、早苗が企画立案し、必要な人材や物資をリストアップする。そこで再び浩介の出番だ。協力してくれそうな知り合いに片っ端からあたり、約束を取り付ける。今まで浩介が、磁石のように引き寄せて来た人々。浩介の、ただひたすらに前進し続けて来た、闇雲な日々。それが今、実を結ぼうとしている。

カナタ　12月5日（金）　あと82日

動物園行きのバスを、マンション近くのバス停で待つ。３０９５バスが動物園に向かうのは、水曜日の、その一便だけだった。

「会えるでしょうか。あの鐘について知っている人に」

「行ってみなきゃわからないな」

カナタは、はっきりしない表情のままで言った。

「あの女性には、悪いことをしてしまったけれど……」

礼拝所を訪れた日、二人は気配を消して礼拝所に入り込み、早苗さんの鞄《かばん》の身分証明書から住所を知ることができた。動物園行きのバスに乗れば、すぐ近くまで行けることがわかったのだ。

３０９５バスの姿が近づく。バスと運転士が一体化して、「二人」で力を合わせてバスを動かしているように滑らかに。動物園は郊外の丘の上にあり、バスは閑静な住宅街の坂道をゆっくりと上って行った。坂の中腹の「浄水場入口」でバスを降りる。

住所に従って、細い通りに入る。目的の場所は、何の変哲もない一軒家だった。だが、奥へ通じる勝手口の横に小さく「鋳物《いもの》製作所」の文字が見える。小さなくぐり戸を抜けて中に入ろうとして、聞こえてきた声に思わず足を止める。

「どうしてそんなに、わからず屋なの！」

鋭い女性の声が、耳に突き刺さる。

「私は、私なりに考えて、真剣に交際しているの。どうしてお父さんは、一言も話そうともせずに、彼を否定するの？」

「人となりなど、姿を一目見ればわかる。早苗、お前はあの男を、亡くなった母さんに、自分の選んだ男だと堂々と言えるのか？」

礼拝所を片付けていた早苗さんと、父親のようだ。立ち聞きするのが申し訳なくなる。

「私の眼鏡にかなわん男との交際は認めない。あの男を、金輪際《こんりんざい》、この家に近づけるな」

父親の頭ごなしの言葉が、早苗さんの口答えを封じた。

「もういいっ！」

説得を諦めた早苗さんが、眼に涙を浮かべて、家を駆け出していった。男性が近くで待っていたのだろう。けたたましいバイクの爆音が遠ざかって行った。

カナタはハルカと頷き合い、「世界を閉ざす力」を解いた。野分浜を出た以上、供給公社による探索網に把握される危険は承知の上だ。供給管のエコーを使っての探索には、若干のタイムラグがある。探索の網が狭まるまでに、目的を果たさなければならない。

二人は工房へと向かった。男性は、汚れた軍手を外して庭の外れに佇《たたず》み、街の景色を見下ろしていた。

「君たちは……？」

突然現れた二人に、彼は眉をひそめる。声の印象そのままの、仕事一筋に生きてきた頑迷《がんめい》さと意志の強さとを感じさせる。

「礼拝所の鐘のことを、教えて欲しいんです」

カナタは率直に告げた。野分浜の外では世界を閉ざして隠密行動を取っていたが、彼は二人に大きく関わった人物かもしれない。直接、本当のことを聞きたかった。

「私たちに関わりのある人物が、あの場所にあった鐘をつくるのに関わっているのではないかと思って、ここに来ました」

男性は驚く様子は見せなかった。まるで、この時を予期していたかのように。

「それでは、君たちが……二十年前の？」

記憶に刻まれた過去を読み取るように、二人の顔に交互に視線が注がれる。

「俺たちのことを、知っているんですか？」

「名前は確か……ハルカとカナタだったね」

確かに、二人の幼い頃のことを知っているようだ。

「君たちは二十年前に、礼拝所の鐘をつくる場にいたんだよ」

ハルカは三歳、カナタは六歳のはずだ。微かな記憶の中にも、そんな思い出は存在しなかった。

「鐘の音が、すべてを忘れさせたんだ。あの鐘は、つくった三人の女性の想いが込められている。それだけ強力な力を持っているんだ」

「その女性たちって……」

探し求めてきたものへの期待で、ハルカの声は震えていた。

「私の妻、そして、君たち二人の母親だよ」

男は、ハルカとカナタの、記憶から消された縁を語りだす。

カナタの母親は、供給公社に捕獲されていた「強思念者」だった。その思念を思念誘導実験に活用すべく、実験台にされていたのだ。実験は、彼女の思念を崩壊直前まで追い込んでいた。

そんな彼女を、一人の研究員が実験施設から連れ出した。それが、カナタの父親だ。一年にわたる逃避行の末、父親は命を落とした。寄《よ》る辺《べ》を失った母親がキザシに導かれ、最後に辿り着いたのが礼拝所だった。カナタの母親と、礼拝所を守る女性は、そこで初めて出逢ったのだ。

その瞬間、二人の心の中で鐘の音が鳴り出した。音が、先にあった。出逢いの瞬間から、それは鳴りやむことはなかった。

カナタの母親は、強制的な思念抽出実験で心を蝕《むしば》まれ、「思念の歪み」が生じていた。礼拝所を守る女性……早苗の母親は、心の歪みに共鳴《きょうめい》したのだ。それは彼女が、音を司《つかさど》る「共鳴士」の血を継ぐ女性だったからだろう。共鳴士は世界の「音の乱れ」を整える役目を持つ。予兆の持つ古奏器は、予兆と共鳴士が共同してつくり上げるものだという。

カナタと早苗の母親は、心の中で鳴り響き続ける鐘の音を再現するべく、鐘をつくり始めた。次第に捜索の網が狭まる中で、キザシの協力を得て、鐘は完成したという。鐘が礼拝所の尖塔に吊るされたその日、カナタの母親は供給公社に居場所を特定された。捕まれば、彼女は再び際限のない思念実験の実験台になるしかない。

二人は、手を携えて鐘を鳴らした。その瞬間、鐘の音が二人のそれぞれの「心の歪み」を正し、思念を二人で一つにした。二人で一人の「ヒビキ」になることによって、思念コードが置き換わり、思念解析士の探索の手から逃れることができたのだ。そして「ヒビキ」は、この国を離れた。ハルカを連れて。

「私が一緒に旅していた女性は、カナタさんのお母さんでもあったなんて……」

ハルカは改めて、自分の長い旅を振り返っていた。一緒に旅をしていた女性の眼差しの中に、カナタの母親の面影を思い出すように。

「君たちは、キザシによって一緒にいた幼い頃の記憶を失わされているようだね。それが君たち二人のためだったとはいえ、残酷なことではあるな。あれだけ強いつながりを、忘れさせられてしまうとはな」

深いため息と共に、彼は過去をよみがえらせた。

「俺とハルカに、どんなつながりが？」

「探索網が迫る中で、カナタ君の母親は思念崩壊を起こしかけていてね、キザシが常にサポートしなければ、歩くこともできなかった。だから、追手の目を逸らす役目は、君たち二人が担っていたんだ」

「俺たちが……？」

思わずハルカと顔を見合わせた。ハルカも首を振るばかりだ。六歳と三歳の子どもに、そんなことができるとは思えなかった。

「幼いとはいえ、君たちも思念の力が芽生《めば》えていたようだからね。もちろん、一人なら無理だっただろう。互いの力不足を補い合うようにして追手を遠ざけ、礼拝所に辿り着いたんだ」

カナタが思念感受性の高さで追手の気配をさぐり、ハルカが「世界を閉ざす力」で追手を遠ざけたのだろう。

「私から見ても、二人は強い絆で結ばれていたように見えたな。小さな手をしっかりとつないで。長い旅で泥だらけになっても、互いを支えようとしていたよ」

カナタは知らずのうちに俯《うつむ》いていた。今の自分がハルカに抱えた負い目を見透《みす》かされそうな気がして。彼が磨いていた鋳物は、カナタの姿をいびつに写し取っていた。

「妻は今頃、どんなに遠い空の下にいるんだろうね」

「あなたは、奥さんが二度と戻らないかもしれない旅に出なければならないことを、理不尽だとは思わなかったんですか？」

遠い空の下の妻の姿を思い描くように、彼は眼を細めた。

「彼女が何をしようとしていたのか、私は知らない。もしかしたら、彼女自身もわかっていないのかもしれないね。それでも、きっと意味があったことだと、私は思っているよ」

言葉には、遠く離れた妻への、確かな信頼と愛情があった。

「たとえ、どんなに荒唐無稽《こうとうむけい》なことだろうと、妻が信じてやろうとしていることは、私も信じる。それが夫の役目だよ」

彼女は二度と戻って来ないかもしれない。それでも彼にとっては、心を結び合った伴侶《はんりょ》なのだ。今もずっと。

「娘さんには、本当のことを伝えないんですか？」

早苗さんの前では、奥さんは幼い頃に亡くなったことになっているようだった。

「伝えてしまえば、娘は母親を恨むことになるだろう」

幼い自分を置き去りにして、放浪の旅へと出てしまった。娘の立場からしたら、勝手過ぎる母親だ。恨みを持たせないために、そんな言い方をしたのだろう。

「私はあくまで、妻を亡くし、男手ひとつで娘を育ててきた、融通のきかない頑固おやじだよ。そのおかげで娘も、自分の選ぶべき相手へと踏み出すことができたんだ」

「早苗さんの結婚に、反対しているのでは？」

「君たちは、あの二人がうまくやっていけるように見えたかい？」

礼拝所で垣間見た早苗さんと、耳にピアスをした軽薄そうな男とは、お世辞にも釣り合っているようには見えなかった。

「早苗は彼に宿命的に惹《ひ》かれつつも、心には迷いがあった。自分の辿って来た人生をすべて捨て去ってまで、彼と共に歩めるかとね。温室育ちだったあの子は、私が反対しなければ、そんな飛躍はできなかったはずだよ。私の頑固さが、あの子の選択を後押ししたんだ」

「そのために、憎まれ役になってもいいんですか？」

「それが、親の役目というものだよ」

職人気質《かたぎ》な風貌に、寂しげな笑みを浮かべる。そんな形の娘への愛の形もあるのだろう。

「君たちは、自分の母親を恨んでいるかい？」

男性が尋ねる。娘への問いかけでもあっただろう。

カナタは、複雑な思いで黙り込まざるを得なかった。母親は、統監から教えられていたような、思念薬物を乱用した廃人ではなかったのだ。だが、そのことは逆に、母親が自分の意思で、カナタをこの国に置き去りにしたことを意味する。ハルカと共に、自分も旅に連れ出してくれたら、どんなに良かっただろう……。その思いは、心から消せなかった。

カナタのわだかまりを汲み取ったように、ハルカが頷いた。

「きっと、私やカナタさんの母親にも、早苗さんの母親にも、何か大切な役割や、目指していたものがあったんでしょうね。ただ、それを教えていてくれたら良かったのに……とは思います」

ハルカは、正直に今の思いを吐露《とろ》した。工房は丘の中腹に立っていて、眼下に街を一望する。礼拝所の尖塔は、雑多な街の景色の中でもはっきりとわかった。

「君たちの母親は、立派に役目を果たしたんだ。君たちが鐘の記憶を失っていたのも、別々の人生を歩まされたのも、何か理由があるのだろう。今、こうしてここに辿り着き、鐘の記憶がよみがえったのは、母親から君たちに託されたものが動き出す時なのかもしれないね」

「私たちに、託されたもの……？」

「人はそれぞれ役割を担っている。それを自ら切り開く運命と捉えるか、抗えない束縛と捉えるかは君たち次第だ。だが、たとえ向かうべき先が決まっているにしても、その一歩は、自分の意志で踏み出さなければならないだろうね」

ハルカとカナタに、見えない先への一歩を指し示すようだ。

カナタは、彼の工房を見渡した。すべての道具が整然と並び、チリ一つ落ちていない。彼の誠実な仕事ぶりが伝わってくる。

「あなたは、鐘はつくられないんですか?」

ハルカが尋ねる。壁際には、様々な鋳物の型が並んでいるが、鐘の姿は見当たらない。

「鐘をつくるのは、難しい作業だよ。人生の道を選ぶようにね」

決して妥協せず、満足することもなく、自分の仕事を極め続ける男の言葉は、短く、そして重い。

「どんなにうまくできたとしても、実際に鳴らすまでは、どんな音が響くのかはわからない。だからこそ難しい。だからこそ面白い」

男性は、ハルカとカナタの姿を交互に見つめた。

「それは、人の運命にも似ているかもしれないね」

男性の見送りを受けて、二人は彼の家を離れた。彼はそうやって、二度と戻らないかもしれない旅に出る奥さんを見送ったのだろう。漂泊の旅を続ける使命を持っている者もいれば、一所にじっと立ち、見守る使命を持っている者もいる。

クロダさん　12月10日（水）　あと77日

雨の降る夜だった。寒さを呼ぶ雨だ。今夜のダンナさんは、夜勤で帰れない。クロダさんは傘をクルクルと回しながら夜道を歩き、廃屋に向かった。

――私はもう、どこにも旅立たないンダ……

押入れの青いトランクから出てきた画用紙に心が揺れるたびに、そう自分に言い聞かせる。それに、画用紙があっても、絵を描く道具がなかった。ダンナさんという「居場所」が見つかってから、クロダさんは絵筆も絵の具もすべて捨ててしまった。

アパートから持ち込んだ毛布に包《くる》まった。廃屋は、冬という季節を過ごす上では、防御能力が高いとは言い難い。だけど、旅の日々が続いたクロダさんは苦にはならない。もっと寒い高地で、擦《す》り切れた穀物袋に包まって寝たこともあるし、厳寒の湖の氷の上を渡ったこともある。

寒さは、感覚を研《と》ぎ澄《す》ませる。誰かが近づいて来るのを伝えていた。姿を見せたのは、一人の女性だった。

「こんばんは」

「いらっしゃいマセ。私はクロダ。あなたはだあれ？」

「私の名前は……」

彼女はそう言いかけて、困ったようにうつむいた。

「すみません。私のこの街での名前は、まだ決まっていないんです」

誰かに運命を定められたかのように、彼女の言葉には何の迷いもなかった。初めてのお客さんとして、彼女を家に迎える。

「いいお住まいですね」

畳の擦り切れた廃屋を見渡し、お世辞でもないように彼女は言った。

「この街の人じゃないみたいネ。旅をしてきたノ？」

クロダさんにはわかる。彼女もまた、留まる場所を知らず、旅を続けていることが。

「旅……なんでしょうか。私は、自分が明日どこにいるのかも、わからないままなんですけど」

「それを旅って言うのヨ」

彼女は寂しげに笑って頷いた。

「ねえ、その楽器、弾けるノ？」

一つだけ彼女が携えた荷物は、使い込んだ風合いの弦楽器だ。

「弾いても、いいんでしょうか？」

「大丈夫だヨ」

周囲は畑が広がり、音に怒る人もいなかった。だけど、彼女が心配しているのは騒音のことではないのかもしれない。

「それじゃあ、少しだけ」

何かを測るようにクロダさんを見つめた彼女は、指を弦に添えた。

指が、弦を爪弾《つまび》く。たった一つの、音が生まれた。旅の途中で聞いた、風の音のような音色だった。物悲しく、いつまでも、どこまでも吹き渡る風だ。

畳の上から身体が浮き上がる感覚で、足元が覚束《おぼつか》なくなる。不意に訪れる旅の衝動のように、容赦《ようしゃ》なくクロダさんを「どこか」へ連れ去ろうとする。耳を塞《ふさ》ぎたいのに、塞いでも意味がないことがわかる。それは、心に直接響く音色だった。

この世界がもうすぐ終わってしまう……。抗えない運命を、その音色は告げていた。クロダさんの心の動揺を見定めたように、彼女の爪弾きが止まった。

「あなたも、ずっと、旅をして来たんですね？」

第四章　飛べない呪縛

南田さん　12月18日（木）　あと69日

「いい天気……」

芝生《しばふ》に敷いたレジャーシートの上で、大きく伸びをした。異質化思念を鎮静化《ちんせい》するための思念醸成《じょうせい》実験が続いていた。サユミからの抽出思念による過去三回の実験は、すべて不首尾に終わった。どんな形での醸成が有効か。机上で考えているうちに、自分が何をしようとしているのかわからなくなってきていた。カウントダウン0まで七十日を切ったことで、無意識のうちに生じた焦《あせ》りが、心に疲労を蓄積させていた。

そんな時には、こうして中庭で、何も考えずに空を見上げることにしていた。

「おっ、ピクニックか？」

野放図《のほうず》な声が近づいてくる。「隣にいいか？」とも聞かずにレジャーシートの半分を占領《せんりょう》し、目の前に新聞紙を広げた。

「新しい予兆が現れたんだって？　みんな噂《うわさ》してるぞ」

黒田さんは、スナック菓子の袋を取り出した。パッケージを勢いよく破ると、広げた新聞の上に、子どもがおもちゃのブロックをぶちまけるように、中味を広げる。

「まいったな。あいつ、間違えてピーナッツ入りを買ってきやがった」

彼が偏執《へんしゅう》的に愛好している外国のスナック菓子だ。ピーナッツ嫌いらしく、丹念に選《よ》り分けだす。ゴリラが日向《ひなた》ぼっこをしながらノミ取りでもしているようで、どこか微笑《ほほえ》ましい。

「そんな噂になってるの？」

黒田さんはセキュリティレベル2、南田さんはレベル4だ。知っていても話すわけにはいかない。

「この街に来るとは、いい度胸だな」

ようやく「選り分け」を終えた黒田さんは、スナックの粉が付いた手を豪快に払うと、一個ずついそいそと、口に運びだす。

「どこに現れたって噂なの？」

南田さんは、黒田さんが見向きもしないピーナッツの方に手を伸ばした。

「さあな、姿を消したんじゃねえのか？」

南田さんは黙り込まざるを得ない。二重の意味で。

予兆出現との情報をつかんで、最高の能力を持った思念解析士が追跡したにもかかわらず、「撒《ま》かれる」という意識もなく、忽然《こつぜん》と姿を消してしまったこと。そして、どれだけセキュリティ意識を高めようとも、その噂がほとんど間違いなく、職員の間で共有されているということについてだ。

「まあ、さすがは、多重思念者だな」

黒田さんは、お手上げだというように肩をすくめた。

予兆に固有の「思念コード」は存在しない。過去に突き止められた思念コードも、あくまでその時点での彼女のコードであって、それを使って探索するころには、コードは置き換えられている。

どんなに能力の高い思念解析士でも、彼女の姿を捉《とら》えることはできない。現実的な「拘束」の意味でも、感覚としての「認識」の意味でも、彼女は捕まえようがないのだ。

「予兆が来たってことは、あの噂、ホントかもしれないな」

黒田さんは、下世話な話でもするように、皮肉そうに片頬を持ち上げた。

「蓋《ふた》」であるサユミに代わる、特効薬的な思念を持った存在がいるという噂は、昔からあった。それが何年経っても発見されないのは、強力な思念結界によって、自己の存在を隠し通しているのだと。

その噂に、最近、新しい噂が加えられた。その存在の所在を供給公社本局が突き止めたものの、追跡を振り切って逃走を図ったということ。そして、逃走先がこの街だというものだ。

「なんだか、話がうますぎて、本当とは思えないんだけどなあ」

セキュリティレベルの違いから、誤魔化《ごまか》すしかなかった。自分がその「捕獲」の最先端に立っていたことなど、言えるはずもない。

「そいつを捕まえちまえば、あんたが御守りしてるお嬢さんも、解放されるってことだろう？」

「どうかしら。そう単純な話ではなさそうなんだけどね」

見守るうち、サユミにも情が移ってきた。彼女を解放するということは、その分、他の犠牲が新たに生じるというだけの話だろう。

「そんな奴が街に来たんだったら、いよいよ抵抗勢力も動き出すんじゃないか？」

彼らは、思念による国民管理に抵抗し、楔《くさび》を打ち込もうとし続けている。抵抗勢力との戦いは長い。供給公社は何十年も前から、思念抽出体制に反旗を翻《ひるがえ》す存在との戦いを強《し》いられている。

「長い戦いね……」

「何のために戦ってるんだかなあ」

黒田さんが、抵抗勢力側に同情的なのは昔からだ。

「そりゃあ彼らは、他の人にはない特殊な思念の力を持っているんだから。そんな人たちを野放しにするわけにはいかないでしょう」

そう言いながらも、言葉に力はこもらない。つい先日、野分浜で抵抗勢力を装ってハルカを捕獲しようとしたばかりだ。南田さん自身、抵抗勢力なる存在とあいまみえたことはない。彼らは思念による国民管理の網をすり抜け、決して姿を見せず、暗躍し続けているのだ。

「俺はね、あいつらの意見を聞いてやりたいって思ってるんだよ。なんで抵抗するんだって」

「敵だから戦う、それだけじゃダメ?」

自分すら説得できない言葉に、思わず俯《うつむ》いた。さっきまで同じ袋の中にいたスナックとピーナッツが、二つに分けられたことで、憎しみあった敵同士のように見えてくる。

「あいつらが抵抗するから、俺たちが追い詰めるのか。俺たちが追い詰めるから、あいつらが抵抗するのか。ニワトリが先かタマゴが先かみたいな、滑稽《こっけい》なことになっていやしないかと思ってね」

思念供給公社と管理局、その対立の中で暗躍する抵抗勢力。互いの築く壁は、高く、よりいびつになってきていた。もしかすると、自分たちの影の揺らぎにおびえて、相手を必要以上に恐ろしい存在と思い込んでいるだけではないのだろうか?

「ところで、ダンナは元気かい?」

黒田さんは話題を変えた。管理局批判を口にしてしまったことへの、彼なりの気遣《きづか》いだろう。

「ええ、元気よ。多分」

「多分ねえ」

夫に会えるのが三か月に一度なのは、黒田さんも承知の上だ。

「あんたのトコも、大変だな」

黒田さんはそう言って、なぜか自嘲《じちょう》気味に笑う。

「もっとも、うちも最近、別居生活になっちまったからな」

「別居？　とうとう奥さんが、黒田さんに愛想つかしたってこと？」

「どうだろうな」

黒田さんは、本気ともつかず、そう呟《つぶや》いた。

「お気に入りの場所ができたらしくってな。そこで、なにかを始めるらしくって、なんだか生き生きしてるよ」

「大丈夫なの？　まさか、色恋沙汰《ざた》なんかじゃないでしょうね」

「ああ、あいつのお気に入りの場所っていうのは、ボロボロの、今にも崩れそうな廃屋なんだ。そんなとこに、男を連れ込むと思うかい？」

彼はそう言って、無精《ぶしょう》ひげの口元をゆるませた。実際のところ、奥さんがそこに男を連れ込んでいたとしても、黒田さんが嫉妬や怒りの行動を取るとも思えなかった。

それに、野放図な発言の奥に、奥さんへの溢《あふ》れる愛情を押し隠した彼のことだ。案外、そんな「隠れ家」を、奥さんのために用意してあげたというのが本当のところかもしれない。

「黒田さんのトコは、相変わらず自由そうね」

気ままな暮らしぶりは、南田さんの耳にも入っていた。

「あいつは蝶みたいな奴だからな。いつまたふらふらとどっかへ飛んで行くか、わかったもんじゃやねえ」

黒田さんは、両手を羽のようにばたつかせた。

「さぁて、腹ごしらえも終わったことだし、ひと仕事してくるかね」

大儀そうに言って、ヘルメットをかぶる。保安局の供給管維持管理業務は、地下での危険な保守作業を伴うため二人一組が基本だが、黒田さんだけは常に単独行動だ。

「お疲れ様。これから、どちらへ？」

「サブプラントからメインプラントへの抽送管の『掃除』だよ。あんたらが一気に精製思念を流すもんだから、その『ゴミ』の後始末が大変でね」

プラントに希釈《きしゃく》用の思念を強制注入した弊害で、思念供給管に「思念漏《も》れ」などの深刻な影響が生じていた。その尻拭《しりぬぐ》いは保安局の仕事だった。

と言うよりも、それは黒田さん専用の「汚れ仕事」だ。

十年前、彼が寺田博士と共にプラントに向かった経緯は、末端の保安局員には知らされていない。結果的に彼は、寺田博士を犠牲にした「手を汚した」人物として、腫《は》れ物のような扱いだ。

彼自身が強い思念耐性を持っていることもあり、思念汚染の可能性がある保守業務は、なし崩しに彼にお鉢《はち》が回って来るし、彼自身も、それを望んでいるようでもあった。

「ご迷惑おかけします」

「まあいいさ、どうせ俺は汚れ仕事専門だからな」

そう言って黒田さんは、汚れてもいない掌《てのひら》を見つめた。

滝川さん　12月27日（土）　あと60日

いつのまにか、雨が降っていた。

音もなく降る雨は、図書館の中にいる滝川さんが気付かないうちに、街をすっぽりと包み込んでいた。始まりも終わりもない、永遠に降り続ける雨のように。

それはまるで、この街の人の心に覆《おお》いかぶさった、いつかこの世界が終わってしまうという諦めの黒い雲が呼び寄せたようにも思えた。

鵜木さんは事務室で新刊の選本作業をしており、他の図書館員もそれぞれ書架整理に入っていた。カウンターには滝川さん一人だ。

雨が導いたように、一人の女性が姿を現した。使い込まれた弦楽器を担《かつ》いでいる。

「ここは……、どこですか？」

彼女は道に迷った末にここに辿り着いたというように、周囲を見渡した。

「ここは、図書館ですよ」

「図書館……」

自らの意志以外のものに導かれたように、心許《こころもと》ない表情だった。

「しばらく、ここで雨宿りをさせてもらえますか？」

そう言う彼女は、傘もないのにまったく濡れていなかった。

「この図書館のどこからか、私を呼ぶ歌が聞こえたから」

彼女は、目的の定まらないような足取りで、書架を巡る。本を探しているにしては、題名を追っている様子はない。自らを呼ぶ声を聞き分けようとするように、時折立ち止まり、何かに耳をそばだてている。

事務作業をしていた滝川さんがふと顔を上げると、彼女は閉架書庫へと足を踏み入れていた。

「あ、あの、そこは……」

追いかけようとして、滝川さんは立ち竦《すく》んだ。その先は、滝川さんが近づくことができない、閉鎖された空間だった。

——誰か……

周囲には誰もいなかった。一般人は立ち入り禁止とはいえ、危険物があるわけではないので、出てきた時に持ち物を検査すれば問題はないのだが。

弦楽器の爪弾きに乗って、歌声が、書庫から漏れ聞こえてくる。彼女が唄《うた》っているのだろうか。壁を隔《へだ》てているのに、まるで耳元でささやかれているように、心に直接響く。滝川さんを導き、そして翻弄《ほんろう》するように。幼い頃、閉じ込められた暗闇の中に聞こえてきた歌声と同じだった。

音もなく雨がやむように、歌声は知らぬ間に途絶え、彼女は閉架書庫から出てきた。

「すみません、ここは入っちゃいけなかったんですね」

申し訳なさそうな様子に、注意するのも憚《はばか》られた。彼女は弦楽器を担いでいるだけなので、持ち物を検査するまでもない。

「あの……どこかで、お会いしたことがありませんか?」

聞けるはずがない。幼い頃、自分を暗闇に閉じ込めなかったかなどと……。それに彼女はきっと、滝川さんよりも年下だろう。それでも彼女の歌声は、幼い記憶と重なり合う。

「それは、私ではありません。だけど、やっぱりそれも私なんです」

答えにならない答えだが、偽《いつわ》っているようには見えなかった。彼女は、図書館にやって来た時とは見違えるように、すっきりとした表情になっていた。

「行くべき場所が決まりました」

「それは……良かったですね」

真っ直ぐに滝川さんを見つめる。滝川さん自身が、目指すべき場所を指し示されているようだ。

「あなたもいつか、探しているものが見つかるかもしれませんよ。すぐ近くで」

「え？」

彼女は振り返りもせずに歩きだす。いつのまにか、雨は上がっていた。彼女が雨を引き連れ、そして彼女と共に、雨は過ぎ去ったのだ。

南田さん　1月8日（木）　あと48日

南田さんは、思念解析士から報告を受けてすぐ、調整官室に向かった。

「調整官、ハルカ捕獲作戦の許可をください」

「しかし、もう野分浜に潜入するのは不可能だろう？」

抵抗勢力を装って野分浜に潜入したことで、野分浜は今まで以上の厳戒監視態勢が敷《し》かれている。前回のような潜入が許されるはずがなかった。

「ハルカの思念コードが、野分浜の外で反応を示しました。短時間でしたので、地点の特定まではできませんでしたが、動物園付近の半径五百メートルほどの場所です」

「管理局が、彼女を使って何かをやっているということか？」

「管理局側に動きはありません。管理局も知らない、彼女の独自行動なのかもしれません。だとしたら、もう一度、野分浜から出てくれたら、チャンスはあります」

「何か、管理局とは別の目的があって、ということか……」

調整官は腕を組み、獲物の行動パターンを分析するようだった。

「おそらく、血を分けた妹である、サユミに接触するはずです」

「プラントのそばまで来る可能性が高いということだな」

「プラントの思念活性化数値に変化が見られた時が、ハルカがサユミに近づいた時ということになります」

サユミは、プラントのすぐ上にある高校に通っている。たとえハルカが「世界を閉ざす力」を使っていても、プラント内部のキザシの思念が、それを敏感に察知するはずだ。

「野分浜の外で捕獲する以上、抵抗勢力を装うまだるっこしい手段を取る必要はありません。正攻法で必ず捕獲してみせます」

「何か、秘策があるようだな？」

調整官の言葉に、南田さんは黙ったまま頷いた。


「南田さん。こんにちは」

ひかり地区の路上で、背後から呼び止められる。事前の思念解析士からの連絡によって、ここで出会うことは想定済みだった。

「サユミさん。今日から三学期ね」

「ええ。だけどまだお正月気分が抜けなくって……。来週は実力テストなのに、週末は友達と異邦郭に遊びに行く約束をしちゃいました」

学校帰りに寄り道して友達とお茶でもしていたのだろう。楽しい青春を送っているようだ。透明な壁で囲まれた「自由」の中で。

「そうだ、これ、サユミさんにあげるわ」

バッグの中から取り出したのは、ハルカから奪った「青い蝶」だった。

「なんですか、これ?」

「うん、ちょっと旅行に行ったから、そのおみやげ」

千切れたチェーンを取り外し、キーホルダーに直したものだ。

「きれいな青い蝶……」

「サユミさんに、似合うんじゃないかと思って」

ハルカに返せない以上、渡すべき相手は彼女しか思いつかなかったし、そうすべきだと感じていた。彼女の知らない、血を分けた肉親のものなのだから。

南田さんは、親切めかして彼女を利用しようとしている自分に言い訳をするように、そう思い込ませていた。青い蝶は、ハルカを発見する上での「鍵」となりうるアイテムだった。

「遠い国から旅してきた蝶みたい。ありがとうございます」

彼女は気に入ってくれたようだ。青い蝶が羽ばたく時を思い描くように、空に掲げた。

クロダさん　1月10日（土）　あと46日

楼門《ろうもん》は、一目でこの国のものではないとわかる極彩色《ごくさいしき》のちりばめられた異国の風合いだったが、青空には良く映《は》えた。クロダさんはスキップをするように足取りを弾ませ、楼門をくぐった。

異邦郭は、海を隔てた居留地や、その西方の大陸、西域から渡来した人々が住む、一種のコロニーだ。戦後混乱期の渡来人同士の物々交換の市だったものが発展し、今ではこの街随一の観光地となっている。縁もゆかりもないこの国に住むことになったが、ここに来れば、束の間《つかま》、異国の風を感じられる。

表通りは、いつも通り観光客でごった返していた。クロダさんは、露店や土産《みやげ》物屋を一通り眺めてから、裏通りへ向かった。狭《せま》い間口の店が両側に建て込み、伸ばされた庇《ひさし》がアーケードのように空を隠す。カーバイド光の揺らぎが、行き交う人々の影を、ここにはいない人の姿のように怪しく見せる。周りから聞こえてくるのも、異国の言葉ばかりだ。

最も奥まった一軒の店の前で、クロダさんは足をとめた。

屈強《くっきょう》な体つきの男が、店の前に立っている。厳《いか》めしい顔つきで周囲を睨《にら》み据え、不動明王のように仁王立ちする姿は、人を寄せ付けない。だが、クロダさんの姿を見かけると、彼はいかつい顔の口元に笑みを浮かべた。

「久シブリダナ、クロダ」

虹龍とあだ名される男は、異邦郭の「裏」を守る番人だという。彼が果たして何を守っているのかは、クロダさんにはわからない。

横にはまだ十五歳くらいだろう若者が緊張も顕《あら》わに立っていた。虹龍を真似《まね》るように周囲に鋭い視線を向けているが、まだまだ様になっていない。

「双龍ダ、コイツハ。イズレ跡ヲ継グ、俺ノ」

双龍の腕には、その名の通り、伝説上の双頭の龍の入れかけの刺青があった。

お店には、居留地の雑貨や日用品が、お菓子や食料品と混在していた。何かを積極的に売ろうという商売っ気は感じない。「門番」の虹龍の存在もあり、この店が、単なる店舗としてだけ機能しているわけではないことは明らかだった。

ダンナさんが愛好するスナック菓子の袋を抱え込んで、レジに向かった。店の奥にはいつも、お婆さんが座っている。まるで置物のように、彼女は身じろぎすらせず鎮座《ちんざ》したままだ。

「相変ワラズ、好キナンダナ、オ前、ソノオ菓子ガ」

虹龍は、「物好きだな」と言わんばかりに、鼻息をもらす。

「うちのダンナさんは、これしか食べないんだヨネ」

クロダさんが偶然この店で買って以来、ダンナさんの方がすっかりはまってしまったのだ。

突然、お婆さんが皺《しわ》の浮いた手を伸ばす。クロダさんの手が包み込まれた。

「……イインダヨ」

「え？　なんですか？」

「イインダヨ、描イテ。アンタハ、生マレテキタンダ、ソノタメニ」

お婆さんの突然の言葉に、クロダさんは答えることもできず絶句してしまった。深く刻まれた皺の奥の瞳には、長く人を導き続けたものの強さと哀しさが揺れていた。

お婆さんは再び、動きを失った。やり取りに気付かなかったらしい虹龍が話しかけてくる。

「クロダ、ヤット良クナッタゾ、オ前ノ荷物、星回リガ」

「え、荷物って……？」

「小サカッタカラナ。受ケ取ッテオイタゾ、俺ガ」

居留地の新聞紙に包まれた荷物を手渡された。居留地の民は「星回り」という考え方に大きく影響される。それは居留地に立ち寄る旅人も同様だ。クロダさん自身も、居留地からこの国に渡る船に乗るために、「星回り」が良くなるまで二か月も待たされた。

「星回り」の縛りは、荷物にも及ぶ。船には乗れたものの、一つの荷物だけが「星回り」に影響されて、この国への入国の際に戻ってこなかったのだ。この街には、「星回り」が良くなって持ち主に渡すまでの間、保管するための倉庫まである。この荷物はクロダさんが船を降りてからずっと、倉庫に保管されていたのだ。

楼門の下で、荷物の包みを開ける。中から出てきたのは、一本の絵筆。旅に出た時からずっと使い続けていたものだ。

——イインダヨ、描イテ……

お婆さんの言葉が、クロダさんの心の中でこだまし続ける。

だけど、いったい何を描けっていうんだろう？　描くべきものがわからず、クロダさんは立ち尽くすしかなかった。ダンナさんの前では、こんな姿は決して見せられない。大ざっぱな人って思われてるけど、あの人は結構、人の心に敏感なんだ。

目の前を何かが通り過ぎた。青い蝶だ。こんな真冬に蝶が飛んでいるはずもない。すれ違った女子高生のカバンに下げられた、キーホルダーの青い蝶が揺れていた。


胡坐《あぐら》を掻いたダンナさんの膝《ひざ》の上に、クロダさんは座る。身長差が三十センチもあるので、すっぽりと覆われた気分だ。大きなリクライニングチェアに座ったように、それは心地良く、自分の居場所だって感じる。

「ネエ、ダンナさん。あたし、約束通り、愛人を囲ったヨ」

「なにっ！　冗談を真に受けて、傍若無人《ぼうじゃくぶじん》な振る舞いを！　もう許さん。離婚だ！　離婚！」

お腹を盛大に揺らして怒るものだから、膝に座るクロダさんは弾《はず》むゴムボールでも背中にしているようだ。後ろからしっかりと抱き締めたまま、「離婚だ！」なんて息巻いても、説得力はない。

　クロダさんは、廃屋での暮らしぶりをダンナさんに話した。弦楽器だけを担いだ旅の女性を住まわせていることを。

「そうか……」

　ダンナさんは畳の上で大の字になった。クロダさんも、ダンナさんのお腹の上に倒れ込んで、お腹に耳をあてる。

「俺はしばらく、夜は遅くなるかもしれん。あんまりクロダの相手をしてあげられないぞ」

　どこか、決して届かない遠くから、ダンナさんの声が聞こえるようだった。

「仕事が忙しいノ？」

「まあ、そんなとこだ」

　ダンナさんは言葉を濁《にご》す。クロダさんはダンナさんのことを、何も知らないのかもしれない。

「だから、あの家で、クロダは好きなことをやればいいさ」

　ダンナさんは、クロダさんに何を望んでいるのだろう。

「まあ、せっかく借りた家なんだ、せいぜい楽しむんだな」

「うん、わかった。楽しむヨ」

持田さん　1月14日（水）　あと42日

　峠越えのバイパス新道は、何万年もの風雪によって形成された起伏をものともせず、谷に橋を架け、山はトンネルを掘ってやすやすと突破し、一直線に峠を越えてしまう。

路線バスは、新道の恩恵をきっぱりと拒絶するように、旧道沿いの小さな集落を丹念に辿《たど》ってゆく。車幅ぎりぎりの道路を、時に対向車との擦《す》れ違いのために数十メートルもバックしながら、ゆっくりと進む。

「こんな路線を担当したら、毎日気が抜けないなぁ」

奥さんは、窓からガードレールとの車間を見下ろし、興奮した面持ちだ。運転してみたくてたまらないのだろう。隘路《あいろ》でいかに効率よくすれ違うか。それはバス運転士にとって、難解なパズルを解くような快感ですらある。二人とも知らないうちにハンドルを持つ格好で両手を動かしていた。

変則的な勤務だけに、揃《そろ》っての休日はめったにない。そんな日は遠出して、乗ったことのないバス路線に乗るのが、二人の過ごし方だった。

バスは山間《やまあい》の小さな集落にさしかかった。手をつないだ奥さんは、周囲の風景を見渡し、急にそわそわしだした。

「何だい?」

「何だか、ここで降りた方がいい気がするの」

「何がありそうなんだい?」

「何かが呼んでいる気がするの」

「何もなさそうだけれどね」

そう言いながらも、持田さんは迷わず降車ブザーを押した。決まった住民しか降車しないのだろう。運転士も、間違いではないかとミラー越しに確認している。

だが、持田さんに迷いはない。手をつなぎ、持田さんと奥さんが共に導き合う。それが二人にとっての自然な行為だった。

「内堀農協前」の停留所で降車する。バスがゆっくりとお尻を振ってカーブを曲がり、姿を消したのを見届けて、二人は歩きだした。

「さて、どちらに行こうか」

地図を確認しても字名《あざめい》が書かれているだけで、観光は期待できそうもない。登山道の起点らしいが、二人の軽装では難しかった。地図をカバンにしまい、手が自由になったのを待ちかねたように、奥さんの左手が右手を包み込む。

「じゃあ、ピクニックだね」

つないだ手にすべてを委《ゆだ》ね、何も考えない。交差点に差し掛かっても、曲がる方向で戸惑ったりはしない。どちらからともなく、行くべき方向は自ずと定まる。導くのは持田さんであり、奥さんだ。彼女の導きは、持田さんに思い出させる。９５８日前の、その日の会話を……。


「何だか、行かない方がいい気がするの」

「何があるっていうんだい？」

マンションを出て、駐車場まで手をつないで歩きながら、彼女は突然、そんなことを言い出した。産婦人科の定期検査に行く日だった。予約の時間に遅れるわけにはいかない。

「何かわからないから、何だか、なの」

「何だかなあ……」

結局、その会話でうやむやにして、持田さんは車を出した。

それがわかったのは、野分浜交差点でのことだ。だが、わかった時にはすでに遅かった。信号無視をした車が側面から突っ込んできたのだ。

持田さんと奥さんは、幸い軽傷で済んだ。

だが、一つの命が、未来に羽ばたく翼を失った。

だから持田さんは決めていた。もう決して、奥さんの手を離さないと。そして、つないだ手の導きには無条件で従うと。


高空を飛ぶ飛行機が、二筋の飛行機雲を空に描き出す。

「仲良しだね」

「仲良しだな」

実際は、二機の飛行機の高度はまったく異なるのだろう。だが、こうして地面から見上げる限りは、仲良く寄り添って飛んでいるように見えた。

農協の建物を曲がり、水田のポンプ小屋を曲がった先に、突然それは現れた。

「呼んでいたのは、この子だったんだね」

「呼ばれていたんだね、この子に」

すっかり錆《さ》びついた廃バスだった。農機具倉庫として用いられていたのだろう。老朽《ろうきゅう》化したバスが払い下げにされて、倉庫などとして利用されている光景は、よく見かける。

だが、野晒《のざら》しとなったバスは、予想以上の速度で老いを重ねてしまう。目の前のバスも、タイヤは空気を失い、扉は錆びつき、ガラスはいたずらや風雪でひび割れていた。撤去もままならず、朽ち果てた姿は、世界の終わりを迎えた光景のようでもあった。

「頑張ったな……」

3095バスにするように、持田さんは、バスの「肩」に手を置いて労《いたわ》った。バスにとって幸せな「余生」とは何だろう？　バスの耐用年数は、長くとも二十年ほどで、その後に辿る運命は様々だ。新興国などに送られ、カラーリングもそのままに第二の人生を歩むバスもいる。それでも結局最終的には、スクラップや分解処分されてしまう。そんな最後よりは、こうして形が残っているだけでも、このバスは幸せなのかもしれない。

前面の方向幕には、決して辿り着くことのない目的地が表示され続けている。

「行きたいだろうね、この場所に」

運転席のシートは、骨組みとクッションのバネだけになっていた。持田さんは車体によじ登り、そこに無理やり身を置く。

なぜだろう。３０９５バスに乗っている気分だった。

持田さんは鞄から紙を取り出し、紙ひこうきを折りだした。奥さんも、持田さんが「つばさ」を失ってから始めたことはわかっている。だが、何も言わずに見守ってくれていた。

――残り、42機……

運転席の前に、折り上げた紙ひこうきをそっと置き、ハンドルに右手を添える。バスが束の間の翼を得て、人々を運んでいたその時の輝きを取り戻すようだ。

「右安全、左安全、発車！」

鳴るはずのないクラクションが空に高く響くのが、聞こえた気がした。見上げた空の二本の飛行機雲は、互いにひき剝《は》がされるように離れ、ゆっくりと消え去ろうとしていた。

カナタ　1月20日（火）　あと36日

二人はみたび、３０９５バスに乗っていた。赤信号での停車中に、運転士に尋《たず》ねてみる。

「ひかり地区って場所に、高校はありますか？」

「ひかり高校ですね。終点の二つ手前のひかり高校前で降りられてください」

いつもと同じ男性だ。どうやらこのバスと運転士は、どちらを欠くこともできないペアのようだ。折り返しの時間を確かめてから、二人はバスを降りた。

「この真下に、巨大な地下プラントがあるのか……」

周囲には何の変哲もない住宅街が広がっていた。バスを降りた瞬間から、ハルカは世界を閉ざした。供給公社の監視の厳しい場所なので、居場所を知られないためだ。プラントの思念に悪影響を与えないためでもあった。

高校の校門前で、ハルカの妹を待つことにした。名前はわかっているが、世界を閉ざしている以上、職員室で聞くことはできない。顔もわからない相手を、二人はただ、待ち続けた。部活を終えた生徒たちが校門を出てくる。

「こんな生活って、あるんだな……」

ハルカが独り言のように呟いた。幼い頃から、予兆の娘として拘束されることを避けるために海外を放浪してきたのだ。こんな絵に描いたような学校生活は、望むべくもなかっただろう。

自分の妹が、まっとうな青春を過ごしていることに、ハルカは微《かす》かな安堵《あんど》を覚えているようだ。だが彼女は、この場を長期間離れてしまわないよう、本人も知らぬまま、二十四時間、思念供給公社の監視下にある。逃げ続けることで、曲がりなりにも「自由」に生きてきたハルカと、見えない「檻」に囲まれた自由を生きるサユミ。果たしてどちらが幸福なのだろうか？

やがて、女子生徒が三人連れだって、校門から出てきた。寄り道の計画を立てているのか、楽しげに語らっている。部活の道具らしい、竹刀《しない》よりもずっと長い道具を担いだ女の子がいた。

「あれは……」

その子の学生鞄には、青い蝶のキーホルダーが揺れていた。つい先日までハルカの胸に下がっていたペンダントヘッドだった。

友人たちと楽しげに語らいながら、目の前を通り過ぎてゆく。もちろん「世界を閉ざす力」の影響下にあるので、彼女はハルカに気付きもしない。

だが彼女は、一瞬、何かが気になったように振り返り、しっかりとハルカと視線を合わせた。

ハルカは、その視線に引き寄せられるように前に進み、呼び止めようとした。

カナタは慌ててハルカの腕をつかみ、それを引き留める。

「今のあの子は、『蓋』としての役目を果たしている。役目を知らされていないからこそ、プラント思念が安定していられるんだ。ここで声をかけて彼女の心を乱したら、プラントに異常が生じかねない」

ハルカは尚も名残惜《なごり》しく、妹の後ろ姿を見送り続けていた。

何かを感じた。思念過敏体質のカナタだからこそわかる、思念解析士が放つ探索思念の気配だ。それはカナタにとって、ある種の「匂い」として感じられる。火薬のようなきな臭さだ。

気付いた時には、もう手遅れだった。二人は、逃げ場なく取り囲まれていた。

「あなたが、ハルカね」

野分浜に彼らが侵入してきた際に、ハルカの存在に気付き、ペンダントヘッドを引きちぎった女だった。変装なのが丸わかりな金髪のウィッグにサングラス姿は、女スパイを気取っているように見える。その背後には、今日は思念供給公社の制服姿の思念解析士たち。

「どうしてばれたんだ」

歯ぎしりをするカナタに、ハルカが申し訳なさそうに呟いた。

「青い蝶のキーホルダーを見た瞬間、一瞬だけ、力が解けてしまいました。その時に居場所をつかまれたんだと思います」

無理もない。カナタですら、見た瞬間に「なぜ？」と声を上げそうになったのだから。一度姿を捕捉されてしまえば、どれだけ世界を閉ざそうが、認識から外れることはできない。道端の石ころも、赤いペンキで塗られれば嫌でも目立つ。

「最初っから、眼をつけられていたってことか……」

早苗さんの父親と話すために「世界を閉ざす力」を解いた。そのときに捕捉されていたのだろう。カナタたちがサユミに接触することを予想して、サユミに探索の網を張り巡らせていたのだ。

サングラス姿の女が、ハルカとカナタの前に立った。

「初めましてハルカさん。そしてカナタ君」

値踏みでもするように、彼女はカナタを見据えていた。

「残念ながら、あなたに思念受容しか力が無いってことは、すでに今までの行動で解析済みよ。この人数を相手にする力もないでしょう？　大人しく、ハルカを渡しなさい」

女は、配下の思念解析士たちに指先のわずかな動きで命じる。

――イチかバチか、やってみるしかないか……

カナタは覚悟を決めた。諦めの表情に映ったのだろう。酷薄《こくはく》な笑みを浮かべて、思念解析士たちが迫る。カナタの能力は、思念の「受容」だけだ。外部に対する攻撃能力などはない。

カナタは、ハルカと結んだ手を強く握った。その瞬間、ハルカは、いったん解いていた「世界を閉ざす力」を、再び張り巡らせた。女や思念解析士たちを、思念の「鎖」ですっぽりと包み込む。

「今だ！」

カナタは思念の「蓋」を外して、ハルカが閉ざした世界の中の思念を一気に吸い込んだ。最初の逃避行で、思念供給管を通じてやった、思念の真空状態を作り出す力を、ここでも発揮した。閉ざされた思念空間での「吸い込み」の威力は強力だった。「今の思念」を吸い取られて、彼らの意識が「飛ぶ」。それはほんの数秒しか効かない。だが、その数秒のうちにその場を離れれば、また二人は、思念解析士の思念探索でしか捕捉できなくなる。しばらくは時間稼ぎができるはずだ。万が一の場合にと、ハルカとバスの中で、手順を話し合っていたのが功《こう》を奏《そう》した。

カナタは、ハルカの手を握って走り出した。

「カナタさん、大丈夫ですか？」

ハルカもわかっている。今の一撃が、カナタの思念に大きな損傷を与えたことを。高濃度の酸素をいきなり大量に吸い込んだようなものだ。頭がくらくらする。数時間もしたら、「揺り戻し」で、カナタは昏倒《こんとう》するだろう。

一刻も早く、野分浜に戻りたい。二人はバス停に駆け込んだ。

「くそっ、遅かったか！」

折り返しの３０９５バスは、三分前に発車してしまっていた。

「カナタさん、どうしましょう？」

一度捕捉されてしまった以上、ほんの微かな思念の揺れを辿って、彼らはハルカを見つけ出す。とても逃げ切れない。

「あんたら、追われてんのか？」

不意に呼び止められた。どこかで見た覚えがある。礼拝所を蘇《よみがえ》らせようとしている浩介という男性だった。礼拝所でイベントを開くと言っていたので、チラシ配りをしていたようだ。

「助けて……もらえますか？」

ハルカが、浩介に向けて一歩を踏み出した。自分たちの母親が深くかかわった場所に再び光をあてようとしている人物だ。そのことに、ハルカは救いを感じたのだろう。

だがその浩介は、金髪で耳にピアスをして、腕や手の甲にはタトゥーが禍々《まがまが》しい。味方になってくれるとは、お世辞にも思えない。

見極めがつかずにいるうちに、追手が迫る。

「あなた、その二人を捕まえていて！」

思念解析士を率いる女が、浩介にそう命じた。供給公社の制服を着た思念解析士とカナタたちの、どちらが怪しいかは一目瞭然だった。

「わかんねえけど、わかったよ」

浩介はそう言って、大きく息を吸い込んだ。

「ドロボー！」

割れんばかりの大声を響かせる。思念解析士たちが、思わず足を止めてしまうほどだった。

「どうしたんだ、コースケ？」

「浩介君、何があったんだい？」

浩介の顔見知りなのだろう。町の人々がわらわらと集まって来る。

住民たちに十重二十重《とえはたえ》に取り囲まれ、追手とカナタたちは完全に遮断された。

「あんたら、今のうちだ。礼拝所まで逃げろ」

浩介に耳打ちされた。ハルカは「わかりました」と頷いて、言われた通りに走りだす。

「礼拝所なら……」

「礼拝所が何だって言うんだ？」

あんな所に逃げ込んでも、すぐに見つかってしまうのがオチだろう。

「礼拝所の鐘には、私の母が大きくかかわっていたのに、供給公社も管理局も関心を示していません。何か遠ざける仕組みが、あの場所に隠されているからではないんでしょうか？」

だとしたら、自分たちを追手から遠ざけることもできるのだろうか？　わずかな希望を胸に、二人は礼拝所に駆け込んだ。

「浩介から連絡が入ってるわ。さあ、こっちに来て」

早苗さんは、わけも聞かずにハルカを奥の一室へと導いた。カナタは扉を閉め切って、窓の隙間から外の様子をうかがっていた。追手が迫る様子はない。

しばらくして、二人は揃って部屋から出てきた。早苗さんは、携帯電話を手にして、浩介と会話中だった。

「追ってる人たちは、町の人たちが足止めしてるそうよ。浩介もすぐに、こっちに戻って来るって」

「どうして初めて会った俺たちに、こんなに親身になってくれるんだ？」

缶コーヒーを差し出して、早苗さんは屈託《くったく》なく笑った。

「だって、浩介の人を見る目に、間違いはないもの」

共に歩む相手への絶対的な信頼があふれ出すようだ。早苗さんの姿を、カナタは眩《まぶ》しい思いで見つめるしかなかった。

「追手がこっちに来ているわ。二人とも、どうする？」

早苗さんが切迫した声で告げた。

「こうなったら、やつらを存分に引きつけてから逃げた方がいい。協力してもらえますか？」

早苗さんとハルカは、顔を見合わせて頷き合った。

「いたぞ、あそこだ！」

思念解析士の一人が、礼拝所の裏手から抜け出そうとしたカナタたち二人を発見した。

「よし、逃げるぞ！」

追手が目と鼻の先に近づいてから、カナタたち二人は礼拝所から駆けだした。再び逃走劇が始まった。

しばらく走るうち、浩介のバイクの爆音が聞こえ、遠ざかって行った。彼の方には追手はついていないはずだ。

カナタたちは駆け続けた。だが、追手は追跡を専門とするだけに、次第に差が縮まって来た。遠羽川の橋を渡り、市街地に近づいた頃、ついに前方を車で塞《ふさ》がれた。背後からは追手が迫り、二人は進退窮《きわ》まった。

「さあ、ハルカを渡しなさい」

車から降りた女が、「ハルカ」の腕を取った。伏せていた顔を、無理やり振り向かせる。勝ち誇っていた表情が青ざめた。

「あなたは……、ハルカじゃないわね」

サングラスを取った女は、歯ぎしりせんばかりにして睨み付けた。

「あいにくだったな。ハルカは今頃、バイクで野分浜に入ってるよ」

礼拝所で、ハルカと早苗さんは服を交換していた。早苗さんをハルカに仕立て上げ、追手に追われているうちに、浩介がハルカを野分浜まで送り届ける作戦だった。ハルカの服を着た早苗さんは、「残念でした！」と言い残して、女の腕を振り解いて駆け去った。

思念解析士に思念探索をされてしまえば、すぐに露見しただろう子どもだましだ。だからこそカナタは、敢えて姿をさらして、追いかければすぐに捕まえられると思い込ませた。思念解析士たちは思念探索をするまでもないと、探索の「糸」を切ってしまったのだ。

女は、気を取り直したように首を振った。

「こうなったら、あなただけでも捕まえなきゃね。管理局のことも、いろいろと喋ってもらわなきゃいけないわね」

裏切者なうえに、思念過敏体質の自分が捕まったらどうなるか……。際限のない思念実験に使われた上で、廃人になって捨てられる未来は目に見えていた。

「あなた一人なら、手荒な真似をしても問題はないわね」

女は、腰に下げていた装置をカナタに向けた。

「思念錠か……」

対抵抗勢力を想定した拘束武器だ。思念の武器としての利用は、国際規約によって禁じられている。だが、抵抗勢力に対してだけは、使用が許可されている。

「もう、動けないわね？」

女の言葉は、すでにカナタが「逃げられない」と信じて疑わない、余裕のあるものだった。

雑踏の中での捕獲劇だが、気付いている者はいない。女も思念解析士たちも、カナタからはそっぽを向いている。道行く人が、カナタが不自然な格好で静止しているのを訝《いぶか》しむくらいだ。

思念錠による縛《いまし》めは、痛みも圧迫も生じない。身体を動かさない限りは……。

指一本でも動かそうものなら、強烈な「痛み」と「不安」とが心を襲う。思念錠から、痛みと不安を引き起こす思念が放出されるためだ。思念過敏体質のカナタには、特に強烈に作用する。

一寸たりとも動けなかった。

人通りが途切れたのを見計らって、女がカナタに近寄った。動けないカナタを覗き込む。

「さあ、行きましょう、カナタ君。あなたを囮《おとり》にして、ハルカをおびきよせるわ。もっとも、ハルカにとってあなたが、そこまでして奪い返すほどの価値があるとは……」

突然、誰かが飛び込んで来た。女とカナタの間の、「見えない鎖」を、自らの身体で断ち切ろうとするように。

「くっ！」

力ずくで、「思念の錠前」を引きちぎったようだ。腕力ではない。思念の強い力を放出することで、カナタの縛めを無理やり解《と》いたのだ。

「ハルカ、どうして戻って来たんだ？」

とっくの昔に、浩介のバイクで野分浜に入っているはずだった。戻って来ては、せっかくの偽装工作も無駄になる。

「誰かが、心に訴えて来たんです。カナタさんと離れるなって」

それは、二十年前に礼拝所で鐘をつくったハルカとカナタの母親の意思だろうか？

「飛んで火に入る夏の虫ってとこね」

思念解析士を率いる女が、舌なめずりせんばかりの声を出す。

カナタは、地面が揺れるのを感じた。揺れているのが地面ではなく、自分の思念であることに気付かされる。無理をして力を使った「揺り戻し」が、今になって襲ってきた。

——こんな時に……

カナタは歯噛みした。今こそ、ハルカを守らなければならない。そんな時に、カナタの弱さが露呈したのだ。

「ハルカ、お前は、俺が守る！」

無意識のうちに叫んでいた。

「私も、カナタさんを守ります！」

ハルカもそれに応じる。二人は手を握った。意識が揺れる。カナタの身体をハルカが支える。

「どれだけ世界を閉ざしても無駄よ！　同じ手は通じないわ！」

思念解析士たちは、自らの思念に防御態勢を敷いているはずだ。その状態では、思念の真空状態を生じさせることはできない。それでもハルカは、自らの思念を封じ込めるようにして、世界を閉ざした。カナタをこの場から逃すために。

その瞬間、鐘の音が鳴り響いた。記憶から消されていた、二十年前の鐘の音だ。

「何？　この音は？」

音の記憶があまりにも強烈で、それはまるで閃光《せんこう》のように「閉ざされた世界」の中を駆け巡った。その「光」は、解析士たちの思念にも影響を及ぼしているようだ。眩《まぶ》しすぎる「光」で、捕捉が困難になる。

二人は、手を握っている。だけどハルカの手は、幼い子どものように華奢《きやしゃ》だった。いや、それはカナタの手もだ。

――あの時も、そうだった……

カナタは思い出していた。二十年前、別々の場所で生きることを、それぞれの母親から告げられた。悲しくはあったが、二人は確信していた。いつか必ず、二人は再び出逢うことを。二人で力を合わせて旅をしてきた自信が、そう思わせたのだろう。

カナタは、ハルカに約束していた。次に会った時は、絶対にハルカを守ると。ハルカもまた、カナタに約束していた。次に会った時は、絶対にカナタと共に歩くと。

――ハルカ・カナタへ、共に向かう……

それは、いつか再びハルカとカナタが出逢う「未来の運命」に向けての、二人の母親からのはなむけの言葉だったのだろう。

それぞれに、生きてきた意味を再確認する。ハルカの放浪の旅と隠棲《いんせい》の日々。カナタの自分を苛《さいな》み続けた日々。それにもきっと意味があったのだ。自分たちは、意味もなく日陰を生かされていたわけではない。目的があるんだ。今は心からそう思えた。

カナタは、鐘の音の導く方向へと一歩を踏み出した。ハルカと二人、しっかりと手をつないで。

「どこ……？　ハルカ、あなたはいったいどこにいるの？」

女の呻くような声が、どこかから聞こえる。

二人は、ここにいて、ここにはいない。「ここではないどこか」に向けて歩き続けていた。


「次は、野分浜、野分浜です。お降りの方は、お知らせください」

聞き慣れた、律儀な声のアナウンスで、カナタは目を覚《さ》ました。カナタはバスの中にいた。

運転士は、いつもの３０９５バスの男性だった。

どうやって追手を振り切ってバスに乗ったのだろうか。

隣ではハルカが、カナタの肩に頭をもたせ掛け、安らかな眠りについている。供給公社との攻防など、何もなかったかのように……。

早苗　1月25日（日）　あと31日

礼拝所でのイベントまで一週間と迫り、準備も大詰めを迎えた。

「西山さん、買い出しありがとう。手の空いた人、写真の搬入と設置、手伝ってね。あっ、佐藤《さとう》さん、高平《たかひら》さんと一緒に周辺の家へ、チラシのポスティングお願いします。山下《やました》君、前庭の区画割り、もう一回チェックし直しておいてね。機材関係は、業者に最終確認の電話をして。取材対応は私がします」

多くの人たちが、何の見返りもないのに、忙しく物品を搬入し、飾り付けを手伝い、準備を整えてゆく。早苗は自分で計画した作業工程表と首っ引きで、人々に指示を与えてゆく。

「早苗がいてくれて助かるな。俺じゃ、何からすりゃいいのか、こんがらがっちまうよ」

「人を惹《ひ》きつけるのが浩介の役目。私はみんなを動かす役目だよ」

浩介はデンと構えて見守っていればいい。筋道を立てるのは早苗の役目だった。

「浩介さんと早苗さんって、二人で一人って感じですよね。何だか、鐘と舌《ぜつ》みたいだ」

写真を運ぶついでに飾り付けまで手伝ってくれた図書館の西山さんが、早苗に話しかけてくる。

「ゼツって何ですか、西山さん？」

「鐘ってそこにあるだけじゃ、音はしないでしょう？　鐘の中から下がってる金属の棒と触れ合って、初めて音が響くんです。その棒を『舌』っていうんですよ」

礼拝所の昔の写真を集めるうちに鐘に興味が出て、図書館で調べたのだという。

「それじゃあ、鐘と舌がうまく釣り合っていないと、いい鐘の音は響かないってことね」

「どちらかが欠けても、うまく行かない。互いの存在を認め合っているからこそ、周囲に幸せを響かせることができる。僕も、そんな関係になれたらいいな」

どうやら西山さんには、そんな風に思える相手がいるようだ。

去り際に、彼は礼拝所を振り返った。

「何だか、礼拝所も喜んでるみたいですね。晴れやかな顔してる」

西山さんは、勤め先の図書館でも、本を「この子たち」と呼んでいる。礼拝所も、彼にとっては、長い間仲間外れにされていた子のように思えるのかもしれない。

礼拝所の変化は、早苗も感じていた。まるで霧が晴れたように、礼拝所は装いを新たにしていた。それはちょうど、追われていた二人を助けた頃からだっただろうか。

「ここは、俺にとっても、大事な場所だったんだな……」

浩介もまた、礼拝所を見上げて呟く。浩介の心にも、ある変化が訪れていた。この場所にまつわる記憶が、今になって突然蘇ったのだ。

幼い頃、母親が病死して父親が行方をくらまし、浩介は天涯孤独《てんがいこどく》の身の上となった。住んでいた家からも借金取りに追いやられ、食べるものすらなく街をさまよっていた浩介は、道端に倒れそうになる所を、優しく抱きとめられた。暖かな部屋と食事が与えられ、母を思わせる女性が看病をしてくれた。栄養失調で視力すら弱まった浩介には、それが誰かはわからなかった。

次に気付いた時には、浩介は病院に収容されていた。身体が回復してから、浩介は女性にお礼を言おうと礼拝所を訪れた。そこには誰もおらず、礼拝所は固く扉が閉ざされていたという。

「何で俺は、この場所での記憶を、すっかり忘れちまっていたんだろうな？」

首を傾げる浩介もまた、礼拝所を遠ざける見えない呪縛の下にあったのだろうか。

「きっと早苗のお母さんが、俺と早苗を、この礼拝所で引き合わせてくれたのさ」

浩介は信じていた。浩介の命の恩人である礼拝所の女性が、早苗の母親だったと。

しばらく礼拝所に泊まり込みになりそうなので、早苗は着替えを取りに、一旦家に戻った。父の工房から、話し声が聞こえる。来客の姿に、思わず息を吞む。威圧的な巨体に、腕の刺青。浩介と仲の良い、異邦郭の虹龍という男性だった。

「解ケタヨウダ。呪縛ガ」

「そうですか……」

父親は言葉少なに答えて、ずっと前から取り組み続けている作品を磨きだす。昔からそうだった。早苗の眼からは、もう立派な完成品に見える作品と、父親はいつまでも向き合っていた。時には一週間も見つめているだけのこともあった。

「コレデ扉ニナル。アノ場所ハ。ヒビキノ望ンダ。二ツノ世界ヲツナグタメノ」

虹龍の語る言葉は、早苗には意味不明だった。だが、彼が話しながら見下ろす街の風景の先には、礼拝所の尖塔があった。

振り向いた虹龍は、早苗の姿に満足そうに頷いて、胸に手をあてる居留地風の挨拶をして去って行った。

「帰っていたのか」

父は短くそう言うと、汚れた手袋を外し、煙草《たばこ》に火を点けた。煙が夜空に漂う。整頓された工房は、父親の心の内側を垣間見るようでもあった。誰にも手を出すことができない、父親だけの世界だ。そこに早苗は、自分を律しようとする悲しさも感じていた。母がいた頃の父は、どんな人だったのだろう？　早苗には想像するしかなかった。

「もしかして、尖塔の鐘をつくったのは、お母さんなの？」

母が礼拝所の鐘をつくったとしたら、いったいどんな想いが込められていたのだろう。

「あの鐘とお母さんとは、何か関係があるの？」

ずっと聞けなかった、踏み込めなかった、父と母のこと。その一歩を踏み出させてくれたのは、浩介だった。

「くだらんことを考えなくてもいい」

父はいつもの通り、早苗の疑問に答えない。だが今は、そこで終わらせたくはなかった。

「お母さんのことは、くだらないことなの？」

背を向けた父親の肩が、わずかに動いた。

「私たちは決めたの。あの場所にもう一度、人を集めてみせるって。そうしたら、お父さんも私たちを認めて欲しいの」

父親は再び仕事に没頭しだす。もう、声はかけられなかった。


その夜、二人は警備のために、礼拝所に泊まり込んでいた。

「なあ、早苗。イベントが成功したら、結婚しないか？」

「浩介……」

浩介は、照れたように頭を掻《か》いて、眼を合わせようとしない。

「俺って、多分一人じゃ駄目なんだ。いくらでも動ける、何をしても疲れやしない。でも、ずっと自分を持て余して、空回りしてたんだ。早苗に会うまでは」

正直な思いを伝えようと、浩介は必死だった。

「俺はいろんな人を惹きつけちまうけど、何をしてもうまくいかなかった。それはきっと、鐘があるだけで鳴らせないみたいなもんだと思うんだ。どんなに立派で、響きの良い鐘がぶら下がっていても、その中の舌ってやつが、鐘を叩いてあげないと、鐘は音を響かせられなくって、宝の持ち腐れになるわけだろう？」

「それじゃあ、浩介が鐘であたしが舌ってこと？」

「二つがあって初めて、音を響かせることができるんだ。俺たちも、きっとそうなんじゃないかって思ってさ」

浩介はじっと早苗を見つめ、答えを待っている。少年のような……、いや、少年そのものの、素直すぎる瞳だ。

「浩介……、私も、同じことを言おうと思っていたの」

浩介と二人なら、一歩を踏み出すことができる。その先に何があるかは見えなくても。

浩介が、早苗を強く抱き締める。

「結婚式は、いつにしようか」

耳の横で、浩介の声が、優しく響いた。

クロダさん　1月29日（木）　あと27日

膝を抱えて丸まったまま、クロダさんは起き上がりこぼしのように、畳の上をゴロゴロと転がった。

「困ったナァ……」

回り続ける視界の隅に、絵筆が嫌でも入って来る。

――だけド、まダ、絵の具がナイ……

転がったままの逆さまの世界で、逆さまの女性の顔が覗き込んだ。

「ただいま戻りました」

「お帰りなさい」

彼女は夜な夜な、弦楽器を携えて、どこかへ出かけるようになっていた。帰って来るたびに、眼に見えて消耗していた。

「なんだか疲れてるみたいだヨ。大丈夫？」

体力的な疲れとも、精神的な疲れとも違う。自らの一部をもぎ取られてしまったように影が薄くなり、今にも消えてしまいそうだ。

「毎晩、街に出て、アナタは何をしてるノ？」

「歌を作らなきゃならないんです。それが、私のこの街での役目」

寂しげに微笑んで、弦楽器を手にする。壁にもたれて、弦に指を添える。愛《いと》おしむような、小さな爪弾《つまび》き。一音一音が、街に生きる人のようだ。爪弾く彼女が、運命を変え、人の人生の行き先を指し示す。そうせざるを得ない彼女の苦しみ、悲しみが、そのままに伝わってくる。音は重なり合い、空へと駆けのぼっていった。

旅の中で出会った、さまざまな人が蘇る。

絵を描くたびに、信頼した人々を裏切って来た。二度と会うことはない人々。だからこそ、クロダさんが姿を消した後に彼らが見せただろう悲しい顔は、想像から消えることはなかった。

「私はこの楽器を弾くたびに、出会った人たちの運命を捻《ね》じ曲げてきました。自分ではどうしようもないんですけれどね」

彼女もまた、魂の衝動に突き動かされるようにして、旅を続けてきたのだろう。

「毎晩、私はこの街の人の想いを受け止めているんです」

「受け止めて、それをどうするノ？」

「想いの涙を集めなきゃいけないんです」

彼女が差し出したのは、ガラス瓶の容器。冬の空を思わせる青い液体が入っていた。

「揃っちゃったよ……」

クロダさんは驚きよりも、呆れた気分で膝を抱え、畳の上でぐるんと転がった。

瀬川さん　1月31日（土）　あと25日

「おじいさん、ちょっと図書館に行ってきますよ」

「ああ、行っておいで」

丹念に新聞を読み返していたおじいさんに送り出され、瀬川さんは図書館に向かった。

「こんにちは。瀬川さん。リクエストの本、届いてますよ」

図書館第五分館の西山くんは、今日も元気だ。

「あんたの声を聞いてると、若返るみたいだね」

西山くんが本を差し出す。第五分館だよりをしおり代わりにはさんでくれる。彼のお手製で、これを楽しみにしている利用者も多い。

「いただいたラジオ、使ってますよ。やっぱり古いものっていいですね」

「そうかい。気に入ってくれてよかったよ」

廃屋にずっと置かれていたラジオだった。運命を捻じ曲げてしまう人々にラジオを渡してほしいと、キザシから託されていたのだ。

図書館のエプロンをつけた女性が、本を運ぶ大きな箱を手にしてやってきた。

「西山くん、これ、お願いね」

「滝川先輩。お疲れ様です」

中央図書館からの連絡便のようだ。彼女が本をカウンターに置き、西山くんが受け取る。何気ない動作だけれど、二人の息はぴったりと合っていた。

「あらあら、可愛いお嬢さんだこと。西山くん、この人をお嫁さんにもらったらどうだい？」

「ちょっと瀬川さん、失礼でしょう。そんなこと、突然言っちゃ」

西山くんが慌てているが、瀬川さんはお構いなしだった。

「ねえお嬢さん、あんた西山くんのこと、どう思う。今はまだ頼りないけど、いい旦那さんになりそうだけどねえ」

突然の話に、女性は固まったように動きを止めてしまった。でもすぐに、にっこりと笑って瀬川さんに向き直る。

「とってもいい人だと思います。私なんかじゃもったいないくらい」

彼女はそそくさと荷物を下ろすと、西山くんに眼くばせをして、すぐに帰ってしまった。

「瀬川さん、わかっていて、あんなこと言うなんて、ひどいですよ」

「ちょっと、いたずらが過ぎたかねえ」

頭を掻いていた西山くんは、すぐに真顔になった。

「ところで瀬川さん。次の月曜日は、大丈夫ですか？」

「ああ、大丈夫だよ。あと二、三人は、昔のあてがあるからね。そこに行ってみよう」

「すみません。お世話をかけます」

「あのお嬢さんの心の闇を開くために、金庫を開けたいんだろう？　がんばらなくっちゃね」

西山くんは、頬を赤らめて頷いた。

「もし将来結婚するような時には、あたしが部屋を世話してあげるからね。最初は二人で住むアパートかね」

「ありがとうございます。だけど、もし、この世界が終わってしまうなんてことが起こらないんだったら、将来は、瀬川さんが住んでるみたいな、庭付きの一軒家に住みたいなあ」

西山くんは、年のわりに古風なところがある。だからこそ、第五分館の常連のお年寄りたちの人気者なのだ。

「ところで、あんたが開けようとしてる書庫ってやつを、ちょっと見せてもらってもいいかい？」

「ええ、構いませんよ」

瀬川さんは事務室に入り込み、奥のカーテンを開ける。分厚い金属の扉。この図書館が銀行だった頃から残された、巨大な金庫だ。図書館になってからは、閉架書庫として使われていた。

扉に耳をあてる。子どもの安らかな寝息を聴き取るように。

異国の地に旅立ったヒビキは、誰も訪れない森の奥で、「本を統べる者」に出逢った。狩猟者によって「野性の本」を奪われ、「本を統べる者」は相次いで、図書館という安息の地に逃げ込んでいた。ヒビキが出逢ったのは、この世界に残された最後の「本を統べる者」だった。

狩猟者に追い詰められて傷ついた「本を統べる者」は、もはや本たちを守ることもできず、静かに最期の時を迎えようとしていた。ヒビキは本を守ることを約束し、何も記されていない、「野性」の血を残した本たちを託された。

ヒビキが「本を統べる者」の元から送り出した3095冊の本たちは、最後の力でこの街まで羽ばたいた。キザシによってこの金庫に導かれ、深い眠りについたのだ。追われ続けた心の傷をいやし、いつかそこに、物語が刻まれる時を待ち望んで……。

それから二十年近い月日が流れた。

分厚い扉越しに、西山くんは毎夜、閉じ込められた本たちに語りかけていた。外の世界にあふれる希望を。本にとっての、人に読まれるということの喜びを……。

「あの滝川さんってお嬢さんが、ここを開けて、四つの大きな歯車の一つを回すんだね」

予兆が図書館を訪れ、その運命を彼女に刻んだ。

滝川さんの「力」は、本の調教だという。「本を統べる者」が絶滅した今、野性を残した本を制御できるのは、生まれながらにその力を持った「調教師」だけだ。

キザシが「予兆」を受け継いで最初の「人の運命の翻弄」が、幼い滝川さんを暗闇に閉じ込めることだった。それ以来滝川さんは、決して暗闇に近づけなくなった。そんな滝川さんが図書館員になって、第五分館に勤める西山くんと出逢った。

前の予兆の言葉に従って、瀬川さんは西山くんに、金庫の鍵を開けることが、滝川さんの心の闇の扉を開けることにつながると信じ込ませた。だからこそ彼は、勤務が終わった後は一人で金庫のダイヤルを回し続けている。

西山くんは、決して鍵を開けることはできないだろう。だが、彼の「無駄な努力」が、滝川さんに、闇に近づく勇気を取り戻させるはずだ。

勇気を取り戻すのは、滝川さんだけではない。西山君に励まされた本たちもまた、眠りから覚めて外の世界に出たいと願うだろう。本たちが金庫の中から伝える鍵を開ける番号を、「調教師」の力を潜在的に持つ滝川さんは、無意識に読み取ってダイヤルを回すはずだ。

だからこそ、西山くんの努力は無駄ではない。

３０９５冊の本が群れをなして舞い上がる様を、瀬川さんは思い浮かべる。それは、美しくも悲しい光景だった。

図書館からの帰りに、瀬川さんは畑の中の一軒家に向かった。

「クロダさん、お邪魔するよ」

「あっ、大家さん。こんにちワ」

「二階を掃除させてもらうよ」

「二階も、誰かに貸すんデスか？」

クロダさんには、一階だけを利用する条件で、この家を貸していた。第一、この傾きかけた家では、二階に上るのも一苦労だ。

「住んでたマンションを追い出される男の子がいてね。しばらく二階の部屋に避難させるのさ」

「それジャあ、引っ越しテ来られた時に、挨拶しなくっチャ」

クロダさんはそう言って居住まいを正した。

「二階の部屋は使うけど、住人がこの家に来るってことはないさ」

謎かけのように言うと、クロダさんは首を傾げた。

みしみしと鳴る階段を使って、瀬川さんは二階に上がった。軋《きし》む窓を開けて空気を入れ替え、畳をぞうきんがけする。この場所で様々な予兆が、逃走の日々の中でしばしの安息を得てきた。

「また逢いましょう。キザシ」

十年前に、瀬川さんがお別れに言った言葉だ。その約束はまだ、二人の間に残り続けている。

「約束通り、逢いに行くよ。ハルカとカナタを連れてね」

瀬川さんは、新しい季節の訪れを待ちわびるように、窓から空を見上げた。その空のどこかに、彼女の意志が受け継がれている。

階段を軋ませて一階に下りる。クロダさんは、絵の具の瓶を前にして途方に暮れ、畳の上で起き上がりこぼしのように転がっている。

クロダさんの「力」は、描いたものによって人を結び付ける。その力は、自らを長い旅へと駆り立て、黒田さんの元へと導いたのだ。

ヒビキがハルカをこの国に戻すために一時帰国したのは、キザシがプラントの中に消えて二年後のことだった。その際にヒビキは、廃屋の一階を「ある場所」と置き換えるように頼んだ。わけもわからず「置き換え」の力を使った瀬川さんだったが、後にその理由がわかった。自分が置き換えたのは、クロダさんの故郷の家だったのだと。

早苗　2月1日（日）　あと24日

二日間のイベントの初日がやって来た。

「今日は礼拝所復活記念イベントを開催しまーす！　皆さんお揃いで、お越しくださーい」

たくさんの風船を用意して、開店大売り出しの宣伝のように、仲間たちが声を上げる。だが人々の向ける視線は、建物がどんなに装いを新たにしようが変わらないようだ。街の人々にとってこの場所は、理由なく遠ざける場所として認識されている。誰も足を止めようとせず、むしろ避けるように迂回《うかい》してゆく。

街の人々の心の呪縛はまだ、解けていないのかもしれない。

「早苗、まだまだこれからだ」

浩介は落ち込む様子はなかった。礼拝所の正面に仁王立ちして、じっと待ち続ける。出会った人を無条件に信じること。それが彼にとってのたった一つの突破口なのだから。

祈るような時が流れた。この一年の思いが蘇ってくる。周囲の蔑《さげす》みの目に曝《さら》されながら、片づけ続けた日々。何度もゴミを捨てられ、落書きを繰り返されて、一からやり直した日々。浩介と早苗が乗り越えてきた日々を……。

やがて、最初のお客様がやってきた。小さな子どもたちだ。

「こんにちは、浩介さん、早苗さん。遊びに来たよ」

「おっ、駿坊、お友達を連れてきてくれたのか？」

「だって、約束だもん」

駿君は澄まし顔で言って、浩介から風船を受け取った。

「浩介さん、私がお役に立てるカシラ？」

駿君が連れて来た「お友達」には、異国情緒たっぷりのあでやかな衣装が一際眼を引くクロダさんもいた。

「浩介、来タナ、イヨイヨ、コノ日ガ」

居留地の民に特有の話し方の虹龍に連れられて、異邦郭の楽団も揃い踏みした。

「じゃあ、僕たちが、お客さんを連れて来るよ！」

楽団が民族音楽を奏でながら行進しだす。クロダさんはクルクルと独楽《こま》のように回りながら踊って人々を魅了した。秋の商店街仮装パレードで特別賞を受賞しただけに、宣伝効果は抜群だ。

駿君たちは手に手に風船を持って、行進をいっそう華やかに彩った。にぎやかなパレードの始まりだった。

彼らがひかり地区を一回りし、礼拝所に戻って来た頃には、まるでハーメルンの笛吹きのように、大勢の人々を引き連れていた。

「さあ、お祭りの開始だ！」

浩介の宣言で、イベントは幕を開けた。前庭では、ケータリングサービスや屋台が連なり、大道芸に子どもたちの歓声があがる。異邦郭から出張販売に来た店々が、居留地でしか手に入らないお茶やお香を格安で放出し、人々が群がっていた。大道芸のお兄さんがバルーンアートのパフォーマンスを開始し、子どもたちは我先に駆け寄った。異邦郭の楽団と踊り子たちが、会場に花を添える。

礼拝所の中では、写真展が好評だった。思い出話がそこここで花咲く。かつてこの場所が人々の心の中に確かにあったことを、地域の住民たちは心に蘇らせようとしている。

「駿坊、ありがとうな。おかげで大成功だ」

浩介は握手したまま駿君の身体を引き寄せ、何かを耳打ちした。

「ホントに？」

駿君が目を輝かせて浩介を見つめ、その瞳をそのまま早苗に向けて来た。

「ああ、ホントだ。だから、決まったら絶対来てくれよ」

「うん、ぜったい行くよ！」

「何を約束したの？」

浩介と駿君は、顔を見合わせて、企《たくら》み顔になる。

「秘密――！」

第五章　歯車の軋《きし》み

持田さん　2月3日（火）　あと22日

冬の青空が、視界いっぱいに広がる。

毛布に包《くる》まって寝転がったまま、持田さんは空に向けて尋ねた。

「今日のメニューは？」

毛布に包まって寝転がったまま、奥さんは右手を空に伸ばし、指を折る。

「今日は、商店街の横田《よこた》精肉店特製牛肉コロッケと、鍋田煎餅《なべたせんべい》店の特売割れおかき、私がつくったマグロのカルパッチョに、瀬川さんからのいただきものの野菜の煮物、それに黒ビール」

「上等だね」

「ハヤハヤ」で仕事を終えた日の午後、レジャーシートを敷いてマンションの屋上で過ごす。周囲にはこのマンション以上に高い建物もあるが、こうして寝転がってしまえば完全に死角になる。二人だけのオアシスだ。

「どうして君は、鍵を持っているんだい？」

屋上に上る階段を塞《ふさ》ぐ鉄の扉には、「危険　立ち入り禁止！」の貼り紙が睨《にら》みを利《き》かせ、住民の侵入を阻《はば》む。奥さんは鍵を高く掲《かか》げ、得意げに振り回した。

「瀬川さんが、あんただけは特別だって、渡してくれたの」

奥さんは、マンションのオーナーの瀬川さんと仲良しだ。持田さんは会ったことがなかったが、奥さんがバス運転士になったのも、瀬川さんの励ましがあったからだった。

「このラジオも、瀬川さんから頂いたの」

傍《かたわ》らの古い型のラジオから流れてくる音楽は、最新ヒットチューンのはずなのに、なぜか十年も前の古い音楽のように聴こえる。

手をつないだまま毛布に包まる。二月の冷気も、仕事のストレスも、そして、もうすぐこの世界が終わってしまうという刹那《せつな》的な空気も、毛布の中までは襲ってこない。目の前にはただ、冬の澄《す》み切った空だけが広がっていた。

「昔を思い出すね」

「どんな昔だい？」

「あのね、初めて手をつないだ日のこと」

「それは、初めて出逢った日のことかな」

「ううん、初めて抱き合った日のこと」

「つまり、初めて笑い合った日のことだね」

どれも全部、同じ一日の出来事だ。五年前のその日、二人は初めて手をつなぎ、そして出逢い、抱き合って、笑い合った。

出逢いのその前から、二人は手をつないでいた。

五年前、この街の花火大会の日だった。

会場近くのバス転回場は恰好の観覧スポットとあって、有料観覧席として市民に開放される。

割を食ったバスは城跡の城壁下の狭い駐車場に追いやられ、会場と駅との間をピストン輸送していた。

　狭い臨時駐車場に効率よくバスを「押し込む」のが、持田さんたち運転士の役割だ。その夜は会社所属のバスガイドも総出で誘導にあたっていた。バスの背後についたガイドの女性が、笛を吹いて誘導する。持田さんは何度も前進、後退を繰り返して、隙間にはめ込むようにしてバスを停車させた。

　言葉のやりとりはない。だが、彼女の笛の「誘導」は、不思議に持田さんの運転と、しっくりとはまった。どんな女性だろうかと興味を持ち、バスの後部にまわった。彼女の背後で、一際《ひときわ》大輪の花火が、夜空いっぱいに広がる。

　持田さんは空を見上げた。女性も背後を振り返った。

　花火を覆《おお》い隠す黒い影が、二人に襲いかかった。

　その瞬間、持田さんは「誰か」と手をつないでいた。そこから先の記憶はない。気が付けば、二人は地面に伏せ、互いをかばい合うように抱き合っていた。

　二人を取り囲んで巨大な石が落下して、アスファルトにめり込んでいた。城壁の上に観覧席を設置したことで負荷がかかり、石垣が崩壊して落下したのだ。

　二人は手をつないだまま、周囲に落下した巨石を呆然《ぼうぜん》と眺めた。

「怪我《けが》はないかい？」

「怪我はありません」

　互いに傷一つないことを確認すると、放心してそのまま、アスファルトの上に寝転がった。互いの手は、しっかりと握り合ったままだ。目の前に広がる夏の終わりの夜空に、花火が広がった。

「はじめまして」

「はじめまして」

ぎこちなく、場違いすぎる挨拶《あいさつ》を交わし、二人は笑い合った。

あれから五年……。二人は今も、手を握っている。


コロッケの包み紙が、風で飛ばされそうになる。持田さんは手をつないだまま上半身を起こして、左手で紙を押さえた。

「お前も、飛んで行きたいみたいだな」

持田さんは、ブタとウシとニワトリが仲良くスキップする精肉店の包み紙を、半分に折る。折った線に合わせて、四隅の一片を三角形に折り込む。

「手伝ってくれるかい？」

奥さんは自由な右手だけで、もう一方を三角形に折る。折って、押さえ、角度を合わせる。そんな時も、二人のリズムは崩れない。手をつないだままの共同作業で出来上がったのは、ずいぶんといびつな紙ひこうきだった。

「完成！」

持田さんは寝転んだまま、新たな命が吹き込まれた翼を、空に掲げた。1000機の紙ひこうきまで、あと22機だった。

カナタ　2月6日（金）　あと19日

「俺たちは、本当に正しい方向に向かっているんだろうか？」

ベランダに立ち、カナタは呟《つぶや》いた。自分に向けて、そして隣に立つハルカに向けて。建物の隙間から一カ所だけ展望が開け、礼拝所の尖塔《せんとう》が静かに佇《たたず》んでいた。

自分の母親が、管理局に聞かされてきたのとはまるで違う人生を歩んでいたことが、カナタの心に大きな影を落としていた。母は、無軌道で自堕落《じだらく》な人生の果てに自分を産み落として死んでいったわけではない。何か大きな目的を持っていた。それはハルカの母親とも大きく関わっていたはずだ。

そして何より、ハルカとカナタは、二十年前の約束があったからこそ、時を経て、再び巡り合ったのではないのだろうか。

「私は今のまま、思念抽出を受け続けていて、本当にいいんでしょうか？」

五次にわたったハルカの思念抽出は、明日で最後になる。それが終われば、プラントの問題は、ハルカとカナタの手を離れ、管理局の手によって動き出してしまう。

「私たちのこれからの動きが、私の母やカナタさんのお母さんが目指していたことを、完成させるのかもしれませんね」

「そうだな……」

カナタの口数が少ないのを、ハルカは気にしている。

「カナタさん、何か私に話したいことがあるんじゃないんですか？」

これ以上、黙っていることはできなかった。

「俺はハルカに、言っておかなくちゃならないことがある」

ハルカも何かを予期していたのだろう。姿勢を正した。

「俺がなぜ今まで、管理局に言われるがままに動いてきたと思う?」

「それは……、今まで育ててもらったという恩義があるからでは?」

「確かにそうだ。だけど、それだけじゃない」

ずっと秘密にしていたことを打ち明ける。そこから始めなければ、二人は共に先には進めない。

「俺は、思念混濁を抑える注射を二か月に一度、打ち続けないと、心の均衡《きんこう》を保てないんだ」

「それじゃあ……、この野分浜に来てからも?」

「ああ、つい最近も、ハルカの四回目の思念抽出の際に、受けたばかりだ」

一時期頻繁《ひんぱん》に思念混濁が起こり、その後急激に回復するのには、彼女も気付いていたはずだ。

「注射はあくまでも一時凌《しの》ぎでしかない。俺の思念過敏体質を根本から治療するには、ハルカの思念で鎮静《ちんせい》化したプラントの思念が、どうしても必要なんだ」

カナタの告白に、ハルカは神妙な表情で頷いた。

「俺は、将来の思念安定を得るという条件で、ハルカを供給公社に先んじて見つけ出し、ここへ連れて来た。自分の安全と引き換えに、お前を管理局に売ったんだ」

管理局統監や泉川博士とも、旧知の間柄だった。初対面の振りをして騙《だま》していたと知らされ、さすがにハルカも顔を強張《こわば》らせた。

「……だけど、カナタさんは、私を守ってくれました」

「ハルカのためじゃない。それはすべて、俺自身のためだったんだ」

「でも、私の思念を抽出して、プラントの思念を鎮静化させることができたら、私は自由になるし、カナタさんを治す思念もつくり出せるんでしょう?」

「統監や泉川博士には、そう言われている……」

その言葉に望みを託《たく》して、言いなりになって生きてきたのだ。そして同時に、ハルカに危険はないと自分に信じ込ませようとしてきた。

管理局や供給公社に補捉された特殊思念者がどんな「末路」を辿《たど》るかは嫌になるほど見て来た。ハルカの未来が明るくないだろうことは、予想できていた。それを今まで、敢《あ》えて考えないようにしていたのだ。

「もし、ハルカから抽出した思念が、管理局の思惑通りに、プラントの思念を鎮静化してしまったら……」

「母の目指していたものが、実現しなくなるのかもしれませんね」

不安が襲う。母に関する事実を知った今、カナタも管理局を百パーセント信じているわけではなかった。

「私、母と話してみたい」

「でも、ハルカの母親は、もう……」

キザシがプラントに入ったのは十年も前なのだ。生死は判明していないとは言っても、それは単に、プラントを開放できない以上、確認ができないということでしかなかった。

「母の命は消え去っていたとしても、予兆としての意識は、今もプラントの中に残っているはずです。私なら、意識を通じ合わせることができるかもしれない」

「プラントの思念を鎮静化させてしまったら、ハルカの母親の意識と通じ合うことも、できなくなるってことか……」

蘇《よみがえ》った幼い頃の記憶は、プラントの思念と向き合うことを求めていた。それは管理局の計画に待ったをかけるということであり、カナタの思念混濁を抑える特効薬も精製できなくなることを意味していた。

夕闇が訪れ、礼拝所の尖塔は、その姿を二人の前から隠した。それでもカナタは目を凝《こ》らして、尖塔の姿を闇の中に探し続けた。

――向かうべき先が決まっているにしても、その一歩は、自分の意志で踏み出すべきだ――

早苗さんの父親の言葉が、心に何度もよみがえる。

早苗　2月8日（日）　あと17日

礼拝所でのイベントも、二度目の日曜日を迎えた。朝から来場客が引きも切らない。前回の盛況を聞きつけてか、新聞記者も訪れ、早苗は取材対応に追われた。

「ふん、大したイベントでもないのに、よくもまあ人が集まったもんだねえ」

瀬川さんが値踏みするように人々を見渡す。皮肉な表情を浮かべてはいたが、二十年ぶりに昔の姿を取り戻した礼拝所に、喜びを隠しきれずにいるようだ。

「瀬川さん、礼拝所を取り壊すって話、考え直してもらえますか？」

約束の一年が、まもなく訪れようとしている。目の前を楽しげに行き交う街の人々の姿こそが、早苗が約束を果たした証《あかし》だった。

「あんたたち、結婚するそうだね？」

瀬川さんは、まったく別のことを尋ね返してくる。

「え……は、はい」

「ここで結婚式をしな。そうしたら、礼拝所は取り壊さないし、あんたをここの管理人として雇ってやるよ」

思いがけない提案に、二人はすぐには返事をできずにいた。

「二月二十五日に、結婚式をするんだね。正午に、あの鐘を鳴らすんだよ」

瀬川さんは一方的に宣言して、礼拝所の尖塔を見上げた。

「でも、あの場所に、鐘はないんです」

二十年前に一度だけ鳴った鐘は、早苗の母と共に姿を消してしまった。それは瀬川さんもわかっているはずなのに……。

「大丈夫だよ、こんだけ賑《にぎ》わってるんだ。きっと鐘だって、ここに戻って来たくなるだろうさ。そうすりゃ、世界が終わっちまうなんて嫌な噂《うわさ》も、吹き飛んじまうよ」

瀬川さんは、鐘からの希望の音色が聞こえたかのように、遠くの空を見つめていた。

「これが四つの歯車の一つになるんだろうね……」

空に向けて何事かを呟いた瀬川さんが、改まったように早苗に向き直る。

「結婚式が終わったら、教えてあげるよ。あんたの母親のことを」

思ってもみない言葉だった。

「瀬川さん、ご存じだったんですか？　礼拝所にいたのが、私の母だったことを」

瀬川さんは、何か後ろめたいことがあるように、視線を合わせようとしない。

「いいかい、二十五日の正午だよ」

瀬川さんは念押しするように言って背を向けた。

午後五時、二日間のイベントは、大盛況のうちに幕を閉じた。

「ありがとうございました！」

浩介とボランティアのメンバーたちは、笑顔で来場客を見送った。

「これからは、気楽にこの場所に来てくださいね！」

浩介は相変わらず能天気に、人の懐の中に入り込む。だけど、そう言われた相手は、確実に、また礼拝所を訪れるようになるだろう。それが浩介の力なんだ。

——あれは……

車のテールランプが遠ざかってゆく。それは確かに、父が仕事に使う車だった。

——父さん、見に来てくれたの？

その疑問に答えることもなく、父の車は消えてしまった。

カナタ　2月10日（火）　あと15日

洋館の応接室では、管理局統監が二人を迎えた。最後の思念抽出日だ。

「ハルカさん。本当に長い間、思念抽出にお付き合いいただいて、ありがとうございます。これが終われば、あなたの思念は、プラントを鎮静化させるに足るだけの力を持つ思念として働かせることができることでしょう」

統監は、ハルカの苦労をねぎらうように、眼尻の皺《しわ》を深めて微笑《ほほえ》みかける。

「プラントの問題が解決すれば、あなたはもう、供給公社から追われる必要もありません、晴れて自由の身になれるのですよ。そして妹さんも、『蓋』の役割を果たす必要もなくなります。たった一人の肉親である妹さんと会うことができますよ。ゆくゆくは二人で暮らしていけるように、私が便宜《べんぎ》を図りましょう」

　ハルカに向けた言葉は、限りない慈愛《じあい》に満ちていた。思念の不正利用を厳しく監督し、国民の思念健全化に尽力《じんりょく》してきた管理局統監としての「表の顔」だ。

　だが、カナタは知っている。彼はその表情のまま、どんな非情な決断をも下せる立場にあることを。プラントの思念が鎮静化すれば、カナタの思念を安定化させる思念も精製できるはずだ。ハルカに語られていることは、そのままカナタの「自由」へとつながっていた。

「それでは、ハルカさん、始めましょうか」

　泉川博士がハルカを促《うなが》した。

「その前に少し、お話ししたいことがあるんです」

　ハルカはカナタと頷きあって、そう切り出した。

「なんでしょうか？」

「この思念抽出を、一時中断してもらえないでしょうか？」

　突然の二人の申し出に、統監も泉川博士も戸惑《とまど》いを見せた。野分浜を離れて尖塔の秘密に近づいたことは話せない。二人はそれを隠して、今の思いを告げた。

「私の母が、十年前に本当は何をしようとしていたのか。それを確かめたいんです。私を、プラントの思念と、直接向き合えるようにしてもらえないでしょうか？」

　統監は、心の動きを見せない視線で、二人を交互に見つめた。泉川博士は、なぜか少し面白そうな表情をしている。

「しかし……ご存じの通り、プラント内部には、人を近づけない凶暴な思念が充満しています。ハルカさんのお母さんの思念と対話できるとは、とても思えないのですが」

ハルカは、身を乗り出すようにして、思いを訴えた。

「それでも、やってみたいんです。少しでも、プラントの中に母の思念が残っているならば、可能性に賭けてみたいんです」

静かに時を刻んでいた壁の柱時計が、実験開始の時刻を告げた。

「なるほど、ハルカさんの思いは、良くわかりました」

統監は、自分を納得させるようにゆっくりと頷いた。

「ですが、いずれにしろ、ハルカさんの最後の思念抽出は、完了させなければなりません。供給公社の眼を盗んでやっていることなので、この時間帯しかカモフラージュすることができないのですよ」

ハルカの思念抽出は、供給公社どころか、管理局内部でも一部の上層部しか知らない極秘で進められている。だからこそ、正式な管理局の実験施設ではなく、こんな古い洋館を隠れ蓑《みの》のようにして思念抽出を行い、技術員も泉川博士一人きりなのだろう。

「ハルカさん。話は終わってからゆっくりと伺います。まずは、思念抽出を完了させてもらってもよろしいでしょうか？」

ハルカは、戸惑いながらも頷き、泉川博士に促されて奥の制御室へと向かった。一緒に向かおうとするカナタを、統監が呼び止める。

「カナタ君、君は少し、ここに残ってもらえるかな？」

思念抽出中は常に、ハルカの様子を見守ることにしていた。ハルカを守ることは、統監から課せられた使命だった。だが今は、カナタ自身にとっての使命に変わっていた。

「少し、話したいことがあるのでね」

ハルカが扉の向こうに消える。カナタは後ろ髪を引かれながらも、統監の前に座り直した。

「どうして急にハルカは、あんなことを言い出したのかね」

ハルカが同席していた時とは一転し、苛立《いらだ》たしげな声で威圧する。

「ハルカに余計なことを考えさせず、安定した思念抽出をさせることが、最後の使命だったはずだ。お前が思念を乱すようなことをさせてどうする？」

灰色の瞳が、カナタを射竦《いすく》める。泉川博士によって初めて引き合わされたのは、七歳の頃だった。身よりのないカナタの生活と学業、そして思念過敏体質のケアを保証され、その代わりに、彼に忠誠を誓い、命じられたままに動くことを当然として生きてきた。

「第一、お前はプラントの鎮静化思念の恩恵を最も受ける立場だろう。そのお前が、計画を頓挫《とんざ》させるようなことを言わせるとは……」

ずっと、そう言い含められてきた。だが、礼拝所での記憶が蘇った今、その言葉は空虚にしか響かなかった。

「もう一度聞かせてください。俺の母親は、本当に違法精製思念を過剰摂取したせいで廃人になったんですか？」

ハルカのいない場所では、統監とカナタには絶対的な主従関係があり、敬語にならざるを得ない。

「その通りだ。だからこそ、お前がこうして今も、思念混濁に悩まされているのだろう？」

幼い頃からずっと、その瞳に縛られてきた。見つめられるたびにカナタは、管理局への忠誠を誓わされている気になった。だが、母への侮辱《ぶじょく》を甘んじて受け入れることはできない。カナタは強く首を振り、瞳の呪縛を断ち切った。

「俺の母親は、ハルカの母親と一緒に、何かの目的を持って動いていたんじゃないか？　だとしたら、俺がこんな風に思念過敏体質なのも、何か意味があるんじゃないか？」

忠誠の証の敬語すら忘れていた。自分の人生の負い目だったこと。それがもしかすると、自分の可能性かもしれない。そう思った時、カナタは自分の心に翼を得た。ハルカと共に、高く、遠く羽ばたくための翼だった。

「俺は、ハルカと一緒にプラントに向かって、ハルカの母親の真意を確かめたい。だから、ハルカから抽出した思念を、プラントの思念の鎮静化に使うのは、少し待ってほしいんだ」

受け入れてもらえなければ、二人はすべてを振り捨てて、プラントに向かうつもりだった。カナタの瞳の意思を読み取るように、老人は眼を細めた。思わず目を逸《そ》らしてしまう。洋館の庭に、車がバックで入ってくるのが窓越しに見える。特殊車両だ。

「我々の計画に従えないということなら、今後、思念混濁を抑えるための便宜《べんぎ》をはかることもできなくなるが。それでもいいのか？」

気遣っている風に見せて、遠回しの脅迫だった。ずっと悩まされ続けた、思念過敏体質による発作の恐怖は拭いきれない。だけど……。

「構わない。俺はハルカと話して決めたんだ。二人の母親を信じて、共に進むって」

統監は壁の時計に眼をやった。そろそろ、ハルカの思念抽出も終わる頃合いだろう。

「皮肉なものだな。プラントの思念と向き合うと、ハルカ自身から言い出すとは……」

感慨深げな言葉を漏らし、統監はカナタに向き直った。

「君たちの予想通り、ハルカの母親、キザシの思念は、十年経った今も、プラントの中に消えずに残り続けている」

「だったら……」

「だからこそ我々は、ハルカを必要としていたのだよ」

威圧的な言葉が、カナタの言葉を封じた。

「望みどおり、彼女は母親の思念と対峙《たいじ》することになる。だがそれは、ハルカが思っているのとはまったく別の形になるだろうがね」

泉川博士が、部屋にやって来て統監に耳打ちした。

「ハルカの移送、無事に完了しました」

「ご苦労」

「移送って、どういうことだよ？　まさか……」

カナタは制御室に駆け込んだ。そこにいるはずのハルカの姿がない。

「まさか、さっきの車は……」

庭に入っていた車は、思念反射素材で内部を覆われた特殊車両だ。あの車両なら、ハルカを供給公社に感知されずにどこへでも移送できる。

泉川博士に食って掛かろうとしたカナタを、別室に控えていた男たちが取り囲み、抵抗できないよう押さえつける。

「ようやくこの時が来た。実に長かったよ」

統監は、長い時を振り返るしみじみとした声になる。

「あの戦争が終わってすぐ、思念研究者だった私は、表向きは供給公社に属しつつ、管理局側に情報を流し続けていた。思念誘導実験がどう転ぼうとも、優位な立場に立てるようにだ」

「あんたも、俺と同じくスパイだったたってことか？」

「貴様ごときと同視するな。貴様は命じられた通りに動くロボットに過ぎん。私は自らの意思で、二つの組織を天秤にかけていたのだからな」

人々を死に追いやる異質化思念の騒動すら、彼は自らの地歩《ちほ》を固める足掛かりとしか思っていなかったということか。

「私は敢えて、供給公社の独走という形で、管理局に思念プラントの誘導思念実験を黙認させていた。そうして、十年前の事件を経て、私は満を持して管理局側についた。供給公社側に責任を押し付ける形で管理局の優位性を保ち、私はこうして管理局の統監になったのだ」

統監は、自らの歪んだ遍歴をむしろ誇るようだった。

「さてカナタ。命令も聞けぬロボットと化したお前には、もう利用価値は無くなった」

用済みの者に向ける蔑《さげす》みの表情で、統監はカナタを見下ろした。

「泉川、お前が進言したからこそ、この男を二十年以上も無駄に飼ってきたんだぞ。最後の引導は、お前が渡すんだな」

泉川博士が白衣のポケットに両手を入れたまま、肩をすくめる。

「ここまで利用できれば充分でしょう。後は私が処分しておきます」

「処分……か。いいだろう。計画の邪魔ができないようにしておけ」

二十年以上にわたるカナタの管理局への忠誠を一顧《いっこ》だにせず、統監は去って行った。

「ハルカを、どうするつもりなんだ？」

最後の置き土産のつもりだろう。泉川博士は、淡々とした表情でカナタに語る。

「ハルカさんには、思念抽出と偽って、キザシの思念のタグを心に植え付けていたんですよ。さすがに母と子ですね。移植テストでの反応も申し分ない。まあ、親子だから、そこまで心配はしていなかったけれどね。問題は、キザシの思念の強さに、ハルカさんが耐えられるかどうかだが……。何にしろ、これからその成果がわかるということだね」

長年取り組んできた自分の「計画」が進むことが、嬉しくて仕方がないようだ。彼の研究者らしからぬ人間臭さのようなものに信頼を寄せていたのは、間違いだったのだろうか。

「ハルカに会わせろ！」

騙されて、引き離された。このままでは、母が自分に望んだだろう役割が果たせなくなってしまう。

「俺とハルカの母親は、二人が力を合わせて、共に歩いていくことを望んでいたんだ。邪魔をするな！」

博士は、何かを持て余すように、首をすくめた。

「君とハルカさんは、幼い頃に強く結びついていたのではないのかい？」

「どうしてそれを……？」

「君の思念には、予兆によって封じられた記憶に特有の修復痕があった。普通の思念研究者なら気付きもしないような滑らかすぎる『修復』だけれどね。だが、それがつい最近、変化したようだね」

この街に来て三度目の「注射」は、ここで受けた。思念のメンテナンスのためと、誘導睡眠下で接種するよう指示されたのだ。その際に思念チェックを受けていたようだ。

「君とハルカとは、これが初対面ではない。幼い頃に、あの鐘をつくる場で逢っていたとはね……。私が捨てられようとしていた君を利用するように統監に進言したのも、いつの間にか予兆の導きの影響下にあったからなのだろうね」

博士の言葉は、予兆の干渉を憤《いきどお》る風ではなく、むしろ研究者的探究心にあふれていた。

「私の妨害程度で、君たちのつながりは途切れてしまうのかい？」

馬鹿にするというより、いっそ憐《あわ》れむようでもあった。

「君とハルカさんの結びつきが、その程度のものだとしたら、元より、キザシが期待しただけの力を得ることができなかったということになるね。それでは、君は期待に応えることができず、無駄に人々を苦しめることになるだけだよ」

彼はカナタの力不足を侮《あなど》りも嘲《あざけ》りもしない。ただ淡々と事実を突き付ける。

「君がキザシの期待に応えられない以上、私が、キザシの意志を、私なりの解釈で叶えるしかない。そうじゃないかい？」

「泉川博士の解釈って……？」

「キザシを復活させる。ハルカの中にね。キザシの予兆としての力と、ハルカの培《つちか》った『世界を閉ざす力』が結びつけば、恐れるものは何もない。不安定な君たちに任せることは、長年この問題に携わって来た私のプライドが許さないからね」

彼は、キザシと共にプラントの中に姿を消した寺田博士の意志を継ぐ立場だ。プラントの思念を「処理」する上で、ハルカとカナタをライバルとして捉《とら》えているようだ。

「君は立派に役割を果たしてくれたよ。ハルカさんのことはご心配なく。後は、我々がお世話をさせていただくよ。ただし、ハルカさんとしてではなく、復活したキザシとしてだけれどね。それでは、さようなら、カナタ君」

「俺を、どうするつもりだ？」

「処分」という単純な言葉が、カナタに迫る。ハルカが思念抽出を受けていたシートに、無理やり拘束された。

「昔の組織なら、利用価値がなくなれば抹消《まっしょう》処置をしていたんだが、今はいろいろと面倒でね。私たちの邪魔ができないように、君の思念に、少し細工をしようと思ってね」

普段の思念抽出の時と何ら変わらない穏《おだ》やかさだ。研究者らしからぬ人間味を感じていたのは、錯覚だったのだろうか？

「君の思念感受性を今以上に高めるために、思念操作をさせてもらうよ。君はこれから、間断なく続く思念混濁と戦うことになる。もちろん、反旗を翻《ひるがえ》した以上、もう鎮静剤を打ってはもらえないことはわかっているね。繰り返し訪れる思念混濁に耐え続けられるはずもなく、君は廃人となって、儚《はかな》く一生を終えるわけだ」

そっけない言葉で、カナタが辿るだろう運命が語られる。

「もっとも、そんなことをせずとも、どうせ君一人では、何もできまいがね」

反論すらできない。今のカナタに、ハルカを奪還できる力などありはしなかった。

「君とハルカさんが越えるべきハードルは、より高くなる。それでも君がハルカとの結びつきを信じるなら、可能性に賭けるんだね」

彼はハルカとカナタのつながりを試すようだ。身動きできないカナタの肩に同情するように手を置くと、思念操作を開始しだす。

「やめろ……、やめてくれ……」

拘束された手を必死に伸ばそうとする。ハルカはもう、手の届かない場所にいる。

強制的な誘導睡眠に陥《おちい》る中、「君一人では、何もできまい」という蔑みの言葉が、繰り返し、繰り返し、カナタを襲う。

——ハルカ……

どれだけ離れているのだろう。ハルカの気配を、カナタはつかむことすらできなかった。


気が付くと、カナタは野分浜の街角の公園のベンチに座っていた。思念操作が終わり、ここまで運ばれたのだろう。今さら洋館に戻っても、もはやもぬけの殻《から》のはずだ。隠れ住んでいた部屋の鍵も奪われていた。カナタはふらふらと立ち上がり、あてもなく歩き始めた。ハルカは、もう手が届かない場所にいる。自分は何もできない……。

突然、道行く人々の様々な思念が、カナタの中になだれ込んで来た。街に渦巻《うずま》く、この世界がいつか終わってしまうのではないかという心の奥底の悲しみと諦めとが、俄《にわ》かに膨《ふく》れ上がった。雑多すぎる思念の渦の中で、自分の思念を見失ってしまえば、思念混濁に陥ってしまう。

――なんだ、これ？

どこからか、楽器の音が聞こえる。野分浜が抵抗勢力に襲われた日、ハルカだけに聞こえた、弦楽器の呼び音だ。それが今、カナタにもはっきりと聞こえた。人々の思念とは次元の違う力強さで、それはカナタの心を揺さぶり、波のようにカナタを襲う。カナタは前に歩き続けた。音の導きだけに支えられて。

微かな視界の隅に「３０９５」の文字。隔てを越えられる、あのバスだ。一縷《いちる》の望みを託し、カナタは最後の意識を振り絞って、バスに乗り込んだ。

「…………行き、発車いたします」

いつもの運転士の声がして、バスが動き出した。人々の思念の声は、まだ続いている。だがそれは、先程とは様変わりしていた。今、この街にいる人々ではない。過去、そして未来に、このバスがつなぐ、引き裂かれた人々の声だった。思念が混濁しているからこそわかった。このバスは、「ここではない場所」を走っているのだと。

「お客さん、終点ですよ。大丈夫ですか？」

運転士に抱き起こされるようにして、カナタはバスを降りた。よろけながら歩くカナタは、何度も誰かにぶつかり、その度に無様に地面に転がり、再び歩き出す。ただ、弦楽器の音だけに導かれて。

――もう、駄目だ……

次の一歩を踏み出す力を失い、カナタはその場にくずおれそうになる。その瞬間、カナタは、誰かに抱きとめられていた。

「良く頑張ったね。もう大丈夫だよ」

クロダさん　2月11日（水）　あと14日

冬の訪れは、街の音を遠ざける。それは閉ざした窓とカーテンのせいだけれど、その分だけ、部屋の中の親密度は増す。ダンナさんと二人でのアパートの夜だった。

「静かだな」

「静かダネ」

二人は、親密な静けさをいとおしむように、そう呟いた。

今夜のダンナさんは、大工仕事に余念がない。スケートボードの車輪を改良して滑りをよくしたり、ブレーキをつけたりしている。ダンナさんにそんな趣味があるなんて知らなかった。

大きな背中に寄りかかるようにして、クロダさんは繕《つくろ》い物をしていた。ダンナさんの作業着の肘《ひじ》が擦《す》り切れていたので、クロダさんの使わなくなった服で肘あてを作って縫い付ける。

ダンナさんが一人で住んでいたアパートに転がり込むように暮らしだして、もう二年。ダンナさんの服と、クロダさんの服が混じり、二人の本が混じり、二人の匂いが混じり、二人の時間が混じる。生活というのは、二人が混じりあうことだ。その交わりは、いつしか心の交わりになって、二人を引き離すことはできなくなる。

「クロダ、髪を切ってくれ」

夜勤に出る前に、ダンナさんはそう言って、新聞紙を床の上に敷いた。黒いビニール袋を首の部分だけくりぬいてすっぽりとかぶる姿は、黒いテルテル坊主みたいだ。

目の前のもじゃもじゃ頭に、クロダさんはハサミを入れる。

大きな綿菓子のように膨らんでいた天然パーマの髪が、少しずつ小さくなってゆく。クロダさんは、初めてもじゃもじゃの絵を描いた時のことを思い出していた。

「ダンナさんは、今は何をしているノ？」

最近、ダンナさんは、アパートに帰って来ないことが多い。彼が、仕事以外に何かを抱えていることには気付いていた。

「俺の仕事は、汚れ仕事だ」

髪を切り終わったダンナさんは、テルテル坊主を脱ぎ捨てると、クロダさんの前に自分の両手を突き出した。指の背にまで毛が生えた野太い指だ。

「汚れてないヨ？」

ダンナさんの手を引き寄せる。グローブのような大きな手、それは、決してきれいではなかったが、汚れはどこにもなかった。

「汚れてるのさ。見えない絵の具みたいにね」

ダンナさんは、そう言って寂しげに笑った。

立てつけの悪いサッシの窓が、風でカタカタと音をたてている。それは、心の奥の隠し続けたい衝動を暴《あば》き立てるようだ。でも、絵を描く準備が整っただなんて、言えるはずもなかった。

「ごめんなサイ。あたしモ、しばらくココには、帰らないカモしれナイ」

「何だと！　あのボロ家で囲ってる愛人が、よっぽど気に入ったらしいな。そんな奴はもう帰って来るな！」

南田さんには、「あいつは勝手に家を借りて、愛人囲って出て行きやがった」なんて言っているらしい。ダンナさんなりの、ぶっきらぼうな優しさだった。絵を描き始めることは、この人をもっと傷つけることになる。ダンナさんは何も尋ねない。そのことが、いっそうクロダさんの心を締め付ける。

「お互い、やるべきことを、やるのさ」

そう言って、ダンナさんは作業着を着込んだ。繕った肘あてを確かめて、クロダさんの頭に手を置く。森の熊のような優しい瞳が、クロダさんを覗《のぞ》き込んだ。

ダンナさんを送り出し、クロダさんは廃屋に向かった。

前の住人が置き忘れて行った画用紙。

「星回り」が整い、二年ぶりに戻って来た絵筆。

そして、人々の想いから集められたという、青い絵の具。

クロダさんの前に、絵を描くための準備がすべて整っていた。

名前のない女性の指は、楽器の上でしばらく彷徨《さまよ》い、弦に触れようとしない。

「この歌はきっと、あなたをここではないどこかへ連れて行きます。その行き先は、私にもわかりません。それでもいいんですか？」

ダンナさんの瞳を思い出す。「もう絵は描かない」と言った時に見せるだろう、寂しそうな瞳を。

「ダンナさんは、あたしに言ったんダ。やるべきことをやるのさって」

クロダさんの「旅」の足かせになることを、きっとダンナさんは喜ばない。

彼女はようやく、歌を唄う決心がついたようだ。

「それじゃあ、歌を作ります」

彼女は踏ん切りをつけるように言って、楽器を構えた。迷うように、弦の上で指が彷徨う。迷いがそのまま、音となって生み出された。

音の羽をまとって、彼女の歌は、そっと旅立った。耳を塞ぐこともできない。いや、耳を塞げばそれだけ、心の中に直接に入り込んでくる。はっきりとわかった。それはクロダさんを、新たな旅へと導く歌だと。

心に浮かんだのは、異邦郭で見かけた、青い蝶の姿だ。

歌の風に乗って飛ぶ青い蝶。海を渡って旅をする蝶のように、はかない羽をはためかせて、飛び続ける。彼女の歌に導かれるように、クロダさんの筆は進んだ。

蝶は季節を越え、海を越え、風に遮《さえぎ》られず、時の制約から解き放たれ、どこまでも舞い上がる。いつか途切れるその夢をせいいっぱい羽に託して、画用紙の上で飛び続けていた。

――ダンナさん、あたし、描くヨ……

時の流れからはみ出した場所で、青い蝶を描き続けた。

彼女は眼をつぶって、ささやくように唄い続ける。人の想いを封じ込めているようでもあった。彼女が音を爪弾《つまび》き出すのではない。音を導き出すために、彼女は存在する。彼女は、自らの運命を今、引き寄せている。

音の波の静まりと共に、画用紙の上に、青い蝶が舞い降りていた。

もう、後戻りはきかなかった。

瀬川さん　2月12日（木）　あと13日

黒田さんと共に、カナタを匿《かくま》ったマンションを訪れる。カナタは思念混濁から脱け出していた。

「落ち着いたかい、カナタ？」

「ここは……？」

カナタは、不安そうに部屋の中を見渡した。

「あたしが持ってるマンションの一つさ。大丈夫、管理局もここまでは追ってこれないさ」

瀬川さんの言葉も、カナタを安心させはしないようだ。

「大丈夫だよ。ハルカとは違うけれど、あたしも同じような力を持っているんだよ」

カナタが驚きで眼を見張った。

「ハルカは、『世界を閉ざす力』だったね。あたしは、『置き換える力』さ」

ありふれた2ＬＤＫのマンションの一室だ。だが、その醸《かも》し出す雰囲気はまったく違う。フローリングのしっかりした床なのに、歩くたびに軋《きし》む粗末な畳のような危うさを感じる。しっかりした造りにもかかわらず、すきま風がどこからか入ってくるようなうそ寒さだ。とても、鉄筋コンクリートのマンションの一室とは思えない。

「この場所は、マンションの一室だけれど、中はまったく別の場所に置き換えられているんだよ。だから安心してここにいていい」

瀬川さんは、マンションの一室を、廃屋の二階と置き換えていた。

「あんたら、いったい何者なんだ？」

瞳に警戒の色が滲《にじ》む。そんな力を持つ瀬川さんが、ただのおばあさんであるはずがない。

「もしかして、抵抗勢力なのか？」

思念供給に携《たずさ》わる者にとって、天敵とも言える存在。名前だけが恐怖と共に定着しているものの、その実態は誰も知らない。

「あたしが抵抗勢力だって？　そりゃあ、合ってるし、間違ってるね」

謎解きのような言葉に、カナタは眉《まゆ》をひそめる。

「あたしは確かに、抵抗はしてるさ。だけど、勢力なんて大それたもんじゃないのさ。あたしみたいに意地をはった奴が、この国のそこここに散らばってる。それに対して抵抗勢力だなんて言い方をしたいんなら、するといいさ」

「何度も供給公社や管理局に反旗を翻してきたくせに、何をきれいごとを言ってやがるんだ」

カナタは、まだ瀬川さんを敵とみなして、警戒を怠《おこた》らない。

「ふん、その供給公社は、抵抗勢力のふりをして野分浜であんたらを襲ったんだよ」

カナタは、虚を衝《つ》かれたように口をつぐんだ。

「あんたも、うすうす感付いてるんじゃないのかい？　供給公社と管理局は、どちらも相手を出し抜くために、抵抗勢力っていう都合のいい敵の影をちらつかせているってことに」

カナタが顔を背けた。思い当たる部分と認めたくない部分とが、心の中でせめぎ合っているのだろう。

「あんたは、光に揺れる自分の影に怯えてるみたいなもんさ」

瀬川さんが言うと、カナタは言葉に詰まったように俯《うつむ》く。

「それに今、あんたが向き合わなきゃいけない相手は、抵抗勢力じゃなくって、管理局じゃないのかい？」

「それは……」

「話してくれるかい？　あんたとハルカの身に、何が起こったのかを」

カナタは長い間黙り込み、やがてすべてを語った。ハルカを発見してこの街へ来た経緯から、ハルカを奪われて放逐《ほうちく》されるまでを。

「あんたは、単なる捨て駒だったってわけだね。管理局がハルカを手に入れるための」

今までの人生を覆《くつがえ》す瀬川さんの言葉を、カナタは噛み締めている。

「やはり管理局は、ハルカを犠牲にしてでも、キザシを復活させる気か……」

黒田さんの言葉に、カナタは身体を硬直させるようにして動揺を見せた。

「泉川博士は、ハルカの中にキザシを復活させるって言っていた。もし、それが実現したら、いったい何が起きるって言うんだ？　いくら予兆だって言っても、ハルカの母親なんだぞ？　ハルカを犠牲にするなんてこと、するわけないだろう？」

瀬川さんと黒田さんは、沈黙によってそれに応えるしかなかった。

「予兆は、自らの意志を持たない……。お前も聞いたことがあるだろう？」

黒田さんの言葉に、カナタは不安げに頷いた。

「強力な思念誘導力を持っているからこそ、その力を自らの意志では使わず、常に古奏器の音色の導きに従う。それが予兆が自らに課した戒めだ。だがキザシは、その戒めを破って、自らの意志でプラントの異質化思念と対峙したんだ。もちろん、古奏器の導きもない。予兆自身にも、十年後に何が起きるかはわからないままだ」

カナタは、不安げな表情のまま頷いた。

「だからこそキザシは言っていた。戒めを破る以上、十年後に、もし自分が望んだ形でプラントの思念の問題が収束していなかったら、その時は、自分を目覚めさせた人物に従うと……。もし、統監が目論《もくろみ》見通りに、ハルカの中にキザシを目覚めさせたら、そのキザシは、統監に従う可能性もあるってことだ。統監が何を考えてるかは見当がつかないが、ろくなもんじゃねぇことは確かだろうな」

「もしそうなったら、ハルカは自分の母親であるキザシと戦わなきゃならないってことだね」

黒田さんと瀬川さんの最悪の予測に、カナタは青ざめた。

「俺は、ハルカを救い出しに行かなきゃ」

立ち上がりかけたカナタを、黒田さんが強引に押さえつける。

「慌てるんじゃねぇぞ、カナタ。それは、ここにいる俺たちだって、そう思ってるさ」

「だったら、どうしてそんなに悠長に構えているんだよ」

「こうなった以上、管理局は思念が漏れない空間に、厳重にハルカを隠してるはずだ。それにもし今、ハルカを救い出したとしても、またずっと、管理局や供給公社から逃げ回る日々を送ることになるぞ。お前はその状態で、ハルカを守れるのか？」

「それは……」

「焦《あせ》るんじゃない。この戦いは、何十年も前から続いているんだ。誰が敵で誰が味方かなんて、些細なことでしかないのさ。大きな歯車を回すために、何千、何万の、小さな歯車が動いてるんだ。その中にゃ、敢えて逆に動く歯車だって必要だろう？　表の動き、裏の動き、それを全部ひっくるめて、二月二十五日に、一番大きな歯車が回るんだ」

黒田さんが、もじゃもじゃ頭を掻き毟る。彼もまた、この十年間、「歯車」として時に従順に、そして時に抗《あらが》って動いた。

「キザシにはきっと、十年の時が必要だったんだ」

「それは、どうして？」

「キザシは、蓄積された思念にどう決着を付けるかを、博士と共にずっと考えていた。ただ実験を止めるだけじゃない。思念を放棄させ、二度と同じ実験を繰り返さないと、供給公社に思わせるだけの仕掛けが必要だったんだ」

カナタは、ずっと解けなかった謎解きを前にしたように頷いた。

「同時に、それはハルカが成長するのを待つ時間でもあった。ハルカの『世界を閉ざす力』が、この決着にはどうしても必要だった。長い旅に出されたのは、単に追手から逃がすためだけじゃない。旅の間に、母親を助ける力を培うためだったんだ」

ハルカは何も知らないまま、この国を離れて旅をしていたはずだ。たった一人で生きるためだけに持った力だと思っていた。その力が、母親の役に立つのかもしれないのだ。

「そしてあんたがこの国に残されたのも、置き去りにされたわけじゃない。あんたが天涯孤独の身で放り出されたのも、思念過敏体質なのも、意に沿わない形でスパイ活動をしていたのも、すべてハルカを導くために必要なことだったんだよ。あんたは立派に、役目を果たしたんだ」

カナタの瞳に素直さが宿るのを見極め、瀬川さんは告げた。

「カナタ、あんたもそろそろ逢うべきだろうね。今の予兆に」

滝川さん　2月16日（月）　あと9日

月曜日の午前中の繁華街《はんかがい》は、前日の賑わいが嘘のように、よそよそしい顔を見せる。ブティックや雑貨店も開いてはいるが、人を寄せ付けない雰囲気があって入りづらい。

月曜日は、図書館員にとっては特別な日だ。

図書館が月曜日を休館日としたのは、「本を統《す》べる者」が初めて「図書館」の建物に入った曜日が月曜日だったことに由来する。安住の地を得た「本を統べる者」の安息日だからだろう。

そんな月曜日を、西山くんと過ごせたらどんなにいいだろう。だけど彼はいつも、行く先も告げずにどこかへ出かけてしまう。

アーケード商店街の半ばで、滝川さんは立ち止まった。マスコットキャラクターの「しねんちゃん」の人形が「ようこそ！」と、利用者を迎えている。

「あら、滝川さんじゃないの？」

「鵜木さんも、今日ですか？」

「お知らせハガキが来てたからね。人が少ない月曜日に済ませておこうって思って。こんな時は、月曜日が休みってのは便利だね」

誕生日が近いので、抽出のお知らせも同じ時期に届くようだ。抽出ルームに向かう鵜木さんと別れ、滝川さんは相談ルームへと足を向けた。

「思念抽出の免除申請に来ました」

滝川さんは、誰もが十五歳から受けることになる思念抽出を、一度も受けていない。過去に強烈な心理的外傷を負った者は、抽出の際に、本人の意図によらず歪んだ思念を放出してしまう可能性があるからだ。つまりは「免除」であるが、思念抽出システムを守るという意味合いでは「排除」でもあった。国民としての義務を果たしていないようで、後ろめたさを覚えてしまう。

抽出ルームでは、鵜木さんがヘルメットのようなヘッドコンデンサを頭にはめられて、思念抽出を受けていた。人々は従順に、自らの余剰思念を提供している。そこに、決して人には渡したくない、かけがえのない想いは含まれていないのだろうか。


「西山くんとは、うまく行ってるの？」

抽出が終わった鵜木さんと、カフェでお茶を飲む。話題は自《おの》ずと、西山くんのことになる。

「そろそろ一緒に暮らそうかって話はしているんですけど……」

「何か不安があるの？」

鵜木さんは、滝川さんの心を敏感に察してくれた。西山くんの休日や平日夜の不審な行動への、愚痴《ぐち》まがいの相談になった。

「そりゃあ、もしかしたら、他の女と会ってるのかもしれないよ」

冗談めかして言う鵜木さんだが、それを冗談として受け止めきれない滝川さんだった。

鵜木さんと別れて、ようやく賑わいだした街をぶらついた。街の賑わいは、以前と何も変わらない。だけど人々の心の奥底には、もうすぐ世界が終わってしまうという諦観が、拭いがたく沈潜している。今年に入って、その気配はますます強まっていた。

スーパーで夕食の買い物をして、部屋に戻ろう。そう思ってバスに乗り、滝川さんは車窓を眺めるともなく眺めていた。

「すみません、降ろしてください！」

突然、滝川さんは立ち上がった。バスが急ブレーキを踏んで、路肩に停車した。運転席の横に吊《つ》るされた紙ひこうきが大きく揺れていた。

「すみません、忘れ物をしてしまったので……」

言い訳もそこそこに、バスを降りる。バス通りを駆け戻り、建物の陰に隠れた。西山くんが歩いている。横には一人の女性……。

二人は何かリストのようなものと地図を照合し、一軒の民家に入って行った。十分ほどして出て来て、再びリストと地図を照合しながら、また別の家へ……。後ろめたい思いのまま尾行したものの、二人はさまざまな家々を巡るばかりだった。

夕方になり、バスターミナルの西口側で、女性は西山くんと別れた。西山くんの姿が見えなくなってから、女性に声をかけた。

「あの、少し、お話よろしいですか？」

振り返った女性が、滝川さんを見つめる。その時になって初めて気付いた。彼女に一度、会ったことがあるということに。

「あなたは……確か、第五分館で会ったお嬢さんよね？」

相手も自分を覚えていてくれた。連絡便で第五分館に行った際に、西山くんと話していたおばあさんだ。

「実は私、西山くんとお付き合いをしているんですが」

おばあさんの表情が俄《にわ》かに明るくなった。

「やっぱりね。わたしの目に狂いはなかったってことだね。それじゃあ、あなたが滝川さんね」

何度も確かめるように、滝川さんを上から下まで眺めまわした。

「西山くんからいっつも聞かされてるの。自分にはもったいない恋人だって。でもね、あたしは言ってるの、西山くんに。あんたもなかなか捨てたもんじゃないよって。何しろあの子は、第五分館の利用者の人気者だからねえ。あたしもすっかり気に入っちゃってさ。うちが主人と二人っきりで住んでて、跡取りもいないもんだから、二人とも死んじまったら西山くんに住んでってお願いしてるのよ」

「は、はあ……」

どこに向かうか見当のつかない会話に、面食らってしまう。

「実は、西山くんが以前から仕事が休みの日に私に秘密で出かけるのが気になっていて……。今日はたまたま、西山くんと二人でいらっしゃる所を見かけたんですけど……」

おばあさんは、どうしたものかというように、顎《あご》に手をやって首を傾げる。

「話していいのかしら」

滝川さんの切実な表情に、彼女も心を動かされたようだ。

「西山くんはね、第五分館の金庫を開けようとしてるんだよ」

「金庫を？」

「金庫の中に取り残された本を、外に出してあげたいって言ってね」

それとおばあさんと街を歩くことが、どうしても結びつかなかった。

「第五分館が、元は銀行だったってことは知ってるね？　あたしはこの街にいくつもマンションやアパートを所有してるからね。銀行との付き合いも深いのさ。そのつてで、金庫のカギの番号を知ってる人がいないかを探し回っていたんだよ」

西山くんが手にしていたリストは、昔の銀行の行員名簿だという。

「夜は夜で、あの子は分館に残って、金庫を開けようと、一つずつ、ダイヤルを回し続けているんだよ」

総務にも申請されない秘密の残業。それは確かに、申請できるはずもなかった。

「西山くんはね、あなたが昔の事故のせいで閉架書庫に入れないで、夢を諦めたってことを、今からでもなんとかできればって考えてるのさ。だからあんなに一生懸命なんだよ」

「それだったら、どうして秘密に？　言ってくれたら良かったのに……」

おばあさんは首を振る。考え足らずだというように。

「金庫を開けるってのは、西山くんの勝手な想いだからね。あんたに押し付けたくはなかったんじゃないかい？　それをわかってあげなきゃいけないよ」

滝川さんは、いつの間にか涙を流していた。少しでも西山くんを疑ってしまったことを恥ずかしく思う。心の奥に閉じ込めていた希望が、光に向けて一直線に羽ばたいてゆくようだ。

二人にとって、お互いは太陽の光であり、澄んだ水であり、清らかな空気だった。なくてはならない。だけど、それは常に傍らにあって、ありがたいものかどうかも時にわからなくなることがある。そんな時に人は立ち止まって大きく深呼吸し、喉を鳴らして水を飲み、太陽の光に眼を細めるのだ。

「滝川さん。あんたはこれから、西山くんとしっかりと結びつかなくっちゃならないんだ。こんなことで心を揺らしちゃ駄目だよ」

皺の浮いたおばあさんの手が、滝川さんの手を握った。見知らぬどこかへと連れて行かれるような力強さだった。


西山くんの部屋に電話をかける。

「今から、図書館中央館に来てもらえる？」

それだけを告げて電話を切った。休館日の図書館のカギを開けて待っていると、三十分後、西山くんが息を切らしてやってきた。

「滝川さん、どうしたんですか？」

滝川さんは答えず、彼を閉架書庫の入口へと導いた。

「一緒に、入ってもらえる？」

「え……でも……」

西山くんが躊躇するのは当然だった。

「金庫を開けなくても私の恐怖は克服できると思う。西山くんと一緒なら、入れると思うの」

「どうしてそれを……」

滝川さんは右手を差し出した。握りしめた西山くんは、その手が震えていることに気付いたはずだ。

二人で、閉架書庫へと一歩を踏み出す。閉ざされた空間への耐え難い恐怖が、頭をもたげる。それを上回る、つないだ手への信頼が、滝川さんの心を奮い立たせた。

「ここが、『本を統べる者』の息吹を感じることができる、閉架書庫なんだね」

滝川さんは、自分が畏《おそ》れ続け、そして望み続けた場所を見渡した。

図書館中央館は、三十年前に建てられたのだ。そんな「若い」図書館の閉架書庫に、「本を統べる者」の魂が眠っているはずもない。

だが滝川さんは、確かに感じることができた。ずっと追い求め続けていた、『本を統べる者』の孤高の悲しみをたたえた瞳を。瞳にいざなわれるままに、書架の奥へと歩き続けた。閉鎖された空間にともすれば臆《おく》しそうになる心を、つないだ手の力で奮い立たせて……。

行きついた先は、冬の青空のような青い表紙の、一冊の本。どれだけ探しても、決して見つからなかった本が、そこにあった。

「これが、閉ざされた世界の話……」

西山くんが、ため息をついて本を手にした。

あの弦楽器を携えた女性が、本をここへ導いたのかもしれない。彼女の歌は、そんな力を秘めている気がした。十三年ぶりに本を手にして、西山くんと共に、時の経過を忘れて読み続ける。

「あれ、これって……」

記憶とは、本の結末が変わっていた。女の子は、命を失ってはいなかった。


——女の子は、一人の男の子に命を助けられた。

傷を癒《いや》した女の子は、文字を失い打ち捨てられていた本を集め、「本を統べる者」が残してくれた感情を記した。「喜び」を、「安らぎ」を、「慈《いつく》しみ」を、「愛《いと》おしさ」を……。

閉ざされた町の人々は、本を手にして初めて気付いた。蘇った感情が、悲しみだけではないということに。

人々は、「本を統べる者」の墓の上に建物をつくって本を安置し、その建物を「図書館」と呼ぶようになった。

女の子は図書館の館長になって、人々の心に豊かな感情を蘇らせた。隔てられた世界は、人々の心の広がりと共に少しずつ世界をひろげ、やがて、隔ては隔てではなくなったという……。


滝川さんは目を閉じた。心の中の壁が崩れてゆくのを感じていた。本を胸に抱え、心の暗闇を開けてくれた西山くんと向き合った。

「ねえ、西山くん」

「なんですか、滝川先輩」

「一緒に暮らそうか?」

持田さん　2月17日（火）　あと8日

持田さんは畳の上で正座して背筋を伸ばし、992機めの紙ひこうきを折り終えた。大きく息を吐いて時計を見ると、時刻は午前零時を過ぎていた。

「今夜は、どこに旅しようか?」

布団に入り、目覚まし時計をセットしながら、持田さんは奥さんに尋ねた。それが二人の、「おやすみ」の挨拶だった。

「そうだなあ、今夜は……」

奥さんは、大きく伸びをして首を傾げた。思いつかないのか、そのまま眠ってしまったのかと思うほど、長い間考え込んでしまう。

「どこか、全然知らない街のバスがいいなあ」

自分でも納得がいかないのか、傾げた首はますます傾いてしまう。

「そうだな。それじゃあ……」

分厚い全国バス路線図を手にして、持田さんは水晶玉を前にした占い師のように、右手をかざした。

「今夜の路線は、ここだ！」

眼をつぶったままページを開き、地図の一点を指差す。目を開けて、奥さんと共に、地図を覗き込んだ。

「あら」

「おや」

思わず顔を見合わせる。開いたページは、二人が住むこの街。指差したのは、バスターミナル－渦ヶ淵線だった。

「まあ、こんなこともあるさ」

夢の中で、いつもの路線に乗ってみるのもまた一興だ。

「右安全、左安全」

「発車！」

二人は手をつないだまま、眠りについた。

夢の中に出現した世界は、見慣れたバスターミナル。運転するのは、慣れ親しんだ３０９５号だった。

「お待たせいたしました。ひかり地区行き、発車いたします」

料金箱が、まるで大きな地震の予兆のように、振動で震えている。

――何だか、道が悪いな……

視認の限りでは、路面の状況は悪くなかった。だが、タイヤを通じて感じる道路は、舗装されていないように不安定だった。

「お客様にお知らせいたします。この先、車内が揺れます。お立ちの方は、吊り革にしっかりとおつかまりください」

アナウンスをして、ハンドルを握り直す。どれだけしっかり握っても道を踏み外しそうだ。バスと自分が一つになったような一体感は、いつまで経っても訪れなかった。

そして、もう一つ違いがあった。

ガイドとして立つはずの奥さんの白い手袋が、視界に入らない。

――手を離してしまったんだ……

何度となく夢の中を二人で旅してきたが、奥さんを置いてきぼりにしてしまったのは初めてだ。不安定な路面状況のまま、バスは終点に到着した。いつものような夢の終わりは訪れない。

「ここは……？」

何度となく運転してきた、見慣れた場所だった。いつも見る風景と、寸分も違いはない。夢ではなく、実際にその場所に来ているように錯覚してしまったほどだ。

それなのに、そこはいつもの終点とは似て非なる場所だった。

人がいないだけではない。息遣いが聞こえない。人々が織りなす物語の存在しない場所だった。持田さんはただ一人、無人の大地に立ち尽くした。

——戻ろう……

得体の知れない寒気を感じて、踵《きびす》を返した。すぐにターミナルに戻らなくては……。そう思ってバスの扉に手をかけ、思わぬ抵抗にあう。扉は動かなかった。

扉は錆《さ》びつき、窓はひび割れ、車内には蔦《つた》が絡《から》まる。瞬く間に、バスは廃車になっていた。長い間、この場に置き去りにされてしまっていたかのように。

案内幕には、この街には存在しない目的地が掲げられていた。

—開発保留地区—

「……大丈夫？」

奥さんの声が、どこからか聞こえる。持田さんは、右手を虚空《こくう》に伸ばした。その手を握る奥さんは、夢の中のどこにもいなかった。

背後から襲いかかった黒い闇が、持田さんを包み込む。それははっきりと、意志を持った闇だった。闇は眠りの闇とつながり、持田さんは、夢の世界から津波のように押し出された。

「うなされてたよ」

目覚めると、奥さんが持田さんの顔を覗き込んでいた。

「ごめんなさい、手を離しちゃったみたいね」

奥さんは、とんでもない失敗をしでかしたように、自らの左手を見下ろした。

もうすぐこの世界が終わってしまうという思いは、どんなに否定しても、心の奥底に居座っている。それが無意識のうちに、夢に影響を与えたのだろう。

「もう、離さないでくれよ」

奥さんの左手をしっかりと握った。汗ばんだ手でどれだけ強く握りしめても、つなぎ止めることができない気がしていた。

瀬川さん　2月18日（水）　あと7日

バスターミナルの西口では、まだ名前のない予兆が、携えた弦楽器を爪弾く。行き交う人々は、そこに予兆がいることも知らず、古奏器の音も聞こえていない。

「これが、古奏器が流す、想いの涙ってやつかい？」

据えられた白い皿に、弦楽器から滲み出すように流れた青い液体がたまる。彼女の指までが、青く染まっていた。

「ええ、こんなに青いだなんて、私も思いませんでした」

予兆はこの街に来てからずっと、街の人々の想いを集め続けた。雫《しずく》となって皿に落ちるのは、冬の高空のように青い涙だった。

「カナタさん。やっと逢えましたね」

予兆は懐かしそうに微笑みかける。初対面だが、彼女はキザシの想いも受け継いでいる。

「四つの大きな歯車は、ようやく回り始めたようだよ」

瀬川さんがそう言うと、予兆は静かに頷いた。

「もうすぐ、キザシの告げた、約束の日が来ます」

予兆の言葉は、聞く者の心に直接届く。疑問を差し挟むこともなく、運命として受け入れるしかない。

「３０９５……。その数字を、古奏器の音の色が告げています。十年間、キザシの中では刻まれなかった『明日《あす》』が、プラントの中で待っています。ハルカさんとカナタさんが、三千九十五人の街の人々と共に、その『明日』を刻まなければならないんです」

予兆は、キザシから受け継がれた「運命付けられた未来」を、カナタに告げる。

「カナタさん。あなたの役割も、ちゃんとあるんですよ」

「俺の役割だって？」

「キザシは、ちゃんとハルカさんに伝えていたでしょう？　あなたのことを」

カナタは頷いた。ハルカが母親から伝えられ、大切に心にしまっていた言葉を、口にのぼらせる。

――ハルカ・カナタへ共に向かう――

「カナタさんも、ハルカさんが『明日』を刻む上で、重要な役目を担っています。でもそれは、まだカナタさん自身が気付いていないようですね」

カナタは、自らの身体の奥に知らない場所があるかのように、要領を得ない顔になる。

「俺の力は、人の思念を受け止めることだけだ。ハルカを守ることすらできなかったんだ。そんな俺が、役割だって？」

カナタが、自分の本当の「力」を開花させることができるのか？　それが、十年の時をかけた計画の鍵になっているのかもしれない。

「あなたがハルカさんと共に進まなければ、キザシの望んだ明日は刻まれません」

「でも俺は、いつまた思念混濁に襲われるかもわからないんだ。それなのに、いったいどうやって？」

ここに来る寸前までカナタは思念混濁に苦しみ、黒田さんに背負われて来たのだ。

「そんなあなただからこそ、ハルカさんに出逢うことができたんじゃないんですか？」

「それじゃあ、俺がこんな状態にさせられちまったのにも、何か理由があるっていうのか？」

予兆は微笑んで答えない。彼女の瞳には、カナタの歩む先のどこまでが映っているのだろう。

「教えてくれよ。キザシとの約束の日に、いったい何が起きるんだ？」

「それは、あたしたちにもわからないね」

瀬川さんは無責任に言って、肩をすくめた。全容がわかっている者は誰もいない。予兆ですらも。

「すべての動きが一つの時に向かっている。それぞれの思いが集まって、その日に起こることを支えようとしているんだ」

「じゃあ、もしかすると、失敗することもあるってことなのか？」

「当然、あるだろうね。いや、失敗することの方が多いかもしれないね」

一つの失敗が、成功につながる。一つの成功が、次の失敗を引き起こす。予兆の受け継いだ歴史は、決して平坦ではない。だからこそ、予兆は代々、その記憶を受け継いでゆく。

人はみな、運命の大きな流れの中で、精いっぱい、儚《はかな》い蝶のように、羽をはためかせるのだ。それは運命を選び取るためでもあり、運命に抗うためでもある。それぞれの羽ばたきの先に、「明日」が刻まれる。

予兆は手にした古奏器に指を添える。やがて、古奏器の音に導かれるように、歌が生まれた。彼女がこの場所に座り続けて三か月。街の人々の想いが集まって、生まれた歌だった。

瀬川さんは、カナタと黒田さんと共に、その歌に乗って、街の空に舞い上がった。青い蝶の姿になって。街の人々の、喜び、悲しみ、怒り、嘆き……。様々な感情が渦巻く空に、儚い羽が翻弄される。

それは、この先に待ち受ける未来の光景だっただろうか？

一つの絶望が、街を支配する。その時、鐘の音が、この街に響き渡る。

世界を閉ざし。

悲しみを封じ込め。

人が生きる物語を吹き込み。

そして、希望が降り注ぐ。

予兆と、瀬川さんと黒田さん、ハルカとカナタ、そしてこの街のさまざまな人々の想いが重なり合い、響き合って、一つのストーリーを作り上げる。絶望が、微かな希望に変わる瞬間だった。

歌が止まった。瀬川さんたちも、未来への飛翔を終え、現実へと舞い戻る。古奏器の流す想いの涙は、どこまでも青かった。

クロダさん　2月19日（木）　あと6日

ダンナさんと過ごしてきたアパートの玄関に立ち、クロダさんは部屋を見渡した。

廃屋で青い蝶を描き続けて、画用紙は一千枚を超えた。どれだけ描いても、名前のない女性が持ち帰る「青い絵の具」が途切れることはなかった。絵の具がなくなった時。それは、クロダさんが絵を描き終える時だ。その時には……。

「クロダ、帰ったぞ」

いつの間にか背後にダンナさんが立っていた。

「ダンナさん。お帰りなサイ」

ダンナさんは、カラになったスナックの空き袋を振った。忙しくってゴハンを食べられなかったのだろう。夕食代わりだったようだ。

「最後の一袋になっちまった」

「それジャあ、また買っておくネ」

「いや……」

ダンナさんはクロダさんを見つめ、何かを躊躇《ちゅうちょ》するように、言葉を濁《にご》した。

「店を、教えておいてくれないか?」

「え?」

「いや、俺も店の場所を知っておいた方がいいと思ってな」

「どうして……」

そう言いかけて口をつぐむ。青く汚れた指先だけは、隠しようがない。ダンナさんは、もうすぐクロダさんとの生活が終わることをわかっているのだろう。

「クロダ、風呂に入るぞ」

ダンナさんはそう言うなり作業着を脱いでパンツ一丁になる。

お風呂のきっちり半分までお湯で満たして、二人で沈み込む。そうするとちょうど、お風呂の縁《ふち》ギリギリまでお湯がくる。

「クロダ、旅の話をしてくれ」

お風呂の縁に頭を乗せて、ひっくり返ったカバのように身体を浮かせたダンナさんは、クロダさんに旅の話をせがむ。

「それジャあ今日は、青い蝶を追いかけテ、旅に出た話でイイ?」

「ああ、それでいい」

それは今までとは違う、未来の旅の話だった。

「冬ナノに、その青い蝶は、私を誘うミタイに、ふわふわと飛び続けるノ。あたしはその青い蝶を追って、どこまでも歩き続けるノ。どこに連れて行かれるカモ、わからないまま……」

ダンナさんの浮かんだお腹の上に乗って、クロダさんは話し続ける。ダンナさんの優しい眼差し。その奥に潜んだ悲しみから目を逸らさない。裏切って来た人々の分も、クロダさんが受け止めるべき瞳だった。

「遠い旅だったのか？」

「うん、遠い遠い、旅……」

言葉は続かない。続ければ、「さよなら」を言わないといけない。

「さあ、大波が来るぞ！」

ダンナさんがお風呂の中で大きく身体を揺らす。クロダさんは、その波に乗って、お風呂の中に沈み込んだ。

クロダさんの涙は、大波が隠してくれた。

早苗　2月21日（土）　あと4日

何かの気配を感じて、二人は同時に眼を覚ました。夜明け前だ。

「誰か、いるぞ？」

浩介が飛び起きた。また誰かが、礼拝所に悪意をまきちらそうというのだろうか。

「誰か、尖塔に上ってる」

寝袋から飛び出した浩介が、螺旋《らせん》階段を駆け上ってゆく。早苗も急いで、後に続いた。上りきった場所で、浩介が急に足を止めたので、早苗はその背中にぶつかってしまった。

「虹龍……。これって、どういうことだよ？」

異邦郭の虹龍という男が、数人の男を従えて作業をしている。双龍という名の少年もいた。男たちが尖塔に据えようとしているのは、鐘だった。

「良クナッタ、星回リガ。コノ鐘ノ。出テキタンダ。二十年ブリニ。倉庫カラ」

異邦郭が管理する特殊な倉庫があることは、早苗も知っていた。海を隔てた居留地には「星回り」という特殊な考え方があり、「星回り」が悪い者は、居留地に渡ることはできない。それは荷物にもおよび、本人は渡航できるのに、荷物だけが持ち込めない場合があるという。倉庫は、「星回り」が変わるまで荷物を管理しているのだ。

この鐘は、二十年ぶりに「星回り」が整い、倉庫から出されたのだろう。それでは、鐘を倉庫に残したまま、海を渡って旅立った人物とは……？

虹龍たちと入れ替わるように、誰かが尖塔への階段を上ってきた。

「……お父さん」

浩介の言葉に、早苗は耳を疑った。だが、そこにいるのは確かに父だった。父は鐘を見上げると、乾いた布を取り出し、磨き始めた。二十年間倉庫にしまわれていた鐘は、埃《ほこり》の中に輝きを失っていた。

「て……手伝いますよ」

父親は無言のままだったが、浩介の手助けを受け入れた。早苗も布を手にして加わる。三人で、無心に鐘を磨き続ける。

鐘は二十年の垢《あか》を落とし、昔の輝きを取り戻した。

「二人とも、手を出しなさい」

言われるまま、浩介と共に両手を差し出す。四つの掌《てのひら》の上に、細長い金属の棒の先が球形に造形された鋳物《いもの》が載せられた。それは、最近父親がかかりきりになっていた作品だった。

「これって、もしかして、この鐘を鳴らすための……舌《ぜつ》？」

父親はずっと、この日のために「舌」を磨き続けていたのだ。

浩介と二人で舌を支え、父親が鐘の中に潜り込んで、留め金で固定する。収まるべきものが収まったように、しっかりと鐘と結びついている。舌を揺らして具合を確かめていた父親は、得心したように頷くと、早苗を見つめた。

「お母さんの姿を思い出したよ。早苗は、礼拝所を守り続けたお母さんの意志を受け継ぐんだね」

「お父さん……」

父親は初めて浩介と向き合う。娘の相手として、一人の男として、浩介を認めたように。

「浩介君。早苗をよろしく頼むよ」

「は、はい！」

浩介はまるで儀仗兵《ぎじょうへい》のように直立不動で、父親の言葉を受け止めた。

「結婚式で、お母さんのつくった鐘を鳴らしなさい。お母さんの元へも届くように」

父親は、遥か遠く、母のいる場所を見晴るかすように、海風の向かい来る方向に眼を細めた。

南田さん　2月23日（月）　あと2日

「どうして、今になって……」

南田さんがそう呟いたのは、もう何度目だったろう。

数週間前、管理局から突然、「サンプル思念」が送られてきた。それがどんな思念から加工されたものかも、何の用途に使用するものなのかの説明もなく……。訝《いぶか》しみつつ思念構成を確認して愕然《がくぜん》とした。それはまさしく、南田さんが望んでやまない、ハルカの思念だったからだ。

管理局側が何を目論《もくろ》んでいるのかもわからぬまま、南田さんは鎮静化思念の醸成に取り掛からざるを得なかった。カウントダウンは、着々と0に近づいているのだから。

そして三日前、ようやく鎮静化思念は完成した。人体投与実験でも良好な結果を収めている。何とか、カウントダウン0までには間に合いそうだった。

「それじゃあ、培養はお願いね」

単純作業を他の研究員に任せ、南田さんは足早に職場を出た。保育園に駿を迎えに行く。ここ最近はシッターさんにまかせっきりで、駿の寝顔しか見ていない。父親の三か月に一度の帰宅も、お互いに業務多忙で延び延びになっており、しっかりと向き合ってあげる時間もない。

二人とも自由にできる時間がほとんどないので、お金は貯まる一方だったが、駿のために使う時間もない。それなのに駿は、そんな境遇《きょうぐう》にもめげずに、素直に明るく育ってくれた。


保育園からの帰り道、駿が突然立ち止まった。

「お母さん、誰かがボクを呼んでるよ」

「え、誰が?」

耳を澄ましてみるが、繁華街の雑踏の中で駿を「呼ぶ」存在など、見分けられるはずもなかった。

「声じゃないよ。でも、ボクを呼んでる」

駿は、南田さんが「聞こえない」ことをもどかしがるように、手を差し出した。

「お母さん、手を握って」

駿の小さな手が、南田さんを導いた。迷いなく、駿は歩き続ける。

都会の雑踏の中、人々をかき分けるように、駿は進む。見えない導きに従って、見えないしるしを辿るように。握った手が汗ばむ頃、駿の歩みは止まった。

「ここは、バスターミナルの……西口側ね」

何かが心に引っかかっている。だが、それが何かはわからない。

エアポケットのように、そこを通る人はいない。だが、目の前には、二人の人物がいた。弦楽器を抱えて、バスターミナルの建物に寄り掛かって座る女性と、そしてもう一人は……、夫だった。

「久しぶりだね。駿」

「お父さん」

駆け寄る駿を、夫は抱きとめる。彼もまた導かれたのだろう。だが南田さんとは違い、彼はそのことを自然に受け入れているようだ。

「ボクを呼んでいたのは、あなたなの？」

駿は、弦楽器を抱える女性に駆け寄った。

「そう、この音が、駿君を呼んでいたのよ」

彼女は、使い込まれた風合いの弦楽器の弦に指を添えた。

「うん、確かに、この音だね」

駿が満足げに頷くが、南田さんにとっては、ただの弦を爪弾く音でしかなかった。

「いったい、どういうことなの？」

南田さんはまだ、何が起こっているのかを理解できずにいた。

「ずっと、話すことができずにいたね」

夫は穏やかな表情で、南田さんを迎えた。

「私が今やっていることについて、君にどうしても話しておかなきゃいけなくってね。彼女に、その場所を作ってもらったんだ」

「それ以上話さないで……。わかっているでしょう。私たちは会っちゃいけない、話しちゃいけないって」

ここで話した内容をたとえ口外せずとも、後に受けることになる思念スクリーニングで、機密を洩らしたことは筒抜けになってしまう。夫もまた同じように、いや、南田さん以上に大きな機密に関わっているはずだ。スクリーニングは彼女以上に厳格だろう。

「大丈夫ですよ」

南田さんの不安な心を読み取ったように、楽器を携えた女性が微笑みかける。その眼差しに、遠い記憶を呼び覚まされるようだった。

「ここは閉ざされた場所。ここでのあなたの記憶は、すべて消え去ります」

当然のことであるように、彼女は言った。どこでもない場所から語りかけられているようだ。

「思念供給公社に勤める君ならわかるだろう。バスターミナル西口は、今は工事中で、誰も通行できないってことを」

心の引っかかりが、ようやく取れた。この場所は、思念供給管の工事で封鎖されているはずだった。

「それじゃあ、ここは……」

「どこでもあって、どこでもない場所。私たちはそこにいる」

そう言われてみると、繁華街の只中《ただなか》なのに、この場所を通る人は誰もいなかった。そんなことができる存在は、一人しかいない。

「それじゃあ、あなたが……今の予兆なの？」

彼女は答えない。そして、答えるまでもなかった。彼女の瞳には、「意志」が存在しない。それは彼女自身が、人の運命を自身の思惑によらず引き寄せる人物だからだ。

「彼女を信じてほしい」

「何を信じろって言うの？」

「君も知っている通り、予兆は人の運命を動かす。ここから一歩出れば、ここで会ったことも、話したことも、すべて記憶から失われる」

記憶には残らない、どこでもない場所で、夫は話しだした。南田さんも覚悟を決める。

「管理局はサユミさんの姉、ハルカを手に入れた」

「ええ、そのようね」

「ハルカを奪おうという動きはあった。抵抗勢力側から……いや、それを装った君たちの仕業だったようだがね」

彼はいたずらっぽく笑って、南田さんを見返す。どうやら、野分浜での暗躍は見透《みす》かされていたようだ。

「……ごめんなさい」

「どちらも任務としてやっているんだ。謝ることじゃない」

実際彼は、大した問題であるとは考えていないようだ。

「それに、むしろありがたかったよ。一緒に乗り越える試練も、あの二人には必要だったようだからね」

「試練が必要って、どういうこと？」

今度は、答えはなかった。彼の思考はいつも数歩先にあって、南田さんには見通すことができない。

「本当は、一度君たちの側にハルカが渡ってしまうのも、一つの策だったんだけれどね」

「それじゃあ、私にハルカの青い蝶のことを告げたのも？」

「ああ、あの二人の心のつながりに、何らかの刺激を与えることができるかと思ってね。君の動きも、大きな手助けになったよ」

いくつもある「可能性」。その複雑に絡んだ糸を辿って未来を見通そうとするように、彼は眼を細めた。

「私は、管理局と思念供給公社の諍《いさか》いには、あまり興味がないんだ。どちらも立場は違え、カウントダウン0が訪れるまでにプラントの異常を収束させようという方向性に変わりはないのだからね。むしろ、互いが競い合うことで、多様性が生まれ、もしもの場合の選択肢も広がる」

「でも、管理局と思念供給公社とでは、目指す『収束』の方向性は少し違うみたいね」

夫は、黙って頷いた。

「君たち思念供給公社は、とにかくプラントの異常を消し去ることを第一目的としている。だが、管理局はそこから一歩進み、プラントの本当の役割を取り戻すことが最終目標だ」

やはり管理局は、プラントの思念による国民思念誘導計画を、諦めてはいないということだろう。

「あなたは、管理局の考え方に賛同するってこと？」

「切り札であるハルカは、こちらが握っている。そして、二つの組織のどちらがプラントの問題に前向きに関わっているかと言えば、管理局の方だ」

「でもそれは、プラントの思念の暴走っていう悪夢を繰り返すことにはならないの？」

　夫は頷く。肯定にも否定にも思える頷きだった。

「キザシが、プラントの違法蓄積思念による国民思念誘導計画に関わった。だが、彼女の協力も空しく、計画は失敗。プラントの暴走を止める最終手段として、寺田博士と共にプラントに向かい、自らを犠牲にすることで、暴走を止めた……。私たちが知るプラント暴走事故の『真相』だ」

　その点は、思念供給公社も同じ見解だ。

「だが、腑《ふ》に落ちない点もある。予兆は人の運命を翻弄する役割だが、歴代の予兆は皆、自らがもっとも大きく翻弄される運命にある。キザシがプラントで生を終えたのも、それが単純に失敗だとは、私には思えないんだ」

「それじゃあ、予兆の運命は、プラントの異常によっても頓挫《とんざ》することなく、今も継続中だって思っているの？」

　プラントの異質化思念は、十年経った今も思念活性を失ってはいない。サユミの存在で抑え込んでいる現状だ。それは、プラントの中で生を終えた予兆の「運命」の導きが、今も終わっていないということを意味しているのだろうか。

　駿は、予兆の爪弾きから導き出される、人の運命を翻弄する音に魅入《みい》られているようだ。

「プラントの思念が暴走し、誰にも手が出せなくなった……。誰にも手が出せない状況を、彼女が敢えてつくりだしていたとしたら？」

「それは、何のために？」

「私にも、長い間わからなかった。だが、ハルカに会って彼女の思念の力に触れて確信したよ。予兆は、ハルカが育つまで十年の時間を必要としていたんだとね。そして今、何かが起ころうとしている。キザシが十年の時を経て、やろうとしている何かがね」

夫の研究者的な探究心のその先には、どんな未来が見えているのだろうか。

「とにかく私は、管理局の思念操作の責任者として、今のハルカを使ったプラント再起動計画を進めるしかない。私の考えとも合致しているからね。だが実際のところ、統監の考え方を百パーセント信用しているというわけではないんだ」

自信に満ちた眼差しは、南田さんが学生の頃、指導を受けていた姿と変わらない。

「だから、もしも管理局が暴走してしまった時のために、私は一つの可能性を残しておくことにしたんだ」

「可能性って？」

それを夫は口にしなかった。機密とは別の意味で、彼が心に秘めた「意志」なのだろう。

「私はその可能性を、駿に託すことにしたよ」

予兆の横に座っていた駿は、自分に託されるものを尋ねるように、父親を見上げた。夫はその姿を、優しく見守る。

「駿は、予兆の導きを受けることができるんだ。現に今まで何度も、私はここに駿を呼んでもらって会っていたんだよ。もちろんその都度、駿の記憶は予兆によって消されてしまっていたがね」

駿は、父親に会ったそぶりすら見せたことはなかったし、三か月に一度の父親の帰りをあんなに喜んでいたのだ。予兆の記憶改変の力の強大さと残酷さとをまざまざと見せつけられた思いだ。

「駿には、もしかすると危険を掻《か》い潜《くぐ》ってもらうことになるかもしれないが、彼女は約束してくれた。駿は必ず、無事に君の元に戻すと」

その言葉は、逆説的に、夫の身を危険にさらすだろうことを意味していた。

「何をするつもりなの？」

「世界を閉ざし、そして、解放する。記憶には刻まれない明日を作るんだ」

その「明日」の姿は、南田さんには見えなかった。

「あなたには、悲しい思いをさせることになるかもしれませんね」

予兆の言葉は、どうしようもない運命に自分たちが踏み出そうとしていることを伝える。「覚悟」としてでも「悲しみ」としてでもなく、単なる「未来の歴史」として。

「どうか、心を揺らさないで。あなたはすぐに、ここで起こったことはすべて、忘れてしまうのだから」

弦楽器に添えられた予兆の指が、一つの音を導き出した。人の運命を翻弄する音だった。

「駿が、未来へのカギを握っている。私は駿に未来を託して、世界を見守る。長いお別れになるけれど、駿のことをよろしく頼むよ」

家族の何気ない日常と、スパイ映画の中のような危険と隣り合わせの任務。決して重なり合ってはいけない日常と非日常とが、重なり合おうとしている。ささやかで平凡な「明日」は、決して訪れない。それは、逃れられない「明日」なのだろう。

南田さんは、自らの記憶を操る予兆の歌に、身を委《ゆだ》ねた。

第六章　2月25日　S·i·d·e A

◇　瀬川さん　◇

六時に起きて、焼き魚とお味噌汁《みそしる》と納豆と卵の朝食をつくる。普段と同じ一日の始まりだ。

そんな一日の延長に、絶望があり、希望がある。悲しみは、空の青さを曇《くも》らせはしない。ごはんの炊《た》き上がる音は、どんな一日の始まりでも変わらない。

新聞を取りに玄関に立つと、そこには予兆が待っていた。

「昨夜、最後の一枚を残して、仕上がりました」

青いトランクを手渡される。クロダさんが描いた、たくさんの青い蝶が収められている。

「うまく飛んでくれるかねえ」

「大丈夫ですよ。きっと」

彼女がこの街を訪れて三か月。さまざまな人々に出逢い、予兆自身もわからぬまま、人生のレールをすげ替えてきた。そんな彼女のこの街での役割も、今日で終わる。彼女はまた、別の街に行くことになるのだろう。自らの投げた運命の賽《さい》の目もわからぬままに。

「私のこの街での名前は、蝶《ちょう》になりました」

それは、古奏器の音の色に導かれた小さな女の子が名付けてくれたという。

「やるべきことを済ませたら、私は遠羽川の河原に向かいます」

「それがあんたの、この街での最後の仕事ってことだね」

蝶と名付けられた予兆は、この街にやって来た時と同じように、古びた弦楽器一つを担《かつ》いで、河原に向かって歩いて行った。その姿が消えるまで、瀬川さんは見送った。

新聞を持っておじいさんが眠る寝室に戻る。しばらくその寝顔を眺めた後、おじいさんの肩をそっと揺らした。

「おじいさん、朝ですよ」

おじいさんは、しょぼしょぼと眼を瞬かせて、朝の光に眩《まぶ》しそうに眼を細める。

「今日も、晴れてますよ」

「ああ、きれいに晴れたもんだねえ」

二人で縁側に立って、冬の朝日を顔に浴《あ》びる。

おじいさんと朝ごはんを食べて、お茶を飲む。おじいさんは新聞を読み終えると、庭の手入れを始めた。何でもない、いくらでも取り替えが利く、それでもかけがえのない一日の始まりだった。

「なんとか、間に合いそうだね……」

瀬川さんは、独り言のように呟《つぶや》いて、眼を閉じた。

世界を閉ざし。

悲しみを封じ込め。

人が生きる物語を吹き込み。

そして、希望が降り注ぐ。

それぞれの「力」を持ったものを導き、今日の鐘の音と同時に、すべての力を集める。十年前にキザシと約束した四つの大きな歯車を回すための「種まき」は、すべて終わった。

「キザシ、あんたのまいた種は、ようやく芽吹《めぶ》きそうだよ」

まかれた種の芽吹きと成長を見守る役目は、この十年間、瀬川さんと黒田さんが担《にな》ってきた。

「おじいさん、ちょっと、散歩に出かけてきますよ」

「ああ、行っておいで」

おじいさんは、いつものように、穏《おだ》やかな声で、瀬川さんを送り出してくれる。五十年連れ添ってきた笑顔を、瀬川さんはしっかりと、心に刻んだ。

歩き始めよう。その先に、何があるのかはわからないけれど。

絶望の中の小さな希望。それを見つけるために。

「おじいさん」

そう呼ぶと、おじいさんは笑顔で振り返り、手を振った。

「幸せでしたよ」

空は青い、どこまでも。その空の下で、世界は明日も輝き続ける。その輝きを、決して絶やさぬために、今日という日があるのだから。

◇　持田さん　◇

雲一つない晴天が、窓の外に広がる。持田さんにとっては、今日のその日に最もふさわしい天気だった。

「今日の乗車は？」

並んで歯を磨《みが》きながら、奥さんが尋《たず》ねる。二人とも右利きなので、歯磨き中は並んで手をつなげないのが、昔からの悩みだった。

「六時五分　バスターミナルまで回送。六時二十八分、バスターミナル－動物園を往復。九時五分、バスターミナル－渦ヶ淵を往復。その後、十二時二分、バスターミナル－文教地区を往復、十三時二十二分営業所到着、それで終了だ」

奥さんは、そのルートを頭の中で思い描き、ハンドルを握る手つきで、「運転」を完了させた。

「少し遅いお昼ご飯を用意して、帰ってくるのを待ってるよ」

奥さんは、今日は休日だった。

「それじゃあ、安全運転で」

玄関先で、持田さんは、いつものように右手を上げた。

奥さんが、左手を近づける。

指先が触れ合う寸前で、家の中で電話が鳴りだした。見えない遮断機が下りたようで、二人はどちらからともなく、手を引っ込めてしまった。

「ごめんなさい、電話に出なきゃ。行ってらっしゃい」

奥さんはそう言って手を振ると、扉を閉めた。


朝から順調に、仕事は進んだ。

次の乗車は、バスターミナル－渦ヶ淵線だ。

バスターミナルまでバスを回送する。持田さんは手袋をはめ直し、３０９５号のハンドルに手を添えた。待機場からゆっくりとバスを出し、十二番乗り場に停車させる。

乗り場では、たくさんの乗客がバスを待っていた。保育園の制服姿の男の子は、結婚式にでも出席するのだろうか。大きな花束を抱えていた。

青いトランクを抱えたおばあさんが、乗車しようとして、トランクを両手で抱えて持ち上げる。重い荷物が入っているらしく、ステップに足をかけたものの、バランスを崩してしまった。

「大丈夫ですか？」

持田さんは運転席を離れ、車内からおばあさんに右手を差し出した。

「あらあら、ごめんなさいねえ」

思ったよりも強い力で、おばあさんは持田さんの右手を握った。力を込めて荷物とおばあさんを引き上げる。その瞬間、持田さんはそのまま底なし沼に引きずり込まれたように感じた。

だがそれも一瞬だ。おばあさんはいつの間にかバスに乗り込んでいた。

「すっかりお世話になっちゃって」

「大きなトランクですね」

「ホントに。やっかいな荷物を抱え込んじゃったわね。まあ、誰かが運ばなきゃいけないもんだからね」

肩が凝《こ》ったというように大儀そうに首をまわしながらも、尚も持田さんの右手を離さない。

「あなたの右手、しっかりしてるのねえ」

まるで何かを託《たく》そうとするように、何度も持田さんの姿を上から下まで検分する。


「お待たせいたしました、ひかり地区行き、発車いたします」

バスターミナル西口で、信号の青を待つ。

耳に、歌が届いた。聞き覚えがある。空港から一人だけ乗り込んだ女性の歌声だった。繁華街《はんかがい》の一角なので、街の音は傍若無人《ぼうじゃくぶじん》だ。それなのに、弦楽器の爪弾きに乗ったその歌は、喧騒《けんそう》をものともせず、まっすぐに持田さんの耳に届いた。

ターミナル西口脇の歩道で、彼女は唄っていた。あの場所は、工事中で通行止めのはずなのに……。その歌は、出逢いの時と同じく、持田さんを導き、そして翻弄《ほんろう》する。

「運転手さん、青になったよ」

花束を抱えた男の子の声で、持田さんは我に返った。

「えっ、ああ、はい、すみません。発車します」

慌ててバスを発車させた。

「安全運転で行きましょうね」

そう言ったのは、トランクを乗せるのを手伝ってあげたおばあさんだった。彼女の言葉は、不思議と持田さんを落ち着かせた。

――行こう、３０９５号――

改めて、ハンドルをしっかりと握った。いつものように、バスと一体化する。持田さんがバスで、バスが持田さんだ。

「これなら、大丈夫そうだねえ」

おばあさんは、座席に座ってからもずっとニコニコして、持田さんの様子を見守っていた。


すべての客が下車し、バスは終点に到着した。

「よし！」

持田さんは運転席に座り、日報を下敷きにして、一枚の紙を置いた。大きく深呼吸して、紙を半分に折る。九百九十九回積み重ねた、持田さんにとっては目をつぶっていても辿《たど》れる工程だ。だが紙ひこうきとしての「生」を受けるこの一機にとっては、すべてが初めての人生だ。千回目の「初めて」をゆっくりと噛みしめながら、持田さんは奥さんと手をつないで過ごした千日の日々を振り返った。

そうして、最後の一機の紙ひこうきは折り上がった。

大きく息を吐きだし、仕上げに翼を整えると、持田さんは奥さんに電話をかけた。

「朝はごめんなさい。きちんと見送りできなくって」

携帯ごしの奥さんの声が、いつもよりも遠くから聞こえるようだ。

「電話は、誰からだったんだい？」

「瀬川さんから。しばらく旅に出るからって、お別れの挨拶《あいさつ》の電話」

「そうかい」

奥さんが運転士になるきっかけになった人物だった。音楽が聞こえる。瀬川さんからもらったラジオをかけているのだろう。

「屋上の鍵は、ずっと持っていていいって。それだけだったの」

持田さんは、屋上からの空に思いを馳《は》せ、窓ごしの空を見上げた。

「どうしたの？　この時間だと、ひかり地区でしょう？」

持田さんは、紙ひこうきを眼の前に掲げた。いつか風を受けて飛ぶ日を願って精一杯、翼を広げていた。

「そろそろ、子どもをつくらないかい？」

紙ひこうきが１０００機折り上がったら、告げようと思っていた言葉だった。

「……名前は何にしようか？」

奥さんの第一声は、三年前のその日と同じだった。

「決まっているよ。もう」

「そうだよね」

生を受けられなかった、三年前の命。

それは新たな「つばさ」となって、二人の元に舞い降りてくれるだろうか。

「屋上で待ってるよ。ピクニックの準備をして」

「今日のメニューは？」

「今日は、相良《あいら》寿司店の柿の葉で巻いた押し寿司。なぎさキッチンのカニクリームコロッケ。私の手作りのおでん。そして白ワイン」

「上等だね」

二月の屋上の空は、寝転べばどこまでも吸い込まれるように青い。二人は手をつないで、空へとふわふわと漂うのだ。

それは一年後には、三人になっているかもしれない。

その「つばさ」は、二人をどこまでも運んでくれるだろう。明日も明後日も、そしてずっと未来へも。たとえ今日、世界が終わってしまったとしても……。

◇　滝川さん　◇

冬の青空はどこまでも澄み切り、見つめる瞳さえ青く染まってしまうようだ。

「やっぱり、滝川せんぱ……。のぞみが行った方がいいんじゃないのかな？」

まだ西山くんは、滝川さんを下の名前で呼ぶのに慣れないようだ。

「でも、西山く……。たかしの方がくじ運はいいんだから。お正月の私のおみくじ、さんざんだったじゃない」

呼び慣れていないのはお互いさまだった。

二人で住みたい公営住宅の抽選日が今日だったので、西山くんが有休を取って、抽選に向かうことにしていた。

「行ってらっしゃい、のぞみ」

「行ってらっしゃい、たかし」

西山くんのバスを見送り、地下の改札に向かう。暗闇の中を進む地下鉄にも、すっかり慣れた。


図書館に着き、ロッカールームで着替える。図書館員にとって、エプロンをつけるのは一つの儀式だ。そこから新しい一日が始まる。いつもより早い時間なので、今朝はまだシフト表は張っていなかった。総務係長が腕組みをして、誰をどう配置すべきか、首をひねっている。

「そうか、今日は西山くんが休みか。それじゃあ、第五分館は……」

滝川さんはそっと、係長の机に近寄った。

「係長、今日のシフトなんですが」


貸出カウンターの奥の作業棚に、利用者の予約本が並んでいた。滝川さんは、その予約者に、電話で連絡をしていった。

「図書館第五分館からです。瀬川さんでしょうか?」

「え、ええ? ああ、図書館ね」

おばあさんの声だ。受話器の向こうから、慌ただしい雰囲気が伝わってくる。

「ご予約頂いた本が、ご用意できました」

「ああ。その本ねえ。ごめんなさい。せっかく用意してもらったけど、しばらく忙しくって、借りに行けそうもないのよ」

「そうですか」

「ごめんなさいね。落ち着いたら、また第五分館に伺いますから」

「わかりました。お待ちしています」

「あなた、滝川さんね？　これからも、お世話かけますね」

「え？」

突然名前を呼ばれて戸惑《とまど》ってしまう。

「図書館は、これからもずっと、みんなの心の支えだからね」

どこかで聞いた覚えのある声だった。それを思い出せないまま受話器を戻すと、置いたばかりの電話が鳴り出した。

「はい、図書館第五分館です」

電話を取ると、相手が言葉に詰まるのがわかった。言葉も発しないのに、誰だかわかる。

「滝川せんぱ……。じゃなかった、のぞみ。どうして第五分館に？」

自分がいない間の分館が気になって、電話で様子を確かめようと思っていたらしい。

「西山くんの……。たかしの交代要員でね。私じゃご不満でしたか？」

「いや、そんなわけじゃないけど……。でも、のぞみ、大丈夫なの？」

「大丈夫って、何が？」

わざととぼけて、そう言ってみる。

「い、いや、だから……」

「だってここは、たかしの居場所だもの。そこは、私の居場所でもあるの。そうでしょう？」

「……そうか。そうだね」

「金庫だって、もしかしたら私が開けちゃうかもしれないよ」

「そうだね。のぞみなら、きっと開けられるはずだよ」

「閉ざされた世界の話」を読んでから、彼の中でその思いは、より強くなっているようだ。

「ところで、抽選、どうだったの？」

「バッチリだよ。四月からは、二人で暮らせるよ」

「それじゃあ、今夜はお祝いしなくっちゃね」

夜に会う約束をして受話器を置いた。

予約者への電話を終えると、分館の昔ながらの時計が、十二時を打った。

「滝川さん、先にお昼休みを取っておいで」

分館の係長が、滝川さんに休憩を促した。

「はい、それじゃあ、お先に」

滝川さんは事務室に入り、エプロンを外した。

小さな事務室を見渡す。ここは、西山くんの居場所だ。そして、彼の横にいることが、滝川さんの「居場所」だった。二人の居場所は、これからいくつも増えていくのだろう。今は何のわだかまりもなく、そう思える。

鞄の中から、青い表紙の本を取り出す。再び巡り合えた「閉ざされた世界の話」を手にして、金庫の前に立った。西山くんが回し続けた、番号のわからない金庫のハンドルに、そっと手を添えた。

まだ、すべての恐怖が消え去ったわけではない。暗闇の中に閉じ込められた本たちと、自分とを置き換えそうになり、身震いが足元から湧き上がりそうになる。

——だけど……

本たちは、西山くんがずっと守り続けたのだ。分厚い扉で隔てられていても、彼らは西山くんの想いを受け止めているはずだ。彼らがここに閉じ込められてしまったことにも、きっと何かの意味がある。そう思いたかった。

どこかで鐘が鳴っている。結婚式だろうか？

澄《す》み渡った空に、その鐘の音は響き渡っている。

３０９５冊の本が解き放たれ、祝福するように飛び交う様を想像する。どこまでも、幸せに向かって飛び続ける、本の姿を。その中心で、滝川さんと西山くんは笑っている。

この世界は終わったりなんかしない。きっと、希望に満ちた場所に、本たちが導いてくれる。

金庫のダイヤルを、心に浮かんだ数字に合わせてみた。滝川さんは、西山くんの想いを受けて、ハンドルを回した。

◇　クロダさん　◇

廃屋《はいおく》の窓から、朝日が差し込む。朝から晴れていた。

目覚めると、「名前のない彼女」はいなかった。

クロダさんが描いた三千枚を超える青い蝶の絵は、青いトランクと共に姿を消してしまっていた。彼女が運び出したのだろうか。残されていたのは、たった一枚の画用紙と絵筆、そして瓶《びん》の中に残り少ない、青い絵の具。

「最後の蝶は、どこで描こうカナ？」

どこか、青い空の下で描きたかった。

クロダさんは、画用紙と絵筆、そして絵の具が入った瓶だけを手にして、廃屋を出た。足の赴《おもむ》くままに歩きだして、廃屋を振り返る。最後の蝶を描いたなら、ここにはもう二度と戻ることはないはずだ。

「行って来るヨ」

廃屋に別れを告げ、振り返らずに歩き続けた。道は辿らない。ただ空の青だけを見つめて、クロダさんは前に進む。澄みきった空には、描かれた蝶たちが溶《と》け込んでいるようだった。

大きな河に架かった橋を渡り、しばらく足の赴くままに歩いて、クロダさんは足を止めた。周囲を見渡す。そこは、どこにでもある小さな公園だった。ベンチに座ると、数羽の鳩が餌《えさ》をねだるでもなく近寄って来て、首を傾《かし》げるようにしてうずくまった。

風の音だけが聞こえる。遠く海から吹き渡る風だ。

真っ白な画用紙の上で、クロダさんは瓶を傾《かたむ》け、残った絵の具をすべて落とした。そのまま絵筆で、絵の具の雫《しずく》を、画用紙に広げてゆく。

青いしみから、四枚の羽が生まれ、それはやがて一匹の蝶になった。クロダさんは、その絵を青い空に掲げて、そっと目を閉じた。心に生じるだろう旅立ちの衝動を、静かに受け止めるために。


——どうして……？

どれだけ待っても、クロダさんは、次の場所に旅立とうという気にはならなかった。

青い蝶は、この街で羽ばたき続ける。そしてそれを見守るのは、クロダさんの役割だった。今は確信を持って言える。自分はこの街に留《とど》まるんだと。

何かが終わってしまう……。この世界が終わってしまうというウワサと共に、心の中にずっと居座っていたその思いは、いつのまにか消え去っていた。

　この街へとクロダさんを導いた、黒いもじゃもじゃの絵を思い出す。ポケットの中には、最後にダンナさんの髪を切った時に残しておいた、癖っ毛の髪の毛が入っていた。その「もじゃもじゃ」を握りしめる。

「ねえ、ダンナさん。あたし、新しい絵を描いたヨ」

　この同じ空の下にいるダンナさんに向けて、クロダさんは呼びかけた。ダンナさんの、遠い声が聞こえる気がした。澄みきった青空を見上げたみたいに、鼻の奥がツンとする。

「クロダも、いよいよ旅立つのか」

　きっとそう言って、黒田さんは、悲しそうな顔をするだろう。しかられた犬みたいに。そうして、口をへの字にして、髪をワシャワシャと掻き毟る。なんでもずけずけ言う遠慮のない人だって思われてるけど、ホントに大事なことは、何も言えない人なんだ。

「大丈夫だよ。ダンナさん。あたしは、ずっとここにいるよ」

　ダンナさんの耳元で、クロダさんはそっとささやくだろう。

「わかったノ。この街にズットいても、私は旅をしてるんダって」

　旅が、人の想いから想いへとつながるものだとすれば、ずっとこの街にいても、心は遠くまで旅立つことができるはずだ。

「そうか……。よし、いいぞ。お前はずっと、この街にいるんだ」

　ダンナさんはきっと優しく、そう言ってくれる。クロダさんは、蝶を描いた画用紙を胸に抱きしめた。すぐ近くで、鐘の音が聞こえる。結婚式だろうか。ささやかな幸せを祈るその響きに、クロダさんは自分の絵を託すことにした。

「自由に、飛ぶんだヨ」

最後の蝶を描いた画用紙を、思い切り青空に放った。青い蝶は、澄み切った青空に溶け込んで行った。

◇ 早苗 ◇

天窓のステンドグラス越しに、光が差し込む。

「晴れたね、浩介」

「ああ、晴れた」

二人で毛布の中で抱き合い、そしてキスをする。

この空間は、母親の胎内《たいない》のように早苗を守ってくれる。母の思い出は何もない。それでもここは確かに、母の愛に包まれた場所だった。

「お母さん、おはよう」

早苗は、光の中に母の姿を見出すように、眼を細めた。

「お父さんも認めてくれたんだ。これから毎日、俺たちはここで街の人を迎えて、鐘を鳴らすんだ。すぐにみんな、この場所のことが大好きになるぜ」

浩介のその言葉が、未来への約束になった。

仲間たちが集まって来た。広場に椅子《いす》を並べて、結婚式の列席者用の席を整える。祝福してくれるのは、一緒に礼拝所を復活させたメンバーだ。

女性たちに手伝ってもらって、純白のドレスに着替える。デザイン専門学校に通う仲間の一人が好意でつくってくれた、シンプルなウエディングドレスだった。

「かえって、早苗のかわいさが引き立つよ」

浩介には、おせじという概念はない。きれいなものはきれい。率直で、真っ直ぐだ。

「ありがとう、浩介」

正直にお礼を言った。本音を隠して生きることが当たり前になっていた。でも、浩介と一緒なら、心を解き放つことができる。

「浩介のタキシード姿も、カッコイイよ」

浩介は照れて、せっかくセットした髪をぼさぼさにしてしまう。

二人は、礼拝所前の広場に立った。結婚式と言っても、神父がいるわけでもない。誓いの言葉は、集まってくれた仲間たちに向けて、そして自分に向けて宣言する。

「ここは、早苗のお母さんが守った場所だ。そして、あそこにある鐘は早苗のお母さんが、鐘を鳴らす舌《ゼツ》はお父さんがつくったもんだ」

飾り気のない言葉だ。だけど、美辞麗句《びじれいく》を並べ立てて幸せを謳《うた》い上げるセリフは、浩介には似合わない。

「俺には、誇《ほこ》るものは何もない。馬鹿で能天気でお調子者だ。だけど、たった一つ、早苗っていう誇れるものを手に入れた」

そう言って、浩介は早苗に微笑みかけた。拍手の中、参列者に挨拶をしてまわる。

「浩介さん、早苗さん、結婚おめでとう」

来賓席《らいひん》には、花束を手にした小さなお客様が座っていた。

「おっ、駿坊、来てくれたんだな」

「うん、だって、約束だったもん」

二人の内緒の約束は、結婚式への招待だったようだ。

年齢も、職業もバラバラな、浩介を中心に集まった人々が、「祝福」という気持ちで一つになって、ここに集まっている。

「俺たちは、今からあの鐘を鳴らす。早苗のお父さんにも聞こえるように。お母さんにも聞こえるように。それが、俺たちの結婚の宣言だ」

二人で螺旋《らせん》階段を上る。それは、二人のこれからの人生だ。長く曲がりくねって、先は見通せない。それでも確実に、二人を新たな場所へと導く、一周するごとに、同じ景色でも、少しずつ高みへと上り、遠くまで見晴らせるはずだ。

尖塔の頂上に辿り着く。見下ろすと、列席者たちが、花束を振り回して手を振っている。母もこうしてこの場所から、街の風景を眺めていたのだろうか。

街外れの、動物園のある丘の上。そこに、早苗の家がある。きっと父は、工房からこの尖塔を見つめているはずだ。汚れた軍手を外して、爪まで汚れた手で煙草《たばこ》を吸いながら。

「お父さんに、届くといいな」

「届くよ、きっと」

「お父さんだけじゃない。街の人みんなに、届けてやろうぜ」

浩介は、いつものように自信満々だ。その笑顔は、早苗をどこまでも連れて行ってくれる。自分の今まで知らなかった場所へ。

この世界は終わったりなんかしない。この鐘が、鳴り続ける限りは。

二人は手を添えて、鐘を鳴らした。

希望が、街に響き渡るように。

第七章　2月25日　SideB

◇　黒田さん　0時05分　◇

日付の変わる時刻だった。

普段ならこの時間は、プラント保安局員だけが居残り、設備が稼働する低い機械音だけに支配されている。だが今日は昼間以上に人が頻繁《ひんぱん》に行き来し、見知らぬ顔が我が物顔で闊歩《かっぽ》している。職員たちも緊張した様子で、動きがぎこちない。

「今回の監査は、随分《ずいぶん》と念入りじゃねえか？」

白衣を着た南田さんが、疲れきった顔で振り返った。

「監査のチェック項目が、今回から急に二倍に増えて、予想外に長引いちゃってね……。黒田さんは夜勤？」

「ああ、二時までな。何が起きるかわからないし、あんたらの尻拭《しりぬぐ》いも仕事のうちだしな」

黒田さんはあくびをしながら、もじゃもじゃの頭を掻《か》き毟《むし》る。

昨日から、管理局の施設監査が入っている。日頃は地下プラントに関する実務は供給公社が取り仕切り、監督組織である管理局が関わることはない。だが施設監査の時だけは、操作権限がすべて管理局に移譲される。

「まだ、終わらないのか？」

南田さんは憂鬱《ゆううつ》げに首を振った。

「まだまだ、本番はこれからよ。やっとこの一年間のプラントの思念活性化異常の際の対応についてのチェックが終わったところ。今からいよいよ、管理局側によるプラントの操作テストがあるからね」

「それにしても、いつもの監査よりも、随分と物々しくはねぇか？」

「何しろ、異質化思念の鎮静化は一向に進展していないし、去年はプラントの限界値警報が二十回以上も管理局に提出されてるわけだから、仕方ないことなんだけど……」

南田さんは言葉を濁《にご》す。それは単に、自分の職場に土足で踏み入られるような屈辱のせいばかりではないだろう。

「まあ、統監のジジイじきじきのお出ましじゃないだけ、ましって思わなきゃな。ダンナも今回は来てないんだろう？」

南田さんはあいまいに頷《うなず》いた。

「皮肉なもんだな」

南田さんの夫は、まだ高校生の頃から思念学会で注目され、十年前のプラント実験の際に寺田博士の後を継ぐと噂されていた有望な若手研究者だった。それなのに、プラントの封鎖後に供給公社を辞し、今では管理局の裏の動きを支える中心人物となっている。そんな夫を持つ者として、監査は彼女の心に居心地の悪い風を吹かせるはずだ。

「管理局が変な操作して、プラントが暴走するなんてことがなけりゃいいがな」

「やめてよ、縁起でもない」

南田さんは、不吉な言葉を寄せ付けまいとするように、大げさに首を振った。

「さあて、夜勤も終わったことだし、帰るとするかね」

詰所の時計が二時を指すと同時に、黒田さんは聞こえよがしに言って、大儀そうに肩をまわした。残業はしない主義なのだ。

「黒田君、すまないが、今夜はこのまま待機しておいてくれないか」

日頃は黒田さんには強く出ない保安局長も、監査を無事に乗り切るために、神経質になっているようだ。

「俺じゃなくとも、夜勤はたくさんいるじゃないか？」

そう言って振り向くと、他の保安局員たちは不自然に目を逸《そ》らして、貧乏くじはまっぴらだというそぶりだ。

「それはそうだが、君は特別な……」

保安局長は言葉を濁す。緊急の場合に危険なゾーンまで入って行けるのは、生まれついての思念耐性を備えた黒田さんだけだ。だがそれを、局長を始め保安局のメンバーは、口にしたがらない。汚れ仕事は黒田さんに。それが暗黙の了解だった。十年前からずっと。

「監査で不測の事態が起きないとも限らない。頼む」

無言のまま頭をもじゃもじゃと掻き毟り、黒田さんは背を向けた。

「ちょっと外出してくるぜ」

「おい、黒田君！」

引き留めようと、局長が立ち上がった。

「大丈夫、そんな遠くに行きゃあしないよ」

詰所を出て、保安検査用の軽トラックに乗って夜中の街を走る。

十年……。長いとも短いとも思える月日だった。寺田博士を死に追いやった「手を汚した男」という噂を、黒田さんは敢《あ》えて否定しなかった。博士とのつながりを勘繰《かんぐ》られないためにも、「汚れ仕事専門の思念耐性者」という立場は都合が良かった。ただ一人、地下の供給管に向かう日々は、孤独ではなかった。その管を通じて、黒田さんは今も博士とつながっていた。だからこそ黒田さんは、「抵抗勢力」としての動きに、身を投じて来たのだ。

畑沿いの道端で車を止め、畑の畦道《あぜみち》を歩く。その先に建つ崩《くず》れかけた廃屋《はいおく》の前で、黒田さんは足を止めた。

奥さんのクロダさんの描く絵は、彼女自身を運命の場所に導く。その導きに従って、彼女は黒田さんの元にやって来た。そして今、彼女はここで新たな運命の絵を描いている。彼女は四つの大きな歯車の一つであり、再び絵を描くように導いたのは、瀬川さんであり、黒田さんだった。

一人の女性が、廃屋から外へと出てきた。弦楽器を担《かつ》いだ彼女は、青いトランクを引きずるようにして、黒田さんの前にやって来た。

「クロダさんは、最後の一枚を残して、すべて描き終えました」

「そうかい」

黒田さんは、相変わらず、彼女……「予兆」の瞳をまっすぐに見つめることができない。人の運命を翻弄《ほんろう》する彼女の、意志を持たない瞳に映る自分を見たくなかったからだ。

「黒田さん。夜が明ける頃には、部屋に戻っていてくださいね」

「相変わらず、理由も言わずに従えってのか。結局お前ら予兆にとって俺たちは歯車にすぎないんだな。ただ何も考えずに回り続けろって……そういうこったろう?」

黒田さんの精一杯の皮肉にも、予兆は微笑《ほほえ》みを浮かべるばかりだ。彼女の役割は、運命の息吹《いぶき》を人に吹きつけること。それが暖かなそよ風のこともあれば、激しい嵐のこともある。

「すべてが終わったら、遠羽川の河原で会いましょう」

彼女はそう言って、青いトランクを引いて去って行った。

廃屋の破れた窓から、そっと中を覗《のぞ》き込む。クロダさんが指先までを青く汚して、描き疲れて眠っている。黒田さんは窓に顔を寄せて、その姿を眺め続けた。

二年間の思いが、一気に押し寄せる。彼女との暮らしが、たとえ運命によって定められた仮初《かりそ》めのものだったとしても、黒田さんは彼女を愛し、彼女との日々を、愛《いと》しく思い返すことができる。それは誰にも奪えないものだった。

一歩踏み出して彼女を起こし、この街から遠く連れ去りたい衝動に駆られる。だが、彼女にも黒田さんにも、まだ役割がある。

クロダさんの安らかな寝顔を見守り、黒田さんは背を向けた。

車に戻り、スナックの袋を取り出す。異邦郭でしか手に入らない居留地のお菓子で、クロダさんが買い込んでストックしておいてくれたものだ。だがそれも、最後の一袋だった。

袋を傾《かたむ》け、中身を一気に喉《のど》に流し込む。空き袋に息を吹き込んで、袋を叩《たた》いた。破裂する衝撃音が、静寂を破って響き渡った。

「さて、はじめるぞ」

はっきりと口に出して言った。同時に、ポケットの中でブザーが鳴る。保安局員用の緊急呼び出しだ。

「非常呼び出しだ。すぐに戻ってくれ」

声に抑え込んだ切迫感が滲《にじ》む。特別対策班の調整官だった。

「なにか、監査で不具合があったってことかい？」

調整官が相手だろうが、ぞんざいな口調を改めることはない。

「詳しいことは保安局長から話す。早急に詰所に戻ってくれ」

あくびを嚙《か》み殺しながら、車を走らせた。調整官直々の命令とあって、保安局長はいらいらした様子で待っていた。

「中間配管で、アラートセンサーが異常を感知したんだ」

サブプラントとメインプラントを繫《つな》ぐ連絡管だ。今はサブプラントに思念は充塡《じゅうてん》されておらず、メイン、サブどちらのプラントとも遮断されている。アラートが起きるはずはないし、起きたとしても何の問題もない。

「単なる誤作動だろう。ネズミでも通ったんじゃねえか？」

「監査の場だぞ、それが通じると思うか？」

上司は、「汚れ仕事」に慣れきった人物だ。だが、その汚れを自ら被る気はなく、割をくうのはいつも黒田さんだった。

「なるほどな。ここからの操作じゃ、管理局側に気付かれちまう。地下の制御盤まで潜ってアラートを切りたいところだが、正規ルートも使えない。裏ルートで行って、アラートを切れってことかい？」

正規ルートは常に思念濃度が監視され、人体に影響はない。だが裏ルートには、濃い「思念溜まり」がある。純度の高すぎる酸素が肺にとって有害であるように、それは確実に人の意識を蝕《むしば》む。思念耐性のある黒田さんだけが行ける場所だった。

「悪印象を、管理局側に与えたくはないのだ。ただでさえ、再三の思念融通で借りを作っている。これ以上、刺激をしたくない」

「はいはい、わかりましたよ」

黒田さんは根負けしてヘルメットを被り、思念反射素材の防護服を着込んだ。作業工具の入ったリュックを背負う。

「異物通過センサーと、監視映像は消してくれ」

センサーは配管の中に想定外の物が持ち込まれた場合に反応する。どちらもテロ対策用の監視装置だ。

「あれが起動したままじゃ、管理局側にも、こっちがやってることが筒抜けになっちまう。秘密裡にやった方がいいだろう？」

保安局長は考えるように顎《あご》を撫《な》でて、監視体制の解除を命じた。

「終わったら帰らせてもらうぜ。こちとらもう、三十時間も帰れずにいるんだ」

地下百メートルまで、正規ルートの螺旋《らせん》階段を駆け下りる。そこから裏ルートの作業通路を抜ける。途中何度か、腰に付けた思念濃度警報器が耳障りな音を立てたが、まるっきり無視して、アラートを直接操作できる制御盤に行き着いた。

制御盤を開けると、回線がショートしていた。前回ここに来た際に時限装置を取り付け、この時間にわざとショートさせた回線だ。それがアラートの原因だった。

手動でアラートを切ると、システムを一度ダウンさせ、外部回線との接続を切ったスタンドアローンで再起動する。背中に縛り付けて隠していたデバイスと接続して、制御装置にプログラムを流し込む。

「これで、仕掛けはうまく行った……」

◇ 黒田さん　8時25分 ◇

アパートに戻って仮眠を取っていた黒田さんは、職員用端末の緊急警報によって目を覚ました。全職員への一斉通報だ。警報の光は赤。それが使われたのは十年振り。キザシが博士と共にプラントの中に入った時以来のことだった。

「いよいよか……」

十年前と同規模の危機が迫っている。予兆がプラントから離れるように告げたのも、それがわかっていたからだろう。

——総員、プラントから半径二キロの初期影響予想範囲を退避——

黒田さんは、その文字を何の感慨《かんがい》もなく見つめて、端末を放り投げた。緊急呼び出しは何度も届いているが、出る気はなかった。こうなった以上、黒田さんが保安局員としてできることは何もない。

新たな呼び出し音。それは職員用端末からではなく、携帯電話からだった。黒田さんは布団に寝転がったまま、携帯を耳にあてた。

「ああ、黒田さん。影響範囲外に脱出してるのね？　良かった」

「何が起こった、南田？」

「やられたわ。管理局に」

「やられたって、どういうことだ？　管理局が監査で、間違ってプラントの開放ボタンでも押しちまったんじゃないだろうな」

電話の向こうで、南田さんが言葉をさがすように口ごもった。

「実は……監査っていうのは、真っ赤な嘘《うそ》だったの」

「なんだと？」

「十年前から続いているカウントダウン。あれが今日、0になるの。だから、管理局の立ち会いの下で、プラント思念の鎮静化に向けての作業を進めていたの」

「カウントダウンだぁ？　お前ら特別対策班も管理局も、そんなもの相手にしていないってことだったじゃないか」

黒田さんの罵倒《ばとう》も、南田さんは相手にしていられないようだ。

「作業は順調に進んだわ……。あれだけしぶとかった異質化思念の活性化数値が、見る間に下がっていったの。誰もが、鎮静化の成功を確信していた。ところが、ある時点から、再び思念が異常活性化して、プラントの封鎖が限界に達したの」

「それで、一斉退避ってわけか」

「希釈《きしゃく》用の思念を注入しても、まったくコントロールが利かないの。プラントの封鎖が限界圧力を突破して、私たちには手出しができなくなった。すぐに全員で緊急時のセーフルームに移って、政府の指示を待っていたの」

「ふん、すたこら安全圏まで退避して、住民たちは置き去りってことか」

「ところが、とっくにプラントは限界値を突破しているはずなのに、何も変化が起きた様子がなかったの。それで、状況把握のために、保安局が本部へ戻ろうとしたんだけど……」

「どうなった？」

「保安局員は誰も、影響域内に入ることができなかったわ」

「どういうことだ？」

「プラントの影響範囲には、外からは誰も入れないし、中から外に出ることもできないの。しかもその異常な状態に、供給公社以外、誰も気付いていない。走っている車も、歩いている人も、影響域のそばまで行ったら、自分の意思で回れ右をしてしまうの。影響域内にはおそらく三千人以上の人がいるはずだけど、誰もそんな異変が起こっているなんて気付いていないようね」

「誰も入れない……。これがキザシの言っていた、『隔《へだ》て』ってやつか」

南田さんに聞こえないように呟いた。世界を切り分けてしまうハルカの力を利用しているに違いなかった。

「しかし、ハルカの思念コードは、供給公社は把握しているだろう。どんなに『世界を閉ざす力』を使おうが、思念解析士は、中に入れるはずだが」

「黒田さん……。あなた、どうしてその名前を？」

セキュリティレベル2の黒田さんが知っているはずもない名前だった。

「今はそんなことを気にしてる場合じゃないだろう。それで、どうなったんだ？」

「そうね……。ハルカの力だけなら対応可能だったはずね。おそらく、ハルカの『世界を閉ざす力』を、キザシの力がコーティングして、すべてをはね返している。一級の思念解析士でも、侵入できそうもないわ」

「……ってことは、やっぱり、あのジジイが一枚嚙んでやがるな？」

「ええ、間違いないわ。管理局統監が、ハルカを連れて、地下の緊急制御室に入ってる」

「あそこはテロ対策用の最後の砦《とりで》だ。外部からの操作はすべてシャットダウンされちまうんだぞ？」

「私たちは、プラントが暴走するっていう偽の情報をつかまされて、プラントから遠ざけられた。そして今は、コントロールルームには近づけず、操作の権限も奪われてしまっている。どうしようもないわ」

「あのジジイの策略に、うまく乗せられちまったってことか。だが、その状況を作り上げたのは、あんたの夫なんじゃないか？」

南田さんの沈黙は、受け入れがたい現実を認めるものだったろう。

「夫が関わっているのは確かでしょうね。というより、夫がいたからこそ、緊急制御室の入室パスコードを割り出し、侵入できた」

「統監は、供給公社の考え方から逸脱して、管理局に行ったんだったな。あんたの夫は、その統監に見込まれた……。やろうとしたことには、おおよその察しがつくな」

彼女は同じ研究職に就《つ》く者として、夫の使命や研究欲は理解しているはずだ。

「今、制御室には三人の生体反応があるわ」

「統監と、あんたの夫と、ハルカってことか。それじゃあ、統監とあんたの夫は、たった二人だけで反乱を起こしたってことか？」

「管理局側の人間は、影響域外に待機させているはずよ。すべてが完了してから呼び込むつもりね。それに、キザシの思念を目覚めさせることができれば、その力で思念誘導して、兵隊も手駒《てごま》も、いくらでも増やせるのよ」

「カウントダウン0に向けて、用意周到ってことだな。それで、俺に何か用かい？　いくら俺だって、キザシの力でガードされてるんじゃ、影響域内に入ることなんか、できやしないぞ」

保安局から何度も緊急呼び出しがかかっているのは、その無理を、黒田さんにさせようとしてだろう。南田さんは、しばらく言葉にするのをためらっていた。

「……実は、駿が行方不明なの。もしかすると、影響域内に足を踏み入れているのかもしれない」

「駿君は、この時間、保育園に行ってるはずだろう？」

「保育園を勝手に抜け出しちゃったみたいなの。門も閉まっていたし、監視カメラにも映っていないけど園内で見つからないって連絡があったわ」

日ごろは放任主義の彼女だったが、さすがにこの事態には青ざめているのだろう。

「駿は、結婚式に呼ばれたって喜んでたの。それがいつかは聞いていなかったんだけど、結婚式の場所は、礼拝所だって言ってたわ」

「礼拝所か……」

礼拝所を片付けているカップルと、駿君は仲が良かったはずだ。

「礼拝所は、プラントから約五百メートル……。影響域内だな」

「ええ、夫の方は私も覚悟しているの。でも、駿だけは……」

彼女が心の中で黒田さんに望んでいることも、それを言いだせないこともわかる。黒田さんは、頭を掻き毟った。

「まずは、最悪の事態を食い止めるしかないな。駿君まで手がまわるかどうかはわからんが、緊急制御室まで行けば、なんとかなるだろう。制御室のパスコードを教えな」

「だけど……、いいの、黒田さん？」

南田さんは、黒田さんの決断が、後戻りできない選択になる可能性があることを知っている。

「いつも言ってるだろう。俺の手は汚れてるんだって」

寝転んだまま、片手を天井に向けて伸ばす。いつからだろう。その言葉が口癖になったのは。

◇　黒田さん　8時50分　◇

　街に車を走らせる。人々は、普段通りの一日を始めようとしている。不穏な動きを感じ取ったのは、黒田さんだけかもしれない。

「思念解析士だな……」

　町はずれにあるマンションに向かった。薄暗い階段を上る。瀬川さんの所有する物件の中でも、老朽化《ろうきゆう》が進んで人気のないマンションだ。鍵を開けて、五階の一室に入る。

「カナタ、いるか？」

　返事はなかった。黒田さんは部屋に上がり込んだ。カナタは、畳の上に敷いた布団から半分はみ出すようにして、俯《うつぶ》せになっていた。眠ってはいない。肩が激しく上下している。

「また、昨夜はひどく暴れたみたいだな」

　畳には掻き毟った後があり、毛布は引きちぎったようにボロボロだ。わずかばかりの生活用具は、弾《はじ》き飛ばされたように周囲に散乱している。転げまわって苦しんだからだろう。

　カナタは管理局で、思念混濁を誘発する処方を施《ほどこ》された。思念過敏体質が増幅され、四六時中混乱に引きずり込まれてしまう。周囲の人々の思念が、際限なく自身の中に流れ込んで来るのだ。雑多な思念の渦《うず》に放り込まれ、心の居場所を見つけることができずに苦しむことになる。

　カナタがあおむけになった。脂汗を浮かべ、頬はげっそりとこけて病人のようだった。ここに運び込まれてから、ほとんど眠ることもできずにいるはずだ。このまま放っておけば、やがてカナタは、途切れることのない混濁の海にはまって抜け出せなくなってしまう。

「カナタ、行けるか？」

「行くって……どこにですか？」

「ハルカを助けにさ。外の世界はもう、異変の真っ最中だ」

カナタは混濁を振り払うように首を振ると、身を起こし、カーテンを開けて窓の外を見下ろした。パトカーや消防車のサイレンも聞こえなければ、人々が逃げ惑《まど》ったり騒ぎ立てる様子もない。

「街の様子は、いつもと変わりませんよ？」

「ああ、表向きはな」

点けっぱなしのテレビでは、地下鉄が線路の不具合で折り返し運転をしているとテロップが流れる。それも、不具合があると思い込まされているのだ。

「キザシが十年前に言っていた、『隔て』が生じたんだ。管理局のジジイが、緊急制御室に入り込んで、プラントの操作権限を奪った。供給公社はニセのプラント異常反応データをホンモノだと思い込まされて、全員が退避しちまった。もう誰も、『隔て』の中には入れない」

「『隔て』って、いったいどうやって？」

「ハルカが強制的に、世界を閉じる力を使わされてる。あのジジイの思う壺だな」

「それじゃあ、管理局の泉川博士が言っていた、ハルカの中にキザシの意識を復活させるって計画が……？」

「管理局のジジイも、キザシの復活を狙《ねら》っていたようだ。ハルカの『世界を閉ざす力』を持ったまま、キザシが復活するならば、文字通り無敵だろうな。プラントの思念も抑え込むことができる。管理局も、自分の言いなりになる最強の武器を手に入れるわけだ」

「だけど、そうなったら、ハルカはどうなるんですか？」

「キザシの意識に封じ込められちまって、二度と出てこれなくなるだろうな。母親に、身体を乗っ取られるってことさ」

「そんなことは……」

「ああ、管理局の好き勝手にやらせるわけにゃいかねえ。地下制御室に行って、その企《たくら》みをぶっ潰してやるんだ」

「世界を閉ざしていても、俺が呼びかければ、ハルカはきっとわかって、中に入れるはずです」

「いや、今のハルカは、キザシの力と結びついて、入ろうとする者をすべて弾き飛ばしちまう。お前でも無理だ」

「それじゃあ、入ることはできないってことですか？」

カナタは、絶望をあらわにして青ざめる。

「いや、たった一つだけ、中に入れるものがある。ひかり地区行きの、３０９５バスだ」

四つの大きな歯車の一つだ。

「３０９５バス……、そうか！」

カナタは、希望を見出したように立ち上がった。カナタ自身が、３０９５バスに乗って、何度も隔てを越えて来たのだから。

「『隔て』の中に入りさえすれば、俺はきっとハルカの元に辿り着けるはずです」

「そうだな。無事にバスに乗れりゃな」

「何か、他にも障害があるんですか？」

「忘れたのか、この部屋は瀬川のばあさんの力で、ここじゃない場所に置き換えられている。だからお前は、思念解析士に発見される心配もなく、こうして潜んでいられたんだぜ」

「そうか……。ここから出たら」

「この状態になった今、管理局は邪魔をさせないために、そして供給公社は隔てを越えられる唯一の手段として、お前を捜しているはずだ。ここを出た途端、お前は両方の思念解析士に追いかけまわされることになる」

カナタが扉を見つめる。その先に待ち受ける試練を受けとめられるかを自分に問うようだ。

◇ 瀬川さん　9時03分 ◇

「ご乗車ありがとうございます。このバスは、ひかり地区行きです」

運転士の男性が丁寧に告げて、３０９５バスは乗車口を開いた。瀬川さんの抱えた青いトランクを重そうに感じたのか、彼は載せるのを手伝ってくれる。

「このバスは、礼拝所の近くに停まりますか?」

幼くはあるがしっかりした声が、バスに乗り込むと同時に運転士に尋ねる。ちいさな男の子だ。手には花束を抱えている。

「ぼく、きれいな花束だね。一人でどこに行くんだい?」

運転席の後ろに座った男の子は、瀬川さんに素直な瞳を向けた。

「ボクね、今日は礼拝所の結婚式に呼ばれてるんだ!」

「そりゃあおめでたいねえ。だけど、結婚式はお昼からじゃないのかい?」

「お父さんに、このバスに乗るようにって言われたんだ。結婚式の準備を手伝うから、時間なんてすぐだよ」

「そうかい。しっかり祝ってあげるんだよ」

礼拝所の鐘が、明日を刻むための「始まり」を告げるはずだ。男の子もまた、鐘の音に引き寄せられる運命の下にあるのだろうか？

バスはターミナルを出て、ゆっくりと走り始めた。何も変わらぬ一日が始まろうとしている。この街で、取り返しのつかない事態が進行しているなど、瀬川さんですら、信じられなくなってくる。

停留所ごとに乗客が乗り込んでくる。だが、まるで乗り間違えてしまったかのように、彼らは短区間で降りてしまう。終点には何時に着くかをくどくどと確認していたおじいさんでさえ、乗って二つ目の停留所で下車してしまった。

「思念の壁は、予想以上に強いみたいだね」

いつしか車内は、瀬川さんと男の子。そして運転士の三人だけだ。瀬川さんは、そっと目を閉じた。隔てを越えるその瞬間に、心を乱さないように。

◇　黒田さん　9時05分　◇

軽トラックに乗り込む。運転席に着き、アクセルを踏み込みながら、助手席のカナタに市内地図を放った。

「３０９５バスのルートと、停留所ごとの停車時間が記してある。お前はそれをチェックして、俺に指示を出してくれ」

「わかりました！　今は9時5分。３０９５バスはちょうど、バスターミナルを出た所です」

「隔てを越えるまで、三十分って所だな。このまま思念解析士に見つからずに、バスに近づけりゃいいが……」

その言葉が呼び寄せたかのように、背後に車が一台貼り付いた。

「さっそく、来やがったな！」

黒田さんは叫ぶなり、ハンドルを切って、裏道に入り込んだ。

「黒田さん、こっちはバス通りとは逆方向ですよ」

「わかってるさ。だが、奴らを引き連れたまま、バスに近づくわけにゃいかねえ。あいつらは、3095バスが隔てを越える手段だなんてわかっちゃいねぇんだ。引っ掻き回して遠ざけて、バスが隔てを越えるギリギリで、バスに乗り込むしかない」

説明する間にも、追手は背後に迫る。連絡を取り合ったのだろう。正面からの車が狭い道で停まり、行く手を塞《ふさ》いだ。

ギリギリでハンドルを切って、脇道に入り込む。追手を乗せた車もまた、急ブレーキで停車してバックし、追って来た。遅れさせはしたものの、エンジンの馬力が違う。すぐにまた、背後に迫る。

「カナタぁ、今バスはどのあたりだ？」

「バスは……、9時12分ですから、時刻表通りだと、今は野上《のがみ》四ツ《よ》角《かど》と市民センター前の中間くらいです」

「3095バスは、絶対に遅れない。必ず定時運行なんだ。もう少し引っ掻き回すか」

黒田さんはそう言って、頭の中の裏道の地図を辿る。

「たしか、この先に……」

保安要員として常に市内を巡回している。道は熟知していた。

「このあたりは、空襲で焼け残った地域だからな。道が入り組んでいるんだ」

背後に引きつけたまま、裏道をうねうねと蛇行して走る。

「よし、ここだ！」

小さな川にかかる橋を渡った。軽トラックでもギリギリの道幅だ。追手の車は普通車だったので、進退窮《きわ》まって立ち往生している。

「やりましたね！」

カナタがバックミラーを確認してガッツポーズをする。

「喜ぶのは早い。次が来たぞ」

相手は総力戦で来たようだ。他の車が前から近づいてくる。今度の追手は運転もうまく、道も熟知している。引き離すどころか、貼り付いたようにぴったりと迫ってくる。

「くそっ、これじゃ、きりがない。バスに近寄れねえぞ」

「9時29分、角田《かどた》二丁目バス停、通過時刻です。あと停留所は五つです！」

急な左折で、カナタが助手席でひっくり返ったまま叫んだ。バスは一秒たりとも待ってくれない。

「あいつらを引き連れたまま、バスに乗るわけにゃ行かねえんだ。カナタ、なんかいいルートを探せ！」

「ちょ、ちょっと待ってください」

カナタは、地図と首っ引きで抜け道を探っている。住んだこともない場所だ。道を把握するのも大変だろう。

カナタが突然、手にした地図を落とした。

「どうしたカナタ、車酔いなんかしてる場合か。地図を……」

黒田さんは絶句した。うずくまるカナタは、苦悶《くもん》の表情だ。

「思念混濁か……。こんな時に」

舌打ちしても始まらない。人々の思念が渦巻《うずま》く中を走っているのだ。混濁に陥《おちい》るのも無理はなかった。

その時、カナタが右手だけをあげ、震える手で一つの方向を指し示した。

「黒田さん、……この先に、追手が……います」

「何だと？」

真偽を判断する暇はない。一か八かで、指差す方向とは逆に曲がる。追手の姿はなかった。

「お前、どうしてわかるんだ？」

「……感じるんです。俺に向けられた……敵意を」

「そうか、思念混濁するってことは、思念感受性が高まってるってことだからな」

極度の思念過敏状態に陥らされた結果、自分にベクトルの向いた思念を察知できるようになったようだ。

「いいぞ、カナタ！　苦しいだろうが、そのまま、追手の居所を教えてくれ！」

カナタは脂汗を流しながら、追手の思念を察し、道を指図する。黒田さんはもう何も考えず、カナタの指示の通りに、エンジンも壊れんばかりにアクセルを踏み、走り続けた。

完全に振り切った。もう、背後に追手の姿はない。バスのルートまであと百メートル。時間はギリギリだった。

大通りに飛び出す。走っていた車に横ざまにぶつかったが、構っている暇はない。クラクションを鳴らされようが、迷わずアクセルを踏み込む。

「いた、あのバスだ！」

車体に記された、３０９５の文字。それだけを見つめて、黒田さんは車を走らせ続けた。隔ての直前の、最後の停留所の手前でバスを追い抜き、車を捨てて３０９５バスに乗り込んだ。意識を失ったままのカナタを抱えるようにして、最後部の座席に座る。

「ひかり地区行き、発車いたします」

思念解析士たちはもう、追ってはこなかった。黒田さんに当て逃げされた車も、諦めたようにUターンしてゆく。まるでその先は、決して追いかけることが出来ないというように。

「越えるぞ……、隔てを」

隔てには、何も無かった。目に見える壁も、越えたという感覚も。それでもこの先は、絶対に越えられない壁で封じられた世界だ。

自らは知らず、運命を進めるバスを運転する男。予兆が教えてくれた。彼の右手と奥さんの左手は、時間や距離の隔てに遮《さえぎ》られることなく、わかちがたく結びついているのだと。だからこそ彼の運転するバスは「隔て」を越えて、人々をつなぎ続ける役目を果たす。

「ばあさん、あんたもうまく入れたようだな」

前から二番目の座席に座る瀬川さんの姿に向けて呟く。予兆から引き継いだ、青いトランクを携えている。

もう一人、別の乗客に気付いた。運転手の後ろの最前列の席に花束を抱えて座る、小さな男の子に。

「あれは……駿君じゃないか？」

間違いない。南田さんの息子の駿君だ。南田さんが、連絡がつかないと心配していたが、駿君も３０９５号バスに乗ることで、隔てを越えてしまっていたのだ。

「ひょっとして、あの子も……」

黒田さんは、思いを封じ込めるように首を振った。

◇　瀬川さん　9時45分　◇

バスは隔てを越えたようだ。瀬川さんは、ゆっくりと眼を開けた。

周囲はすでに、異変の内部だ。だが、人々はそんなものに巻き込まれたとも知らずに、普段と同じ日常を続けている。

「やっぱり、何も起こっていないんじゃないのかね……？」

自分たちだけが空回りしているような気分に襲われる。

道行くサラリーマンが、急な用事を思い出したように踵《きびす》を返した。車に乗った人々も、なぜか隔てを越える直前でUターンして、この場所から出ようとしない。ハルカはひかり地区を閉ざすと共に、人々を強力な思念誘導で縛っている。

建物の隙間から、一瞬だけ礼拝所の姿が見える。つい先日までそこにあった建物と、確かに同じだ。だが、雰囲気は一変していた。落書きが消され、綺麗になったからというだけではない。人に希望を与え、未来を指し示すような輝きを取り戻していた。

隔ての直前で無事にバスに乗り込んだ黒田さんが、カナタを抱きかかえるようにしてバスを降りた。お互い、声はかけあわない。再び出会う時を心に願いながら、瀬川さんはバスに揺られ続けた。

◇　黒田さん　10時00分　◇

バスを降りても、カナタはまだ混濁の中にある。黒田さんはカナタを担いで、礼拝所に向かった。中では結婚式に向けて、準備の真っ最中だった。

「すまねえな。急病人だ。ちょっと休ませてくれねえか」

礼拝所の掃除をしていた若い男女にそう言った。今日、この礼拝所で結婚式を挙げる、浩介と早苗だろう。

「どうぞ、こっちに」

早苗が、自分たちが使っていただろうベッドを明け渡そうとするが、黒田さんはカナタを奥へと運び込んだ。尖塔《せんとう》へと上る螺旋《らせん》階段の直下の、小さな一室だ。

「この礼拝所のことは、あんたたちより良く知ってるさ。ここでしばらく休ませてくれ。何も気にしなくていいよ」

そう言って扉を閉めて、内側から鍵をかけた。背負ったリュックからヘッドライトを取り出して、頭に装着する。壁に積まれた石を、あたりを付けるように叩いた。一つだけ違う音がした石を強く押す。石が外れた。奥に隠されていた金属の取っ手を引く。石がこすれ合う音を立て、地下への扉が開いた。

まず自分が入り込み、次いでカナタを引きずり込む。そして、扉を閉めた。五分ほどして、カナタがようやく混濁から復活した。

「治まったか、思念混濁は？　お前のおかげで、無事に隔ては越えられたぞ」

光に眩《まぶ》しげに眼を細めるカナタにも、ヘッドライトを手渡した。

「……ここは、どこなんですか？」

「礼拝所の地下室だ。ここから、地下の思念管に抜ける秘密の通路があるんだ」

「礼拝所から、通じていたんですか？」

「それも、礼拝所から人が遠ざけられていた理由の一つさ」

二十年前にキザシとヒビキが鐘をつくった際、キザシは古奏器を爪弾き、礼拝所から人を遠ざける「音の色」を、鐘の音に封じ込めた。だからこそこの地は、人々から忌み嫌われ、見離された場所として「守られてきた」のだ。

サユミを供給公社の手に引き渡してしまった一件に黒田さんが関わったのは、まだ十四歳の頃だった。それから幾度となく、寺田博士と共に地下の探索をしていた。その中で発見した通路だ。

「さて、ハルカを救いに行くぞ」

ハルカを凌駕《りようが》するキザシの力。それを抑え込むには、ハルカだけでは足りない。カナタの支えが必要だった。

「本当に、俺にできるんでしょうか？」

カナタはまだ、迫り来る未来の枝道を辿れずにいる。

「俺は、自分の身が可愛くって、ハルカを犠牲にすることを隠して、この街まで連れてきたんですよ。そんな俺に……」

「過去は、どうでもいい」

「え？」

「必要なのは、今、お前がどうしたいか。それだけだ」

カナタは俯《うつむ》いて、自らの心の奥底を覗くようだ。

「ハルカを守るって、子どもの頃から約束していたのに、みすみす奪われてしまった。俺は単に思念過敏体質ってだけで、何の力もない。それでも……」

「それでも、何だ？」

「それでも俺が、ハルカと共に進むことができるなら、ハルカの元に行きたいです」

黒田さんは、カナタの肩をたたき、歩きだした。

「管理局のジジイは、プラントを直接操作できる地下の制御室にいる。対テロ対策用に設置された場所だ。そこに至る通路はすべて遮断されているはずだ」

「それじゃあ、辿り着くのは無理じゃないですか？」

心配するなとばかりに、カナタの肩に手を置き、リュックの中の荷物を出した。

「これってもしかして、つるはし？　まさか穴を掘って、制御室まで近づこうって気ですか？」

そんなことをしていては、一日に三十センチも進めないだろう。

「どうしてこんな住宅街の地下に、巨大なプラントを秘密裡に造ることができたと思う？」

つるはしを手にして、カナタは少し考えていた。

「もしかすると、プラントができるずっと前から、何らかの施設がこの地下空間に存在したってことですか？」

「ここは戦時中、敵国に攻め込まれて本土決戦になった際に、参謀本部を移すために造られていた、地下要塞《ようさい》の一つだったんだ。地下プラントの存在を隠匿《いんとく》するために、地下要塞が存在したという史実もまた、完璧に抹消されているがな」

「この街の地下に、そんなものが隠されていたなんて……」

「戦時中に、この地下には縦横無尽に通路が掘られ、全長五百キロに及んでいたんだ。プラントに至る思念管は、そのうち必要な通路だけを再利用して配管された。逆に言えば、配管に必要なかった通路は、封じられることもなく、遺棄《いき》されたままってことだ」

「そうか。配管には使われなかった昔の通路を迂回路として使えば、テロ対策ガードを発動させずに近づけるってことですね」

「地下通路の情報は、戦後処理の過程で葬《ほうむ》り去られ、寺田博士だけが知っていた。俺がただ一人、それを受け継いでいたんだ」

なぜ博士がそれを自分だけに伝えたのか。ずっとわからないままだった。その情報が今、初めて役に立つ。

黒田さんだけが知る通路を歩き続けると、目の前に、思念管が立ち塞がった。

「壁をぶち破るぞ」

二人で交互に、壁につるはしを打ち込む。配管の思念反射素材が弾《はじ》け飛んだ。やってはいけないことをしている気分になる。ダムを決壊させる亀裂を広げるようで、腕が止まりそうになる。その思いを振り切るように、つるはしを握る手に力を込めた。

「よし、空いたぞ」

壁を破ると、そこはサブプラントへと延びる配管だった。百メートルほど進むと、無事にサブプラントの調整室に入ることができた。

「第一段階は無事に突破したな。ここからはいよいよ、メインプラントにつながる配管だ」

「黒田さん。この配管を歩くんですか？」

今まで歩いて来た管よりも、ずっと細い。這《は》いつくばってやっとの太さだ。

「大丈夫だ、秘密兵器がある」

黒田さんは、脇にある格納庫の扉を開ける。

「これって、スケートボード……ですか？」

「それを改良した奴だ」

本来この配管は、人が移動するようには作られていない。配管のメンテナンスも、遠隔操作の修復ロボットで、管内の映像を見ながら行っている。そんな場所を進むためには、特殊な装置が必要だった。それを黒田さんは密かに用意して、この場所に格納していた。

「メインプラントまでは下り勾配《こうばい》だからな。これに寝そべって、配管の中を滑《すべ》って行くんだ」

「ブレーキは？」

「一応ついちゃいるが、そこまで頑丈《がんじょう》じゃない。あまり信頼はできないな。何しろ、テロ対策の厳しい場所だ。これを持ち込むだけでも大変だったんだぜ」

仰向けに乗って、車輪の動きを背中で確かめる。乗り心地は悪いが、滑りは滑らかだ。

「最後は、三百メートル、プラントに向けて下り勾配が続く」

「こいつを使わずに、這って行った方が安全じゃないんですか？」

「ところが、そんなわけにもいかないんだ」

黒田さんは、カナタにスケートボードを背負わせ、ベルトでしっかりと結わえ付ける。

「この先に、異物監視センサーがある。センサーが発動したら、一秒も経たないうちに百メートル先の遮断ゲートが閉じるんだ」

「それじゃあ、こいつでどんなに速く滑り降りようが、間に合わないじゃないですか」

「だから俺は今朝がた、ゲートの遮断処理に細工しておいた。本当は、ゲートそのものに細工できれば良かったんだが、それをすると露見しそうだったんでな。ゲートの反応を遅らせるプログラムを流し込んである。それを使っても、発動から遮断までのタイムラグは、約六秒しかない」

「つまり、六秒で百メートルを進まなきゃ、その先への入口が塞がれるってことですね」

「しかもゲートの先百メートルで、管は直角に曲がってる。つまり、その百メートルで止まらなきゃ、今度は壁に激突しちまう」

ゲートの先は更に勾配が急になる。時速四十キロにはなっているはずだ。ブレーキで止められるかどうかが、勝負の分かれ目だ。

「ゲート遮断が起きたら、通常なら異常チェックをした上で、テロ対策ガードシステムに移行するかどうかをオペレーターが判断する。ところが今は、オペレーションルームがもぬけの殻《から》だからな。ゲート遮断から十分が経ったら、勝手にテロ対策ガードが発動して、昏倒《こんとう》思念が配管内に充満するんだ」

カナタは覚悟を決めたように頷いた。

「ゲートまではブレーキに触らずに全速だ。俺が合図したら、目いっぱいブレーキを利かせるんだ。速度が落ちてきたら、フットブレーキも使えよ」

ボブスレー選手のようにスケートボードの上に前後に並んで、配管を押さえていた足を離す。徐々にスピードが上がってゆく。ヘッドライトの中で、五メートルごとの配管の継ぎ目が、次々と迫る。

センサーを通過した。スピードに乗って、六秒間を駆け抜けた。遮断ゲートが降りる瞬間、後ろのカナタが間一髪ですり抜けた。

「カナタ、ブレーキだ！　このままじゃ激突するぞ！」

二人同時に、ブレーキレバーを引っ張る。振動が直接伝わってくる。思ったよりスピードが緩まない。

「ブレーキが壊れました！」

カナタが叫び声を上げる。

「なんとか止めるんだ！」

靴の踵《かかと》で無理やりブレーキをかける。それだけでは足りず、作業着の肘《ひじ》を、壁に強く押し当てる。二人分の体重がのしかかってくる。ヘッドライトの灯《あか》りの先に、壁が迫った。

「……さん、黒田さん。起きてください、黒田さん！」

ぼんやりと聞こえていた声が、次第にはっきりしてくる。壁にぶつかった衝撃で脳震盪《のうしんとう》を起こしていたようだ。

「……どれぐらい気を失ってた？」

「五分くらいです」

「そうか、まずいな」

まだふらつく頭を振って、上へと続く鉄製の梯子《はしご》を上った。

靴の踵は完全に擦り切れ、かかとが露出している。壁に押し付けた肘の布当てもほころび、肘から血がにじんでいた。奥さんのクロダさんが布を当てて繕《つくろ》ってくれていたのだ。擦り切れた肘が、黒田さんが運命に巻き込み犠牲にしてきたクロダさんそのもののようで、胸が痛い。


やがて二人は、頑丈な扉に行き当たった。緊急制御室の扉だ。

「……この先に、ハルカがいる」

南田さんから聞きだしたパスコードを入力し、鍵を開けた。すぐに入って再び密閉封鎖する。ストップウォッチを確かめる。9分47秒だった。

「この先だ、行くぞ」

扉を開けた先には、簡素な研究施設のような設備があった。

そこにいたのは、管理局統監と白衣の男。二人の前にハルカが横たえられている。実験台のようにヘッドコンデンサをかぶせられた姿で。

統監は眉一つ動かさない。白衣の男は、黒田さんとカナタの登場を驚いてはいたが、面白がっているようでもあった。

「なるほど、遺棄された通路を迂回路にして、封鎖を潜《くぐ》り抜けて来たようですね。戦時中の地下要塞の情報は、寺田博士が封印し、それ以後は誰も知らないとされていましたが、あなたが受け継いでいたのですね」

「俺は汚れ仕事専門だよ。寺田博士との約束なんでね。それからあんたの奥さんにも頼まれごとをしちまってね」

「黒田さん。妻がいつも、お世話になっているようですね」

泉川博士は悪びれることもなく、社交辞令としての挨拶をした。

「よくぞここまで辿り着いたものだ。敵ながらあっぱれと言っておこう。だが、一足遅かったようだな」

統監は、唇の端にわずかに皺を寄せるだけで、感情を読み取らせない。

「泉川、進捗《しんちょく》はどうだ？」

「順調に進んでいます。さすがにキザシの実の娘だけのことはありますね。このままなら、うまく行くようです」

二人とも、黒田さんたちが来たことなど、気にも留めていない態度だった。

「ハルカさんは今、キザシとの思念同調が八十パーセントまで進んでいます。せっかく来ていただきましたが、これから先は、私にも止めようがありません。お二人も、事の成り行きを見守るしかありませんね」

ハルカは、カナタが来たこともわからず、誘導睡眠の影響下にある。

「ハルカ、大丈夫か？」

反応を示さない。カナタの声は、彼女にはもう届かないのか。

「今、無理に起こそうとすれば、ハルカの思念はこの身体には戻らない。生ける屍《しかばね》になってしまう。黙って見守っておくんだな」

統監が嘲《あざけ》るように念押しする。絶望と希望の狭間にいる身体だけのハルカを挟んで、四人の男が対峙《たいじ》していた。

◇　瀬川さん　11時37分　◇

「さて、うまくやってるかね。黒田さんとカナタは？」

瀬川さんは地面の下に向けて呟いて、高校の校庭をまっすぐに横切った。

事務室でサユミを呼び出す。両親が交通事故にあって、親戚が迎えにきたという嘘をついて。

五分ほどして、帰り支度を済ませたサユミが青ざめた顔でやって来た。

「あんたが、サユミさんだね」

「あの……おばあさん、私に何か御用ですか？」

彼女の鞄には、キーホルダーの青い蝶が揺れていた。

「すまないね、こんな形で呼び出しちまってさ」

「それじゃあ、両親が事故にあったって、嘘なんですか」

「そうでも言わなきゃ、授業中に呼び出すのは難しかったからね」

「どうしてそんなことを？」

両親の危機をダシに使われて、彼女は困惑している。

「すまないね。でも、あんたに危険が迫ってるんでね。あたしゃ、あんたを守りに来たんだよ」

彼女は、自分に迫る「危機」なるものにピンとこないようだ。

「あんたは、自由かい？」

「なんでそんなことを聞くんですか？　自由に決まってるじゃないですか」

「今のあんたは、籠《かご》の中にいる蝶みたいなもんさ。決してここから逃げられないように、生まれてからずっと監視されてきたんだよ」

「そんなことありません。私は修学旅行にも行ったし、部活の遠征試合で州の外に出ることもあった。誰かに監視されるようなことも、邪魔されるようなこともなかったもの」

追い詰めるような瀬川さんの言葉に、サユミは精一杯反抗する。

「あんたがこの場所を離れられるのは、最長でも一週間。こないだの部活の遠征の時は、たいへんな騒ぎだったんだよ」

「騒ぎって、いったいどこで……？」

「この地下深くでさ」

サユミは、瀬川さんの指に導かれるように、地面を見つめた。

「今、この場所の地下で、あんたのお姉さんが戦っている。あんたに、たった一人残された、血のつながった家族だよ」

「私の……姉？」

言葉にすることで、血を分けた姉の存在を確かめるようだった。

「あんたが持っているその青い蝶は、もともとはあんたのお姉さんの持ち物だったんだよ」

サユミは無意識に、青い蝶のキーホルダーを握り締めていた。

「あんたのお姉さんは、それをあんたの実の母親から受け継いだんだ」

サユミは運命を受け入れることを拒むように、青い蝶から手を離した。

「信じる、信じないはあんたの勝手さ。だけど、このままじゃ、あんたの育ての親や友達も、全部が犠牲になっちまう。それでもいいのかい？」

サユミは、感じられない「危機」を、自らに無理やり飲み込ませるようだった。

「もう、ぐだぐだ言ってる暇はないよ。あんたは、この世界を救うために、今から動かなきゃならないんだこれは、あんたが自由になるための戦いでもあるんだよ」

戸惑いながら、サユミは瀬川さんの言葉を受け止めていた。

「姉が戦っている相手って、いったい誰なんですか？」

「母親だよ」

予想外の答えに、サユミは絶句している。

「あんたら姉妹は、母親と戦わなきゃいけないんだよ」

十年前、キザシの別れの言葉は、単純な「お別れ」だけを意味してはいなかった。

キザシは、「自分の意志を持たない」という予兆としての掟《おきて》を破り、自らの意志でプラントに向かった。その戒めとして、再び目覚めた時に、自らの意図した「結末」が訪れていなかった場合には、目覚めさせた者の意図に従うと言っていた。同時に、凶暴化した思念を抑え込み続けることで、自分の意識もまた、十年間の間に大きく変わっている可能性を示唆《しさ》していた。

別れの挨拶は、決別の言葉でもあった。サユミとハルカは母親と、そして瀬川さんは、年の離れた友と、戦わなければならないのだ。

「あんたたちの未来を照らすのも、閉ざすのも、母親なんだよ。それに打ち勝たなきゃ、未来は開けないのさ」

皮肉すぎる、そして非情すぎる戦いの幕開けだった。

◇　黒田さん　11時40分　◇

「黒田さん、どうすればいいんですか？」

ハルカは目の前にいるのに、助ける手立てを失っていた。

「黙って見てろ」

「だけど……」

「こうなったら、行くとこまで行くしかない」

そう断言することで、目の前でどうしようもなく進む事態を覚悟するしかなかった。

動きを失っていたハルカの瞼《まぶた》が、痙攣《けいれん》するように動いた。長い眠りから覚めるように、静かに眼を開ける。

「ハルカ、大丈夫か？」

カナタが呼びかける。彼女は、それが自分に向けられた言葉であるとは認識できていないかのように、何の反応も見せなかった。

彼女の口が、ゆっくりと開かれた。

「ハルカ？」

自分の名前なのに、誰かに呼びかけるようだ。ハルカとよく似ている。だが、ハルカの声ではなかった。

「お母さん？」

「ハルカ、そこにいるの？」

「私、ここにいるよ。お母さん」

ハルカの中から生じる、まったく別の二つの声。二重人格の人物が話し始めたようにも思える。

「ハルカ……。私が呼び出されてしまったということは、あなたは、私が期待した力を身に付けられなかったということのようね」

その声は、二十年振りに「逢う」自分の娘を冷酷に突き放すようだった。

「お母さんは、何をするつもりだったの？」

「私の役目は、明日を作ることよ」

「その明日って、誰のためのものなの？」

「明日が来るのは皆のためよ。でもそれが、全員に同じように訪れるとは限らないわ。刻まれなかったはずの明日を作る。それが、私たちのような力を持った者の使命なの」

娘の覚悟の足りなさをたしなめる口調だ。

「ハルカの中で、二人が戦っていやがる」

身体の持ち主であるハルカと、その身体に寄生しようとするキザシの意識とが、居場所を求めてせめぎ合っている。

「お母さん、どうして私を苦しめようとするの。私はどうすればいいの？」

ハルカの苦衷《くちゅう》は当然だ。プラントの中に閉じ込められていた母親の意識を救いたくないはずがない。だが、それを許してしまえば、自身の心の居場所がなくなってしまう。ハルカが自分自身を保つためには、母親の意識を押しのけて、再び封じ込めてしまうしかないのだ。

「全力を出しなさい。ハルカ、でなきゃ、私はあなたを身体から追い出してしまうわよ」

キザシは、自分の娘に、存亡をかけた戦いを挑んでいた。

「お母さん……」

予想だにしていなかった形での母親との邂逅《かいこう》に戸惑《とまど》い続けていたハルカだったが、ようやく自分を取り戻したようだ。

「ずっとお母さんと話したかった。十年前、お母さんがここで何をしようとしていたのかを……。私、あなたの意志を受け継ぐつもりだった。だけど、お母さんがもし間違った道を歩もうとしているのなら、私が、お母さんを復活させるわけにはいかないわ」

悲壮な覚悟を決め、ハルカは自らの内側に向けて、力を込めた。

ハルカの「世界を閉ざす力」は、外に向けて、自らの存在を「無」にしてしまう力だ。それを、自らの心の内に生じた「キザシ」を囲い込む形で使えば、キザシを「無」にすることになる。

「……お母さん、ごめんなさい」

ハルカが、決別を告げるように、力を強めている。目には見えない。だが、彼女の心では、キザシとハルカ、互いの存亡をかけた嵐が吹き荒れている。表情だけが、二人の意識が交互に乗り移っていることを思わせる。誰にも手出しができない、静かで孤独な戦いだ。

やがてその顔に、大人びた微笑みが浮かべられた。

「ハルカ……。あなたはこの十年で、そんな力しか身に付けることができなかったのね？」

娘の非力を蔑《さげす》むように、静かなため息をつく。

「カナタさん、助けて！」

ハルカの意識が、必死で手を伸ばさせる。カナタがそれを握り締めた。

「ハルカ、がんばれ。負けるな！」

ハルカと共にキザシを抑え込もうとするように、カナタが眼をつぶる。その途端、カナタは握り締めた手を離し、床にうずくまった。

「残念だね、カナタ君。君がハルカと心を通わせようとすれば、君はハルカの意識を覆《おお》うキザシの強い思念の影響で、思念混濁に陥《おちい》らざるを得ない。手助けどころか、足手まといにしかならないよ」

「お母さん、私は……」

泉川博士がそっけなく言って、カナタの苦境を面白そうに見下ろす。カナタの支えを失い、ハルカはもはや、自分自身の心を維持することができなくなっているようだ。

「ハルカ、もう眠りなさい。あなたに、私を上回る力がない以上、私が蘇《よみがえ》って、明日を刻むしかないの。あなたもサユミと同じ、私の期待に応えることができなかった出来損ないなの」

娘を見放すように言って、キザシは静かに、力を増していった。

やがて「彼女」は、ゆっくりと眼をあけた。

「ハルカ、ハルカなのか？」

思念混濁の中で、カナタが顔を上げ、必死に呼びかける。声が切迫しているのは、カナタが接してきたハルカとは、目の前の「彼女」がまるで違って見えるからだろう。

「ようやく、私は戻って来たのね。この世界に」

おろしたての服を身体に合わせるように、「彼女」は大きく伸びをした。足元のカナタを、艶《えん》然《ぜん》と見やった。

「自分の娘の身体を乗っ取って復活して、それで満足なのか？」

黒田さんの言葉にも、彼女は動じる様子もなかった。

「これは私と娘だけの問題ではないの。この世界を救えるか救えないかがかかっているの。ハル力が私の望む形まで力を得ていないのなら、私が代わりにやるしかない……。そうでしょう？」

微笑みは、善も悪も併《あわ》せ飲んで前へと進む意志そのものだ。それは、歴代の予兆の持つ「意志を持たない瞳」ではなかった。確かな意志を携えて、彼女は明日を刻もうとしている。

「さて、どうやら、賭けは私の勝ちのようだな」

統監は、勝ち誇ったように、邪悪な微笑みを浮かべた。

「キザシよ……。久しぶりだな」

「キザシ」は肩をすくめた。

「まさか、あなたと組むことになるとは、思ってもみなかったわ」

キザシは、事態を淡々と受け止めるようだった。

「それで、これから、どうするつもりなの？」

実の娘を完全に乗っ取ったキザシは、物憂《ものう》げに統監に尋ねる。

「お前の予兆としての力を使って、私のかねてからの計画を進めることにする。この時のために、管理局の統監などという意味もない地位に固執し続けたのだからな。キザシ、この雑魚《ざこ》どもが邪魔をするようなら、すぐにお前の力でこいつの意識を奪い去ってしまえ」

「ええ、わかっているわ」

人の思念を自由に操る存在「予兆」の中でも最強の力を持つと言われるキザシは、言葉通り、小指一本を動かすほどの力で、黒田さんの意識を、二度と戻れない場所に「飛ばす」だろう。

「キザシ……。お前は、自分の意志でこの世界に戻って来たんじゃないのか？」

黒田さんは、思わず尋ねていた。強大な力を持って蘇りながら、その力を統監の言いなりに使う。その理由は何だろう？

「最初から決めていたの。ハルカが、十年前の私の計画通りに事を進めることが出来なかったら、私の負けだって。もともと、予兆である私が、自分の意志で人の運命を変えようとしたことが、間違っていたってことなのよ。だから私は、素直に負けを認めて、私を復活させたこの男に、すべての力を委《ゆだ》ねることにするわ」

「いい心がけだ」

統監は愉悦《ゆえつ》を満面に表し、計画を練《ね》るように腕を組んだ。

「さて、いつまでもモグラの真似をしてこんな地下にこもっている必要もない。地上に出ることにしよう。大手を振ってコントロールルームに行き、プラントのコントロールを完全に掌握するのだ。その上で、私の部下を『隔て』の外から呼び寄せ、政府との交渉に入ろう。この地は治外法権の場となって、国家と対等の立場になる」

思いがけない言葉に、黒田さんは唖然《あぜん》とした。

「いったい、何をする気だ？」

統監はもったいぶった様子で、黒田さんを見やった。

「この国は島国であるが故に、周辺国の侵略を遠ざけてきた歴史がある。今も、国境となる島々が、紛争地となって国を悩ませておるではないか。裏を返せばこの国は、各国が地域の覇権を握る上で、重要な位置にあるというわけだ」

「まさかこの場所を、プラントを切り札にして、他国の拠点にしようって言うんじゃないだろうな？」

「この国の本土内に、軍事拠点を作ることもできるのだぞ。他国がどれだけ、この地を獲得するために値を吊り上げると思う？」

統監は、自らの計画が成就する時を夢想するように、皺の奥の眼を細めた。

「統監、それは、約束が違いますよ」

モニターで思念をモニタリングしていた泉川博士が振り返った。抗議しているというより、「間違い」を指摘するようでもあった。

「今の話は、異変に巻き込まれた人々を人質にして、この国と交渉するということですね。それでは、思念の影響下にある人たちは、どうするつもりですか?」

「知れたことだ。こちらが本気だということを国にも見せねばならん。キザシの思念誘導によって制御して、いつでも命じられた通りの動きを出来るようにしてやる」

「ひかり地区の人間を盾にして、国に手出しをさせないつもりか」

黒田さんは呻《うめ》いた。泉川博士が立ち上がる。

「ハルカの『世界を閉ざす力』を得たキザシがプラントの思念を抑え込めば、この国中に異質化思念の影響が及ぶことは免《まぬか》れますが、その代わり、閉じ込められた人々は、キザシの思念誘導に従ってしか動けないロボットと化してしまいますね」

残酷な現実を、泉川博士は気軽に言ってのける。

「たかだか三千人程度だ。この国を滅ぼすことすらできる力を封じるのだぞ。物の数ではないだろう」

「最初から、そのつもりだったのですか?」

詰問する口調ではあるが、博士の声は平板なままであった。

「泉川、お前も科学者である以上、人命の重みもまた、数量的に換算することだ。少数の犠牲を厭《いと》うな。歴史に名を残した為政者《いせいしゃ》たちは、皆そうしてきたものだ」

「私は、そんなつもりで、あなたの計画を手伝ったわけではないんですけれどもね」

統監は、苛立《いらだ》たしげに、博士の言葉を封じた。

「キザシに命じて、お前も犠牲の一人にしてやってもいいんだぞ」

博士は黙ったまま肩をすくめた。ようやく思念混濁を抜け出したカナタもまた、老人の言葉に呆然としている。

「キザシ、あんたはいったい、どっちの味方なんだ。こんな計画を聞いてもまだ、このジジイに従うつもりなのか？」

黒田さんは、ハルカの身体を乗っ取ったキザシに指を突き付けた。

「私は、運命そのものよ。運命は、人の敵でも味方でもない。ただ、人は私の掌《てのひら》の上で泣き、そして笑うの」

そう言って、キザシは寂しげに笑った。

◇　カナタ　11時45分　◇

「ハルカ、目を覚ませ。お前の母親は、身体を乗っ取って、とんでもないことをしようとしているぞ」

キザシによって心の奥底に追いやられてしまったハルカに向けて、カナタは必死に呼びかけた。

「無駄だよ、カナタ君。今、君の前にいるのは、ハルカの姿をしているが、意識は完全に、母親のキザシだ。君との記憶など、今の彼女の中には一片すら存在しないんだ。残念だがね」

泉川博士は、白衣のポケットに手を突っ込んだまま、無造作にカナタの希望を打ち砕《くだ》く。

「ハルカを、元に戻せ！」

カナタと「キザシ」は、互いに一歩を踏み出した。

キザシの強力な思念がカナタに襲いかかる。眼も開けられないような砂嵐となって吹きつける。

「ここは……、どこだ?」

カナタはいつの間にか、街の中を歩いていた。首都の街並みのようでもあり、野分浜でも、ひかり地区でもあるように思える。どこにでもあって、どこにもない、個性を失った街だった。人が生きる上でのストーリーが何も刻まれていない、書き割りのような街の只中《ただなか》に、カナタは立ち尽くした。

カナタにもわかっていた。この光景は、キザシの強力な思念誘導によって生じた「幻覚」に過ぎないと。だが、抜け出す方法がわからない以上、それは現実以上の「リアル」となって感覚を支配する。

どこでもない街の中を、ひたすらに歩き続けた。長い、長い旅路だ。それは予兆としてのキザシの旅でもあった。キザシはどこかから、カナタの一挙手一投足を見つめているはずだ。

「なぜ、お前たち予兆は旅を続けるんだ?」

カナタは、厚い雲が垂れ込める鈍色《にびいろ》の空に向けて尋ねた。

「魂は常に寄る辺《よるべ》なく彷徨《さまよ》うものよ。人の人生は、すべてが旅なの」

どこからともなく声がする。予兆という「運命」を受け継いできた「さだめ」そのものが発する声だ。

「お前は、人の運命を翻弄《ほんろう》するだけじゃないのか?」

「運命とは、風に舞う木の葉のようなもの。どこに落ちるかは、冬の北風の息吹《いぶき》の気まぐれでしょう?」

「お前は、落とす場所を先に決めて、風を吹かせる女だろう?」

「そうね。あなたも、どこに落ちるかは、私は既にわかっているけれどね」

キザシは、誘うように嗤《わら》った。話しながらも、カナタは探っていた。ハルカの居場所を。この街のすべてが、キザシの心の「誘導」の糸につながっている。

「ハルカを、どこに隠したんだ？」

空に向けて叫んだ。その声は、こだますることもなく、あっけなく虚空に吸い込まれた。

「ハルカは隠れてなんかいないわよ。あなたが見つけ出せないだけ。それは、あなた自身がわかっているはずよ」

「俺が、わかっているって……？」

「この空虚な街は、あなたの心の迷いそのもの。あなたは自分自身で思い込んでいる。ハルカとの強いつながりが、自分には何もないって。あなたの心が、見つけ出せないって答えを始めから持っているのよ」

かつての強いつながりの記憶を失い、ハルカを利用し、騙し続けて来たという負い目。それがカナタ自身の視界を曇らせているのだ。

「あなたにハルカを支える力がない以上、私は完全にハルカを封じ込めてしまうわよ」

「俺は……」

「あなたにハルカが見つけられるの？　明日を刻まない人々の想いを支えられるの？」

人の息吹の感じられない街は、生きる希望すべてを失った人々の姿を表しているのか……。冬枯れた街路樹が延々と続く街並みが、前に立ち塞がる。ハルカの姿は、どこにも見つけられなかった。

◇　瀬川さん　11時55分　◇

「なに、これ……？」

サユミが立ちすくむ。周囲の人々の動きが、明らかに変わったことに気付いたようだ。魂を抜かれている、という表現がぴったりだった。

「地下での戦いが、いよいよ本格化したみたいだね」

キザシとハルカ・カナタの地下制御室での戦いが佳境に入ったことを意味していた。キザシの強力な力によるプラントの異質化思念の制御に、「対決」の余波によって綻《ほころ》びが生じ、人々の意識に影響を与えだしたのだろう。

人々が表情を失ったまま、ゆっくりと顔を上げた。操り人形が一斉に操作されたように、サユミを見つめる。

「何なの……、この人たち。どうしちゃったの？」

意思を持たないうつろな瞳の人々が、ゆっくりと、サユミという磁石に引き寄せられてゆく。サユミは萎縮《いしゅく》して動けずにいる。瀬川さんは、サユミの腕を取った。

「あんたは今まで、プラントの思念を安定化させるための『蓋《ふた》』の役割を果たしてきたんだ。誘導思念が人々を自由に操るには、今度は逆に、『蓋』としてこの場にいるあんたが邪魔になるんだよ。だからまず、あんたを排除しようとしているんだ」

人々がにじり寄ってくる。決して速くはないが、その包囲は、確実に二人を逃がすまいとする絡め手のようだ。

「どうすればいいんですか?」

サユミはおびえて、瀬川さんに取りすがる。

「大丈夫。あたしが、あんたを守るのさ」

「おばあさんが、私を守るって、いったいどうやって?」

痩《や》せた小柄な老人に何ができるかと、サユミは危ぶんでいる。逃げようとするも、四方から人々は襲来し、逃げ場はなかった。

瀬川さんは、サユミの手を引いて、路地へと入り込んだ。

「こんな所に逃げても、すぐ……」

サユミが焦って背後を何度も振り返る。だが、さっきまであんなに追ってきた人々が、ぱったりと姿を見せなくなった。

「どうして?　ただ角を曲がっただけなのに……」

「あたしが、この場所を『置き換えた』のさ。角を曲がれば私らはいる。だけど、その場所には誰も辿り着けないんだよ」

「そんな力があるなんて……」

サユミは絶句していた。

「とはいえ、今まで私が経験した『鬼ごっこ』とは違って、今度はこのひかり地区の住民全部が鬼だからね。だから……」

瀬川さんの言葉も待たず、曲がった先にいた人がサユミを見咎《みとが》め、新たな追手となって近寄ってくる。

「次から次へと角を曲がり続けて、置き換え続けなきゃならないんだよ」

次の曲がり角へ、そしてまた、次の曲がり角へ。際限なく力を使い続けるしかなかった。

「これをいつまで続けるんですか?」

「今、この地下で、あんたの姉が、母親と戦っているんだ。その決着がつくまでさ」

サユミが地面を見つめる。その下の、顔も知らない母と姉の戦いを想像できないように、首を振った。

「逃げ場がなくなって来たね」

角を曲がるたびに「置き換え」をして煙《けむ》に巻き続けた。だが、人々は四方からやってくる。一方を振り切っても、また他の三方からの追手はすぐに二人を発見してしまう。

◇ 黒田さん　12時00分 ◇

正午ちょうどに、鐘が鳴り出した。

礼拝所の鐘だった。二十年前にたった一度だけ鳴って、二度と鳴ることのなかった鐘の音だ。

「なんだ、この音は?」

統監は訝《いぶか》しむように周囲を見渡した。深度百メートル以上の地下だ。地上に雷が落ちようが、竜巻が起ころうが、響くはずがない。それなのに、まるで扉のすぐ向こうで鳴っているように、鐘の音は間近で聞こえた。

「あの鐘の音には、特殊な音が含まれているんだ」

二十年前に、キザシとヒビキが想いを封じ込めてつくった鐘だ。古奏器の音の色と同じく、どんなに耳を塞ごうが、それは聞こえる。耳ではなく、心に直接響くのだ。誰も逃れることはできない。

「それがどうした。鐘の音ごときが聞こえた所で、今のキザシにどんな影響を与えられるわけでもあるまい」

統監の声は、虚勢を張るように上ずっていた。

「おい爺さん。あんた本当に、このカナタが、単なる思念過敏体質ってだけの役立たずだって思ってるのかい？」

「どういう意味だ？」

当のカナタは意識を失ったままだが、その心にも、鐘の音は響き渡っているはずだ。

「思念過敏体質を隠れ蓑《みの》に、力を封じられているとしたら？　それをカナタ自身ですら知らぬまま、これまで生きてきたとしたら？　あんたがただの捨て駒として生かしておいた存在が、実は、あんたの計画を阻止するための中心人物だったとしたら……。どうだい？」

「そんなことが……」

統監が言葉を失った。黙ってやり取りを聞いていた泉川博士は、ようやく謎が解けたというように指を鳴らした。

「なるほど。思念過敏体質であるということは、裏を返せば、心の奥に広大な思念受容域を持っているということになりますね」

研究者としての興味をそそられたというように身を乗り出す。

「ずっと疑問に思っていました。キザシがなぜ、ハルカさんとカナタくんに未来を託そうとしたのかを。私の知らない『仕組み』があるとすれば、人々の異質化思念による呪縛も消え去る可能性が見えてくる。これは面白くなってきた」

彼は統監に与《くみ》する立場ではあるが、純粋な科学的好奇心で、「戦い」を見守ろうとする。「キザシ」は、自らの過去の想いなど切り捨ててしまったかのように、超然とした姿でカナタと対峙《たいじ》している。

やがてキザシが、静かな微笑みを浮かべた。それに対して、カナタは意識が遠のいたように頭をふらつかせる。黒田さんは慌てて駆け寄って身体を支えた。

「カナタに、何をしたんだ？」

キザシは、憐《あわ》れむように、カナタを見下ろした。

「彼は今、長い旅をしているの。誰もいない無限に広がる世界で、ハルカを見つけるための旅をね。カナタ自身の、心の中の迷宮よ。その広さは、彼が自分の力を自覚しない限り、そのまま心の迷いの大きさになる。自分の力に希望が持てなければ、カナタは絶対に、ハルカの元には辿り着けない」

淡々《たんたん》としているが故に、その言葉は真実の重みを持っていた。

「残念だったわね。あの鐘の音は、きっとカナタを、ハルカの元へと導くはず。当然ね。十年前の私が、ヒビキと共にそんな風につくったんだから。だけど今のカナタには、あの鐘の音は届かない。彼は永遠に彷徨い続けることになるわ」

礼拝所の鐘は、ハルカとカナタが、どれだけ離れていても結びつき、互いを支え合いながら歩いて行けるようにとの想いを込めてキザシが音を封じ込めたものだ。それなのに、当のキザシによって音が伝わらないのだ。

◇　瀬川さん　12時01分　◇

鐘の音が、街の空に響き渡っている。

「いよいよ、鐘が鳴りはじめたね」

二十年前に一度だけ響いた鐘の音が、瀬川さんの心に蘇った。

「ちょっと、どうしちゃったんですか？　早く逃げないと……」

足を止めてしまった瀬川さんを、サユミが急かす。

「大丈夫だよ。まわりを見てごらん」

人々は、鐘が鳴る方へと顔を向け、魂を抜かれたように立ち尽くしている。閉ざされた街の絶望の未来をくつがえすために、人々が生きていくためのストーリーと、希望を吹き込む。その始まりの合図が、鐘の音だった。

「さて、歯車はきちんと回ってくれるだろうかね」

初めて歩く赤ん坊を見守るように、街の空に祈りを込めた。この空の下、切実な「歯車」として動いてくれる人々がいる。瀬川さんは待ち続けた。幼い頃からずっと、予兆たちのために動いて来た。本来なら通り過ぎただろう人々の縁を、少しずつ結びつけるために……。そのすべてが今、ここに決するのだ。

「おばあさん、何も起こりませんよ」

サユミは、焦りを露《あら》わにして、周囲を見渡した。

「どうやら、そう簡単には行かないようだね」

運命の歯車が、うまく噛み合っていないのだろう。

「カナタ……。あんたには、この鐘の音が聞こえていないのかい？」

カナタの動きが、すべての鍵になるはずだ。そのためには、鐘の音が必要なのだ。だが、うまく行かなかったようだ。妨《さまた》げているのは、他でもないキザシ本人だろう。カナタは、キザシという障壁を乗り越えることが出来なかったのだ。

人々は動きを止めていた。だが、その効果も一時的なものでしかない。鐘が止み、サユミという障害がなくなれば、プラントの異質化思念が意識を占領《せんりょう》し、本能を剝《む》き出しにされてしまう。人々は恐怖も痛みも感じないまま、殺し合いを始めるはずだ。最後の一人になるまで。

「賭けは、私の負けってことかね」

瀬川さんは天を仰《あお》いだ。何かが足りない。だが、それが何かは、今となっては瀬川さんにもわからなかった。

——また逢いましょうね。瀬川さん——

廃屋の二階で、キザシは最後にそう告げた。キザシの覚悟と、瀬川さんの背負うものが、その場で交換されたのだ。

「キザシ、どうやら、約束を果たすことはできないみたいだよ」

鐘の音が止んだ。人々が、再びサユミに向かい来る。瀬川さんの、置き換える力をもってしても誤魔化《ごまか》せず、彼らは執拗《しつよう》にサユミを自分たちと同じ場所へと引きずり込もうとする。

「ちょっと、みんな、目を覚まして。どうしちゃったの?」

同じ制服を着た高校の友人たちまでもが追って来て、サユミに襲いかかろうとしている。悪夢でしかなかった。

そんな中、たった一人、自らの意志で動く姿があった。五歳くらいの小さな男の子だ。子どもの足ながら、精いっぱいの速さで走っていく。

「坊や、どこに行くんだい?」

男の子は足を止めたくないのか、その場で駆け足をしながら止まった。

「ボク、お父さんの所に行くんだ!」

「お父さん? お父さんは、どこにいるんだい?」

「どこだかわからないよ。でも、呼んでるんだ。お父さんがいる場所まで来いって」

「坊やはたしか、結婚式に出ていたんだったよね？」

礼拝所の結婚式に出席すると言って、３０９５バスに乗っていた男の子だった。

「うん。だけど鐘が鳴ったら、いきなり、お父さんの声が聞こえて来たんだ。だからボク、声のする方に向かってるんだ」

 もしかするとこの男の子も、瀬川さんも知らなかった小さな「歯車」として、希望をつないでくれるのかもしれない。

「坊や、あたしたちも、お父さんの所に連れて行ってくれるかい？」

「おばあちゃんたちも、一緒に？」

男の子は、少し警戒するようだ。

「たぶん、坊やのお父さんは、危ない場所にいるはずさ。それを助けるためには、あたしたちの力が必要なはずだよ」

「そうか……。それじゃあ、いいよ」

男の子が瀬川さんを見つめた。真っ直ぐな瞳は、確かに瀬川さんを、ここではないどこかへ連れて行ってくれそうだった。

「だけど、おばあちゃんたちは、坊やについて行けるかねえ」

「大丈夫だよ、眼をつぶっておけば」

「そうかい。それじゃあ、よろしく頼むよ」

瀬川さんは、孫とも言えるような相手に、真剣に頭をさげた。

「うん、まかせて！　二人とも、絶対に眼を開けちゃダメだよ！」

瀬川さんは眼をつぶった。男の子の小さな歩みが、瀬川さんとサユミを導く。

「ボク、お父さんと約束したんだ。どんなに離れていても、ぜったいにつながってるってさ」

その手は今も、父親の手のぬくもりを感じているのだろうか。

「ここではないどこか」を辿るような感覚。それは、予兆の奏でる音の色に身を委ねるのにも似ていた。

「もう、何なのよ！」

サユミの憤慨した声が聞こえてくる。立て続けの異変に、心が追いついていないのだろう。

「おばあさん、私が自由になるための戦いって言いましたよね？」

「ああ、そうだよ」

「今の方がよっぽど不自由ですよ！」

自分の常識とは違う「日常」に、サユミは身を任せるしかない。

力加減を間違えたら折ってしまいそうな、男の子のか細い腕は、なぜか力強く、瀬川さんを導く。一度も曲がることもなく、真っ直ぐに……。眼を開けていた最後の瞬間に見た風景では、ほんの数十歩で民家の壁に突き当たったはずなのに。

男の子の導きは、現実の「隔て」を越えて、「ここではないどこか」へと連れて行ってくれるのかもしれない。

どれくらいの時間が経ったのだろう。男の子の足が、初めて止まった。

「おばあちゃん、お姉さん、もう眼を開けてもいいよ」

瀬川さんは眼を開けた。目の前の世界に焦点を結ぶのに時間がかかる。たくさんの機械が並び、何かのコントロールをする施設のようだ。真っ直ぐに歩いただけのはずなのに、見知らぬ場所に導かれていた。

「お父さん！」

男の子は、目の前にいる白衣の男に抱きついた。

「お父さん。ボクを呼んだよね。だからボク、ここまで来たんだ！」

「ああ、そうだよ。駿。よくここまで来れたね」

白衣の男が父親なのだろう。瀬川さんは男の子の頭を撫でてあげた。

「駿君って言うのかい。ありがとうよ。おかげさまで、ここに辿り着くことができたよ」

駿君は、まんざらでもなさそうに胸を張る。

「瀬川のばあさん、遅いぞ」

黒田さんの文句に、瀬川さんは駿君を真似《まね》て胸を張った。

「ヒーローは、遅れて登場するものさ」

統監は、突然出現した瀬川さんたちに呆然としている。

「いったいどうやって……？」

掠《かす》れた声で呟く。見えない壁を破って来た相手を前にしたように。

「目をつぶって歩いたのさ。三人でね」

瀬川さんは、統監にウインクして見せた。

「あんたが管理局統監って人かい？　ずっと逢いたかったよ、あんたに」

顔合わせは初めてだ。だが二人はあの戦争の頃から、予兆を挟んで、長い間戦い続けて来たのだ。

「なるほど、お前が、これまでずっと、思念誘導計画を邪魔し続けた張本人というわけだ」

時を経て、二人は初めて、その運命をぶつけ合った。

「泉川、どういうことだ。こいつはお前の息子だろう。どうやってここへ来ることが出来た？」

統監はようやく、泉川博士に疑いの眼差しを向けた。

「礼拝所の鐘を鳴らした浩介君を、私は研究対象にしていましてね」

博士は、白衣のポケットに手を入れたまま、肩をすくめる。

「浩介君は、人と人とを強く結びつける思念の特異性を持っていながらも、役割がわからないまま、その力を空回りさせていました。だから私は、彼の思念の力を他者求引能力と命名し、幼い頃から継続観察していたんですよ」

博士は、よどみなく説明しだす。

「浩介君の力に変化が訪れたのは、のちに恋人となる早苗さんとの出逢いからでした。何のつながりもない二人が、出逢うべくして出逢った。それ以降、彼の思念の他者求引能力は飛躍的に向上し、影響範囲も格段に広がりました」

彼は、敵か味方かを誰にもつかませない口調で、語り続けた。

「彼の思念は、人と人とを強く結びつける役割を果たす。その思念の力を応用すれば、たとえ相手の居場所がわからずとも、二つの思念がつながり合って導き合うのではないか……。その推論のもと、私は彼の思念を抽出してその求引能力を強化し、息子の駿に接種させたのですよ」

博士は、息子の駿君の肩に手を置いた。

「そしてこれで、その理論の正しさが証明されました」

カナタはずっと彼に感じていたという。単なる研究一辺倒ではない、人の想いに添い続ける意志を。十年前のキザシに瀬川さんや黒田さんが託されたように、彼もまた、何かを託されたということだろう。瀬川さんは心を強くした。まだ闘いは終わってはいない。可能性は残されている。

「そういうことか。お前も、十年前のキザシによって操られていた一人だったとは……」

統監は、深い憂《うれ》いを声ににじませた。

「だが、残念だったな。もう鐘は鳴り止んでしまったぞ。鳴らす役目を持った者も、今頃は異質化思念の初期影響で魂を抜かれたも同然だ。もうお前たちの望む状況は、二度と起きないのだろう？」

手の内は知り尽くしたというように、統監は酷薄な笑みを浮かべる。

「これ以上邪魔をされても面倒だ。キザシ、こいつらを動けなくしてしまえ」

ハルカの身体を借りたキザシが、一歩前に進み出た。実の娘であるサユミの前に。

「あなたが、私の、お姉さんなの？」

サユミは、目の前の「二十代の女性」の姿に向けて、そう尋ねた。「キザシ」は、しばらく無言でサユミを見つめると、何かを懐かしむように眼を細める。

「サユミ……大きくなったわね。私はあなたの母親であり、そして姉でもあるわ」

奇妙な言葉に、サユミは戸惑っている。

「目の前にいるのは、君の姉のハルカだよ。だが今はその身体を、母親であるキザシの意識が乗っ取っているんだ」

泉川博士の言葉に、サユミは絶句してしまった。

「どうしてそんなことを……」

初めて逢う実の母と姉が、一つの身体を巡ってせめぎ合っている。そんな状態を、いったい誰が予想できるだろう。

「あなたが、私の本当のお母さんなの？」

サユミはまだ、目の前の相手に、どう接していいのかわからないでいた。そんなことをする相手を母親だとは思いたくもないだろう。

「あなたは、私の力を受け継ぐことができなかった出来損ない。だから、私はあなたを捨てた。

まあ、せいぜいプラントの『蓋』としては役立ってくれたようね。だけどもう、あなたも必要ないわね」

サユミが顔色を変えた。母親とは、自分の子どもを必要か不必要かで判断するものではないはずだ。

「あたし……、ずっと思っていた。私の居場所はここじゃないって。手を伸ばしたほんの少し先に透明な壁があるみたいな、見えない束縛を感じ続けていた」

地下深くで、サユミは青空を望むように宙を見上げた。

「両親は優しいし、友達との日々も楽しい。でも、何かが違う。これは、本当の私じゃないって、いつも思っていた」

サユミははじめて、自分の「母親」と真っ直ぐに向き合った。

「私はあなたがどんな人で、何を目指しているのかはわからないし、そんなことに興味もない。だけどそれは、私やお姉さんの前で、誇《ほこ》りを持って言えることであってほしかった。あなたは、今の自分がホントの自分だって、大きな声で言えるの？」

「キザシ」の表情が、苦痛を抑えるようにゆがんだ。

「あなたは、何の力もない子。そんな子には、私やハルカのような、大きな力を持たざるを得なかった者の使命はわからないわ」

娘を否定する言葉は、今までにない弱さだった。

「自分の子どもを犠牲にして作った世界を、思うように動かせれば、それで満足なの？」

サユミは、「母」に向かって一歩を踏み出した。

「どうした、キザシ。そんな奴はお前の力でねじ伏せてしまえ」

統監が苛立たしく急《せ》かす。何の力も持っていないサユミなど、物の数ではないはずだ。それなのに、明らかに気圧《けお》されていた。

「あなたは、とっても可哀そうな人なんだね」

サユミは、ハルカに「寄生」した母親を蔑むように、淡々と告げた。

「今さら、どうしようもないの……」

自嘲《じちよう》するような呟きだ。予兆としての使命のために封じていた母親としての意識が揺さぶられ、表に出てこようとしているのかもしれない。

「これは、私とあなたのつながりを証明するものなんだよね？」

サユミは鞄から青い蝶のキーホルダーを引きちぎった。キザシからハルカ、そしてサユミへと受け継がれた、母と子のつながりを証明するものだ。

「こんなもの、私はいらないわ！」

「母」に向けて、青い蝶を突き付ける。

「私はあなたの娘としてじゃなく、一人の人間として歩き続けるわ。たとえ世界を動かす力を持っていなくても、私は精一杯生きてきた。そして私は、自分のちっぽけな力で、一歩を踏み出し続ける。誰の子どもでもない、誰の妹でもない、ひとりの私として！」

ハルカの身体に向けて、サユミが叫ぶ。

「お姉さん！　こんな奴、身体から追い出しちゃいなよ！」

青い蝶のペンダントを地面に叩きつけた。

「キザシ」が、動揺したように身体を痙攣《けいれん》させた。奥深くに閉じこめられたハルカの心に、サユミの声は届いたのだろうか。キザシに乗っ取られたはずのハルカの身体が、制御を越えて動き出す。右手が、救いを求めるように、サユミに向けて伸ばされた。

「サ……ユ……ミ……。わ……たし……は、ここ……よ……」

キザシの声とは明らかに違っていた。

「キザシの封じ込めが破れた。抑え込まれていたハルカが声を発しているんだ」

泉川博士が、かすれた声で呟いた。

「お姉さん……なのね？」

サユミは恐る恐る、右手を伸ばした。願いと救いと焦りの、さまざまな感情で震える二つの手が、見えない力で惹きつけ合う。指先が触れ、離れ離れだった血を分けた姉妹の絆《きずな》が、はじめて触れ合った。

その瞬間、二人は電流に触れたかのように、身体を激しく震わせた。それでも、握った手は、決して離れない。その瞬間、「キザシ」は涙を流した。

微かな音。心を揺るがすその音は、次第に大きくなっていった。

「この音は……鐘の音か。いったい誰が鳴らしているんだ？」

統監はいぶかしげに周囲を見渡した。それは確かに、すでに途絶《とだ》えたはずの鐘の音だった。鐘を鳴らす役目を担う二人も、既に思念の影響下に入り、自らの意思では動けなくなっているはずなのに。

「そういうことかい……」

瀬川さんはわかった。まだ、希望が潰《つい》えていないことを。

「今の予兆が、一度鳴った鐘の音を、蘇らせているんだよ」

それが出来るのは、音を過去、未来を越えて出現させることができる「古奏器」を携えているからだ。予兆は今、遠羽川の河原で古奏器を爪弾いている。途絶えてしまった鐘の音を再び響き渡らせるために。

その音は今まで、キザシによって遮断されていた。だが、キザシの心がサユミによって揺るがされたことで、外の予兆の力が、隔ての中にまで及んだのだろう。

――カナタ、聞こえるかい？

意識を奪われたままのカナタに、瀬川さんは心の中で語りかけた。心の奥の迷宮に迷い込んでいるカナタにも、鐘の音は届いているはずだ。

◇　カナタ　12時26分　◇

広大無辺な無人の空間で、いったいどれだけの間、彷徨っただろう。向かうべき先もわからずにうずくまっていたカナタは、顔を上げた。

音が聞こえる……。鐘の音だった。礼拝所の鐘に違いない。

「こんなところまで、聞こえるなんて……」

キザシによって封じられたこの場所に、鐘の音が聞こえるはずがなかった。だがその音は、場所の隔てや、時の隔てすら越えて、心の中心に響いて来た。その音は、カナタの心を揺り動かす。音がカナタを導く。ハルカのいる場所へと。

――ハルカ・カナタへ、共に向かいなさい――

鐘の音は、確かにそう告げていた。はっきりと母の声で。

「わかったよ。母さん」

カナタは立ち上がった。周囲は無人の荒野が広がり、ハルカへと向かう目印も何もない。自信はない。だが、希望はある。鐘の音は、黒く分厚い雲の間から射《さ》す一条の光のように、カナタを導く。進むべき先はまだわからない。それでもう、カナタは迷わなかった。必要なのは、自分の足で一歩を踏み出すことだ。自分の一歩を、隔ての中にいる人々の希望に向けた一歩と重ね合わせ、カナタは自分の一歩に意志を込めた。

「ハルカ、お前は、俺が見つけ出す！」

よみがえった記憶。幼い頃のハルカとしっかりと手をつないで旅した記憶に、今の一歩を重ね合わせる。もうカナタは、ハルカを捜さなかった。ハルカはきっと、すぐそばにいる。ただ、心の曇りが、姿を見えなくしているだけだ。

手を伸ばす。確かな確信を込めて。そこに、ハルカが、いた。伸ばした指先が触れ、そして、しっかりとつながった。

「ハルカ、迎えに来たぞ」

カナタは、長い心の旅路の末に、ハルカを見つけだした。

◇　黒田さん　12時30分　◇

「キザシ」が力を失い、その場にしゃがみ込む。救いを求めるように、サユミを見上げた。

「ハルカ、サユミ、あなたたちには、悲しい思いをさせたわね……」

目の前のサユミに、そして、心の内のハルカに向けての言葉だった。

「お母さん、どうして……」

「キザシ」を、サユミが抱き留める。さっきまでの非情すぎる顔を脱ぎ捨てたように、彼女は母としての眼差しを取り戻していた。ハルカもきっと、母親の変化を感じ取っているだろう。

「これで、いいのよ……」

「キザシ」は、娘の腕の中で、弱々しい笑顔を見せた。

「私の身体は失われても、私の意識は、プラントの思念を封じるために居座り続ける必要があった。だけど、私の意識が残る限りは、供給公社も管理局も、私の復活を諦めることはない……。だからこそ、あなたたち二人の手で、私に引導を渡して欲しかったの。私が二度と復活しないようにね」

「それじゃあ、お母さん、わざとこんなことを……？」

サユミは、母であり、姉である人を抱き留めて、呆然としていた。

「サユミ、あなたはプラントの『蓋』としての役割を終えて、今からは本当に自由に生きていけるわね。その自由は、もしかすると今よりもずっと孤独かもしれない。だけどきっと、あなたは共に歩く相手を捜し出せるし、見守ってくれる人も必ず見つけられる。だから、一人でしっかりと歩くのよ。歩く道はあなたの前にある」

「キザシ」は眼をつぶった。自らの心の内を覗くように。

「ハルカ、この世界をあなたに託すわ。カナタと一緒に、この愚《おろ》かな騒動に巻き込んでしまった人々を、救い続けなさい。生半可なことじゃないと思うけど、きっと大丈夫よね。あなたたち二人なら」

浮かべられた微笑みは、成長した娘に向ける母親の、慈愛に満ちたものだった。

「これで、最後の歯車が、回りはじめる……」

その言葉を最後に、「キザシ」は、ハルカの身体から離れて行った。

「泉川、どういうつもりだ。お前のせいで、私の計画は台無しだ」

統監が博士につめ寄った。

「私はあなたに協力はしましたが、味方をした覚えはありませんよ」

博士は何でもないことのように、肩を竦める。

「私は可能性に賭けただけです。あなたの執念に、若い二人の希望が打ち勝った。後は、十年前のキザシの想いに沿った方が合理的で、可能性が高い。それだけのことです」

キザシの意識が消え去ったハルカの身体は、眠ったように動きを失った。それと時を同じくして、カナタが意識を取り戻した。

「カナタ、大丈夫か？」

黒田さんの問いかけに、カナタは無言で頷き、ハルカを抱えたサユミに近寄った。

「ありがとう。君のおかげで、ハルカを見つけ出すことができた」

サユミに代わってハルカの身体を抱き留め、カナタはそっと耳元でささやいた。

「ハルカ……。戻っておいで」

長い旅を共に続けた相手に語りかけるようだ。実際、カナタにとっては、何年にも匹敵する旅だったに違いない。ハルカの閉ざされた瞼《まぶた》が、ゆっくりと開いた。

「カナタさん……私……、戻ってこられました」

はっきりと眼を見開いて、カナタを見つめた。

「ハルカ、俺はもう二度と、お前の手を離さないぞ」

ハルカは、しっかりとした力を携えて、強く頷いた。

「これは……驚いたな」

泉川博士は、ため息交じりに呟いた。

「キザシによる強力な思念遮断を跳ね返して、ハルカの意識を元に戻してしまうとは……」

博士は興奮冷めやらぬ様子だった。

自分の「身体」を取り戻したハルカは、目の前に立つ制服姿に、顔を上げた。

「あなたが、サユミね？」

「ハルカさん……、あなたが、私の姉なの？」

ハルカは、妹の姿を確かめるようにして、ゆっくりと頷いた。

「お母さんに封じられて、考えることすら奪われていた私の心にも、あなたの声が響いてきたわ。やっぱりあなたは、私の妹ね」

妹を見守る眼差しが、優しく向けられた。

「お姉さん、ごめんなさい。私、お母さんを……」

「いいのよ。お母さんも覚悟していたの。そうしてくれなければ、私はこうして、自分の身体を取り戻すことはできなかったんだもの」

妹に良心の呵責《かしゃく》を抱かせないための、姉としての配慮だろう。

「お母さんはずっと、私たちが来るのを待っていたの。自分自身に引導を渡してもらうためにね」

「そんな……」

「母親らしいことは何もできなかったけど、私たち二人が、立派に育ってくれて良かったって」

自分の存在を消し去るために、娘を利用する。予兆であるという運命は、かくも過酷なものか。

「これが、歯車の噛み合う一瞬って奴か……」

黒田さんは初めて、予兆が告げた言葉の意味がわかった気がした。「四つの歯車」として動いた人々、瀬川さん、管理局統監、泉川博士、駿君、ハルカとカナタ、サユミ、キザシ、そして自分自身……。すべての動きが噛み合ったからこそ、カナタがハルカをこの世界へと「戻す」ことが出来たのだ。そこにはもはや、敵や味方という概念はなかった。すべての関わった人物が、自分の意志で動くことこそが「歯車」だったのだ。

　機械的なブザー音が鳴りだす。コントロールパネルのアラートだ。プラントの思念活性化が危険域に達したことを知らせるものだ。

「キザシの力による封鎖が無くなったことで、異質化思念が異常活性していますね。このままでは、封鎖壁が限界を迎えてしまいます」

　博士が、危機を危機と感じさせない淡々とした口調で告げる。打って変わって、統監は青ざめていた。

「なんということをしてくれるのだ。キザシがいなくなってしまえば、プラントの暴走を止められる者はもはや誰もいない。異質化思念の影響はすぐに街中に広がってしまうぞ」

　呪いの言葉を、喉の奥から振り絞るようだ。

「わかっているのか？　たかだか数千人の犠牲を厭うが故に、何百万人もの人々をいたずらに死に追いやろうとしているのだぞ」

　糾弾する指を、黒田さんたちに突き付ける。世界が黒く染まるように、その声は絶望に満たされていた。

「さて、それはどうかねえ？」

　瀬川さんは、老人の絶望の瘴気《しようき》を寄せ付けようとはしない。

「あんたにとって、キザシの復活が十年前からの悲願だったように、あたしたちも、この時のために動いてきたんだ。小さな小さな、何百何千もの歯車が、今、噛み合って回りだそうとしているんだ」

　絶望と希望の矛先《ほこさき》を互いに突き付けあうように、二人は対峙する。

「限界値突破。プラント封鎖ゲート、強制開放されました」

泉川博士の淡々とした声が、「地獄」の始まりを告げる。

「さて、いよいよ、腰を据えてかからなきゃね」

瀬川さんが腕まくりをする。年末の大掃除にでもとりかかろうかというように。

「ぼやぼやしてると、あたしらまで思念の餌食《えじき》になっちまう。早いとこみんなを助け出さなきゃ、安心して明日を迎えられないよ」

瀬川さんの言葉に、カナタはハルカと共に頷いた。

「ハルカ、外に向かおう！」

「はい！」

二人は手をつないで、互いの思いを確認し合うようだ。

「キザシの力が失われた今、この閉ざされた地の空を彩るのは絶望だけになる。どうやって希望に変えることができるのか……。興味深いですね」

泉川博士はそう言って、もはや手の施しようのないコントロールパネルの前で腕組みをした。

「ところで統監、あなたは、少々やり過ぎたようですね」

相変わらず感情のこもらない態度で振り返る。

「未来への道は、どうやらあなたが画策した道以外にもありそうです。そのどれを辿るかはまだわかりませんが、私が彼らを手助けしましょう。あなたはもう、用済みです」

しっかりと、統監への意趣返しの宣言をした。

「街の人々の未来は、まだわかりゃしないが、あんたの未来は、もう一つに定まったようだな」

黒田さんは引導を渡すように、統監の前に一歩を踏み出した。

「さて、大人しくしてもらおうか」

「ち、近寄るな……」

キャスターつきの椅子に押さえつけ、腕も足も動かないように縛り付ける。

「あんたも見届ける義務があるだろう。連れて行ってやるよ」

黒田さんは椅子をエレベーターに押し込み、地上へと向かった。

「これは……」

屋上に立ったカナタは、空を見上げて絶句した。夕方でもないのに、空が真っ赤に染まっていた。やがて訪れる殺戮《さつりく》のイメージが、思念に強い影響を与え、認識を誤らせている。隔ての外からは、この場所が紅蓮《ぐれん》の炎に包まれたように見えているだろう。

建物に向けて、人々が続々と集まって来ていた。

「サユミさんはずっと、思念の『蓋』でしたからね。第一の生贄《いけにえ》にしようと、異質化思念が人々を駆り立てているんですね」

泉川博士の冷静な分析に、サユミが青ざめた。人々がここに到達したら、サユミは文字通り、一瞬で「生贄」と化してしまうだろう。

「これが、お前たちがしでかした間違いの代償だ」

統監が椅子に縛られたまま、しわがれた声で呟いた。

「異質化思念によって植え付けられた絶望は、奴らの思念と一体化している。お前たちがどんな小細工を弄《ろう》したところで、もはや分離することも、変化させることも不可能だ」

その言葉に触発されたように、人々は勢いを増して建物に群がりだす。

「さあ、そりゃあどうだかねえ」

瀬川さんは、遠くの空を見つめた。

「キザシは最初からわかっていたんだよ。異質化思念は、どんなにプラントの外部から手を加えて鎮静化しようとしたところで、抑え込むことはできないってね」

唯一の手段は、敢えて人の思念と結び付け、年月をかけてゆっくりと鎮静化させてゆくという禁断の手法だけだった。

「そのためには、プラントの周囲の人々に犠牲になってもらうしかなかったんだよ」

瀬川さんは、悲しい覚悟を封じ込めた表情で人々を見下ろした。

「あたしは今から、この悲劇に巻き込まれた人たちを、『ここではない場所』に置き換えるんだ」

ヒビキの旅には四つの目的があった。ハルカを国内の探索から逃がし、「世界を閉ざす力」を身に付けさせること。クロダさんに古奏器の「想いの涙」から作られた絵の具を渡して運命の息吹を吹きかけ、黒田さんの元へと辿り着かせること。「本を統べる者」から、野性を残した本を譲り受け、第五分館へと導くこと……。そして四つ目にして最も重要な使命が、「ここではない場所」の入口を見つけ出すことだった。

「私のヒビキとの旅は、この時のためだったんですね」

ハルカが感慨深げに呟いた。

「旅の間、ヒビキはずっと何かを探していました。それは、あの日の礼拝所の鐘の音が響く場所でした。予兆の力が封じられた鐘の音は、場所の隔てを越えて世界中に響き渡ったんです。時の隔てを越えて、いつまでも鐘の音が響き続ける場所……。その場所こそが、この世界と、『ここではない場所』との接点だったんです」

「ここではない場所」は、「思念の歪み」から生じる。理不尽な死や離別が起きた地には、持って行き場のない人の負の思念が吹き溜まっている。それが空間を歪ませ、やがて「ここではない場所」が生み出される。人がかつての古戦場や廃墟の病院などで、幽霊や怪現象を目撃してしまうのも、思念の歪みが吹き溜まった場所だからだ。

「ここではない場所」は、世界中の至る所に、ひっそりと口を開けている。それを探し当てようとしても、誰にもその「入口」は見つからない。ただ、その歪みに同調してしまった者が、時折、「入口」に辿り着いて、「ここではない場所」に入り込んでしまう。行方不明者の多くは、知らぬ間に、「ここではない場所」に足を踏み入れて戻れなくなった犠牲者だった。

思念の歪みを抱えたカナタの母親と、音に共鳴する礼拝所の女性が結びついた「ヒビキ」だからこそ、その場所を探し出すことができたのだろう。

「人が干渉できない、『ここではない場所』。その場所こそが、異質化思念に取り込まれて、絶望が貼り付いてしまった人々の人生を、希望に変える場所なんだ」

「私とカナタさんは、そこに向かわなきゃいけないんですね。瀬川さん」

ヒビキは二つの世界の接点を訪ね歩き、「ここではない場所」を少しずつ広げ、この街へと近づけていった。この場所に取り残された三千人以上の人々を「置き換える」ために、用意された場所だった。

礼拝所の鐘は、もう一度鐘が鳴った時に、「ここではない場所」が、その鐘の音の鳴る場所に引き寄せられるように作られていた。今、礼拝所は「ここではない場所」の入口となり、その向こうには、世界中から集められた「ここではない場所」の広大な世界が広がっているはずだ。

「これからは、礼拝所が、二つの世界をつなぐ扉になるんだよ」

再び鐘が蘇って鳴ったことで、礼拝所は「扉」としての役割を担うことになった。

「ここではない世界」でハルカとカナタが「扉」を守ることが、現実世界と結び付け続けるための、たった一つの方法だった。ハルカとカナタは、隔てられた二つの世界の人々の想いをつなぎ続ける。

「だからまずは、行き場を失った人たちに、しっかりと未来の人生のストーリーをつくってあげなくちゃいけないんだ」

瀬川さんの言葉と時を同じくして、異変が生じた。

「あれは……何なの？」

サユミが呆れた声を発した。わかっていないのではない。わかっているからこそ、理解が追いつかず、呆然としている。何千冊もの本が、羽のように表紙を羽ばたかせて空を飛び交っているのだから。

「キザシが図書館の第五分館に閉じ込めていた、三千九十五冊の本だよ」

図書館にいる、「鍵を開く」役目を託されていた滝川さんは、無事に役目を果たしたようだ。

「空を飛ぶ野性の本が、今もまだ存在していたとは……」

泉川博士は、野生生物の生態を観察するように、空飛ぶ本たちに眼を細めている。

「本を閉じ込めるって、どういうこと？」

サユミの疑問は当然だ。彼女にとって本はただの本で、閉じ込めようがどうしようが、何かの影響を誰かに与えられるわけでもない。

「はるかな昔、本は『本を統べる者』に率いられて、世界の空を飛びまわっていた。『本を統べる者』が人間と和解し、図書館という安住の地を与えられて初めて、本は地上に降り立ち、人々は本を手にして知識を得ることができるようになったんだ」

泉川博士が淡々と説明する。黒田さん自身も、キザシから聞かされてはいたが、実際に見るのは初めてだった。

「キザシが第五分館の書庫に閉じ込めていたのは、『本を統べる者』から直接に譲り受けた、野性の血を色濃く残した本ばかりさ。鍵が開いたことで眠りから覚め、一気に野性の力を蘇らせたんだ」

「本の野性の力って……？」

「本に書かれた内容を、そのまま実現させてしまう力だよ」

越冬地に渡る鳥のように、本たちは集団で弧を描いて上空を旋回しだす。

「あの本たちは、ヒビキと『本を統べる者』との盟約によって、特殊な役割を担わされているんだ。人の想いに感応して、自らストーリーを書き足してゆくようにね。異質化思念によって絶望を植え付けられて行き場を失った人たちの人生に、新たなストーリーをつくってゆくんだ」

本たちは、目的の場所を見つけたように、ひかり地区の空に散らばって行った。異質化思念の「絶望」に食いつかれた三千人それぞれの人生の道先案内人となるように……。上空でホバリングし、ページを広げた。そこに、人々の新たな運命が書き記されてゆくのだろう。

「さて、今度は、蝶たちの出番だね」

瀬川さんが、サユミの高校の方角を振り返った。予兆から預かった青いトランクをそこに置いてきていたのだろう。

「さあ、本たち、青い蝶を勇気づけてやりな、飛べるってことを、教えてやるんだよ」

本来なら飛ぶことのない本が飛ぶ姿を見て、力を得たのだろうか。一匹、また一匹と、青い蝶が空へと舞いあがった。

「あの蝶は……」

泉川博士が空を見上げる。

「今の予兆は夜な夜な古奏器を爪弾いて、街の人々の想いを集めていた。青い蝶は古奏器の想いの涙によって描かれたのさ。あの蝶は、人々の想いをつなげる役割を持っているんだよ。たとえどんな隔てがあっても、それを越えてこの街に出現することができるのさ」

「なるほど、予兆の力が思念結晶化された蝶ということか。蝶を描いた者もまた、予兆による導きを受けていたのでしょうね」

博士は蝶の姿から、描いたクロダさんの姿すらをも見通すようだった。

「人々の心に貼りついた絶望を希望に変えるためには、本たちが人生のストーリーを書き変えるだけでは意味がない。それでは、決められたシナリオ通りに行動するロボットに過ぎない。二つの世界の人々の想いをつなぐ存在が必要だ。その役目を果たすのが、青い蝶ということですね。あの蝶は、隔てを越えてどちらの世界にも出現することができる。隔てられた世界をつなげるための、希望の象徴になるのでしょうね」

泉川博士が、感慨深げにつぶやいた。クロダさんが描いた青い蝶は、礼拝所の鐘が鳴るたびに「扉」から隔てを越え、二つの世界を行きかうだろう。たとえ礼拝所がこの地から姿を消したとしても、目には見えない「入口」は残り続ける。

「なんて、きれいなの……」

サユミが感嘆の声を上げた。空いっぱいに、青い蝶と、飛ぶはずのない本が舞っていた。

「こりゃあ、壮観だなあ……」

黒田さんは空に向けて手を広げた。青い蝶一匹ずつに、巻き込まれた人々一人一人の人生が託されているのだ。

「さて、それじゃあ、最後の『置き換え』をしなきゃいけないね」

瀬川さんの力で、この、「閉ざされた世界」にいる人々を、礼拝所の「入口」の向こうに広がる「ここではない場所」へと置き換える。それだけ大規模な「置き換え」は、瀬川さんも初めてだろう。

「ばあさん、あんた、ホントにできるのか？　こんだけの人数の『置き換え』を……。しかも一か月や二か月じゃない、ずっと長い間だぞ」

瀬川さんは黒田さんに答えようとせず、気持ちを整えるように大きく伸びをして、統監を振り返った。

「さて、あんたは、あたしと一緒に来てもらおうかね」

「ど……、どこに連れて行くつもりだ？」

「プラントさ。十年前は、キザシが博士と一緒に入った。こんどは私とあんたが入るんだ、年も釣り合ってるし、お似合いだろう」

瀬川さんは、統監が縛り付けられた椅子を押す。

「人々が幸せに生きることが、異質化思念を鎮静化させるために必要なんだ。これからは、ハルカとカナタが『ここではない場所』で、私がプラントの中で、それを支えるための働きをし続けるのさ」

「ばあさん、あんた最初っから、そのつもりだったのか？」

黒田さんの言葉に、瀬川さんは肩をすくめた。

「まあ、今までさんざん予兆たちにこき使われてきたからね。プラントの中じゃ、ゆっくりさせてもらおうかね。戦い続けた日々を振り返って、お茶でも飲みながらね」

日のあたる縁側で、瀬川さんがお茶を飲みながら太陽に眼を細める姿が見えるようだった。実際は、そんな生易《なまやさ》しいものではないことは、瀬川さんも、黒田さんもわかっている。

「さあ、ハルカ、カナタ。ここからが、あんたたちの頑張りどころだよ」

瀬川さんは、手をつないだハルカとカナタの背中を押した。

「『ここではない場所』で、人々が幸せに暮らせるかどうかは、あんたらの肩にかかっているんだからね」

ハルカの力で切り分けた世界を、瀬川さんが「ここではない場所」へと置き換える。人々はその世界で、運命を書き換える野性の本と、希望をつなぐ青い蝶の力を借りて、絶望を遠ざけて生きてゆく。

　時に異質化思念の力が強まり、絶望の黒雲が人々を襲った時には、カナタの思念感受性の高さが人々の心のケアをすることになる。カナタの心は、「ここではない場所」で、人々の想いを受け止め、一種の濾過《ろか》装置のように、心の「絶望」を掬い上げる。

「思念過敏体質は、俺の弱点なんかじゃない。人々の想いを受け止めるために、必要なことだったんだ」

　思念過敏体質とは、見方を変えれば、人の思念を受け入れるだけの心のキャパシティーがあるということだった。自分の弱点が、人々を救うための切り札だった……。キザシとの戦いがなければ、カナタ自身も理解することはできなかっただろう。

「人々の想いをすべて、俺の心の中に集めるぞ」

　カナタは、遠くへと心を広げるように、空に両手を広げた。三千人以上の思念のパワーは圧倒的だろう。あまりの勢いのためか、カナタはうずくまってしまった。

「また、思念混濁か？」

　支えようと手を伸ばした黒田さんは、カナタが以前のように苦悶の表情を浮かべてはいないことに気付いた。

　ハルカがカナタの肩を支える。

「カナタさんの心の中に、人々の想いが雪崩《なだ》れ込んでいます。カナタさんはそれをすべて、ありのままに受け止めようとしているんです」

　それはダムの一斉放流のような、めくるめく思念の奔流《ほんりゅう》だろう。それだけではない。異質化思念の影響で人々の心に貼り付けられ、拭《ぬぐ》い去ることができない「絶望」もまた入り込んで来る。孤独と絶望と怨嗟《えんさ》の声が満ち満ちた、負のエネルギーの塊だ。以前のカナタであれば、あっという間に思念混濁に陥《おちい》ってしまっただろう。

「カナタさんの心の果たす役割を、私の母は戦うことで気付かせたんです。カナタさんの心には、三千人の心をしっかりと受け止めるだけの広さと力があります」

ハルカが自信を持って断言した。カナタはその言葉に力を得たように立ち上がった。確かな意志をこめて。

カナタの心に居座り続けていた、自分は何もできない、ちっぽけな存在だという劣等感。それを乗り越えなければ、二人でこの場所に「明日」を刻むことはできない。だからこそ敢えて、キザシは二人の前に立ち塞がった。キザシは、二人を自立して歩かせるために、十年後の自分の思念を、ハルカとカナタを追い詰める「敵」として変質化させていたのだろう。

「俺はこれから、三千人の人々の心を支えなきゃいけないんだ。それが出来るのは、俺たちだけなんだからな」

それは、三千人、一人ひとりの心に寄り添う、長い旅路だった。

「二人で、一緒に歩いて行きましょう」

二人が希望を失わず、互いを支え合って歩き続ける限りは、人々は絶望を遠ざけ続けることができるはずだ。

「さて、行こうかね。博士、プラントの制御を頼んだよ」

瀬川さんは統監を縛り付けた椅子を押して、ゆっくりと進みだす。

「やめろ。やめるんだ！」

空しい抵抗を続ける老人の口を、黒田さんはガムテープで封じた。

「黒田さんに、最後の汚れ仕事を頼まなきゃね。封鎖ゲートを閉めてもらうよ」

「ああ、わかってるよ」

黒田さんは、十年前を思い出しながら頷いた。十年前のその日、黒田さんは、キザシと寺田博士を、プラントに閉じ込めるという「汚れ仕事」を命じられたのだから。

地下深くへと向かうエレベーターを降りると、緊急制御室から、さらに地下へと、なだらかなスロープを下る。大きなゲートが、行く手を阻む。プラントへと向かう最終ゲートだ。

「瀬川のばあさん、ここでお別れだな」

「ああ、あんたとも腐れ縁だったからね。せいせいするよ」

瀬川さんらしい、お別れの挨拶だった。

「あんたにも、ずいぶんと世話になった気がするよ」

「よしてくれよ。感謝なんかされたら、背中がぞわぞわしちまう」

握手をしようとする瀬川さんに、黒田さんは首を振る。

「オレの手は汚れてるのさ」

瀬川さんが、椅子を押して、ゲートの奥へと角を曲がった。もうこれで、彼女に追いつくことはできない。永遠に。

「ばあさん、頼んだぞ。後は」

黒田さんは、メインゲートのバルブを、しっかりとまわして締めた。ゲートが閉まり、口を塞がれた老人のうめき声もそれで消えた。

なぜだろう。またいつかこうして、このバルブをまわす時が来るような……、そんな気がしていた。

◇ カナタ　12時55分 ◇

瀬川さんと統監がプラントへと向かうと、ハルカは改めて、サユミに向き直った。

「サユミ、あなたはもう一度、『蓋』になって」

キザシが身体から消え去る間際に告げた、最後の意志だった。

「この場所は、残された人たちと共に『ここではない場所』に置き換わって、再び平静に戻るの。そのためには、あなたが封じる役目になって、人々を見守らなきゃいけないの」

「それじゃあ私は、これからもこの場所に縛り付けられるってこと?」

自らも知らぬうちに、「蓋」としての役目を背負わされていたサユミは、この地を長期間離れることを封じられてきた。その日々が、再び繰り返されるのかと暗い表情になる。

ハルカは、サユミの不安を杞憂《きゆう》とするように、微笑んで首を振った。

「これからあなたは、本当の意味で自由になるの」

「本当の意味で?」

「あなたがどんなに遠くに離れても、私もお母さんも、あなたを見守っているわ。あなたが迷いながらも、自分の進む道を自由に選び取ること。これからはそれが、この場所の『蓋』になるはずなの」

「私が、自由に生きることが……?」

何の力もない自分が、どうやって「蓋」になるのだろう。サユミは、信じられないというように、首を振っている。

「あなたは、この場所で『蓋』として生きるうちに、お母さんの強い力を注がれていた。それは、あなた自身では決して使うことが出来ない力だけどね。これからは、どんなに遠くに離れても、お母さんと私が、この場所にあなたを結びつけるわ。だから、大丈夫」

ハルカはそう言って、自分の妹を抱き締めた。

「遠く離れても、私とお母さんはずっと、あなたを見守っている。あなたが自由に生きることが、私たちの希望なんだから」

カナタもまた、サユミに語りかけた。

「なあ、サユミさん、親に勝手に決められた運命に従って生きるなんて、まっぴらだって、そう思わないか？」

思っていたことを言い当てられたのだろう。サユミは眼を見開いて、カナタを見つめている。

「俺もそうだったよ。俺とハルカは、二十年の時を経て出逢う運命を、母親に押し付けられていた。そのくせ、幼い頃の記憶は消されちまってたんだぜ。ひどいもんだろ？　俺に、人々を守り続ける力はあるのか？　資格はあるのか？　今もまだ、迷いはあるよ」

カナタは、自分の今の心の内を、率直に語った。

「俺はこれから、君のお姉さんと一緒に、他人に操られた運命じゃなくって、自分の力で、未来を切り開くんだ。それで初めて、俺とハルカのつながりは本物になると思う」

ハルカがカナタを見つめた。その瞳には、運命の旅路を歩くことへの逡巡《しゅんじゅん》も反発もなかった。鏡に映すように、カナタはその瞳の意思を自らのものとして頷いていた。

「サユミさんも、たとえ運命だとしても、そんなことにこだわらずに、思うままに人生を歩いて行くといい。それがお母さんを安心させることになるし、人々の希望にもつながる。君の役割は、プラントの『蓋』だけど、自分の人生にまで『蓋』をする必要はないんだぜ」

カナタの言葉に、サユミはしばらく顔を伏せて考え込んでいた。

「わかった。私、みんなの『蓋』になるよ」

サユミは、自分が背負うことになる、見えない誰かに向けるように、語りかけた。

「だけど私は、みんなの人生を押さえつけるための蓋じゃないよ。料理だってそうでしょう？　蓋をしてじっくり煮込むからこそ、中まで味が染み込んで、おいしい料理になるんだから。私は、みんなの人生が、とっても楽しくって豊かになるような、そんな蓋になる」

サユミは、空を飛ぶ青い蝶に向けて両手を広げた。

「みんな大丈夫。私がしっかり蓋をするから、心配しないで」

サユミの呼びかけに呼応するように、青い蝶が呼び寄せられた。彼女を取り巻いて、蝶たちが、祝福するように舞い踊った。鱗粉《りんぷん》が、光となってサユミに降り注ぐ。サユミのこれからの「自由な」人生を祝福するように、光はサユミを取り巻いた。

「音が聞こえる……。私を呼んでいる」

サユミが耳を澄ますように眼を閉じた。今の予兆が、サユミだけに聞こえる音を古奏器で爪弾いているのだろう。運命へと導く音だ。

「私、誰かと一緒に歩いてる。あの人がきっと……」

サユミが呟いて、虚空《こくう》に手を伸ばした。ハルカがカナタと出逢ったように、サユミがいつか共に歩く相手の姿なのかもしれない。

サユミは満足そうな表情で、眠りについた。

◇　黒田さん　13時00分　◇

「目覚めた時にゃ、母親のことも、姉であるお前のことも、何も覚えていないんだろうな」

黒田さんは、サユミの身体を抱え上げた。古奏器の音は、人の記憶を容易《たやす》く操る。

「妹が、何も知らずに幸せに生きていくこと。それが、『ここではない場所』で人々が穏やかに暮らすために必要なことですから」

キザシと「一体化」したことで、予兆としての力をも受け継いだのだろうか。ハルカは、未来を見据える瞳でサユミを見つめた。

「サユミはこれから、どんな人生を歩むことになるんだろうな。またいつかこの街に戻って来るんだろうか」

「それはわかりません。だけど、その時は黒田さん、妹をよろしくお願いします」

「ああ、俺がその時まで、こいつのことを覚えてりゃな」

空を覆っていた血のような赤黒い色が、朝焼けのように薄れていった。

「黒田さん、それじゃあ俺たち、そろそろ、みんなと一緒に行きます」

「お世話になりました」

ハルカとカナタが、揃って深く頭を下げた。

「早く行きな、みんなを路頭に迷わせるんじゃねぇぞ」

黒田さんは背中をどやしつけるようにして送り出す。二人は駆け去っていき、やがて、人々に紛れて姿が見えなくなった。

コントロールルームでプラントの操作をしていた泉川博士が戻って来た。

「プラントのコントロールが復活しました。あと数分で、瀬川さんの『置き換え』が始まるでしょう」

「それじゃあ、俺たちはその前に、ここを脱出しなきゃな」

黒田さんは眠ったままのサユミを背中に担いだ。

「駿、黒田さんを外へと連れて行ってあげなさい。あの楽器を持っていたお姉さんが、道を教えてくれるはずだよ」

駿君は、不思議そうに父親を見上げた。

「お父さんは、一緒に帰らないの？」

「お父さんは、もう少し仕事が残っているんだ。黒田さんと一緒に先に行ってもらえるかい」

博士は、そう言って駿君を促した。

「博士、あんた、もしかして……」

黒田さんは、淡々とした様子の博士を、不思議なものを見るように見つめた。葛藤は、どこにも見当たらない。

「奥さんと子どもに、二度と逢えないんだぞ」

駿君に聞こえぬよう、声を潜《ひそ》める。博士は気にする様子もない。

「『ここではない場所』での人々の暮らしがどれだけ維持できるかは、あの二人にかかっているでしょうからね。メンテナンスする立場の人間が必要でしょう。それに、思念によって封じられた世界で人々がどんなふうに暮らすのか……。それは私の究極の研究テーマとも言えますからね。この機会を逃す手はありませんよ」

「しかし、それを研究したところで、発表する場もないだろう。第一、戻って来られると思っているのか？」

「研究とは、誰かに評価されるためのものではありません。自分自身の心のためにやるものですよ」

黒田さんは気付いた、上空に、一匹の青い蝶が飛んでいることに。蝶は博士を見守るように舞っていた。駿君と黒田さんの上には、蝶はいない。

「やれやれ、運命はとっくの昔に決まってたってことかい」

黒田さんはため息をついて、頭を掻き毟った。博士は駿君の前にしゃがみ、その頭に手を置く。

「駿、お父さんは、帰るのが少し遅くなるかもしれない。でもいつか必ず帰るから。お母さんと一緒に待っていてくれないか」

「うん、わかったよ。それじゃあ、お母さんと晩ごはんを作って待ってるよ」

駿君は、父親が遅くなるのが、単に今夜遅くなるということと勘違いしているようだ。

「それじゃあ、約束だ」

「うん、約束」

二人はしっかりと握手をした。どんなに離れても消えない二人の絆を刻みつけるように。


サユミを、高校の校庭の木のベンチに、そっと下ろす。

「元気で暮らせよ。サユミ」

ほんの一瞬の、姉と母親との邂逅。そして彼女は、その記憶すらも奪われて、一人で生きていくことになるのだろう。

「俺がもし、この事件が終わっても、お前のことを覚えているようなら、その時は、お前の人生の支えになることにするよ」

黒田さんは手のひらを見つめた。記憶からは消えてしまった、手が汚れた理由。汚れは決して消えない。消そうとも思わない。ただ、これからの人生で、黒田さんはその「汚れ」を背負い続ける。


青い蝶が空を舞う。クロダさんが描いた、街の人々の想いを集めた蝶だ。彼女は、自らの描く絵によって、運命へと導かれるさだめだった。今は青い蝶たちが、その運命を担って、三千人の人々一人一人の運命を定めるべく飛んでいる。人々が、希望の元へと歩いて行けるように。

その姿は、クロダさんが民族衣装を着てクルクルと舞い踊る様にも似ていた。蝶たちはすべて、彼女の分身のような存在なのだから。

——大丈夫だヨ、ダンナさん……

奥さんが、蝶の姿を借りて、黒田さんに語りかける。

——あたしはずっと、旅ヲしていたノ。これからも、旅が続く。それだけのコト……

めまいにも似た感覚が訪れた。周囲の景色が、二重になったようにぼやける。それは眼の錯覚でも、身体の異変でもない。

「瀬川のばあさんの、『置き換え』が始まったんだな」

「黒田のおじさん。ここからは、ボクが連れて行ってあげるよ」

駿君が手を差し伸べる。黒田さんは、幼い手をしっかりと握った。予兆の古奏器の音の色が、駿君を導いているのだろう。

「眼をつぶって！」

言われるままに視界を閉ざす。歩く先には、さまざまな壁があるはずだ。建物や地形の壁。そして現実世界とここではない場所との壁。だがそれは、駿君にとっては障害ではない。

目をつぶった世界に、声が聞こえた。

「ダンナさん……」

奥さんの声だった。二つの世界の狭間で、時空の歪みが生じたこの場所だからこそ、彼女の声が聞こえるのだろう。

「さようなら。ダンナさん」

「ああ、またいつかな」

もう逢えない。それでもきっとどこかでつながっている。どんなに離れても、心だけは隔てられはしない。


「もう眼を開けていいよ、黒田のおじさん」

ゆっくりと眼を開ける。光がまぶしい。目の前には、広々とした風景が広がっていた。遠羽川の河原だ。振り返ると、そこはさっきまでの「異変」の影など跡形もなく、穏やかな光が降り注いでいた。瀬川さんの「置き換え」が終わった今、あの場所には誰もいない。たった一人、サユミを除いて。

「終わったな……」

黒田さんは、ぼりぼりと頭を掻いた。周囲は、冬の午後の陽だまりが広がり、鳥が小さく鳴きながら高空へと駆け昇ってゆく。平和で穏やかな光景だった。

「お疲れ様です。黒田さん、駿君」

予兆はいつものように、体重を持たぬように座り、古奏器を爪弾いている。

「いいご身分だな。人に散々働かせておいて、お前は一人で高みの見物かよ」

彼女自身のせいではないとわかっていても、文句の一言も言いたくなってくる。もちろん「予兆」を受け継ぐ者に特有の意志のない瞳には、謝罪の色は見えない。

「駿君、頑張ったね」

「うん、ボク、お父さんと約束したからね」

駿君が、胸を張って答える。

「それじゃあ、ご褒美に、駿君にこの曲をささげるわ」

予兆が古奏器を構えた。悲しみを、悲しみとして風に乗せ、予兆は唄う。駿君は、心の奥まで入り込んでくる歌に翻弄されるように、左手を虚空に突き出した。何かを求めるように……。その手は、確かに何かをつかんでいた。隔ての向こうに行ってしまった父親の手だろうか？

予兆の指が止まる。駿君は、夢から覚めるように、ゆっくりと瞳を瞬かせた。何かを思い出そうとするように、周囲を見渡している。

「おい、駿、大丈夫か？」

「うん……、大丈夫だよ」

駿君の瞳は、ここではないどこかを見ているようだ。

「お父さんに言われたこと、覚えてるな？」

「うん、覚えてるよ」

「それじゃあ、駿、お前は家に戻るんだ」

駿君は、見えない何かに背中を押されるようにして駆け去った。

「あの子の記憶は、どんな風に変わるんだい？」

黒田さんにはわかっていた。古奏器の「音の色」が、駿君の記憶を揺さぶったことを。

「あの子は最初から、この場にはいなかった。家のベランダから、プラントが爆発して、紅蓮の炎が上がる様を見つめていた……。そんな風に記憶されるでしょうね」

「そうか、かわいそうにな」

彼の記憶の中では、父親と共に、この危機を阻止するためにはたらいた記憶は消え去ってしまうのだろう。いつか駿の中に、父と手をつないだ記憶は蘇るのだろうか。

「『ここではない場所』での人々の暮らしは、どれぐらい維持できそうなんだ？」

「それは、私にもわかりません。一年なのか、五年なのか、それとも十年なのか……」

「その先は、どうなる？」

「戻ってくることはありません。消えてしまうのか、まったく別の世界へと分かれてしまうのか……。こちらの世界とのつながりも、少しずつ、薄れていくでしょう」

運命を司る予兆だが、彼女自身は運命の行く先を知らない。見えない未来を、「見えない」ままに持ち運ぶ。

「キザシとヒビキのつくった鐘の音は、この街すべてに響き渡りました。私はその鐘の音に、古奏器の音を乗せたんです。ですからこの事件は、黒田さんの経験した通りには、街の人々には記憶されません」

古奏器は、その音を聞いた者の記憶を揺さぶり、過去を改変してしまう。キザシとヒビキのつくった鐘の音は、隔《たや》てを越えて人の心に直接響く。それに古奏器が加われば、街の人すべての記憶を変えることも容易《す》い。

「この街で生じた異変は、原因不明の爆発事故として処理されます。異変が始まったのは正午ちょうど、そして終わったのは四十三分後。プラントを中心とする半径千二百三十メートル内の人々はすべて、爆発によって消えてしまったことになります」

「そうか……。まあ、そうでも言わなきゃ、説明がつかねえしな」

今日はもう何回目になるだろう。黒田さんは頭を掻き毟った。

「瀬川さんと黒田さんが縁を持った、四つの大きな歯車を回す人たちが、これから、こちらの世界と隔てられた世界とをつなぐ架け橋となって、あちらの世界の様子を伝えてくれるでしょう」

隔てられた世界で、人々は変わらぬ日常を続けるはずだ。路線バスに乗り、図書館に本を借りにゆき、ラジオの音楽に耳を澄まし、そして礼拝所の鐘を鳴らす……。隔てを越えて、こちらの世界にも、彼らの暮らしの息吹は伝わってくるかもしれない。

「お前の予兆としてのこの街での働きも、すべて終わりだな」

黒田さんがそう言うと、予兆は「意志を持たない瞳」で首を振った。

「まだ、最後の仕事が残っています」

「何だ、最後の仕事ってのは？」

「黒田さんの記憶を、変えてしまわなきゃならないんです」

町の記憶が置き換えられ、事件の真相をただ一人知るはずの黒田さんも、覚えているわけにはいかない。真実は闇へと葬り去られる。

「俺の記憶は、どう変わっちまうんだ？」

予兆が、一つ、音を爪弾いた。それは、今の黒田さんそのもののように、たよりなく、世界にたった一人で投げ出された。

「黒田さんは抵抗勢力の手助けなんかしていなかった。供給公社の保安局に詰めていて、異変に真っ先に気付いて、他の保安局員の制止も聞かず、配管を辿ってプラントを封鎖しに向かった。この街の危機を救った、悲劇のヒーローになるんです」

「それで万事、丸く収まるってわけか」

自分の人生が描き変えられてゆくのは気に食わない。だが、これからこの街を見守る役目を担うことは、瀬川さんとの約束だった。キザシが消えてからの十年、瀬川さんがこの街を見守ってきた。その役目は、黒田さんに受け継がれる。

「奥さんに関する記憶も変わります。クロダさんは青い蝶の絵なんか描いていなかったし、廃屋も彼女が自分で見つけて借りたことになります」

四つの大きな歯車を回すために、クロダさんを妻とし、廃屋へと導いた。黒田さんが抱え込んだ罪悪感までを消してしまおうとする、予兆なりの気遣いなのだろう。

「四つの大きな歯車となった人を支えてきた人々は、特に大きな記憶改変をしなければならないんです」

「まあ、勝手にしな」

黒田さんはそう言って、河原に寝転がった。

「クロダには、もう会えないのか?」

「信じていれば、きっとつながっていることができるはずです。どんなに隔てられていても」

「そうだな。そのために、俺たちは頑張ったんだからな」

予兆の歌声が、風に乗る。黒田さんの記憶を変えるための歌だった。黒田さんは目をつぶり、やがて訪れる記憶の「眠り」に、ゆっくりと身を預けた。

歴史には刻まれない明日。記憶の中にしか刻まれない明日。

それが今、訪れる。

エピローグ（A year since then）

◇南田さん　2月25日◇

「いい天気……」

洗濯ものを干し終えた南田さんは、ベランダからの風景を見下ろした。郊外の丘陵《きゅうりょう》地を切り開いて造成された新興住宅街「涼風台」の、最も高台に立つこの家のベランダからは、市街地の風景が一望できる。

街の背後には波穏《おだ》やかな内海が広がる。その上には雲一つない空が。海を写し取ったように、二月の空は澄み渡って青く、海との境すら判然としない。

あれから、一年が経った。

それが、「もう一年」なのか、それとも、「まだ一年」なのかは、自分でもよくわからなかった。プラントの後処理に忙殺されるうちに、瞬《また》く間に過ぎ去った一年だった。だが、帰らない夫を待ち続けるこれからの長い長い日々を思えば、まだ一年でしかない。

「お母さん、行ってくるよ！」

ランドセルを背負った駿が、庭までまわってきてベランダに手を振って、外へと駆けだした。

「行ってらっしゃい」

ベランダから見下ろす風景も様変わりした。

「ニーテンニーゴー」とも呼ばれるその日付は、この街にとって特別な日になった。

地下秘密プラントの「爆発」。

果たしてそれは本当に起こったことなのだろうか。

爆発は、多くの人々が見ていた。そして南田さん自身も。

プラントを中心とした半径千二百三十メートルが、その爆発の影響範囲だ。だがその爆発は、建物には何の被害も及ぼしていなかった。植物や、飼われていたペットなども何の影響も受けず、ただ三千九十五人の人だけが、忽然《こつぜん》と姿を消したのだ。

それでは、記憶にまざまざと残る「爆発」は、いったい何だったのだろう？　不思議なことに、爆発の写真や映像は、一つとして残されてはいない。人々はみな、カメラを構えることもせず、ただ呆然と、爆発と共に生じた紅蓮の炎を見つめていたのだ。

人々の心には、存在しなかった爆発の記憶が焼き付いている。

そして今、爆発の記憶を後から補強しようとするかのように、眼下の風景には、円形の広大な更地が広がっている。

まるで、記憶が塗り替えられてしまったように。

◇

後任の研究者への引き継ぎは、すべて終わった。

だけど、本当に引き継ぐべきことは、何も伝えていない……。そんな気がしていた。

来週からはここに来ることはない。私物がすべて引き払われた机は、まだ南田さんの席ではあったが、それはもう昨日までの自分の場所とは違い、よそよそしかった。もっとも、あの事件を機に移転した職場で働いたのは一年にも満たない。「自分の場所」など、とうに失われていた。

人の気配に振り向いた。

作業着姿の見知らぬ男が立っている。保安局の作業着だが、顔なじみがない。それにしては、なれなれしい表情でにやにや笑っている。

「あの……、どなたでしょうか？」

男は、癖っ毛の髪をぼりぼりと掻《か》き毟《むし》った。

「俺だよ。黒田だ」

「えっ……？　ああ、黒田さんか。ごめんなさい」

十年以上一緒に働いている同僚に対して、失礼すぎる態度だったが、黒田さんは気にする風もなかった。

「こんな風じゃ、でっかい名札でもつけておいた方がよさそうだな」

そう言って、皮肉そうに唇の端を持ち上げた。

黒田さんは、一年前のあの日、すべての供給公社職員が爆発の影響範囲外に退避した中、彼だけが知る秘密通路を通って、地下の秘密プラントに向かった。爆発の影響を最小にとどめるべく、制御の利かなくなったプラントのバルブを強制的に閉めたのだ。

生まれつき強い思念耐性のある彼だからこそ、異質化思念の影響を受けることなく、プラントまで辿り着くことができた。彼はこの街を救った「英雄」だ。だが、それを知る者は、特別対策班のほんの一握りでしかない。

いくら思念耐性があるといっても、彼が立ち向かったのは予兆の思念だ。深刻な後遺症が襲い掛かった。いや、彼自身には何の変化もない。周囲の人々から、彼の見え方が変わっただけだ。

黒田さんの顔は、誰からも記憶されない。どんなに凝視《ぎょうし》して記憶に刻んだとしても、背を向けた途端、その顔は思い出せなくなる。プラント内で異質化した思念から受ける影響が、そんな形で訪れるとは、誰も予想していないことだった。

彼に起こった現象の究明が、南田さんの供給公社での最後の仕事になるはずだった。だが、黒田さんは、「放っておいてくれ」と言って詳しい検査を拒んでいるので、真相は闇の中だ。

すっかり片付いた南田さんの机に、黒田さんは少しだけ感傷的な瞳を向ける。

「どうだ、南田。ちょっとドライブとしゃれこまないか?」

◇

保安局の軽トラックを、「黒田さん」は軽快に走らせた。

クッションのない直角のシートでごつごつと揺られながら、南田さんは何度か、運転席に座る横顔を盗み見た。無精ひげの生えた、見慣れた姿だ。それなのに、視線を外した途端、どうしてもその顔を思い出せなくなる。

以前から彼は、保安局の中でも「汚れ仕事」専門として勝手気ままに動いていた。違う言い方をすれば、周囲から遠ざけられてきた彼だったが、あの事件以降、その特殊な「症状」によって、ますますそれに拍車がかかっているようだ。ほとんどが単独で、自由行動だった。それがこの街を救った英雄の特権だと考えることは、あまりにも寂しかった。

「一本どうだ?」

黒田さんは胸ポケットをさぐり、煙草でもすすめるように、何かを差し出した。思念アンプルだ。

「嫌気思念避けだ」

「そうか……、そうね」

つかの間、心が波立った。だが、それを無言で抑え込んで、南田さんはアンプルを受け取った。小さなアンプルの中の液体を飲み込む。しばらくすると、透明な膜に覆われたような不快感に襲われる。思念を守るためとはいえ、自分自身がアンプルの中に取り込まれてしまったような閉塞感は、いつになっても慣れない。

変化は突然だ。どこにでもあるありきたりな住宅街のその先で、突然、視界が開ける。

「こうなっちまうと、爆発って言葉も、信ぴょう性が出てくるってもんだよな」

黒田さんが軽口を叩くが、突然の空間の広がりに、わだかまりを抱え込んだ心が追いつかない。「何もない場所」をしばらく走り、黒田さんは道の真ん中で車を止めた。

「爆発」の影響範囲には、誰もいない。

立ち入り禁止の札が立てられているわけでもなく、鉄条網で厳重に封鎖されているわけでもない。それなのに、誰もこの地には関心を向けず、決して立ち入ろうとはしない。

爆発事件後、供給公社が真っ先に行ったのが、爆発の影響範囲を取り囲むように、「特殊用途思念供給管」を配置することだった。供給管から嫌気思念を放出することによって、人々を遠ざけているのだ。人々は、この地を訪れようと思っても、何かしら心に嫌悪感や不安感が高まり、結局、訪れることを先延ばしすることになる。黒田さんは生まれつきの思念耐性によってものともしないが、南田さんは嫌気思念避けの抗体思念を服用しない限り、ここには近づけない。

「すっかり、何にもなくなっちまったな」

車を降りた黒田さんは、安全靴の靴先で、瓦礫のかけらを蹴り飛ばした。どんなに遠くまで蹴ったところで、それが何かに当たる心配はなかった。

「爆心地」を中心に、半径千二百三十メートルは、この一年ですべての建物が撤去され、更地になってしまった。まるで爆発という「幻想」を正当化しようとでもするように。

現に、住民消失のきちんとした説明を受けていない街の人々は、あの日に原因不明の爆発が起きて、街もろとも、三千九十五人が犠牲になったと思い込むようになっていた。人の記憶とは、そうやって塗り替えられてゆくものなのだろう。

撤去が正式決定された後、住民たちに事件を忘れさせるための思念操作を担当してきた南田さんにとっては、悲しく、そして与《くみ》しやすい人の心のあり様だった。

人々は、不可抗力の天災に巻き込まれたかのように、怒りの矛先を失ったまま、「時の流れ」という誰にも等しく投与される薬によって記憶を風化させようとしている。

「真相は、すべて闇の中か」

黒田さんが、ポツリと呟いた。真相は、究明されるものではない。設定されるものだ。たとえそれが、真実とは程遠いものであったとしても。

あの日、結局、プラントで何が起きたのだろうか。

「事実」に人々を近づけないために、この一年間努力を強いられてきた南田さんだったが、事実の全貌《ぜんぼう》を、自分自身でも把握できていない。理解しようとするには、不可解な結果が多すぎた。

プラント内の異質化思念の活性化が限界を超え、南田さんたち分局の職員は全員、プラントから離れたセーフルームに避難した。もはや手の施しようがなく、異質化思念の影響が際限なく広がっていくのも時間の問題だった。

だが、思念の影響範囲は、プラントから半径千二百三十メートルまでで止まり、そこから先に広がることはなかった。存在しないはずの礼拝所の鐘が響き渡った後、空を覆う紅蓮《ぐれん》の爆雲が広がり、やがて鎮《しず》まった。セーフルームのプラント観測機器は、すべてダウンして計測不能になっていた。

事態の推移がつかめないまま、思念の影響が広がらないのを確認して、思念耐性服の完全防備で影響域に向かった。そこに広がるのは、人だけが忽然《こつぜん》と消えてしまった街並みだった。そんな形の思念の影響など、起こり得るはずがなかった。「何か」が起こった。だが、それがどんな現象だったのかは、検証不可能だった。

「どうしてだろうな。ここに来るといつも、大切なことを忘れちまったような気になっちまうんだよな」

黒田さんがあらぬことを呟いている。セキュリティレベルの違う黒田さんたち保安局員には、まったく別の「真相」が設定され、保安局長から説明されているはずだ。

「駿君は、元気にしてるのか？」

背中を向けたまま、黒田さんが尋ねた。

「元気よ、とっても。小学校は徒歩で通学だから、なんでこんな高台に家を建てたんだって文句を言ってるけどね」

南田さんが恐れていたのは、保育園から抜け出していた駿が、爆発に巻き込まれていたことだった。幸いなことに駿は、自宅に戻っていて無事だった。

「父親のことは？」

「まだ、いつか帰って来るって、信じているみたい」

「そうか……。俺は、この街を救った救世主だなんて言われちゃいるが、本当は、泉川博士が本当の救世主なのかもしれないな」

あの日、管理局からの監査という名目で行われた、管理局監視の下での異質化思念安定化作業には、夫は参加していなかったはずだ。それなのに、管理局統監と共に、今も夫は行方不明のまだ。もしかしたら夫は、プラントの思念が「最悪の事態」を招かないように、影なる働きをしていたのかもしれない。だがそれも、真相は誰にもわからない。

三千九十五人が街から失われて一年という節目の日なのに、慰霊祭もなければ、新聞の特集記事になることもない。それが、この一年の自分がやって来た仕事の「成果」なのだと考えると、虚しさばかりがつのってくる。

「それで、プラント思念放出の道筋は立ちそうなのか?」

黒田さんにかかっては、一級機密だろうがおかまいなしだ。もっともこの場所では、盗聴も、誰かが聞き耳を立てている心配も、する必要はなかった。

「そうね。かすかな希望が見えてきたってところかな」

「爆発」後、計測機器を復旧させることができたのは、十日も経過してからだった。プラントの思念は、異質化状態は変わらぬままだったが、思念活性化は一定数値内で上下を繰り返していた。まだまだ予断は許されないが、少なくとも、以前のように、破滅の時を先延ばしするような危機的状況は遠ざかっていた。

住民の消失と、プラント思念の変化の間に、どんな関連性があるのか。いくつかの推論は立てられた。それに基づく思念安定化への道筋は、まだまだこれからだ。

「それにしても、供給公社と管理局の協力体制が、こんな形で実現するとは。皮肉なもんだな」

国際思念取扱機関に知られないため、あの「爆発」が、思念プラントの思念の暴走によるものであることは、完璧に隠し通すしかなかった。もはや、互いの利権を巡って暗闘を繰り返している状況ではない。将来的には二つの組織が一元化され、供給管理公社として組織が再編されることになっている。特別対策班は地方分局という扱いになるようだ。

「明日から、ここは突貫工事で、新しい街が造成されるんだってな。中央は、高層ビルが林立する近未来都市みたいに生まれ変わるらしいぜ」

黒田さんは、ありもしない高層ビルを見上げるように、腰を伸ばして空を見上げた。

その高層ビルのうちの一つは、プラントの思念が将来的に「浄化」された際に、排気塔として機能する。というより、その排気塔の存在を偽装するために、周囲に高層ビルが建てられるのだ。浄化放出が完了した暁《あかつき》には、「耐震強度不足」という名目で、排気塔は撤去される予定だった。

街は新しくなる。だが、そこには住む人もいなければ、入居する企業もいない。

「これからこの地は、単なる区画整理地として、開発保留地区って名目でしばらく塩漬けにされて、ほとぼりが冷めた頃に、まったく新しい街の歴史を刻みだすってわけだ」

開発は保留される。歴史を持たず、未来を向いていない街は、過去を拒絶し、追憶を寄せ付けないだろう。

「新しい街は、いつから動き出すことになるんだろうな？」

「そうね、事件から十年も経ったら……」

「十年か……」

プラントの思念がすべて浄化され、住民たちに、「忘れさせること」ができた暁のことだった。それが長いのか、短いのかもわからない。そして南田さんは、もうそれを傍観するしかない立場だった。

「ここは、昔、礼拝所があった場所なんだ」

黒田さんは、足元の煉瓦《れんが》の欠片《かけら》を拾った。

「駿君は、聞こえるそうだな。鐘の音が？」

「ええ」


あの「爆発」事故からしばらく経って、奇妙な現象がこの街では起きるようになっていた。

季節に関わりなく、空を飛び続ける青い蝶。

失われたはずの図書館第五分館で、今も貸出が続いているという、図書館のデータの誤作動。

路線廃止されたはずの、「ひかり地区」行きのバスの光。

そして、駿にも聞こえるという、礼拝所の鐘の音。

喪失の癒しえぬ悲しみが、幻覚や幻聴を引き起こしているのだ。そう考えるのは、研究者としては感傷的過ぎるだろう。

あの日、思念供給公社の研究者の与り知らぬ形で、地下プラントに何かが起こった。その影響が、今も街を覆っている。それが、街に起きる現象の理由なのではないだろうか……。

南田さんが行き着いたのは、ありえない推論だった。

三千九十五人は、失われてはいない。「ここではないどこか」で、今も暮らし続けている。彼らが心安らかに暮らし続けていることが、プラントの思念の安定化につながっている。そしてその安定化には、街の人々の、失われた人々への想いもまた、大きくかかわっている……。

不思議な現象は、街の人々に、今もどこかで「つながっている」というかすかな希望を与えている。その希望が、「ここではない場所」の失われた人々とつながり合って、彼らの心を安らげている。隔てられた二つの世界をつなぐものが、青い蝶であり、バスであり、礼拝所なのだ。

一部の人だけにしか聞こえない鐘の音が響くたびに、プラントの思念が反応を示す。希望が注ぎ込まれることで、プラントの思念が、確かに変化している気がする。従来の、思念の測定数値では判断できない、思念の「安定」が感じられた。

それだけではない。カウントダウン0と共に限界を迎えると予測されていたプラントの思念封鎖壁の強度が、モニタリング数値から推測すると、あきらかに回復しているのだ。それはプラント内の変化した思念が、封鎖壁の損傷を少しずつ修復しているからだとしか思えなかった。夫の泉川博士であれば、その思念の変化を解明できるのだろうが……。

自分の仕事は、すべて後任研究者に引き継いだ。だが、この「推論」だけは、話せないままだった。いずれにしろ、現場を離れる南田さんは、行く末を見届けることはできない。

だが、離れているからこそ見えてくることもあるだろう。

「ところで、３０９６は、今、首都にいるんだってな？」

「ええ、継続観察中よ」

プラントの「蓋」として機能していた「サユミ」は、三千九十五人が消失したプラント思念の影響域で、ただ一人、消えることなく残っていた。

精密検査のために首都の病院へと移送したが、プラント思念の活性化数値に大きな変化は見られなかった。彼女は、「蓋《ふた》」として、あの場所に縛り付けられることはもうない。だがいずれ、プラント思念の最終的な「開放」に際して、彼女の思念が必要となるかもしれない。彼女は今後も、継続観察され続ける。自由という名の、広く透明な「檻《おり》」の中で。

「お前はもう、この事件の行方を追うことはできないんだな。もし３０９６……いや、サユミがこの街に戻って来るようなことがあったら、今度は俺がお守りをすることにしようかね」

「爆発」の影響で、すべての記憶を失ったサユミが、いつかまた、この街に戻って来ることがあるのだろうか。その時は、希望の歩みをこの街に残してくれることを願ってやまない。

「たまには遊びに来いよ、南田。わかるように、でっかく名札つけとくからよ」

背を向けた瞬間、もう黒田さんの顔は思い出せない。彼の表情は、明日の記憶には刻まれない。世界を救った代償が、誰からも記憶されないこととは、残酷過ぎはしないか。それでも、彼は失われなかっただけ幸運だったと思うしかないのだろうか。

　ここは夫が失われた場所だ。だが、死体もなければ、亡くなったという確かな確証もない。そんな状況で、どうして夫と心の決別を付けられるだろうか。

　持って行き場のない想いを抱えたまま、空を見上げた、朝と同じ、青い絵の具を惜しみなく落としたようなまじりっけのない青空だった。

　その青さをそのままに切り取ったような小さな姿が、空をよぎった。

「あれは……」

　知らずのうちに、空に手を伸ばしていた。青くちっぽけな存在は、手が届きそうで、決して届かない高さを飛んでいた。

「どうかしたのか？」

「ううん、青い蝶が空を飛んでいたの」

「青い蝶か……。ふわふわ漂って、まるでアイツみたいだな」

　奥さんのクロダさんを思い出したのだろう。黒田さんも空を見上げて目を細める。

　蝶の姿は、冬の青すぎる高空に溶け込んでしまった。

　その姿は、すべての消えてしまった人々の想いを背負うようにはかなく、風に抗《あらが》うように力強かった。

注　本作品は、月刊『小説ＮＯＮ』（小社刊）二〇一四年三月号、七月号、十一月号、二〇一五年三月号、七月号及び、「Feel Love」vol.20~21、ＷＥＢマガジン「コフレ」二〇一四年八月一日~二〇一五年二月十五日更新に連載されたものに、大幅に加筆・修正したものです。また本書はフィクションであり、登場する人物、および団体名は、実在するものといっさい関係ありません。

——編集部

切りとり線

あなたにお願い

この本をお読みになって、どんな感想をお持ちでしょうか。次ページの「100字書評」を編集部までいただけたらありがたく存じます。個人名を識別できない形で処理したうえで、今後の企画の参考にさせていただくほか、作者に提供することがあります。

あなたの「100字書評」は新聞・雑誌などを通じて紹介させていただくことがあります。採用の場合は、特製図書カードを差し上げます。

次ページの原稿用紙（コピーしたものでもかまいません）に書評をお書きのうえ、このページを切り取り、左記へお送りください。祥伝社ホームページからも、書き込めます。

〒一〇一―八七〇一　東京都千代田区神田神保町三―三
祥伝社　文芸出版部　文芸編集　編集長　日浦晶仁
電話〇三（三二六五）二〇八〇　http://www.shodensha.co.jp/bookreview/

◎本書の購買動機（新聞、雑誌名を記入するか、○をつけてください）

＿＿新聞・誌の広告を見て	＿＿新聞・誌の書評を見て	好きな作家だから	カバーに惹かれて	タイトルに惹かれて	知人のすすめで

◎最近、印象に残った作品や作家をお書きください

◎その他この本についてご意見がありましたらお書きください

100字書評

作りかけの明日

住所

なまえ

年齢

職業

三崎亜記（みさきあき）
1970年福岡県生まれ。熊本大学文学部史学科卒業。2005年『となり町戦争』で第17回小説すばる新人賞を受賞しデビュー。同作は三島由紀夫賞・直木賞候補となる。また映画化もされ、ベストセラーとなった。他の著書に『刻まれない明日』（祥伝社刊）『失われた町』『チェーン・ピープル』『30センチの冒険』などがある。

作《つく》りかけの明日《あす》

平成30年12月20日　　初版第1刷発行

著者———三崎亜記《みさきあき》

発行者——辻 浩明

発行所——祥伝社《しょうでんしゃ》

〒101-8701　東京都千代田区神田神保町3-3
電話　03-3265-2081（販売）　03-3265-2080（編集）
03-3265-3622（業務）

印刷———萩原印刷

製本———ナショナル製本

ISBN978-4-396-63559-6 C0093
祥伝社のホームページ・http://www.shodensha.co.jp/

祥伝社

文庫判

刻まれない明日

大切な人が突然消えてしまったら……

三崎亜記

いなくなった人の気配が現れる街で、人々は静かに生きる。
残された人々の悲しみと新たな希望を描く傑作長編。